FOLIO SCIENCE-FICTION

David Gemmell

L'enfant maudit

LE LION DE MACÉDOINE, I

Traduit de l'anglais par Éric Holweck
Traduction révisée par Thomas Day

Gallimard

Titre original :

LION OF MACEDON

Né à Londres en 1948, David Gemmell a collaboré à divers journaux anglais avant de publier, en 1984, son premier roman, *Légende*, dont l'énorme succès lui a permis de devenir écrivain à plein temps dès 1986. Reconnu depuis comme un maître de l'*Heroic Fantasy*, à l'égal d'un Robert Howard, d'un Robert Jordan ou d'un Tad Williams, il a publié quelques-unes des plus grandes épopées du genre : le *Cycle de Drenaï*, dans la continuité de *Légende*, *Les pierres de sang*, *Le Lion de Macédoine*, ou le roman *Renégats*.

Le Lion de Macédoine *est né sur une île grecque, à l'ombre d'une acropole en ruine, entre les murs d'une forteresse bâtie par les Croisés. Les premières idées ont germé au bord d'une baie qui aurait abrité saint Paul alors qu'il se rendait à Rome. Lindos, sur l'île de Rhodes, est un endroit beau et paisible, qualités qui se retrouvent chez ses habitants.*

Ce roman est dédié avec toute mon affection aux gens qui ont fait de mes séjours à Lindos un véritable enchantement : Vasilis et Tsambika du Flora's Bar, « Crispy » et « Jax », Kate et Alex.

Ainsi qu'à Brian Gorton et sa délicieuse épouse Kath, pour le « coup d'œil ».

Remerciements

Un grand merci à mon éditrice, Liza Reeves, à son assistante, Jean Maund, à mes relecteurs, Val Gemmel, Edith Graham, Tom Taylor, et enfin au « jeune Jim du Pingouin », qui m'a obligé à reprendre le texte depuis le début. Je tiens également à remercier tout particulièrement mon assistante de recherche, Stella Graham, qui a lu des dizaines d'ouvrages poussiéreux pour me venir en aide lorsque j'étais en mal d'inspiration, et à Paul Henderson, qui a vérifié que le roman était cohérent sur le plan historique.

Note de l'éditeur

Bien que publiée en trois volumes par les éditions Mnémos, la trilogie du *Lion de Macédoine* ne se compose outre-Manche que de deux volumes : *Lion of Macedon* et *Dark Prince.* Afin de respecter au mieux la volonté originelle de l'auteur, l'édition Folio SF rétablit le découpage initial :

L'enfant maudit et *La Mort des Nations* correspondent à *Lion of Macedon.*

Le Prince Noir et *L'Esprit du Chaos* correspondent à *Dark Prince.*

Les traductions ont été révisées pour la présente édition.

La Grèce en 400 av. J.-C.

Avant-propos

Le monde des anciens Grecs n'était que chaos, guerres, intrigues et traîtrises. La nation grecque n'existait pas et le pays se composait de plusieurs dizaines de cités-États qui s'affrontaient sans cesse pour en prendre le contrôle.

Plusieurs siècles durant, Athènes et Sparte se firent la guerre sur terre et sur mer afin de devenir le maître incontesté de la Grèce. Thèbes, Corinthe, Orchomène, Platées et bien d'autres encore, changèrent souvent de camp au cours de l'affrontement, et la victoire finale échappa toujours aux deux belligérants.

La Perse finançait ces guerres intestines, craignant qu'une Grèce unie ne se lance ensuite à la conquête du reste du monde. Les Perses étaient riches et leur empire s'étendait de l'Asie jusqu'en Égypte. Néanmoins ils surveillaient la Grèce avec attention car, après deux tentatives d'invasion, ils avaient subi chaque fois une cuisante défaite.

Athènes et ses alliés écrasèrent ainsi l'armée de Darius à Marathon. Une génération plus tard, Xerxès le fils de Darius – rassembla plus de deux cent cinquante mille hommes pour mater la péninsule hellénique. Mais une petite unité spartiate bloqua l'armée perse dans le défilé des Thermopyles, la retenant pendant plusieurs jours. Parvenant enfin à bout de cette résistance acharnée, Xerxès pilla Athènes et ravagea la campagne environnante, avant de se faire humilier à deux reprises : sur terre, cinq mille Spartiates dirigés par le général Pausanias mirent son armée en déroute, tandis que sa flotte se faisait détruire à Salamine par l'amiral athénien Thémistocle.

Le temps des invasions prit fin, et la Perse chercha alors à contrôler la Grèce en multipliant les intrigues.

Les événements narrés dans *Le Lion de Macédoine* (la prise de la Cadmée, les batailles de Leuctres et des Thermopyles) ont réellement eu lieu, de la même manière que les personnages principaux (Parménion, Xénophon, Épaminondas, Pélopidas ou encore Philippe de Macédoine) ont bel et bien existé.

Cependant, la trame du roman m'appartient et l'histoire a quasiment oublié Parménion ; personne ne sait aujourd'hui s'il s'agissait du roi des Pélagoniens, d'un aventurier macédonien, ou même d'un mercenaire thessalien. Quelle que soit la vérité à son sujet, j'espère que son spectre se fendra d'un sourire lorsque cette histoire parviendra là où veillent les héros.

David A. Gemmell
Hastings, 1990

Livre I

Merveilleux sont les Athéniens ; ils élisent dix nouveaux généraux chaque année, alors que, de toute ma vie, je n'en ai jamais connu qu'un seul : Parménion.

PHILIPPE II
DE MACÉDOINE

Printemps 389 av. J.-C.

Tout avait commencé parce que, sous le joug d'une morbide compulsion, elle avait voulu contempler le jour de sa mort. Elle avait arpenté les sentiers sans limite de l'avenir pour connaître les myriades de lendemains possibles. Dans certains futurs, elle succombait à la peste ou à la maladie, dans d'autres au meurtre ou à une attaque. Une fois, elle s'était même vu périr des suites d'une chute de cheval, alors que son aversion pour les équidés l'avait toujours empêchée de monter en selle.

À force de s'intéresser à toutes les éventualités existantes, elle prit conscience qu'une ombre l'attendait à la lisière de son ultime lendemain. Quelle que soit la manière dont elle mourait, la présence se trouvait toujours là. Tamis sentit l'inquiétude sourdre en son sein. Comment expliquer cette présence, compte tenu du nombre infini d'avenirs potentiels ? Avec une certaine réticence, elle alla donc voir au-delà de sa mort. Dans un avenir plus lointain, l'ombre était plus forte et indéniablement maléfique. Bientôt elle comprit avec terreur que l'entité qu'elle avait discernée dans le futur l'observait en retour.

S'armant de courage, Tamis choisit un chemin qui l'amènerait au cœur de l'ombre. Aussitôt, la force du Dieu Noir commença à ronger son âme tel un acide. Incapable d'en endurer davantage, elle s'enfuit en direction d'un présent qui, bien que précaire, n'en était pas moins tangible.

Le savoir qu'elle avait acquis devint un terrible fardeau pour les frêles épaules de la vieille prêtresse. Elle ne pouvait le partager avec quiconque et savait qu'elle serait morte au moment où il lui faudrait affronter le mal.

Elle se mit alors à prier avec plus de dévotion qu'elle n'en avait jamais montré et ses pensées enrichirent le cosmos. Les ténèbres se firent dans son esprit et une lumière unique se matérialisa, éclairant un visage marqué, aux traits aquilins et volontaires, et deux yeux bleus perçants sous un casque de fer. Le visage se dissipa pour être remplacé par celui d'un garçon. Les yeux étaient toujours les mêmes, et la détermination intacte. Un nom vint à l'esprit de Tamis. Était-ce celui d'un sauveur ou d'un destructeur ? Impossible de le savoir avec certitude ; à peine pouvait-elle se permettre d'espérer. Enfin, le nom du jeune homme résonna en elle, tel l'écho du tonnerre lointain.

Parménion.

Sparte, été 385 av. J.-C.

Masqués, les agresseurs jaillirent de l'ombre, le gourdin prêt à frapper.

Parménion s'élança sur la gauche, mais deux autres attaquants l'y attendaient. Un gourdin siffla à son oreille et lui effleura l'épaule. Il riposta d'un coup de poing au visage et fila vers la droite, en direction de la rue du Départ. Les yeux de marbre froid de la statue d'Athéna l'attirèrent silencieusement tandis qu'il courait. D'un bond, il grimpa sur le socle de pierre et se réfugia entre les jambes de la déesse.

« Descends de là, sang-mêlé, crièrent ses tourmenteurs, nous avons quelque chose pour toi.

— Vous n'avez qu'à monter pour me le donner ! »

Les cinq assaillants se jetèrent sur lui. Le premier fut repoussé d'un coup de pied au visage. Un gourdin s'abattit sur la cuisse de Parménion et lui fit perdre l'équilibre. Il effectua un roulé-boulé, détendit brusquement la jambe pour faire chuter l'un de ses adversaires et reprit appui sur le socle de la statue. D'un bond, il sauta par-dessus ses agresseurs et retomba lourdement sur le pavé. Un gourdin lancé le frappa entre les omoplates et il tituba. Aussitôt, ses cinq agresseurs fondirent sur lui et lui immobilisèrent les bras.

« Cette fois, nous te tenons, fit une voix étouffée par une lourde écharpe en laine.

— Pas besoin de te voiler la face, Gryllas, rétorqua Parménion, les dents serrées. Je t'ai reconnu à l'odeur.

— Tu ne prendras pas part à la finale, demain, intervint un autre garçon. C'est bien compris ? Tu n'aurais jamais dû obtenir l'autorisation de participer. Les jeux du général sont pour les Spartiates, pas pour les sang-mêlé. »

Parménion détendit ses muscles et baissa la tête en signe de soumission. L'étreinte de ses adversaires se relâcha et il en profita pour se dégager. Son poing frappa Gryllas au visage, et en réponse ses cinq agresseurs le rouèrent de coups de poing et de pied. Il tomba à genoux mais Gryllas le releva en le tirant par les cheveux. Ses bras furent de nouveau immobilisés dans son dos.

« Tu l'auras bien cherché », décréta Gryllas en armant son coup.

Parménion ressentit une violente douleur à la mâchoire. Il serait tombé s'il n'avait pas été retenu. Un déluge de coups au visage et au ventre s'abattit sur lui, mais il se retint de crier.

La douleur n'existe pas, se répétait-il en son for intérieur. *La douleur n'existe pas.*

« Hé ! Qu'est-ce qui se passe, ici ?

— La garde », chuchota l'un des assaillants.

Lâchant leur victime, les cinq garçons s'enfuirent dans une allée. Parménion s'effondra aux pieds d'Athéna. Deux soldats se précipitèrent sur lui au moment où il se remettait sur pied.

« Que t'est-il arrivé ? » demanda le premier en lui saisissant l'épaule.

Parménion se dégagea et cracha un peu de sang.

« Je suis tombé, répondit-il.

— Et tes amis t'aidaient à te relever, j'imagine ? Si tu nous accompagnais un peu, hein ?

— Je n'ai pas besoin d'escorte.

— Ils sont toujours dans l'allée, précisa le soldat en regardant Parménion droit dans les yeux.

— Je sais. Mais cette fois, ils ne me prendront pas par surprise. »

Une fois les soldats repartis, Parménion inspira profondément et s'élança en courant. Passant d'une allée à l'autre, il se dirigea vers la place du marché. Quelques minutes durant, il entendit des bruits de poursuite derrière lui, puis le silence revint.

Ses agresseurs devaient s'attendre à ce qu'il retourne à la caserne ou chez sa mère. Au lieu de cela, il traversa la place et gravit la colline du sanctuaire, qui surplombait la cité.

Sous le clair de lune, une vieille femme quitta l'ombre projetée par la statue d'Athéna. Elle s'appuyait sur un long bâton et, avec un soupir, elle s'assit sur un banc de marbre. Elle se sentait épuisée, emplie d'une grande tristesse.

« Je suis désolée, Parménion. Tu es déjà fort, mais je dois t'endurcir plus encore. Tu es promis à un grand destin. »

Elle eut une pensée pour les autres garçons de la caserne. Comme il était aisé de s'arranger pour qu'ils haïssent le jeune métis. Un simple enchantement avait suffi. Résorber un bubon exigeait davantage d'énergie qu'inciter les humains à la haine. Tamis ne put réprimer un frisson en y pensant.

Elle leva les yeux vers la statue et vit que celle-ci la toisait de haut.

« Ne sois pas si hautaine, siffla-t-elle. Je connais ton vrai nom, femme de pierre. Je sais quels sont tes désirs et tes faiblesses. Mon pouvoir est plus grand que le tien. »

Elle se leva avec difficulté.

Un visage lui apparut et elle sourit. Malgré ses manigances, Parménion avait encore un ami, un garçon sur qui la haine n'avait pas prise. Même si cela allait à l'encontre des plans de Tamis, elle ne pouvait que s'en réjouir.

« Cher Hermias, fit-elle. Si tous les hommes étaient comme toi, je n'aurais pas à intervenir. »

*

Assis sur un rocher, Parménion attendait l'aube. Il avait faim, mais sa mâchoire lui faisait trop mal pour qu'il puisse mâcher le pain rassis qu'il avait gardé du petit déjeuner de la veille. Au-dessus des collines rouges du Parnon le soleil peinait à se lever ; plus bas, la rivière Eurotas scintillait de vie. Le jeune homme frémit lorsque la chaleur de l'astre du jour caressa son corps maigre et nerveux. L'entraînement spartiate apprenait à ne jamais ressentir la moindre douleur ni à se laisser affecter par les changements de température. Parménion était un bon élève, mais la chaleur imprévue lui rappela soudain combien il avait eu froid au cours de cette longue nuit passée sur la colline du sanctuaire.

Majestueuse, barbue et haute de douze pieds, la statue de Zeus, Père des Cieux, contemplait les terres situées à l'ouest de la cité ; elle semblait observer l'impressionnant mont Ilias. Parménion frissonna de nouveau. Il mordit prudemment dans le pain noir et réprima à grand-peine un gémissement de douleur. Gryllas n'y était pas allé de main morte et, ceinturé comme il l'était, Parménion n'avait pas eu la moindre chance d'accompagner le coup. Il toucha délicatement ses gencives du bout du doigt ; une de ses dents branlait. Rompant le pain, il en glissa un petit morceau entre ses molaires de droite et le mastiqua lentement. Une fois son frugal petit déjeuner achevé, il se leva. Son flanc gauche lui faisait mal et il souleva son chiton pour inspecter les dégâts. Une grosse ecchymose de couleur violette était visible au niveau de ses côtes et du sang maculait son bassin.

Il s'étira et s'immobilisa en entendant quelqu'un approcher par le sentier. Sans perdre une seconde, il se réfugia derrière les Muses et attendit, le cœur battant, que le ou les nouveaux venus fassent leur apparition. Sa main se referma sur un fragment de marbre acéré comme un fer de hache. Si ses agresseurs de la nuit l'avaient suivi jusqu'ici, la mort serait au rendez-vous.

Un garçon élancé vêtu d'une tunique bleue apparut. Il avait des cheveux noirs et bouclés et des sourcils épais. Parménion ressentit un immense soulagement en reconnaissant son ami Hermias. Laissant tomber son arme improvisée, il se redressa avec difficulté. Hermias l'aperçut et courut jusqu'à lui.

« Oh, Savra, mon ami, quand cesseras-tu donc de souffrir ? » demanda-t-il en saisissant Parménion par les épaules.

Ce dernier se força à sourire.

« Tout s'arrêtera aujourd'hui. Enfin, peut-être...

— Seulement si tu perds, Savra. Et il le faut. Sinon, j'ai bien peur qu'ils essayent de te tuer. » Hermias lut alors dans le regard bleu pâle de son ami le refus d'un tel compromis. « Mais tu ne vas pas perdre, n'est-ce pas ? »

Le sang-mêlé haussa les épaules.

« Peut-être... Si Léonidas est plus doué que moi.. ou s'il a la faveur des juges.

— Évidemment qu'il l'aura. Gryllas m'a dit qu'Agésilas viendrait assister à la finale. Crois-tu vraiment que les juges laisseront un neveu du roi être humilié ? »

Parménion posa la main sur l'épaule de son ami.

« Dans ce cas, pourquoi t'inquiètes-tu ? Si je dois perdre, qu'il en soit ainsi. Mais je ne jouerai pas pour perdre délibérément. »

Hermias s'assit au pied de la statue de Zeus et sortit deux pommes de sa besace ; il en tendit une à Parménion, qui mordit prudemment dedans.

« Pourquoi es-tu si entêté ? demanda le nouveau venu. Est-ce ton sang macédonien qui s'exprime de la sorte ?

— Et pourquoi pas mon sang spartiate, Hermias ? Les Spartiates aussi ne cèdent pas facilement.

— Je ne cherchais pas à t'insulter, Savra, tu le sais bien.

— Toi, non, répondit Parménion en prenant la main de son ami. Mais penses-y tout de même : tu m'appelles Savra, le lézard, et tu me considères comme un barbare au sang mêlé. »

Hermias se dégagea, choqué.

« Tu es mon ami, se défendit-il.

— Là n'est pas le problème. Ce n'est pas ta faute si tu es un Spartiate au sang pur, dont les ancêtres étaient des héros avant même les Thermopyles. Ton père a marché sous les ordres de Lysandre et n'a jamais connu la défaite. Tu as sans doute des amis chez les ilotes et les autres castes d'esclaves, mais tu ne les considères pas comme des hommes libres.

— Ton père, un Spartiate lui aussi, est revenu sur son bouclier, sans la moindre blessure dans le dos. Tu es un Spartiate, toi aussi.

— Né d'une mère macédonienne. »

Parménion ôta sa tunique en grimaçant. Des bleus et des coupures couvraient son corps élancé, tandis que son genou droit avait commencé à enfler. Son visage anguleux était également meurtri, son œil droit presque clos.

« Voici les marques que je dois à mon sang, fit-il. Je n'avais que sept ans lorsque l'on est venu me chercher chez ma mère et, depuis, le soleil ne s'est jamais levé sans que je sois meurtri dans ma chair.

— Comme toi, j'ai encaissé des coups. Tous les jeunes Spartiates doivent souffrir, sans quoi ils ne deviendraient pas des hommes et notre ville perdrait sa prééminence. Mais je sais ce que tu veux dire, Sav... Parménion. Léonidas te déteste et c'est un ennemi puissant. Tu pourrais aller le trouver et lui proposer tes services. Tout cela s'arrêterait alors.

— Jamais ! Il se moquerait de moi et me rejetterait dans la rue.

— C'est possible. Mais même dans ce cas, les attaques cesseraient.

— Le ferais-tu si tu te trouvais à ma place ?

— Non.

— Alors, pourquoi le devrais-je ? »

Hermias poussa un long soupir.

« Tu es dur avec moi, Parménion, mais tu as raison. Je t'aime comme un frère, et pourtant, à mes yeux, tu n'es pas spartiate. Dans ma tête, si, mais en mon cœur...

— Dans ce cas, pourquoi les autres m'accepteraient-ils, alors qu'ils ne sont pas mes amis ?

— Tu dois nous laisser le temps, à tous. Mais sache ceci : quel que soit ton choix, je serai à tes côtés.

— Je n'en ai jamais douté. Et recommence à m'appeler Savra, tu veux ? J'aime ce nom dans ta bouche.

— Je serai avec toi tout au long de l'épreuve et je prierai Athéna pour qu'elle te montre la voie de la victoire. Veux-tu que je reste un moment ?

— Non. Je vais passer encore quelques instants avec Zeus, à réfléchir et à prier. Je te retrouverai chez Xénophon, trois heures après midi. »

Hermias hocha la tête et s'en alla. Parménion le regarda partir, puis reporta toute son attention sur la cité qui commençait à s'éveiller.

Sparte, la ville des héros, lieu de naissance des plus grands guerriers de l'histoire. C'était de là que, moins d'un siècle plus tôt, le légendaire roi à l'épée avait guidé son armée de trois cents soldats et sept cents ilotes en direction du défilé des Thermopyles, pour y affronter plus de deux cent cinquante mille soldats perses.

Et pourtant, les Spartiates avaient tenu, repoussant leurs adversaires jusqu'à ce que Xerxès fasse donner ses Immortels. Un corps d'élite fort de dix mille hommes, rassemblant les meilleurs combattants de l'empire perse. Les Spartiates de Léonidas les avaient humiliés. Gonflé d'orgueil, Parménion se représenta ces hommes au regard inquiétant et à l'épée scintillante, vêtus de leur casque de bronze et de leur cape rouge sang. La puissance de la Perse, le plus grand empire qui soit au monde, s'était fracassée sur les lames de trois cents Spartiates. Le garçon se tourna en direction du sud-est. Là, bien trop loin pour qu'il puisse le voir, se dressait le monument à la gloire de Léonidas. Trahis par un Grec, les Spartiates avaient finalement été encerclés et massacrés. Cependant, bien que la trahison fût connue d'avance et que ses alliés l'eussent enjoint à se replier, Léonidas avait répondu : « Un Spartiate se retire du combat le bouclier à la main, ou porté sur celui-ci. Il n'y aura pas de retraite », gravant ainsi les mots de son courage dans le cœur de tous les habitants de la cité. Comme il était ironique que le pire ennemi de Parménion fût le descendant direct de son plus grand héros. Par moments, il lui arrivait de se demander si le roi de légende s'était conduit avec autant de cruauté que le jeune homme que l'on avait nommé en son honneur. Il espérait que non.

Il grimpa au sommet de l'acropole pour mieux contempler la ville qui encerclait toute la colline. Elle accueillait moins de trente mille habitants, et pourtant ceux-ci étaient craints et respectés, de l'Arcadie jusqu'à l'Asie Mineure, d'Athènes jusqu'en Illyrie. Aucune armée spartiate n'avait jamais été battue sur le champ de bataille par un adversaire de force égale. L'hoplite, ou fantassin spartiate, valait trois Athéniens, cinq Thébains, dix Corinthiens et vingt Perses. Les enfants apprenaient ces chiffres dès leur plus jeune âge et ils se les rappelaient ensuite avec fierté toute leur vie.

Les Macédoniens n'entraient même pas dans ce compte. À peine grecs, il s'agissait de barbares indisciplinés, fruits de tribus vivant dans les collines et dont la culture était copiée sur celle des peuples avoisinants.

« Je suis un Spartiate, pas un Macédonien », affirma le garçon.

La statue de Zeus fixait toujours le lointain mont Ilias et Parménion réalisa que ses mots n'avaient que peu de sens. Il soupira en se remémorant la conversation qu'il venait d'avoir avec Hermias.

« Tu es dur avec moi, Parménion, mais tu as raison. Je t'aime comme un frère, et pourtant, à mes yeux, tu n'es pas spartiate. Dans ma tête, si, mais en mon cœur...

— Dans ce cas, pourquoi les autres m'accepteraient-ils, alors qu'ils ne sont pas mes amis ? »

Au cours des premières années de son existence, Parménion n'avait guère connu de problèmes. Mais quand, à l'âge de sept ans, on l'arracha à ses parents pour le mettre en caserne comme tous les jeunes garçons de la cité, on commença à lui faire payer son ascendance. Léonidas, le premier, railla Parménion et exigea qu'il s'agenouille devant lui, comme il seyait pour un garçon issu d'une lignée d'esclaves. Bien que plus jeune et plus petit, Parménion se jeta sur son aîné, recevant par là même la première d'une longue série de corrections. Pire encore, Léonidas faisait partie d'une famille noble, nombre de garçons de la caserne de Lycurgue cherchaient à obtenir ses faveurs. Parménion se retrouva donc rejeté, haï et agressé par tous. Tous, sauf Hermias... soustrait à l'influence de Léonidas grâce à l'amitié qui liait son père au roi.

Pendant huit ans, Parménion endura les coups et les insultes, convaincu que le jour viendrait où les autres finiraient par l'accepter comme leur frère. Mais son heure de gloire avait peut-être sonné, car il s'était comporté au-delà de toute espérance dans les jeux du général, décrochant ainsi une place pour la finale. Mais qui, entre tous les jeunes garçons de Sparte, allait-il y affronter ? Nul autre que Léonidas.

Comme Hermias l'en avait averti, la victoire ne pourrait qu'être synonyme de nouvelles souffrances, mais Parménion refusait de jouer pour perdre. Les jeux du général constituaient le point d'orgue de l'année pour les apprentis guerriers des nombreuses casernes de Sparte. Le vainqueur avait le droit de porter la couronne de laurier et le Sceptre de la Victoire, devenant le maître suprême, le *strategos*.

La partie opposait deux armées identiques, chacun des deux adversaires jouant le rôle d'un général, donnant les ordres et choisissant la formation de combat de ses troupes. Les soldats étaient sculptés dans le bois ; il n'y avait donc ni morts ni blessés. Les pertes étaient calculées par deux juges au moyen d'osselets numérotés.

Parménion ramassa une brindille et traça un rectangle dans la terre pour représenter une phalange spartiate. Forte de plus d'un millier de fantassins armés d'épieux et de boucliers imbriqués les uns dans les autres, cette unité constituait sa pièce maîtresse, la cavalerie venant juste derrière. Il ajouta un second rectangle à droite du premier : les Sciritaïs, des vassaux luttant toujours au côté de leurs maîtres. Rudes, vaillants et tenaces, ils ne se retrouvaient pourtant jamais aux avant-postes de combat : ils n'étaient pas spartiates, ce qui faisait d'eux des sous-hommes.

Voilà quel était l'effectif de son armée : trois mille hommes, fantassins, cavaliers et réservistes sciritaïs. Léonidas en aurait autant sous ses ordres.

Il ferma les yeux et se rappela la finale de l'année précédente, qui s'était déroulée dans la caserne de Ménélas. La bataille avait duré deux heures. Bien avant son terme, Parménion, las, était parti se promener sur la place du marché. La partie s'était résumée à une simple guerre d'usure, les deux phalanges s'affrontant au corps à corps tandis que les juges jetaient leurs osselets. Au bout du compte, une fois les morts retirés, l'armée blanche avait été déclarée championne.

Une démonstration sans intérêt. À quoi pouvait bien servir une telle victoire ? Le vainqueur l'avait emporté avec moins de cent soldats valides. En situation de combat réel, il aurait été balayé par la moindre contre-attaque ennemie.

Parménion savait qu'il était stupide de conduire une bataille de cette façon.

Aujourd'hui, les choses se passeraient différemment. Qu'il l'emporte ou non, tout le monde se souviendrait de sa manœuvre. Il recommença à tracer diverses formations, révisant son plan d'action. Mais, incapable de rester concentré, il revit la grande course qui s'était déroulée trois semaines plus tôt. Il s'y était longuement préparé afin de la gagner et avait maintes fois rêvé de la couronne de laurier qui irait ceindre son front une fois la victoire acquise. Plus de vingt milles sous un soleil de plomb, dans les collines accidentées du Parnon ; une course à laquelle tous les jeunes gens de Sparte avaient pris part, afin d'aller au bout de leur force et de leur courage.

Et il les a tous distancés : Léonidas, Nestus, Hermias, Léarchus et les meilleurs des autres casernes – réduits à respirer la poussière qu'il soulève derrière lui. Léonidas a mieux résisté que les autres. Serrant les dents, il court quelques pas derrière Parménion, mais, finalement, une dernière accélération l'oblige à décrocher alors qu'il reste encore près d'une douzaine de milles à courir.

Parménion décide de conserver ses forces pour hausser une nouvelle fois l'allure en vue de l'agora, là où le roi attend le vainqueur pour lui décerner la couronne de laurier.

Les premiers bâtiments de la cité blanche apparaissent déjà quand il aperçoit un vieillard occupé à tirer sa charrette le long de la Voie des Soldats, au bord de l'oliveraie. La roue droite s'est décrochée, et le contenu de la charrette a versé sur le sol. Instinctivement, Parménion ralentit l'allure. Le vieil homme s'échine à se débarrasser de la boucle de cuir maintenant le moignon qui lui sert de bras droit. C'est un infirme. Détournant les yeux de la scène, Parménion poursuit sa course.

« Aide-moi, mon garçon ! » s'écrie le malheureux.

Parménion se tourne en raccourcissant de nouveau le pas. Léonidas se trouve si loin derrière qu'il est impossible de le distinguer. Parménion essaye d'évaluer le temps dont il dispose puis, sur un juron, dévale la pente pour s'agenouiller à côté de la roue. Cette dernière est endommagée, mais en forçant il parvient tout de même à la remettre en place. Elle ne résiste que quelques secondes, puis se brise. Le vieillard se laisse alors tomber à côté de sa charrette inutilisable, et Parménion lit une immense douleur et un grand dépit dans son regard. La tunique de l'homme est usée jusqu'à la corde et sa couleur, atténuée par la pluie et le soleil estival, a presque disparu. Ses sandales sont minces comme du parchemin.

« Où allez-vous ? demande le garçon.

— Mon fils vit à une heure d'ici. »

Ce disant, le vieillard a tendu le doigt en direction du sud, révélant par là même un bras ridé et couvert d'anciennes blessures.

« Vous êtes spartiate ? demande le jeune homme.

— Sciritaï. »

Parménion se remet debout pour mieux étudier la charrette. Elle est remplie de pots et d'amphores, auxquels viennent s'ajouter quelques vieilles couvertures, une cuirasse et un casque si obsolètes qu'il n'en avait jamais vu de semblables ailleurs que peints sur des vases ou des mosaïques murales.

« Je vais vous aider, annonce-t-il.

— Il fut un temps, mon garçon, où je n'aurais pas eu besoin de ton aide.

— Je sais. Venez. Je vais soulever l'axe et vous n'aurez qu'à diriger la charrette. »

Parménion lève les yeux en entendant un bruit de course : Léonidas, qui franchit la colline sans un regard vers le bas. Ravalant sa déception, Parménion soulève la charrette. Le vieillard s'est emparé des rênes et ils partent lentement en direction du sud.

La nuit tombe déjà lorsque le garçon franchit enfin les portes de la cité. Nombre de ses compagnons de caserne sont là, en train de l'attendre.

« Alors, sang-mêlé, tu t'es perdu ?

— Pensez-vous, il a dû faire la sieste, oui. Ces sous-hommes n'ont pas la moindre résistance.

— Dernier, dernier, dernier ! scandent-ils en l'accompagnant jusqu'à la place du marché, où Lépidas attend le dernier des garçons dont il a la charge.

— Hadès, mais que t'est-il donc arrivé ? s'emporte le soldat. La caserne de Lycurgue était la mieux placée pour l'emporter et, à cause de toi, nous avons dû nous contenter de la sixième place. »

Parménion ne répond rien. Que pourrait-il dire ?

Mais cette course perdue appartenait au passé, un passé mort et enterré. Tiraillé par la faim, l'adolescent descendit la colline, traversa la place du marché et remonta la rue du Départ en direction de la caserne. Une fois arrivé à la cantine, il fit la queue avec les autres garçons de Lycurgue puis alla s'asseoir, seul, avec son bol de soupe sombre et son bout de pain noir. Nul ne lui adressa la parole. Léonidas s'était installé à l'autre bout du réfectoire, en compagnie de Gryllas et d'une douzaine d'autres courtisans ; tous firent semblant de ne pas voir le sang-mêlé. Parménion mangea puis, repu, il sortit de la caserne pour se rendre à la petite maison de sa mère. Il la trouva dans la cour, profitant du soleil. Elle sourit en le voyant entrer. Elle était horriblement maigre, les yeux à l'ombre des orbites. Il lui toucha l'épaule et l'embrassa doucement, sentant l'os de sa mâchoire sous sa joue décharnée.

« Est-ce que tu manges suffisamment ? voulut-il savoir.

— Je n'ai plus d'appétit, répondit-elle d'une voix à peine audible. Mais le soleil me fait du bien ; grâce à lui, je me sens revivre. » Parménion lui apporta un gobelet d'eau et s'assit à côté d'elle sur le banc. « Disputes-tu la finale aujourd'hui ?

— Oui », répondit-il.

Elle hocha la tête et une mèche sombre tomba devant ses yeux. Parménion la remit délicatement en place.

« Tu as chaud. Tu devrais rentrer, lui conseilla-t-il.

— Plus tard. Que t'est-il arrivé ? Ton visage...

— Je suis tombé pendant une course. J'aurais dû faire plus attention. Comment te sens-tu ?

— Fatiguée, mon fils. Épuisée, même. Le roi viendra-t-il chez Xénophon pour te voir gagner ?

— On dit que oui... mais il se peut que je ne l'emporte pas.

— C'est vrai, c'est mon orgueil de mère qui vient de s'exprimer. Mais tu feras de ton mieux, et c'est déjà bien assez. Tu t'entends toujours bien avec les autres garçons ?

— Oui.

— Cela aurait fait plaisir à ton père. Lui aussi était apprécié de ses camarades, mais il n'a jamais atteint la finale des jeux du général. Il aurait été fier de toi.

— Y a-t-il quoi que ce soit que je puisse faire pour toi ? Veux-tu quelque chose à manger ? »

Parménion prit la main de sa mère entre les siennes et la serra pour lui insuffler sa force.

« Je n'ai besoin de rien, l'assura-t-elle. Tu sais, cela fait plusieurs jours que je pense à la Macédoine, ses plaines et ses forêts. Je rêve d'un cheval blanc descendant la colline. Je suis assise au beau milieu d'un pré et il avance vers moi. J'ai tellement envie de le monter, de sentir le vent qui souffle dans mes cheveux... c'est un beau cheval, si noble... mais je me réveille toujours avant qu'il n'arrive jusqu'à moi.

— Les chevaux sont de bons présages, l'assura Parménion. Je vais t'aider à rentrer et j'irai chercher Rhéa pour qu'elle te cuisine quelque chose. Il faut que tu manges, Maman, ou tu ne recouvreras jamais tes forces.

— Non, je veux rester ici encore quelques instants. Je vais dormir un peu. Reviens me voir une fois ta partie terminée et raconte-moi tout. »

Il s'attarda à son côté quelques minutes de plus, mais elle finit par appuyer sa tête contre un oreiller usé et s'endormit. Entrant dans la maison, Parménion se lava pour se débarrasser de la poussière dont il était couvert et peigna ses cheveux noirs, puis il enfila une tunique propre et une nouvelle paire de sandales. Le chiton était des plus simples, trop petit pour lui ; il couvrait à peine la moitié de ses cuisses. Il avait l'impression d'être un ilote, un esclave. Il se rendit à la maison voisine et frappa au chambranle de la porte. Une petite femme rousse répondit et sourit en le voyant.

« Je vais la voir, fit-elle avant qu'il n'ait eu le temps de dire un mot.

— Je crois qu'elle ne mange plus, lui expliqua Parménion. Elle maigrit de jour en jour.

— Il fallait s'y attendre, répondit Rhéa d'une voix triste.

— Non ! Maintenant que l'été est arrivé, elle va aller mieux. Je le sais. »

Sur ces mots, il partit en courant vers la maison de Xénophon.

*

Xénophon s'était réveillé tôt le jour de la finale. Le soleil venait juste d'apparaître au-dessus des cimes orientales et de longs traits de lumière traversaient les volets gauchis de sa chambre. Il poussa un grognement et roula sur le côté. Il aimait dîner avec le roi mais, comme la vie le lui démontrait souvent, le moindre plaisir se payait ensuite au centuple. Une succession de coups martelait ses tempes et il avait mal au cœur. Inspirant profondément, il s'assit et repoussa le drap fin qui le couvrait. Ses abdominaux étaient encore tendus malgré ses quarante-sept ans et sa peau bronzée luisait d'un éclat d'or, reliquat de fréquents exercices accomplis, nu, sous le soleil du matin.

Le général se leva et s'étira devant son miroir en bronze. Ses yeux n'étaient plus aussi affûtés qu'autrefois et il dut plisser les paupières pour mieux distinguer son reflet. Il nota avec dégoût les poches creusées sous ses yeux bleus et les fils d'argent qui parsemaient ses cheveux blonds. Il détestait vieillir et craignait le jour où ses amants ne viendraient plus à lui que par devoir ou en échange de paiement.

Le jeune homme de la nuit dernière était tombé sous son charme, mais il avait surtout désiré être vu en compagnie du grand Xénophon, le héros de la

Retraite des Dix Mille[1], le rebelle athénien reconnu comme l'un des plus grands généraux de son époque. Il gloussa, jugeant ces pensées décidément réconfortantes, puis ouvrit les volets et retourna s'asseoir sur le lit après avoir pris le soleil quelques instants.

La Retraite des Dix Mille : son année de gloire. À qui la devait-il ? Aux Parques, à Athéna ou à une chance aveugle ? Comment savoir ? Le soleil brillait dans un ciel exempt de nuages, comme à Counaxa, lors de ce jour où tous ses rêves, toutes ses croyances avaient été mis à rude épreuve ; ce jour où Cyrus dut livrer bataille pour faire valoir son droit d'aînesse. Le regard de Xénophon se fit distant alors que ces lointains événements remontaient à la surface. Cyrus, beau comme Apollon et brave comme Héraclès, avait conduit ses troupes en Perse pour reprendre la couronne qui lui appartenait de droit. Xénophon savait que la défaite était impensable, car les dieux favorisaient toujours les braves, et plus encore les justes. En outre, bien que supérieur en nombre, l'ennemi n'avait ni la valeur ni les connaissances stratégiques qui lui auraient permis de vaincre les mercenaires grecs fidèles à Cyrus. La bataille était donc jouée d'avance.

Les deux armées s'étaient rencontrées à proximité du village de Counaxa. Xénophon n'était alors qu'un simple officier sous les ordres de Proxénus et il se

1. Célèbre retraite effectuée par les mercenaires grecs après la bataille de Counaxa (401 av. J.-C.). Durant sept mois, ils traversèrent le désert de Syrie, la Babylonie puis l'Arménie enneigée pour rejoindre leur patrie. Xénophon relate cette odyssée dans *L'Anabase* (*N.d.É.*).

souvenait encore de la peur qui l'avait envahi en apercevant les lignes adverses. Il avait ordonné à ses hommes de se disposer en formation serrée, puis avait attendu les instructions. Les Perses avaient lancé une grande clameur vers le ciel en frappant leurs lances contre leurs boucliers, mais les Grecs, eux, étaient restés impassibles. Cyrus avait alors galopé devant la première ligne, en hurlant : « Pour les dieux et la gloire ! » La phalange grecque avait chargé les rangs perses, et ceux-ci s'étaient enfuis au premier contact. Beau comme un dieu sur son fier destrier blanc, Cyrus avait conduit un assaut féroce contre le centre adverse, et son traître de frère, le roi Artaxerxès, avait lui aussi dû détaler. La victoire était acquise.

Xénophon frémit et retourna à la fenêtre. Il n'avait aucune conscience des toits qui lui faisaient face, et voyait en leur place le soleil briller sur la pointe des lances, tandis que les cris des mourants et le vacarme du combat emplissaient ses oreilles. En rang par quatre, les Grecs mettaient l'armée adverse en déroute.

Tout était terminé. La justice l'avait emporté, souriant comme toujours aux hommes dont le cœur était pur. Et alors...

Le général soupira. Alors, un soldat perse... non... un paysan incapable de s'acheter des armes et une armure, avait lancé une pierre sur Cyrus. Frappé à la tempe, ce dernier était tombé au sol et l'ennemi l'avait vu. Reprenant courage, les Perses s'étaient regroupés et avaient chargé le vaillant Cyrus alors qu'il essayait de se relever. Il avait été taillé en pièces et l'on avait tranché sa tête et sa main droite.

La victoire venait de s'enfuir, telle une femme volage.

Les dieux moururent à cet instant dans le cœur de Xénophon, même si son intellect tentait désespérément de continuer à croire en eux. Sans dieux, le monde se réduisait à un lieu de tourments et d'illusions, sans ordre ni raison. Depuis Counaxa, le général avait rarement connu la tranquilité d'esprit.

Il inspira de nouveau et fit de son mieux pour réprimer ces amers souvenirs. À cet instant, on frappa discrètement à sa porte.

« Entrez », dit-il.

Tinas, son serviteur le plus ancien, apparut et lui donna un gobelet de vin coupé de beaucoup d'eau. Xénophon le remercia en souriant.

Deux autres domestiques lui portèrent l'eau du bain, puis le séchèrent quand il en eut fini. Son armure avait été polie jusqu'à ce que le bronze se pare de reflets d'or et son casque de fer semblait forgé dans l'argent le plus pur. L'un de ses serviteurs l'aida à enfiler sa tunique de lin blanc tandis que l'autre faisait passer sa cuirasse au-dessus de sa tête et en nouait les lanières à ses côtés. Un ptérux de cuir renforcé de bronze vint ensuite lui ceindre la taille, puis ce fut le tour des jambières, également en bronze. Une fois vêtu, Xénophon chassa ses domestiques d'un geste de la main. Il prit lui-même son ceinturon ; le cuir en était craquelé et l'on ne comptait plus les coups qu'avait reçus le fourreau de bronze, mais le fil de l'épée qu'il protégeait était acéré. Xénophon la dégaina, appréciant l'équilibre de la courte lame et de la poignée ceinte de cuir. Puis, en soupirant, il rengaina l'arme et attacha le ceinturon autour de sa taille, avant de prendre son casque et d'en peigner le long panache en crin blanc.

Coinçant le casque sous son bras, il se tourna vers la porte. Tinas l'ouvrit et Xénophon sortit dans la cour. Trois servantes s'inclinèrent sur son passage. Il leur répondit d'un sourire et leva les yeux vers le ciel ; il allait faire beau.

Trois ilotes étaient en train de préparer le terrain sablonneux conformément aux instructions des juges : ils traçaient les collines, vallées et cours d'eau qui constitueraient le champ de bataille. Xénophon s'arrêta un instant pour inspecter leur ouvrage.

« Agrandissez cette colline et accentuez-en la pente, dit-il à l'un des hommes. Et élargissez le fond de cette vallée. C'est là que le combat se déroulera, et il faut suffisamment de place pour manœuvrer. »

Il poursuivit sa route, franchissant le portail ouvert et montant jusqu'au temple d'Athéna l'Omnisciente. La structure, modeste, se composait uniquement de trois piliers, soutenant un plafond bas, et accueillait un autel sanctifié. Xénophon s'arrêta un instant en bordure du bâtiment, puis entra après s'être débarrassé de son arme. Il s'agenouilla au pied de l'autel sur lequel se dressait une statue en argent représentant une femme grande, mince, coiffée d'un casque dorique relevé sur son front et armée d'une épée à la lame acérée.

« Louée sois-tu, Athéna, déesse de la sagesse et de la guerre, fit le visiteur. Le soldat que je suis te salue. »

Il ferma les yeux et pria, répétant les mots si familiers qu'il avait pour la première fois prononcés cinq années plus tôt, juste avant de quitter la Perse.

« Je suis un soldat, Athéna. Fais en sorte que ma gloire ne s'arrête pas là. J'ai obtenu si peu de victoires. Laisse-moi vivre assez vieux pour que je puisse porter ta statue jusqu'au cœur des terres barbares. »

Il leva la tête vers la déesse, espérant une réponse tout en sachant qu'il n'aurait droit qu'au silence. Puis il se releva et sortit à reculons. Percevant un mouvement du côté de l'acropole, il vit deux jeunes garçons serrés dans les bras l'un de l'autre. Plissant les yeux, il reconnut le premier comme étant Hermias. Le second devait donc être ce sang-mêlé que l'on nommait Savra, adolescent étrange que l'on voyait parfois courir sur les toits ou le faîte des murs. Xénophon ne l'avait vu de près qu'à deux reprises. Son nez busqué le rendait moins séduisant que Léonidas, et beaucoup moins qu'Hermias ; pourtant quelque chose se dégageait de lui. Un orgueil inexplicable compte tenu de la pauvreté de ce jeune homme illuminait son regard bleu et perçant, à la fois défiant et sur la défensive. Un jour, Xénophon l'avait vu remonter la rue du Départ en courant, poursuivi par quatre autres garçons. La seconde fois qu'il l'avait aperçu, Savra était assis en compagnie d'Hermias à l'intérieur du temple d'Aphrodite. Il avait souri à une remarque faite par son ami, et son visage s'était alors transformé, perdant cet aspect sinistre qui ne le quittait presque jamais. Le brusque changement avait interpellé Xénophon, qui avait longuement fixé le garçon. Se sentant observé, ce dernier avait levé les yeux et son visage était redevenu un masque. L'Athénien n'avait pu retenir un frisson lorsque le regard de Savra s'était posé sur lui.

Xénophon pensa alors au jeune Léonidas – un vrai Spartiate – grand et magnifiquement proportionné, au port altier et aux cheveux d'or pur. Il y avait en lui une grandeur innée, un don qu'il tenait directement du ciel. Il n'était pas fréquent que Xénophon se passionne pour les jeux du général mais, aujourd'hui, il attendait avec impatience que l'affrontement commence.

Ses pas le portèrent jusqu'au terrain d'entraînement. C'était là, le plus souvent à l'aube, que les plus jeunes garçons s'affrontaient à l'aide de bâtons. Mais, un jour sur six, l'armée spartiate s'y livrait à des manœuvres. Celles qui se dérouleraient aujourd'hui seraient très particulières, car elles entérineraient le passage à l'âge adulte de ceux qui y participeraient. Xénophon traversa le petit pont qui permettait de quitter le terrain d'entraînement. Il restait toujours aussi admiratif devant le système militaire spartiate, ce même système qui lui avait valu d'être banni d'Athènes. Sparte avait mis sur pied l'armée parfaite, en appliquant des principes si simples que le général ne comprenait pas pourquoi aucune des autres cités-États de la Grèce ne l'avait copiée. Les Spartiates devenaient des hommes à l'âge de vingt ans et, durant leur longue période d'apprentissage, un grade leur était donné en fonction de leur âge. Ils grandissaient et s'entraînaient ensemble, ce qui leur permettait de se lier avec les autres membres de leur phalange. Leur efficacité s'en trouvait évidemment renforcée. Ils devaient rester ensemble encore vingt années, après quoi ils pouvaient choisir de quitter l'armée.

Cette organisation expliquait l'invincibilité de Sparte. Une phalange spartiate était agencée selon un ordre bien précis : une première ligne constituée de soldats âgés de trente ans, expérimentés mais encore jeunes et forts, et surtout habitués à une discipline de fer. Puis venaient les vétérans, fiers de leurs vingt ans de service, puissants et couverts d'anciennes blessures. Aussitôt suivis par les nouvelles recrues, qui pouvaient ainsi observer comment se battaient leurs aînés. Les rangs suivants réunissaient ceux qui avaient entre deux et dix-neuf ans d'armée. Avec un tel système, comment s'étonner qu'aucune unité spartiate n'ait jamais été vaincue au champ d'honneur par un adversaire égal en nombre ?

« Pourquoi ne comprendras-tu donc jamais ? demanda Xénophon en pensant à sa ville natale, Athènes. Tu voulais dominer la Grèce et tu aurais pu le faire. Mais non, encore et toujours, tu es incapable d'apprendre en observant tes ennemis. »

Athènes et Sparte s'étaient livré dans tout le Péloponnèse une guerre longue et coûteuse dont la pire période, vingt années auparavant, s'était déroulée du vivant de Xénophon, lorsque l'armée spartiate avait assiégé Athènes. Et cette dernière, pourtant bénie par les dieux, avait dû déposer les armes. Xénophon n'oublierait jamais la honte qu'il avait éprouvée ce jour-là.

Mais en tant que soldat étudiant l'art de la guerre, comment aurait-il pu haïr les Spartiates ? Ils avaient élevé leur art jusqu'à des sommets que personne avant eux n'avait osé entrevoir.

« Comme toujours, tu es prêt au combat », entendit-il.

Xénophon cligna des yeux et revint à l'instant présent. Il avait eu l'esprit ailleurs et il sourit comme un enfant pris en faute. Agésilas, roi de Sparte, l'observait depuis l'étroit banc de pierre sur lequel il était assis, à l'ombre d'un cyprès.

« Toutes mes excuses, seigneur, répondit Xénophon en s'inclinant. J'étais perdu dans mes pensées. »

Agésilas se leva en secouant la tête, révélant son pied bot. Homme séduisant à la barbe noire, aux yeux bleus et perçants, il était le premier roi de Sparte à souffrir d'une difformité physique, et celle-ci lui aurait coûté la couronne si le général Lysandre n'avait pas soutenu sa cause devant les dieux et le peuple.

« Tu penses trop, Athénien, fit Agésilas en prenant le bras de Xénophon. Quel est ton sujet de préoccupation, ce matin ? Athènes, Sparte, l'absence de campagnes militaires, ou bien es-tu juste impatient de retourner chez toi, à Olympie, et de nous priver ainsi du plaisir de ta compagnie ?

— Athènes », reconnut le général.

Agésilas opina du chef sans quitter son interlocuteur des yeux.

« Il n'est jamais facile d'être considéré comme un traître par les siens et d'être banni de sa terre natale. Mais tout n'est qu'une question de perspective, mon ami. Si tu avais détenu un poste plus important à Athènes, peut-être la guerre n'aurait-elle pas été aussi terrible, ou n'aurait-elle pas eu lieu, qui sait ? Dans ce cas, tu aurais été un héros. Mais je suis pour ma part extrêmement heureux que tu ne te sois point trouvé à la tête de l'armée que nous avons affrontée. Nous aurions subi de bien plus lourdes pertes.

— Mais vous l'auriez tout de même emporté ?

— Bien sûr, mais en perdant peut-être une bataille ou deux, concéda Agésilas en gloussant. Mais l'issue de l'affrontement ne dépend pas uniquement de la science du général ; la qualité des soldats y est également pour beaucoup. »

Les deux hommes gravirent une colline basse et s'assirent au premier rang des bancs de pierre surplombant le terrain d'entraînement.

Forte de deux cent quarante hommes, la ligne des nouveaux soldats était incorporée à la huitième formation et Xénophon regarda avec intérêt les nouvelles recrues pratiquer la charge, la roue, la vague et l'attaque de flanc en compagnie de trois mille soldats aguerris.

Les hommes redoublèrent d'enthousiasme lorsqu'ils prirent conscience de la présence de leur roi. Mais Agésilas ne les regardait pas ; il n'avait d'yeux que pour Xénophon.

« Nous sommes trop coupés du reste du monde, fit le roi en ôtant son casque à panache rouge et en le posant à côté de lui.

— Trop coupés du reste du monde ? répéta Xénophon, surpris. Mais n'est-ce pas là ce qui fait la force de Sparte ?

— Mon ami, la force et la faiblesse sont bien souvent aussi proches que deux époux. Nous sommes forts car nous sommes fiers, mais nous sommes faibles car notre orgueil ne nous a jamais permis de grandir. » Il engloba son royaume d'un grand geste du bras. « Où nous trouvons-nous ? Dans le Sud, loin des voies commerciales. Nous ne sommes qu'une petite cité-État. Notre orgueil nous interdit les mariages avec les autres Grecs, même si une telle pratique n'est pas contraire à la loi, et le nombre de vrais Spartiates reste donc toujours faible. Il y a là, devant nous, trois mille hommes, soit un tiers de notre armée. C'est pour cela que nous pouvons gagner des batailles, mais qu'il nous sera toujours impossible de bâtir un empire. Tu ressens la douleur qui est celle d'Athènes à l'heure actuelle, mais ta cité continuera de prospérer quand Sparte ne sera plus que poussière. Elle borde la mer et se trouve au cœur de la Grèce. Nous pourrions la battre mille fois, nous finirions toujours par perdre la guerre. »

Agésilas secoua la tête et frissonna.

« La Bête de Glace a touché mon âme, se justifia-t-il. Pardonne mon humeur maussade. »

Xénophon reporta son attention sur les combattants. Le discours attristé du roi était empreint de sagesse. Malgré sa toute-puissance militaire, Sparte n'était qu'une cité-État décimée par les terribles guerres qui avaient ensanglanté le Péloponnèse. Le général préféra changer de sujet.

« Comptez-vous donner vous-même le prix au vainqueur ? » demanda-t-il.

Agésilas sourit et sa brève mélancolie se dissipa.

« J'ai un prix tout particulier pour lui, l'une des sept épées du roi Léonidas. »

Les yeux de Xénophon s'agrandirent de surprise.

« Quel cadeau princier, seigneur », murmura-t-il.

Agésilas haussa les épaules.

« Mon neveu est de sang royal et son nom est le même que celui du roi ; il est donc juste qu'il ait son épée. De toute manière, je la lui aurais donnée dans trois semaines, pour son anniversaire. Mais autant profiter de l'occasion, ce qui lui laissera un souvenir encore meilleur du jour où il aura gagné les jeux. Sais-tu que je les ai remportés, moi aussi, voici trente ans ?

— C'est là un beau geste, seigneur, mais... supposons qu'il ne gagne pas ?

— Sois sérieux, Xénophon. Il affronte un sang-mêlé de Macédonien, presque un ilote. Comment pourrait-il perdre ? C'est un Spartiate et le sang des rois coule dans ses veines. Et, de toute façon, comme tu assures la fonction de juge principal, je suis persuadé que nous aurons un résultat *équitable*.

— Équitable ? répéta Xénophon en se détournant pour ne pas laisser voir sa colère. Ne jouons pas sur les mots, voulez-vous ?

— Allons, ne le prends pas tant à cœur, le calma Agésilas en lui mettant le bras autour des épaules. Ce n'est qu'un jeu d'enfant. Où est le mal ?

— Où est-il, oui ? » fit Xénophon.

*

Parménion cessa de courir en atteignant les murs blancs de la maison de Xénophon. Les visiteurs se rassemblaient déjà et il vit Hermias à la lisière de la foule. Son ami était en grande conversation avec Gryllas. La colère monta en lui en souvenir des coups de poing qu'il avait reçus la veille et il fut pris d'un désir irrépressible de traverser la rue encombrée de monde et de prendre Gryllas par les cheveux pour lui frapper la tête contre le mur jusqu'à ce que les pierres soient maculées de sang.

Calme-toi, se tança-t-il. Il n'y avait rien de surprenant à ce que Gryllas, le fils de Xénophon, se trouve en ces lieux, d'autant moins qu'il avait été choisi par

Léonidas pour porter la cape noire de ce dernier. Mais voir ce jeune Athénien, accepté et même apprécié par les autres garçons de son âge, était devenu insoutenable pour Parménion. *Comment un Athénien peut-il être admis parmi eux tandis que, moi, j'en suis incapable ? Il n'a pas la moindre goutte de sang spartiate dans les veines, alors que mon père était un héros.* Chassant cette pensée, Parménion se fraya un passage au sein de la foule pour se rapprocher des deux garçons. Gryllas le vit le premier ; son sourire se figea et son expression s'assombrit.

« Bienvenue, en ce jour qui verra ton humiliation, annonça l'Athénien en guise d'accueil.

— Laisse-moi tranquille, Gryllas, rétorqua Parménion. Le simple fait de te voir me donne envie de vomir. Si tu m'attaques encore une fois, je te tue. Cette fois-ci, je ne te promets pas des coups et des bleus ; rien que le sang et les vers. »

Le fils de Xénophon tituba comme si on l'avait frappé et la cape qu'il tenait tomba par terre. Il la ramassa prestement et s'enfuit dans sa maison.

Parménion se tourna vers Hermias et tenta de lui sourire, mais ses muscles étaient trop contractés. Il voulut alors prendre son ami dans ses bras, mais ce dernier se recula.

« Fais attention ! lui dit-il C'est mauvais signe que de toucher la cape. »

Parménion regarda le tissu noir enroulé autour de l'avant-bras d'Hermias.

« Ce n'est qu'une cape comme une autre », murmura-t-il en la caressant du bout des doigts.

Le perdant devrait la revêtir pour quitter le champ de bataille et cacher sa honte dans les replis du capuchon. Un Spartiate ne pouvait éprouver que répugnance à l'idée de vivre une telle humiliation, mais Parménion s'en moquait. Sa honte serait déjà bien assez grande si Léonidas l'emportait. Endosser la cape ne pourrait en rien accroître son malaise.

« Viens, l'enjoignit Hermias en lui prenant le bras. Faisons quelques pas ; il ne faudrait surtout pas arriver en avance. Comment va ta mère ?

— De mieux en mieux », mentit Parménion, qui avait désespérément besoin que cela soit vrai.

Alors qu'ils s'éloignaient, une clameur retentit derrière eux et il se retourna pour assister à l'arrivée de Léonidas. Envieux, il vit plusieurs hommes se réunir autour de son rival pour lui souhaiter bonne chance.

Les deux garçons suivirent le sentier dallé menant jusqu'au sanctuaire d'Ammon, petit bâtiment circulaire de pierre blanche gardé par des hoplites en marbre. De là, Parménion put voir le lac sacré et, au-delà des limites de la cité, le temple d'Aphrodite, déesse de l'amour, caché au milieu des arbres.

« Tu es nerveux ? demanda Hermias alors qu'ils s'asseyaient entre les statues.

— J'ai l'estomac noué mais la tête froide, lui répondit Parménion.

— Quelle formation comptes-tu utiliser ?

— Une nouvelle. »

Parménion exposa rapidement son plan à Hermias et celui-ci secoua la tête.

« Tu ne peux pas faire ça, Savra. C'est inconcevable ! »

Surpris par la réaction de son ami, Parménion gloussa.

« C'est une fausse bataille, Hermias, avec des soldats de bois et des osselets. Et le but n'est-il pas de vaincre ?

— Si, bien sûr, mais... ils ne le permettront jamais. Dieux, Savra, ne le vois-tu donc pas ?

— Non. Et quelle importance, de toute manière ? Comme ça, personne n'aura à attendre deux heures. Que je gagne ou que je perde, tout sera terminé en quelques minutes.

— Je n'en suis pas si sûr, répondit Hermias dans un murmure. Viens, retournons-y. »

La cour de Xénophon était noire de monde, les invités se dirigeant tout naturellement vers les bancs installés près du mur occidental, où ils se trouveraient à l'ombre. Mal à l'aise, Parménion était parfaitement conscient de la pauvreté qu'il affichait en portant un chiton trop petit, mais sa mère ne possédait qu'une minuscule propriété ; ses faibles revenus lui permettaient à peine de payer sa nourriture, ses vêtements et la formation de son fils. Tous les jeunes Spartiates devaient acquitter leur logement à la caserne et les repas qui leur étaient servis ; l'incapacité de payer s'accompagnait systématiquement d'une perte de statut social. Quand une famille était frappée par la misère, elle perdait le droit de voter et celui de se dire spartiate. Il s'agissait là de l'humiliation suprême. Chassé de la caserne, le soldat n'avait d'autre choix que de travailler, et se voyait alors considéré presque comme un ilote.

Parménion chassa ces sombres pensées pour se concentrer sur le champ de bataille préparé dans un carré de trois pas de côté. Les soldats de bois étaient rangés à côté, les dorés à gauche, les rouge sang à droite. Ils étaient finement taillés, bien que personne n'ait jugé utile de les décorer. Il se saisit de la première ligne d'hoplites, faite d'un bois blanc que le passage des ans avait rendu jaunâtre. Il n'y avait que dix silhouettes fixées à la petite planche, mais elles représentaient cent guerriers équipés d'une lourde armure, d'un bouclier rond, d'un épieu et d'une épée courte. Leurs créateurs avaient fait preuve d'une grande application visible jusqu'à la cuirasse et aux jambières en bronze, fidèlement reproduites. Seul le casque permettait de les dater : couvrant tout le visage et arborant un long panache, il avait cessé d'être fabriqué une trentaine d'années auparavant. Cependant, ces vieilles figurines étaient presque sacrées, et le légendaire Léonidas les avait utilisées lorsqu'il avait remporté les onzièmes jeux.

Parménion reposa le rang de Spartiates et s'approcha des Sciritaïs – plus récents et plus grossièrement taillés. Ils ne portaient pas d'épieu et leur casque, plus petit, était en cuir.

Sentant soudain qu'on lui cachait le soleil, le garçon leva les yeux sur un homme de grande taille, vêtu d'une cuirasse dorée. Il avait rarement vu un soldat aussi impressionnant : ses cheveux blonds se paraient de quelques fils argentés et ses yeux étaient bleus comme un ciel d'été. L'homme lui sourit.

« Tu es Parménion, je crois. Bienvenue chez moi, jeune général.

— Merci, monsieur. C'est un honneur que d'être ici.

— C'est vrai et tu l'as mérité. Suis-moi. »

Le garçon s'exécuta et Xénophon le conduisit à une alcôve ombragée, décorée de splendides fleurs violettes qui transformaient le mur en cape royale.

« L'ordre de départ a été déterminé et c'est toi qui commenceras. Dis-moi quels sont tes trois premiers ordres. »

Parménion inspira profondément. Pour la première fois, son calme le déserta et il jeta un regard en direction de la foule. Au cours d'un combat, il était presque impossible de changer rapidement de stratégie, plusieurs milliers d'hommes luttant furieusement au corps à corps. Le jeu simulait ce problème en exigeant que les trois premiers ordres soient communiqués aux juges avant le début de la partie. De cette manière, les concurrents ne pouvaient modifier soudainement leur plan en réponse à une attaque adverse.

« J'attends, jeune homme », reprit Xénophon.

Parménion fixa son aîné droit dans les yeux et lui donna ses ordres en guettant sa réaction.

Xénophon n'en eut aucune, sauf de soupirer et de secouer la tête quand le garçon en eut fini.

« Il n'appartient pas au juge principal de conseiller les participants. Je me contenterai donc de te dire que, si Léonidas choisit l'une des quatre ou cinq options qui me paraissent envisageables, tu seras irrévocablement écrasé. Tu y as pensé, j'imagine ?

— Oui, monsieur.

— Et as-tu également réfléchi aux questions de tradition et de fierté spartiate ?

— Je cherche juste à gagner. »

Xénophon hésita. Il était déjà allé trop loin. Il opina donc du chef et reprit le déroulement normal du rituel.

« Puissent les dieux te sourire, Sparte », conclut-il en s'inclinant.

Parménion lui rendit son salut et le regarda s'éloigner en direction de Léonidas. Si Xénophon était un ami du neveu d'Agésilas, et s'il lui parlait un tant soit peu du plan de son adversaire...

N'y songe même pas. C'est un grand général, qui ne s'abaisserait jamais à un acte aussi vil. Xénophon n'était-il pas l'homme qui avait vu tous ses amis assassinés suite à la défaite de Counaxa et qui avait pris le commandement d'une armée grecque démoralisée pour rejoindre la mer en traversant l'empire perse, à pied et sans cesser de livrer bataille ? Un tel héros ne le trahirait pas.

Mais c'est également le père de Gryllas ; et un ami de la famille de Léonidas.

La foule se leva et Parménion vit arriver Agésilas, flanqué de ses généraux et de deux de ses amants. Le roi s'inclina en réponse aux applaudissements de la foule, après quoi il alla rejoindre en boitant la place qui lui avait été réservée, au milieu du premier rang. La gorge sèche, Parménion rejoignit Hermias, en prenant bien garde de ne pas regarder la cape noire portée par son ami.

Xénophon appela les deux autres juges à son côté. Il leur parla plusieurs minutes durant puis alla s'asseoir auprès du roi. Le premier juge, un homme âgé aux cheveux blancs et courts et à la barbe taillée avec soin, s'approcha de Parménion.

« Je me nomme Cléarque et je disposerai l'armée selon vos souhaits, général, fit-il. Vous pouvez me demander conseil pour tout ce qui concerne les questions de temps. »

Dénouant la bourse qu'il tenait à la ceinture, il en

sortit trois osselets. Sur chacun d'entre eux avaient été peints six chiffres, de trois à huit.

« Ces osselets me serviront à déterminer vos pertes. On ne tient aucun compte des scores extrêmes et celui qui reste représente vos morts. C'est bien compris ?

— Bien sûr.

— Il suffit de répondre oui.

— Oui », s'exécuta Parménion.

Cléarque alla se positionner près de l'armée de bois jauni tandis que le second juge se plaçait à côté des soldats rouges.

Pour la première fois, Parménion regarda Léonidas droit dans les yeux. L'autre le toisait d'un air moqueur. On disait du neveu d'Agésilas qu'il était beau mais, malgré ses cheveux d'or et sa bouche finement tracée, Parménion ne voyait que la laideur de sa cruauté.

Comme le voulait la coutume, les deux adversaires firent le tour du champ de bataille pour se dresser face à face.

« Acceptes-tu de céder devant l'Or de Sparte ? demanda Parménion.

— Le Rouge de Sparte ne recule jamais, répondit Léonidas, en accord avec le rituel. Prépare-toi à mourir. »

Le public applaudit à tout rompre et le roi se mit debout, levant les mains pour demander le silence.

« Mes amis, déclara-t-il, aujourd'hui, j'offre un cadeau tout particulier au vainqueur : l'une des sept épées du roi Léonidas. »

Ce disant, il tendit l'arme en direction des cieux et un rayon de soleil para la lame de reflets argentés. Une immense clameur s'éleva.

Léonidas se pencha pour n'être entendu que de Parménion.

« Je vais te traîner dans la boue, sang-mêlé, siffla-t-il.

— Ton haleine pue davantage qu'un cul de vache », rétorqua Parménion.

Il apprécia fugitivement la rougeur subite qui monta aux joues de son adversaire, puis chacun retourna à sa place.

« Que le combat commence », décréta Xénophon.

Cléarque fit un pas en avant.

« Le général Parménion dispose ses troupes selon la cinquième formation de Lysandre : les Sciritaïs à gauche, sur seize rangs, les Spartiates au centre, également sur seize rangs, et les mercenaires lanceurs de javelots sur la droite, derrière la cavalerie. Le général se positionne derrière son centre. »

Parménion vit plusieurs soldats secouer la tête. Il n'était pas difficile de savoir ce qu'ils pensaient : aucun général ne pouvait attendre de ses hommes qu'ils combattent pour lui si lui-même n'avait pas le courage de se mettre au premier rang.

Trois ilotes s'avancèrent pour disposer les rangées de soldats de bois sur le sable, après quoi le second juge prit à son tour la parole.

« Le général Léonidas a choisi la troisième formation d'Agésilas : les Spartiates à droite, sur dix rangs, la cavalerie au centre, les Sciritaïs et les javelots sur le flanc gauche. Il se positionne au second rang du centre. »

Le public applaudit et Léonidas s'inclina. Comme tout bon général spartiate qui se respectait, il avait décidé de se placer près du premier rang.

Les spectateurs s'approchèrent pour mieux étudier le champ de bataille. Compte tenu des formations choisies, il était évident que Parménion se préparait à jouer la défense, misant sur un assaut massif de son ennemi. Pour sa part, Léonidas avait éparpillé ses troupes, annonçant ainsi qu'il allait lancer la traditionnelle attaque en biseau sur le flanc gauche tout en manœuvrant pour encercler l'ennemi. Tout dépendrait donc du jet des osselets et des pertes subies par chaque camp.

Cléarque s'éclaircit la gorge et les spectateurs tendirent l'oreille pour ne pas manquer l'ordre qu'il allait donner, bien que celui-ci soit évident : pas de déplacement. L'or de Sparte allait attendre l'assaut de Léonidas et faire confiance aux osselets. Mais les conversations cessèrent lorsque Cléarque prit la parole.

« Le général Parménion lance sa cavalerie au triple galop sur le centre adverse. »

Tous les yeux se tournèrent alors vers le second juge. Les trois ordres initiaux ne pouvaient être changés, et l'utilisation que Léonidas avait choisi de faire de ses propres cavaliers aurait une grande influence sur le déroulement du combat. Bien que cela arrive parfois, il était extrêmement rare qu'une charge de cavalerie soit décidée au début du combat.

« Le général Léonidas ordonne à ses mercenaires et Sciritaïs d'avancer sur la droite. »

Aussitôt, les murmures se multiplièrent : Léonidas n'avait pas anticipé l'attaque adverse et ses propres cavaliers étaient restés immobiles.

Un ilote équipé d'une longue règle déplaça les cavaliers jaunes. Les trois juges se réunirent pour délibérer et Xénophon s'adressa au public.

« Les juges décrètent à l'unanimité que la vitesse de la charge met la cavalerie adverse en déroute et la repousse au milieu des hoplites. Les pertes se montent à soixante hommes dans les rangs de Léonidas, et neuf dans ceux de Parménion. »

Il y eut une clameur d'incrédulité, qui enfla encore lorsque Cléarque reprit la parole.

« Le général Parménion ordonne aux Spartiates et aux Sciritaïs de fusionner et de charger le flanc droit ennemi sur trente-deux rangs. »

Totalement immobile, Parménion fixa Léonidas, qui voyait, horrifié, l'armée adverse se rapprocher de ses lignes. Il était aisé de comprendre l'état d'esprit du neveu du roi, qui devait faire face, non pas à un plan improbable, mais à deux. Aucune unité spartiate ne pouvait même songer à fusionner avec les Sciritaïs, et aucune armée grecque ne s'attaquait jamais au flanc droit adverse, qui était également son point fort. Agir de la sorte revenait en effet à se découvrir totalement car, le bouclier étant porté au bras gauche, la phalange attaquante offrait une cible facile aux javelots, flèches, pierres et autres projectiles ennemis.

Mais pas aujourd'hui, pas dans la situation présente, car le centre de Léonidas avait été mis en désordre par le reflux de sa propre cavalerie, et il ne disposait pas de suffisamment d'archers ou de machines de guerre pour disperser la formation adverse. Avide de saisir l'instant précis où son opposant prendrait conscience de sa défaite, Parménion grava le moindre de ses traits dans sa mémoire.

« Le général Léonidas ordonne à ses six derniers rangs de contourner et d'encercler l'ennemi. »

Parménion exultait mais il cacha sa réaction sous un masque impassible, uniquement troublé par l'évasement de ses narines et l'accélération de sa respiration. Léonidas était vaincu. Une charge massive était en train de s'abattre sur son flanc droit et il ne disposait plus que de quatre rangs de soldats.

Les ilotes déplacèrent les figures. Cette fois-ci, les juges n'eurent même pas besoin de délibérer, car tout soldat présent savait ce qui ne pouvait manquer de se passer lorsqu'une phalange de trente-deux rangs heurtait au pas de charge une ligne défensive statique et forte de quatre rangs seulement. Léonidas n'était pas seulement battu, il était annihilé. Il regarda un instant encore les soldats de bois, l'air hébété, puis alla conférer avec son juge. Parménion fut stupéfait par les paroles prononcées par ce dernier.

« Le général Léonidas demande aux juges d'annuler le deuxième ordre du général Parménion, arguant du fait qu'il n'est en rien crédible. Si un tel ordre était donné au combat, nul doute que les Spartiates refuseraient d'y obéir. »

Parménion rougit et se tourna vers le roi, qui discutait avec le jeune homme assis sur sa droite. Xénophon appela les juges à son côté, loin de la foule, mais tout le monde put voir que la discussion qui s'ensuivit fut houleuse.

Parménion sentit le désespoir l'envahir alors que ses yeux retombaient sur le champ de bataille miniature et les soldats figés dans leur attitude de combat. Pouvaient-ils vraiment le disqualifier ? Bien sûr. Il regarda les spectateurs. *Qui es-tu, Parménion ?* se demanda-t-il. *Un métis sans le sou. Ils se moquent bien de ce qui peut t'arriver. C'était le jour de gloire de Léonidas et tu le leur as gâché.*

Xénophon revint au bord du champ de bataille. La foule attendait le verdict, et même le roi se redressa sur son siège, les yeux rivés sur l'Athénien.

« Le problème posé est intéressant, à tel point que l'avis des juges est partagé. Il est exact qu'une fusion des rangs spartiates avec les Sciritaïs ne peut être considérée comme honorable, ni même crédible. »

Xénophon fit une pause et Parménion vit plusieurs spectateurs opiner du chef. Léonidas, qui le regardait fixement, se permit un sourire. Parménion déglutit. Mais le général n'en avait pas fini.

« Cependant, il me semble qu'il ne s'agit pas là d'un point d'honneur, mais plutôt d'une question de tactique et de discipline. Connaissant la force de son adversaire et conscient du fait que ce dernier avait utilisé la même formation avec succès au cours de ses cinq dernières batailles, le général Parménion a conçu un plan inhabituel. Je suis athénien, mais je parle avec l'autorité d'un homme qui admire plus que tout autre les qualités de l'armée spartiate. Et, comme je viens de le dire, nous nous trouvons là face à une question de discipline. Tout repose sur un simple point : les Spartiates refuseraient-ils d'obéir à l'ordre donné ? La réponse est aisée. Quand, au cours de leur longue et glorieuse histoire, les Spartiates ont-ils refusé d'obéir à un ordre, quel qu'il fût ? »

Xénophon balaya la foule du regard et ses yeux s'arrêtèrent sur le roi lorsqu'il délivra son verdict :

« Les juges entérinent l'ordre. Le général Léonidas est vaincu et, comme il s'est placé au deuxième rang, il perd la vie dans le combat. La victoire revient à l'Or de Sparte. Le général Parménion *est* le *strategos.* »

Il n'y eut pas le moindre applaudissement, mais Parménion s'en moquait. Il se retourna vers Hermias, qui jeta la cape noire de côté et se jeta dans les bras de son ami.

Les spectateurs en restèrent sans voix. Agésilas lança un regard noir à Xénophon, mais ce dernier se contenta de hausser les épaules avant de s'en aller. Les chuchotements s'élevèrent alors, les anciens soldats discutant des stratégies employées. Léonidas avait du mal à tenir debout. Gryllas vint derrière lui pour lui remettre la cape de la honte, mais le neveu du roi quitta la cour après lui avoir fait signe de s'éloigner.

Un ilote âgé sortit de l'ombre et vint toucher l'épaule de Parménion.

« Monsieur, une femme vous demande au portail, lui apprit-il. Elle dit que vous devez venir sans attendre.

— Une femme ? Quelle femme ?

— C'est au sujet de votre mère, monsieur. »

La joie qu'éprouvait Parménion se dissipa aussitôt. Il tituba comme s'il venait de recevoir un coup terrible, puis partit en courant.

*

La foule se tut de nouveau en voyant le jeune vainqueur s'en aller sans perdre un instant. Fou de rage, Agésilas se leva et boita jusqu'à Xénophon.

« Ceci n'aurait jamais dû se produire », cracha le roi.

Xénophon hocha la tête.

« Je sais, Majesté, répondit-il à mi-voix, mais aucun d'entre nous ne pouvait s'attendre à ce que Léonidas se montre si piètre *strategos*. Il n'a pas fait preuve du moindre brio et a traité son ennemi avec mépris. Cependant, vous êtes le roi, Majesté, le juge suprême à Sparte, et il est en votre pouvoir d'annuler mon verdict si tel est votre souhait. »

Agésilas eut un regard pour les soldats de bois oubliés sur le sable.

« Non, décida-t-il enfin. Tu as eu raison, Xénophon. Mais plutôt mourir que de présenter l'épée au sang-mêlé. Tiens, donne-la-lui, toi ! »

Le général accepta l'arme et s'inclina. Le roi secoua la tête et s'en alla, la foule se dispersant après son départ. Alors que Xénophon, pensant à Parménion, allait se mettre à l'ombre sous l'auvent de l'*andron*, son fils Gryllas vint le rejoindre.

« Quelle honte, père, fit ce dernier.

— En effet. Léonidas n'aurait jamais dû refuser la cape. C'est un véritable scandale.

— Ce n'est pas ce que je voulais dire, et vous le savez fort bien. L'armée spartiate n'accepterait jamais de fusionner avec des sous-hommes tels que les Sciritaïs. Personne ne pouvait s'attendre à une telle manœuvre, et la partie aurait dû être rejouée.

— Va-t'en, mon garçon, et essaye de ne pas parler de choses que tu ne comprends pas. »

Gryllas devint écarlate.

« Pourquoi me haïssiez-vous à ce point, père ?

— Je ne te hais point, Gryllas, répondit Xénophon, choqué, et cela me peine que tu le penses. »

Il écarta les bras et s'avança vers son fils, mais ce dernier refusa le contact.

« Ne me touchez pas ! hurla-t-il. Je ne veux rien de vous ! »

Gryllas partit en courant dans la rue principale et Xénophon poussa un long soupir. Il avait tant essayé de faire de son fils un homme, de lui enseigner des concepts tels que l'honneur, la loyauté, le devoir et le courage. En vain. Au lieu de cela, il avait vu naître l'arrogance, la cruauté, la vanité et la fourberie en Gryllas.

« Je ne te hais point, répéta-t-il à voix basse, mais je ne peux t'aimer. »

Il se préparait à rentrer chez lui lorsqu'il vit un vieillard assis près du champ de bataille. L'homme regardait toujours les soldats de bois. La politesse voulait que Xénophon s'adresse à lui, en tant qu'hôte, aussi alla-t-il le voir.

« Puis-je vous offrir quelque chose à boire ? » demanda-t-il.

Le vieil homme se tourna vers le général.

« Vous ne vous souvenez plus de moi ? fit-il en montrant son moignon.

— Pasian ? Douce Héra, je te croyais mort !

— Je devrais l'être... et il est des jours où je regrette que ce ne soit pas le cas. Ils m'ont coupé la main droite avant de me laisser me vider de mon sang, général, mais je suis parvenu à rentrer chez moi. Cela m'a pris seize ans, seize longues années. Nous avons échappé aux Perses et nous nous sommes réfugiés au milieu d'un cercle de pierres. Agésilas et son armée se trouvaient tout près, et nous étions sûrs qu'ils viendraient à notre secours ; mais ils n'en firent rien. Nous n'étions que des Sciritaïs, après tout. Mes compagnons sont morts les uns après les autres. J'ai tué onze hommes ce jour-là, Xénophon. Les Perses n'étaient pas particulièrement ravis et, pour bien me le montrer, ils m'ont tranché la main droite. Mais j'ai réussi à stopper l'hémorragie et j'ai ensuite trouvé un fermier qui a refermé ma blessure à l'aide de poix brûlante.

— Entre, mon ami, que je t'offre à boire et à manger.

— Non, merci. Je suis juste venu voir le garçon gagner.

— Léonidas ?

— Non, l'autre. Savra. Ce n'est pas un Spartiate, Xénophon, puissent les dieux en être remerciés.

— Comment se fait-il que tu le connaisses ? Il n'était pas encore né quand ton armée partit pour la Perse.

— Je l'ai croisé sur le chemin du retour, général, alors que j'étais presque rentré chez moi. Vous savez, je n'avais pas pris conscience de mon âge avant de revoir les collines de mon enfance. Cela faisait tant d'années que je luttais de toutes mes forces pour les retrouver, et j'étais là, défait, un vieil infirme avec une charrette brisée. Je l'ai appelé à l'aide et il est venu ; il m'a emmené jusque chez mon fils. Et pas une fois il ne m'a dit que, par ma faute, il allait perdre la grande course. Vous vous rendez compte ?

— Il a fini bon dernier, il me semble.

— Il était en tête à proximité de la cité. Et je n'ai rien à lui offrir, ni richesses ni possessions. Mais je paierai ma dette en m'en faisant rembourser une autre, Xénophon. Je vous ai sauvé la vie à deux reprises. Acceptez-vous de me rendre un service en échange ?

— Tu sais bien que oui, tout comme j'espère que tu sais que je serais venu vous aider si j'avais été en Perse avec Agésilas. »

Pasian hocha la tête.

« Je n'en doute pas, général. Je crois savoir que le garçon est un métis, qui n'a que peu d'argent et encore moins d'influence. Aidez-le, Xénophon.

— Je le ferai, tu as ma parole. »

Le vieillard sourit et s'en alla lentement avec un dernier regard au champ de bataille.

« J'ai apprécié le combat, fit-il par-dessus son épaule. Qu'il est doux de voir les Spartiates humiliés. »

*

Parménion remonta les rues désertes au pas de course. Il ne sentait ni la chaleur du soleil de midi ni la douleur sourde des coups reçus la veille, pas plus qu'il ne voyait les maisons défilant sur les côtés, ou n'entendait les aboiements des chiens qui tentaient de le mordre au passage.

Une angoisse sourde l'étreignait et le visage de sa mère ne cessait de flotter devant ses yeux : elle était douce, souriante, calme, compréhensive...

Mourante.

Le mot se répéta encore et encore dans son esprit et sa vision se troubla, mais il ne ralentit pas l'allure pour autant. Enfin, il s'avoua qu'il savait confusément ce jour proche ; le beau visage de sa mère s'était émacié, ses bras et ses jambes étaient devenus squeléthargiques, et elle avait le regard terne, parmi bien d'autres signes annonciateurs... cependant, il se trouvait incapable d'y faire face et s'évertua à ne plus penser.

Arrivé à la rue du Départ, il pénétra dans le quartier pauvre, entrant en collision avec un marchand corpulent qu'il renversa au sol. Les insultes de l'homme l'accompagnèrent sur plusieurs pas.

Des voisins réunis et silencieux bloquaient l'accès à sa maison. Il se fraya un chemin jusqu'à la chambre de sa mère et vit Rhéa assise à côté du lit. Astion, le docteur, se tenait dans la petite cour et tournait le dos à la pièce. Rhéa se tourna vers Parménion en le voyant arriver, puis elle se leva et le prit dans ses bras.

« Elle nous a quittés, lui dit-elle. Elle ne souffre plus, maintenant. »

Le garçon se mit à pleurer en voyant le corps inerte sur le lit.

« Elle ne m'a pas attendu », murmura-t-il.

Rhéa le serra contre son cœur avant de repousser doucement les amis et voisins. Elle ferma la porte une fois que le dernier fut sorti et retourna ensuite s'asseoir pour prendre la main d'Artéma dans les siennes.

« Mets-toi de l'autre côté du lit, fit-elle à l'adresse de Parménion. Viens lui dire au revoir. »

Le garçon s'exécuta d'un pas hésitant et copia les gestes de Rhéa. La main de sa mère était si frêle... Les deux veilleurs restèrent longuement assis en silence. Astion entra, mais ils ne le virent pas et il ressortit sans un mot.

« Elle a parlé de toi sur la fin, dit finalement Rhéa. Elle m'a dit combien elle était fière de son fils. Elle voulait t'attendre, pour te voir et savoir comment tu t'étais débrouillé.

— J'ai gagné, Maman, répondit-il en serrant les doigts sans vie. J'ai gagné devant tout le monde. »

Les yeux d'Artéma étaient clos, ses traits détendus.

« Elle a l'air en paix », commenta Rhéa.

Parménion secoua la tête. Il ne voyait nulle paix devant lui, juste la terrible finalité de la mort, l'absence totale de mouvement et l'irrévocable séparation. Pourtant les doigts de sa mère étaient encore chauds et souples. Combien de fois l'avait-elle caressé pour le consoler ? Il avait l'estomac noué et une terrible boule se forma dans sa gorge. Ses larmes coulèrent plus librement et vinrent mouiller la main d'Artéma.

« Elle m'a parlé d'un cheval blanc, poursuivit Rhéa. Elle le voyait au sommet d'une colline. Il venait la chercher, et elle m'a dit qu'il la conduirait jusqu'en Macédoine. Je ne sais si cela te sera d'un quelconque réconfort, mais elle m'a aussi dit qu'elle voyait ton père, qui l'attendait. »

Incapable de parler, Parménion frôla la joue de sa mère du bout des doigts.

« Dis-lui au revoir, l'enjoignit Rhéa.

— Je ne peux pas, sanglota-t-il, pas encore. Laisse-moi seul avec elle, s'il te plaît.

— Il faut que je prépare le... je reviendrai tout à l'heure. » Rhéa se leva et sortit, en s'arrêtant un dernier instant sur le palier. « Je l'aimais, Parménion. C'était une femme bonne et une amie fidèle. Il n'y avait pas une once de méchanceté dans son cœur. Elle méritait mieux. »

Quand il entendit la porte se fermer, Parménion se laissa aller et pleura à chaudes larmes. Les images se bousculaient dans sa tête. Il ne se souvenait plus guère de son père que comme d'un géant aux traits indistincts, mais sa mère était toujours restée à son côté. Lorsqu'il avait été emmené à la caserne, comme tous les garçons de Sparte âgés de sept ans, elle avait pleuré longuement, en le serrant contre son cœur comme si elle craignait de ne plus le revoir. Il avait souvent escaladé les murs pour venir la rejoindre.

Et maintenant, elle n'était plus là.

« Si tu m'aimais vraiment, tu reviendrais. Tu ne m'aurais jamais quitté. »

Il savait ses paroles stupides et injustes, mais elles avaient jailli de sa bouche sans qu'il puisse les retenir.

Il resta au côté du corps jusqu'à la tombée de la nuit. Entendant la porte s'ouvrir, il sut que Rhéa était de retour. Mais il se trompait.

« Je t'apporte ton trophée, général, murmura Xénophon. Couvre son visage et suis-moi dans la cour.

— Je ne peux pas ! » protesta Parménion.

L'Athénien fit le tour du lit.

« Elle n'est plus là, mon garçon. Elle nous a quittés. Ce que tu vois désormais, ce n'est que l'enveloppe de chair qu'elle portait de son vivant. Te sera-t-il vraiment si difficile de la recouvrir ? »

La voix de l'homme était douce et Parménion cligna des yeux à plusieurs reprises pour chasser ses larmes, puis il tira tendrement le drap blanc sur le visage inerte.

« Discutons un peu », proposa le général après que tous deux furent sortis dans la cour pour s'asseoir sur le banc de pierre.

L'Athénien portait désormais une longue cape de laine bleue sur une tunique de lin blanc et des sandales de cuir noble nouées au niveau du mollet. Malgré son changement de tenue, il avait toujours l'air d'un soldat. Il avait avec lui l'épée de Léonidas, qu'il mit dans la main de Parménion.

Le garçon la posa à côté de lui sans lui accorder un regard. Xénophon hocha la tête.

« Elle prendra de l'importance pour toi dans les jours à venir, fit-il. Mais cela viendra en temps et en heure. Tu es jeune, Parménion, et la vie te réserve encore bien des peines, même si aucune d'entre elles ne te fera autant de mal que celle que tu endures à présent. Mais tu es un garçon sensé et tu sais que tout le monde finit par mourir un jour. J'ai parlé avec ta voisine ; ta mère souffrait beaucoup.

— Je le sais, et je sais aussi combien elle devait lutter... je voulais... je voulais bâtir quelque chose pour elle. Une maison, autre chose... je voulais juste qu'elle soit heureuse, qu'elle ait tout ce qu'elle désirait. Un jour, elle avait vu un tissu qui lui plaisait beaucoup, au marché. C'était une étoffe luisante et brodée d'or, qu'on aurait pu utiliser pour confectionner une robe de reine. Nous n'avions pas de quoi l'acheter, alors je l'ai volée. Mais elle l'a ramenée. Elle n'a jamais rien eu. »

Xénophon secoua la tête.

« La douleur t'aveugle. Elle avait un mari qu'elle aimait et un fils qu'elle adorait. Penses-tu vraiment qu'elle aurait pu désirer davantage ? C'est possible, j'imagine, mais notre monde est cruel, Parménion, et l'on ne peut espérer qu'un peu de bonheur. S'il faut en croire ta voisine, ta mère était heureuse. Elle ignorait tout des... tracas... que te causent les autres garçons. Elle chantait, riait, dansait lors des festivités...

Elle est morte, c'est vrai, et elle ne chantera plus jamais. Mais elle a également cessé de souffrir et de vieillir. Et elle n'aura pas le malheur de voir mourir son fils.

— Pourquoi êtes-vous venu en personne ? Vous auriez pu charger quelqu'un de m'apporter l'épée.

— C'est vrai, reconnut Xénophon en souriant. Suis-moi, Parménion. Nous dînerons chez moi et tu me parleras de ta mère. Il est important que nous discutions d'elle et que nous chantions ses louanges. Ainsi, les dieux sauront que c'était une femme bonne, et il l'accueilleront avec du bon vin et une robe d'étoffe luisante et brodée d'or.

— Je ne veux pas la quitter, protesta le garçon.

— C'est trop tard, elle est déjà partie. Maintenant, elle doit être préparée pour les obsèques, et il ne faut pas qu'un homme assiste aux mystères des femmes. Suis-moi. »

Parménion s'exécuta et tous deux remontèrent la rue du Départ en silence, puis ils traversèrent la place du marché pour pénétrer dans le quartier de la noblesse.

La demeure de Xénophon paraissait différente maintenant que la foule était partie et que le champ de bataille avait disparu. L'odeur des fleurs violettes emplissait l'atmosphère et un serviteur apporta plusieurs lampes pour éclairer la cour. Il faisait chaud et lourd, et le général écouta attentivement le garçon qui lui racontait la vie de sa mère.

On apporta des sucreries et du vin coupé d'eau, et les deux hommes discutèrent jusqu'à une heure tardive. Finalement, Xénophon conduisit Parménion à une petite chambre donnant sur l'arrière de la maison.

« Dors bien, mon ami. Demain, nous nous occuperons de tes affaires, fit l'Athénien avant de rester un instant pensif. Dis-moi, jeune homme, pourquoi as-tu fini dernier lors de la grande course ?

— J'ai commis une erreur, répondit Parménion.

— Et la regrettes-tu ? »

Le garçon revit fugitivement le visage du vieillard et son regard chargé de souffrance.

« Non, décida-t-il. Certaines choses sont plus importantes que la victoire.

— Tâche de t'en souvenir », lui conseilla l'Athénien.

*

Assise près du feu mourant, Tamis contemplait les ombres qui dansaient sur les murs blancs et grossiers de la petite pièce. La nuit était calme, à l'exception du vent qui bruissait dans les feuilles.

La vieille femme attendait, les sens aux aguets.

J'ai eu raison, se répéta-t-elle pour la millième fois. La force du vent s'accentua et une branche vint heurter sa fenêtre. Les flammes grandirent brusquement puis retombèrent. Tamis jeta quelques brindilles sèches dans le feu et resserra son mince châle autour de ses épaules.

La fatigue se faisait de plus en plus présente et ses yeux commençaient à se fermer d'eux-mêmes, mais elle poursuivit obstinément sa longue veille.

Enfin, quand la nuit fut tombée, elle entendit un cheval approcher, chacun de ses pas résonnant sur la terre battue. Elle se leva avec un soupir, prit son bâton et se rendit à la porte ouverte, d'où elle observa les arbres baignés d'ombre.

Le bruit se rapprochait ; pourtant nul cheval n'était visible. Fermant les paupières, la vieille femme ouvrit les yeux de son esprit. Aussitôt, elle vit un grand destrier blanc traverser la clairière et se dresser devant elle. C'était une bête magnifique, de dix-huit paumes de haut, aux yeux tels deux opales noires.

Soupirant de nouveau, Tamis se débarrassa de son châle, le remplaçant par une cape de laine grise qu'elle attacha à l'aide d'une broche de turquoise. Laissant la porte grande ouverte, elle partit en direction de la cité et le cheval spectral lui emboîta le pas.

Ses pensées étaient moroses alors qu'elle traversait lentement la place du marché déserte, son bâton frappant les pavés à chacun de ses pas. La mère de Parménion avait été une femme bonne et généreuse. *Et tu l'as tuée*, entendit-elle chuchoter au plus profond de son âme.

« C'est faux », répondit-elle à voix haute.

Tu l'as laissée mourir. N'est-ce pas la même chose ?

« Tout le monde meurt. Suis-je donc responsable de chaque décès ? »

Mais tu as souhaité sa mort. Tu voulais que l'enfant souffre seul.

« Pour l'endurcir. C'est l'unique espoir de notre monde, l'homme que la destinée a choisi pour affronter le Dieu Noir. Il doit être fort. »

La voix se tut, mais Tamis sut qu'elle n'était pas parvenue à la convaincre. *Tu te fais vieille*, se dit-elle. *Tu te parles toute seule et cela n'a aucun sens.*

« Je parle avec la voix de la raison, se justifia-t-elle. Elle, avec celle du cœur. »

Et n'as-tu plus de place pour moi, Tamis ?

« Laisse-moi tranquille ! Je fais ce qui doit être fait ! »

Plusieurs hommes jouaient aux osselets non loin. Certains levèrent la tête sur le passage de la vieille femme et l'un d'entre eux fit subrepticement le signe de protection contre le mal. Tamis sourit et cessa de penser à ces témoins involontaires.

Arrivée chez Parménion, elle ferma les yeux et son esprit entra seul, pour flotter dans la chambre mortuaire où le corps d'Artéma gisait, enveloppé dans son linceul. Comme ce que cherchait Tamis ne se trouvait pas là, elle regagna son corps. D'un pas fatigué, elle remonta les rues éclairées par la lune jusqu'à atteindre la demeure de Xénophon. Le cheval l'avait fidèlement suivie. Une fois encore, elle sortit de son corps pour explorer la maison, jusqu'à une petite pièce située au sommet d'un escalier dérobé. Parménion y dormait profondément.

Une silhouette pâle et éthérée se tenait à côté du lit. On aurait dit un nuage de brume blanche et luisante, de forme vaguement humaine, mais aux traits indéfinissables. Tamis ressentit aussitôt les émotions qui emplissaient la chambre : un profond amour et un chagrin déchirant. Perdu dans ses rêves, Parménion grogna et la forme scintilla brièvement. Peine et confusion vinrent se mêler aux sentiments que percevait la vieille femme. Un bras translucide se tendit vers le garçon, sans pourtant pouvoir le toucher.

« L'heure est venue, murmura Tamis.

— Non, supplia l'entité.

— Même éveillé il ne pourrait pas vous voir. Venez, je vais vous guider.

— Où ?

— En un lieu où vous pourrez vous reposer. »

La silhouette eut un dernier regard en direction du lit.

« Mon fils...

— Ce sera un grand homme. Il nous sauvera des ténèbres.

— Mon fils, répéta le spectre, comme s'il n'avait rien entendu.

— Votre place n'est plus ici. Dites-lui vite adieu, car l'aube se lèvera bientôt.

— Il a l'air perdu. Je dois rester auprès de lui pour le réconforter. »

La brume gagna en consistance et les traits d'Artéma apparurent sur son visage. Elle se tourna vers Tamis.

« Je vous reconnais, vous êtes l'oracle, fit-elle.

— C'est exact.

— Pourquoi voulez-vous m'arracher à mon fils ?

— Vous n'êtes plus de ce monde. Vous... vous êtes morte.

— Morte ? Oh, oui, c'est vrai. Je m'en souviens. Et maintenant, il ne me sera plus jamais donné de le tenir tout contre mon cœur. Comment vais-je le supporter ? »

Tamis serra les dents pour ne pas être submergée par le chagrin émanant du fantôme, mais elle dut détourner le regard en croisant celui d'Artéma.

« Suivez-moi », ordonna-t-elle en retournant à son enveloppe charnelle.

Elle resta seule un moment, puis la silhouette blanche apparut dans la cour.

« Vous dites qu'il deviendra un grand homme, mais sera-t-il heureux ? voulut savoir Artéma.

— Oui, mentit Tamis.

— Je saurai m'en satisfaire. Vais-je retrouver son père ?

— Je ne saurais le dire, car je ne peux me rendre là où vous allez. Mais si vous voulez, je prierai pour qu'il en soit ainsi. Montez, seul le cheval connaît le chemin à emprunter. Il vous conduira à bon port. »

La brume s'éleva et se stabilisa sur le dos du destrier.

« Veillerez-vous sur mon fils ? voulut encore savoir Artéma. Serez-vous son amie ?

— Je veillerai sur lui, promit la vieille femme. Je ferai en sorte qu'il ait tout ce dont il a besoin pour accomplir sa destinée. Et maintenant, allez. »

Le cheval leva la tête et partit lentement en direction du cimetière. Tamis le regarda s'éloigner jusqu'à ce qu'il ait disparu, puis se laissa tomber sur un banc en marbre.

Mais sera-t-il heureux ?

La question la rongeait et sa tristesse se transforma en colère.

« Les forts n'ont pas besoin de bonheur. Il connaîtra les honneurs et la gloire, et son nom sera sur toutes les lèvres des générations durant. Des générations d'hommes et de femmes connaîtront le bonheur grâce à lui. C'est déjà bien assez, non ? »

Elle leva les yeux vers la fenêtre de la chambre de Parménion.

« Il faudra bien que cela te suffise, *strategos*, car c'est tout ce que je suis en mesure de t'offrir. »

*

Parménion s'éveilla en pleine nuit, l'esprit empli de confusion. Il s'assit dans son lit sans trop savoir où il se trouvait. La clarté de la lune lui parvenait par la fenêtre ouverte. Il leva les yeux pour regarder l'astre et revit le visage de sa mère, froid et mort. La réalité du moment lui fit plus de mal que tous les coups que Gryllas et ses amis avaient pu lui donner. Il quitta son lit pour se rendre à la fenêtre, d'où il observa la cour déserte. Le sable du champ de bataille avait été débarrassé et plus rien ne signalait le lieu de sa victoire. Il repensa à son triomphe, mais celui-ci ne représentait pas grand-chose en regard de ce qu'il avait perdu. Comment un jeu aussi puéril avait-il pu avoir tant d'importance à ses yeux ? Il jeta un coup d'œil à sa couche en se demandant ce qui l'avait réveillé. Puis il se souvint.

Il avait rêvé d'un cheval blanc galopant sur de vertes collines.

Une fois encore, il se tourna vers la lune et les étoiles. Elles étaient si lointaines, intouchables, hors d'atteinte.

Comme sa mère...

L'idée de ne plus la revoir lui était insupportable. Il s'assit sur une chaise à haut dossier et laissa la douce brise le rafraîchir. Tout le monde le méprisait, mais ça n'avait plus la moindre importance, maintenant que le seul être qu'il ait jamais aimé venait de mourir.

Que va-tu faire, Parménion ? s'interrogea-t-il. *Où comptes-tu aller ?*

Il resta assis jusqu'à l'aube et regarda le soleil se lever au-dessus de la chaîne du Parnon.

La porte s'ouvrit et il se tourna pour voir entrer Cléarque, le juge qui lui avait été attribué lors de la finale. Il se leva et s'inclina.

« Inutile de m'accorder ton respect, je ne suis guère plus qu'un serviteur en cette demeure. Le maître des lieux t'invite à déjeuner à sa table. »

Parménion hocha la tête et l'homme repartit. Il s'arrêta néanmoins une seconde sur le pas de la porte et ses traits s'adoucirent.

« Cela n'aura probablement aucune importance pour toi, mon garçon, mais je suis désolé de ce qui est arrivé à ta mère. La mienne est morte lorsque j'avais quinze ans. Cela ne s'oublie pas.

— Merci », répondit Parménion.

Les larmes lui montèrent de nouveau aux yeux, mais il lutta pour les réprimer et suivit Cléarque jusqu'à la cour, où Xénophon l'attendait. Le général se leva et sourit en le voyant approcher.

« J'espère que tu as bien dormi, jeune *strategos*.

— Oui, monsieur. Merci.

— Assieds-toi et mange. Il y a du pain et du miel, dont j'ai appris les vertus lors de la campagne de Perse. C'est une excellente façon de débuter la journée. »

Parménion se coupa plusieurs tranches de pain frais et les tartina de miel.

« J'ai envoyé un message à ta caserne, lui apprit Xénophon. Tu n'as pas besoin de t'y rendre aujourd'hui, et je me suis dit que nous pourrions en profiter pour chevaucher un peu en direction d'Ilias.

— Je suis un piètre cavalier, monsieur, avoua le garçon. Nous n'avons jamais eu les moyens d'acheter un cheval.

— Dans ce cas, comment peux-tu savoir si tu es doué ou non ? Mange et nous verrons ce qu'il en est vraiment. »

Une fois le petit déjeuner achevé, les deux hommes se rendirent en direction de l'écurie, où cinq chevaux se partageaient les six stalles disponibles.

« Prends-en un, offrit Xénophon. Examine-les tous et fais ton choix. »

Parménion pénétra dans chacune des stalles et observa chacune des montures à tour de rôle. Ne sachant trop quels signes rechercher, il caressa tous les animaux et flatta leur flanc. Il remarqua un gris à l'encolure fine et au dos puissant, mais le cheval le regarda d'un air mauvais. Finalement, le garçon arrêta sa décision sur une jument alezane de quinze paumes.

« Explique-moi les raisons de ton choix, lui demanda Xénophon après avoir passé la bride à la jument et l'avoir conduite dans la cour.

— Elle m'a donné un petit coup de tête lorsque je l'ai caressée. Les autres sont tous restés impassibles, sauf le gris. Lui, je crois qu'il aurait bien voulu m'arracher la main d'un coup de dents.

— Il l'aurait sans doute fait, reconnut Xénophon. Mais tu as fait un excellent choix. Cette jument est douce et prompte à obéir. Rien ne lui fait peur. »

Le général étendit une peau de chèvre sur le dos de l'alezane, puis une magnifique peau de léopard sur celui du gris.

« Elle ne glissera pas, mais n'oublie pas qu'il faut contrôler ton cheval avec les cuisses, pas avec les mollets. Les Perses utilisent souvent un harnachement en cuir fixé au dos de leur monture, mais il s'agit là de manières de barbares, Parménion. Un homme civilisé n'a besoin que d'une couverture ou d'une peau de bête. »

Il faisait frais, car le soleil du matin ne dispensait pas encore la chaleur accablante du milieu de journée. Les deux hommes quittèrent la ville et se dirigèrent vers les collines en tirant leur monture respective par la bride. Puis Xénophon noua ses mains et aida Parménion à monter à dos de cheval avant de faire de même en saisissant la crinière du gris. Son geste fut ample et gracieux, et le garçon envia l'assurance de son aîné.

« Nous commencerons au pas, ce qui permettra aux chevaux de s'habituer à notre poids, annonça l'Athénien en se penchant pour flatter le cou de son destrier.

— Vous vous en occupez bien, remarqua Parménion. Vous les traitez comme des amis.

— Ce sont mes amis. On voit tant d'imbéciles hors de Sparte, persuadés qu'un fouet suffit à mater un cheval et le forcer à obéir. Oh, nul doute qu'ils parviendront à le dompter, mais une monture sans fougue n'est plus bonne à rien. Réponds-moi, *strategos* : qui préférerais-tu avoir à tes côtés en cas de combat, un homme qui t'aime ou un autre que tu ne cesses de tourmenter et de maltraiter ?

— C'est évident, monsieur. Je préférerais être entouré d'amis.

— Exactement. Et en quoi cela serait-il différent avec un cheval ou un chien ? »

Ils traversèrent les collines jusqu'à arriver à une plaine couverte d'herbe sèche.

« Laissons-les aller à leur rythme, maintenant », décréta Xénophon.

Ce disant, il donna une tape sur la croupe de son destrier. Celui-ci partit au galop et la jument suivit aussitôt. Parménion la serra entre ses jambes et se pencha en avant. Sa tête résonnait du martèlement des sabots et il fut envahi par un bonheur sans limite. Il ne s'était jamais senti aussi vivant.

Quelques minutes plus tard, Xénophon vira à droite, en direction d'un bosquet de cyprès. Là, il ralentit l'allure et la jument de Parménion s'adapta au nouveau rythme. L'Athénien descendit de sa monture.

« Tu te débrouilles bien, fit-il en souriant à l'adresse de Parménion.

— C'est grâce à elle, répondit ce dernier en mettant à son tour pied à terre. C'est une excellente jument.

— Alors, caresse-la et dis-le-lui.

— Pourquoi, elle peut me comprendre ?

— Bien sûr que non, mais le ton de ta voix et le contact de ta main lui diront que tu es content d'elle.

— A-t-elle un nom ? demanda le garçon en passant les doigts dans la crinière noire.

— Bella. Elle vient de Thrace et a un courage de lionne. »

Ils attachèrent les chevaux et s'assirent à l'ombre des arbres. Parménion se sentit soudain mal à l'aise. Que faisait-il ici ? Pourquoi ce légendaire Athénien s'intéressait-il donc à lui ? Il n'avait aucune envie d'être séduit par Xénophon, et encore moins de se retrouver dans une situation où il devrait repousser les avances d'un homme aussi influent.

« À quoi penses-tu ? lui demanda soudain l'Athénien.

— Aux chevaux. »

Xénophon hocha la tête ; il n'était pas dupe.

« Ne me crains pas, jeune homme. Je ne suis que ton ami, ni plus ni moins.

— Êtes-vous un dieu pour savoir ce que je pense ?

— Non, je suis un général et tes pensées sont aisées à saisir, car tu es jeune et naïf. Au cours de ton combat contre Léonidas, tu as tout fait pour ne pas montrer ta jubilation au moment où tu l'as écrasé. Mais c'était une erreur, car tes traits se sont figés et une grande malice est soudain apparue dans ton regard. Si tu souhaites cacher tes sentiments, il te faut commencer par te tromper toi-même. Lorsque tu regardes un ennemi haï, oblige-toi à croire qu'il s'agit de ton ami. De cette manière, tes traits s'adouciront et le sourire te viendra tout naturellement. N'essaye pas de masquer tes expressions, car cela ne fait que clamer au monde entier que tu as quelque chose à cacher. Et quand tu le peux, enrobe les mensonges dans la vérité, car il s'agit là du meilleur déguisement qui soit. Mais nous y reviendrons... Tu te demandes pourquoi Xénophon s'intéresse à toi ? La réponse est simple. Je t'ai vu affronter Léonidas et j'ai été saisi par ton sens tactique. La guerre est un art, pas une science, et je sais que tu en es instinctivement conscient. Tu as étudié Léonidas et découvert sa faiblesse. Puis tu as pris un risque et il a payé. Mais surtout, tu t'es servi de ta cavalerie de manière intelligente, ce qui est extrêmement rare chez les Spartiates.

— Les spectateurs n'ont guère été impressionnés.

— Et il y a là une autre leçon à retenir, *strategos*. Tu as gagné mais, ce faisant, tu as permis aux Sciritaïs de partager la gloire des soldats, ce qui est une grossière erreur. Si les esclaves venaient à se prendre pour les égaux des Spartiates, il y aurait bien vite une nouvelle révolte, et les autres cités-États comme Thèbes ou Athènes ne tarderaient pas à s'unir pour annihiler Sparte. Tout est question d'équilibre et cela, les soldats qui se trouvaient dans le public le savent fort bien.

— Ce qui signifie que j'ai eu tort.

— Dans un jeu ? Non. Dans des circonstances réelles ? Sans aucun doute.

— Mais alors, pourquoi m'avoir soutenu ?

— Tu as remporté la bataille et, dans un jeu, il n'est pas nécessaire de prendre en compte le fait que tu aurais fini pas perdre la guerre. »

Le général se leva et retourna près de son cheval. Parménion le suivit.

« M'enseignerez-vous ? demanda le garçon sans pouvoir s'en empêcher.

— Peut-être. Et maintenant, repartons. »

*

Léonidas exécuta une course de trois pas et lança le javelot de toutes ses forces. Il suivit des yeux la trajectoire arrondie décrite par le projectile, dont le fer renvoyait les rayons du soleil. L'arme vint se ficher en terre plus de douze pas au-delà du meilleur jet réussi par ses camarades. Il leva les bras en signe de triomphe et une vingtaine d'adolescents l'applaudirent.

C'était maintenant à l'officier de la caserne de lancer son javelot et Léonidas se tourna vers lui.

Lépidas secoua la tête et se saisit de son arme. Il prit sept pas d'élan, vérifia l'équilibre du javelot, puis courut et lança le projectile en grognant sous l'effort. Léonidas s'autorisa un sourire au moment où la longue lance prenait son envol.

Le javelot de Lépidas retomba un peu trop tôt ; trois pas le séparaient encore de celui de Léonidas. L'officier se tourna vers le jeune homme et s'inclina en souriant.

« Ton bras est fort, mais tu n'arques pas assez ton dos avant de lancer, lui dit-il. Tu dois pouvoir faire au moins huit pas de plus. Travaille ton mouvement.

— Je n'y manquerai pas, monsieur, promit Léonidas.

— Et maintenant, j'aimerais bien vous voir courir, messieurs. Vingt tours de piste, s'il vous plaît.

— Et s'il ne nous plaît pas ? cria un petit malin.

— Vingt-cinq », rétorqua Lépidas.

Un grognement lui répondit, mais les jeunes gens partirent en trottinant jusqu'au point de départ. L'officier alla s'installer sur un banc de bois situé à l'ombre pour observer la course. Gryllas prit la tête de la course, suivi de Léarchus. Pour sa part, Léonidas était quatrième, juste derrière Hermias. Lépidas se frotta l'épaule, dans laquelle une pointe de lance était encore enfouie, juste sous l'os. L'articulation lui faisait un mal de chien en hiver et même en été où, de chaque effort violent tel le lancer d'un javelot, naissait une douleur sourde.

Lépidas regarda les jeunes hommes couverts de sueur qui passaient devant lui. Il enviait leur jeunesse et leur énergie, et se souvenait avec nostalgie du temps où, tout comme eux, il n'attendait que le moment d'intégrer une phalange et de prendre part au combat.

« Allons, Pausias ! » cria-t-il en voyant que l'un des garçons se laissait distancer.

Aussitôt, ce dernier accéléra l'allure pour réintégrer le groupe et disparaître de la vue de son officier.

Lépidas se remémora alors sa jeunesse. Sparte était différente, à l'époque, plus fidèle aux principes établis par le divin Lycurgue. Les garçons des casernes recevaient deux tuniques, une pour l'hiver, l'autre pour l'été. Les ménestrels étaient absents du Théâtre de Marbre et il n'y avait pas de fêtes chez les riches. Pour les jeunes, le régime alimentaire se limitait à un bol de soupe noire par jour, et le fouet aidait à l'application d'une discipline de fer. Les Spartiates étaient une race de combattants, formés dès leur plus jeune âge. Il regarda de nouveau les coureurs. C'étaient de braves garçons, mais Léonidas possédait de nombreuses tuniques, et une cape chaude pour se protéger du vent hivernal. Hermias passait la plupart de ses soirées chez ses parents, où il mangeait à satiété en buvant du vin coupé d'eau. Le jeune Léarchus avait une dague au manche doré, ouvragée par un artisan de Thèbes, et ce fainéant de Pausias s'emplissait la panse de gâteaux au miel qui l'empêchaient de courir plus vite qu'un cochon malade. Jamais ces garçons ne pourraient survivre avec seulement un bol de soupe par jour.

Reportant son attention sur Léonidas, il vit que ce dernier occupait désormais la deuxième place, juste derrière Gryllas. L'Athénien était un bon coureur, mais Lépidas savait que Léonidas le déborderait immanquablement en accélérant dans le dernier virage. Seul Parménion était capable de soutenir l'allure de Léonidas, et encore ne pourrait-il tenir sur une distance aussi longue, où la force supérieure du neveu du roi finirait fatalement par compter.

Faire combattre des Sciritaïs au côté de vrais hommes. Lépidas secoua la tête en y repensant. Le matin même, son responsable l'avait convoqué pour lui parler de l'incident.

« Je n'y suis pour rien, monsieur, s'était-il défendu.

— Tu aurais dû t'en mêler, avait rétorqué le général vieillissant. Le roi en a été très courroucé et l'un de nos jeunes gens les plus prometteurs a reçu une terrible humiliation. Cherches-tu à me dire que le garçon n'avait jamais essayé cette manœuvre à l'entraînement ?

— Jamais, monsieur », avait répondu un Lépidas de plus en plus mal à l'aise.

L'homme qui était venu le voir avait été son officier au cours de sept campagnes différentes et, même si tous deux étaient adultes depuis plus de quarante ans, il l'impressionnait toujours autant.

« Remets-le dans le droit chemin. Où irons-nous si nous permettons à des Spartiates de combattre de manière si affligeante ?

— Ce n'est qu'un sang-mêlé, monsieur. Il ne sera jamais spartiate.

— Son père était un bon guerrier et sa mère savait se tenir. Mais tu as raison : le sang finira par parler. Envoie-moi ce garçon.

— Il se trouve en compagnie de Xénophon, monsieur. On enterre sa mère aujourd'hui et l'Athénien l'a invité chez lui. »

Le général avait tapé du poing sur la table.

« Je ne tolérerai pas que l'un de mes élèves devienne le mignon de cet Athénien !

— Je veillerai à ce qu'il réintègre la caserne dès demain.

— Fais-le, Lépidas. Et sache qu'il n'y aura pas de présentation du Sceptre de la Victoire.

— Monsieur ?

— Pas de présentation cette année. »

Lépidas avait dégluti en regardant son supérieur droit dans les yeux.

« Je n'apprécie guère ce garçon, monsieur, mais il a gagné. Comment peut-on refuser de lui remettre le Sceptre ?

— Il convient de faire un exemple. Sais-tu que mes ilotes ne parlent que de sa victoire et que tous les Sciritaïs sont au courant ? »

Lépidas s'était alors tu. Et maintenant il regardait la course s'achever à l'ombre de son cyprès. Il n'avait aucune affection pour Parménion, qu'il considérait comme un garçon fourbe et sournois, mais ce dernier avait gagné le Sceptre et il était injuste de le lui refuser. Lépidas se demanda comment les autres adolescents réagiraient en apprenant la nouvelle. Parménion n'était guère populaire, mais la remise du Sceptre était généralement une occasion de faire une fête que tous les garçons attendaient.

La course serait bientôt finie. Lépidas se leva et se rendit au centre de la piste.

Gryllas menait toujours le peloton, mais Hermias avait remonté Léonidas et, ce faisant, il l'empêchait de déborder l'Athénien par l'extérieur. Léonidas effectua un crochet sur la droite et écarta Hermias d'un coup d'épaule. Ce dernier manqua de perdre l'équilibre et, sans s'occuper de lui, Léonidas fondit sur Gryllas et le dépassa juste avant la ligne. Hermias finit cinquième.

Lépidas attendit que tous les garçons aient repris leur souffle pour les appeler à lui.

« Belle course, messieurs. Sauf toi, Pausias. Fais-moi cinq tours de plus, je te prie. (Le gros adolescent repartit seul, sous les quolibets de ses camarades.) Et maintenant, voyons quelles sont les décisions du jour, en commençant par les jeux d'Olympie. Léonidas et Parménion représenteront la caserne pour les courses de moyenne et de longue distance. Léonidas sera également engagé dans la compétition de javelot, en compagnie de Nestus. Quant à Hermias et Asiron, ils prendront part à la course sur courte distance. Je leur parlerai à tous lorsque j'en aurai fini avec vous. Ensuite, quatre d'entre vous sont arrivés en retard à l'appel, hier. C'est un très mauvais exemple pour les plus jeunes membres de la caserne. Nous sommes des Spartiates, messieurs, ce qui signifie que nous savons ce que le mot discipline veut dire. Cela ne se reproduira plus. Enfin, pour ce qui est de la présentation du Sceptre de la Victoire... »

Il observa Léonidas du coin de l'œil et vit un sourire fugace se dessiner sur le visage du jeune homme.

Une vive colère s'empara de lui en comprenant que le neveu du roi était déjà au courant.

« La présentation n'aura pas lieu cette année et la fête est annulée. »

À la grande stupéfaction de Lépidas, les garçons assemblés poussèrent un grand cri de joie. L'expression de l'officier se fit menaçante et il leva les bras pour réclamer le silence.

« Messieurs, s'indigna-t-il. Je ne comprends pas la cause de cette allégresse. L'un d'entre vous sera-t-il assez bon pour me l'expliquer ? Toi.

— Savra a triché », répondit Léarchus, sur qui s'était posé le doigt de l'instructeur.

Plusieurs adolescents opinèrent du chef.

« Il n'a pas triché ! tonna Lépidas. Il a gagné, et c'est ce que les Spartiates sont censés faire. Maintenant, laissez-moi vous expliquer quelque chose. Si Léonidas avait ordonné à sa cavalerie d'avancer, il aurait intercepté la charge de Parménion. Par la suite, le flanc droit de celui-ci aurait totalement été exposé aux archers et aux lanceurs de javelots. Son armée aurait été décimée. Je n'excuse pas son utilisation des Sciritaïs, mais le désespoir m'envahit lorsque j'entends les Spartiates se lamenter après la défaite. Rompez ! »

Tournant les talons, il s'en alla d'une démarche rapide, laissant des jeunes gens éberlués derrière lui.

« Je ne savais pas qu'il aimait bien Savra, chuchota enfin Léarchus.

— Il n'a fait que dire la vérité, répondit Léonidas.

— Non, Savra a triché », insista Gryllas.

Léonidas se leva et se tourna vers les autres.

« Il a raison ! J'ai pris Savra à la légère, et il m'a humilié. J'aurais dû porter la cape de la honte. Il y avait au moins dix façons différentes de le battre si j'avais entrevu son plan, et trois qui m'auraient permis de le contrer même si j'avais été pris par surprise, mais je ne les ai pas utilisées. Et maintenant oublions tout ceci. »

Léonidas partit à son tour et Gryllas se pencha vers Léarchus.

« Le sang-mêlé est chez mon père, aujourd'hui, lui murmura-t-il à l'oreille. Mais, ce soir, il rentrera chez lui pour assister à l'enterrement de sa mère.

— Et alors ?

— Et alors, il ne pourra pas prendre part aux jeux d'Olympie avec une jambe cassée.

— Je ne sais pas...

— Il a humilié notre ami, insista Gryllas.

— Et si ton père venait à l'apprendre ?

— Il fera noir. Et Savra ne nous dénoncera pas.

— Dans ce cas, d'accord », répondit Léarchus.

*

Le corps entouré d'un linceul blanc fut soulevé du lit et déposé sur une longueur de toile tendue entre deux perches. Parménion regarda les femmes transporter sa mère du lieu de son décès à la colline du cimetière. Toutes de blanc vêtues, les porteuses étaient au nombre de quatre et, dans son rôle de mère des pleurs, Rhéa les suivait de près. Puis venait Parménion, accompagné de Xénophon.

Le cimetière se trouvait derrière le Théâtre de Marbre, dans la partie orientale de la cité. La procession dut traverser une place du marché noire de monde et passer à côté du monument dédié à Pausanias et Léonidas.

Le cortège atteignit enfin la grotte, où l'attendait une femme âgée à la longue chevelure blanche agitée par le vent.

« Qui souhaite marcher avec les morts ? » demanda-t-elle.

Rhéa fit un pas en avant.

« Mon amie Artéma, répondit-elle.

— Qui payera le passeur[1] ?

— Moi, Parménion. »

Ce disant, le garçon laissa tomber une tétradrachme en argent dans la main tendue. La vieille femme inclina la tête sur le côté, sans quitter le jeune homme des yeux. Puis elle porta le regard sur Xénophon, qui attendait en silence.

« Je vois Celui Qui Est et Celui Qui Sera, murmura-t-elle. Invite-moi chez toi, général. »

L'Athénien fut choqué par ce manquement au rituel. Il inspira profondément.

« Si vous voulez, vieille mère, répondit-il tout de même.

— Amenez la morte à son lieu de repos », annonça la vieille femme.

Rhéa ordonna aux porteuses d'avancer et elles furent rapidement avalées par la caverne béante. Les deux hommes restèrent à l'entrée.

1. Dans la mythologie grecque, les âmes des morts doivent traverser un fleuve, l'Achéron, pour entrer au royaume d'Hadès, le dieu des Enfers. Ainsi doivent-ils s'acquitter du prix du passage auprès de Charon, qui les mènera sur sa barque (*N.d.É.*).

« Je n'ai pas pu payer de pleureuses, dit Parménion. Croyez-vous que les dieux le lui reprocheront ?

— Voilà une question intéressante, répondit Xénophon. Les dieux peuvent-ils être influencés par des larmes et gémissements hypocrites ? J'en doute. Des hommes bons meurent parfois sans que l'on s'en aperçoive et sans que l'on verse une larme pour eux, tandis que des tyrans sont accompagnés par des centaines de pleureuses jusqu'à leur dernière demeure. J'aime à penser que les dieux sont dotés d'un peu plus de discernement que les hommes.

— Le croyez-vous vraiment ?

— Je crois qu'il existe des puissances qui gouvernent notre existence. Chacun est libre de leur donner le nom qu'il veut.

— À votre avis, elle vivra donc à nouveau ?

— Je trouve en effet plaisant de le croire. Viens, parlons quelques instants. Il ne fait pas trop chaud. »

Ils retournèrent au monument érigé à la gloire de Pausanias et de Léonidas. Il s'agissait d'un énorme cube de marbre au-dessus duquel se dressait un hoplite. Le récit de la bataille de Platées était gravé à sa base ; il racontait comment l'armée de l'envahisseur perse s'était brisée sur la puissance de la phalange spartiate. Xénophon ôta sa cape blanche et s'assit à l'ombre. Une veuve âgée s'approcha d'eux et leur offrit des pamplemousses frais. Le général en acheta trois d'une pièce et en lança un à Parménion.

« Quelle est la leçon de Platées ? demanda-t-il en tirant une dague de sa ceinture pour ôter la peau du fruit.

— La leçon ? répéta le garçon en haussant les épaules. Les Spartiates ont progressé en direction du centre de l'armée perse, qui est partie en déroute. Qu'y a-t-il donc à apprendre là ?

— Pourquoi les Perses se sont-ils enfuis ? »

Parménion pela son pamplemousse et le mangea rapidement en crachant les pépins.

« Je ne sais pas, moi. Ils avaient peur ?

— Évidemment qu'ils avaient peur. Réfléchis ! »

Le garçon sentit le rouge de la honte lui monter aux joues.

« Je ne connais pas suffisamment le déroulement de la bataille pour vous répondre », se justifia-t-il.

Xénophon se détendit brusquement. Achevant son pamplemousse, il se laissa aller contre le socle en marbre.

« Étudie les indices à ta disposition, Parménion.

— Mais j'ignore ce que vous voulez !

— Si tu es capable de répondre à ma question, je te servirai de professeur comme tu me l'as demandé. Dans le cas contraire, cela ne servirait à rien. Pense au problème et viens me retrouver ce soir. »

Sur ces mots, le général se leva et s'en alla.

Parménion resta longtemps assis, à réfléchir à la question posée, mais la solution lui échappait. Il erra au cœur du marché, se glissa derrière un étal et vola deux tartelettes. Il fut repéré par le marchand, mais disparut dans une petite allée avant que l'homme ne puisse l'attraper. Les jeunes Spartiates étaient encouragés à voler pour compléter leur régime alimentaire plus que frugal. Si jamais ils se faisaient prendre, ils se voyaient sévèrement punis, non pour avoir volé, mais pour s'être laissé attraper.

Dans la rue du Départ, il vit deux hommes âgés assis près du palais d'Agésilas. Il s'approcha d'eux et s'inclina. Au bout de quelques instants, l'un d'eux daigna lui accorder son attention.

« Oui ? fit-il.

— Quelle est la leçon de Platées, monsieur ? demanda le garçon.

— La leçon ? Quelle leçon ? Les seuls qui en aient reçu une, ce sont les Perses et le reste du monde : personne ne peut espérer vaincre une armée spartiate. Quelle question stupide.

— Merci, monsieur », fit Parménion en s'inclinant une nouvelle fois.

Quelle énigme Xénophon lui avait-il donc proposée là ? La réponse était-elle si évidente que cela ? Mais, dans ce cas, pourquoi l'Athénien lui aurait-il posé cette question ? Parménion courut jusqu'à l'acropole, où il mangea ses tartelettes en regardant le mont Taygète.

« Étudie les indices à ta disposition », avait dit Xénophon. Quels indices ? Cinq mille soldats spartiates avaient fait face à l'immense armée de Xerxès près de Platées. Les Perses avaient été annihilés et la guerre remportée d'un seul coup. Les forces spartiates étaient dirigées par Pausanias.

Quelle leçon pouvait-on en tirer ?

Parménion descendit la colline jusqu'au monument. Il lut l'inscription gravée, mais elle ne lui apprit rien qu'il ne sût déjà. Où donc se trouvaient les indices dont parlait Xénophon ?

La colère commençait à sourdre en lui. L'Athénien n'avait nulle envie de lui servir d'instructeur et il avait trouvé ce moyen de se débarrasser de lui, en le refusant comme élève après qu'il se fut montré incapable de résoudre un problème sans réponse. Mais il chassa cette pensée à peine formulée. Le général n'avait nul besoin d'excuse ; il lui aurait suffi de refuser.

Le monument dédié à Pausanias et Léonidas...

Il se dressait au-dessus de sa tête, refusant de révéler le secret gravé dans sa pierre. Parménion étudia l'hoplite. Sa longue lance était brisée, mais il avait tout de même l'air indomptable.

S'agissait-il de Léonidas, de Pausanias, ou encore d'un soldat inconnu ?

Léonidas ? Pourquoi donc le roi tombé aux Thermopyles était-il mentionné sur le monument commémorant la victoire de Platées ? Il avait trouvé la mort plusieurs mois auparavant. À l'époque, les Grecs avaient demandé aux Spartiates d'être le fer de lance de leur armée commune contre les Perses, mais les prêtres avaient refusé que l'armée levât le camp car Sparte se trouvait alors en plein festival religieux. Néanmoins Léonidas, roi de Sparte, avait reçu l'autorisation de prendre ses trois cents gardes du corps avec lui jusqu'au défilé des Thermopyles. Ils y avaient bloqué l'armée perse et, bien que trahis et encerclés, ils avaient résisté jusqu'au dernier. Trop terrifiés pour les attaquer, les Perses les avaient achevés de loin, à l'arc et au javelot.

La réponse à la question de Xénophon déchira les brumes du cerveau de Parménion tel le soleil trouant les nuages. Quelle était la leçon de Platées ?

C'est parfois de la défaite que naît la victoire.

Les Perses, qui n'avaient pas eu le courage d'attaquer les quelques gardes de Léonidas survivants, s'étaient ensuite retrouvés face à une armée forte de cinq mille Spartiates. Ils les avaient vus avancer sur eux, précédés par un rideau de lances, et s'étaient enfuis à toutes jambes. Voilà pourquoi les deux chefs de guerre se partageaient le monument. Léonidas avait lui aussi gagné à Platées, une victoire remportée à force de courage, grâce à la mort de trois cents héros.

« Je te salue, Léonidas », fit Parménion en regardant l'hoplite de marbre.

*

Les serviteurs de Xénophon s'écartèrent en voyant arriver la vieille femme. Aucun d'entre eux n'osa l'approcher. Elle percevait clairement leur peur et eut un sourire sans joie alors qu'elle s'appuyait sur son bâton pour attendre la venue du seigneur des lieux.

Elle sentait que de nombreux yeux l'observaient. Autrefois, elle leur aurait inspiré un grand désir charnel. À l'époque, sa seule présence enflammait les passions et la plupart des hommes auraient été capables de tuer leur frère pour le simple plaisir de lui tenir la main. La vieille prêtresse se racla la gorge et cracha par terre. Quelle importance avait donc le passé ? Son premier époux était mort au cours d'une guerre contre Athènes, le deuxième en Thrace. Quant au troisième, il avait contracté la fièvre pour avoir bu de l'eau croupie lors d'un été particulièrement chaud ; il avait succombé dans d'horribles souffrances alors que Tamis se trouvait à Delphes. Elle aurait pu le sauver si elle avait eu connaissance de sa maladie. Mais maintenant, tout cela n'avait plus aucun sens ; le passé était mort et enterré.

Elle entendit une porte s'ouvrir et les pas assurés du général athénien s'approcher d'elle. Elle l'observa avec les yeux du corps et de l'esprit, et vit ainsi le feu de son âme.

« Bienvenue chez moi, madame.

— Conduis-moi à l'ombre et permets-moi de boire un peu », dit-elle.

Il lui toucha le bras du bout des doigts et elle perçut aussitôt le pouvoir qui émanait de lui. Cela la déconcerta un instant et lui rappela les jours de sa jeunesse. La force du soleil diminua lorsqu'ils entrèrent dans une alcôve située sur leur droite. Là, elle put sentir l'odeur de multiples fleurs et la fraîcheur de la pierre. Elle s'assit et attendit en silence qu'un domestique lui ait apporté un gobelet d'eau tout juste tirée du puits.

« Vous m'apportez un message de la déesse ? » voulut savoir Xénophon.

Tamis goûta l'eau du bout des lèvres. Une dent cariée la foudroya de douleur et elle posa le gobelet sur la table en pierre.

« Tu ne trouveras pas ce que tu désires, Athénien. Renonce à tes rêves de guerres lointaines, de gloire au combat. Personne ne voit tous ses rêves se réaliser, poursuivit-elle en sentant la déception du général, mais on se souviendra de toi pendant mille ans.

— Comment, si tout honneur m'est désormais interdit ?

— Je l'ignore, Xénophon. Mais tu peux me faire confiance. Toutefois je ne suis pas venue ici pour parler de toi, mais du petit lion.

— Le petit lion ? Qui ?

— Le garçon qui a enterré sa mère. Celui Qui Sera. Il connaîtra la gloire, la souffrance, la tragédie et le triomphe. C'est lui qui est important.

— C'est juste un garçon. Il n'est ni roi, ni même homme civilisé. Que peut-il faire ? »

Tamis acheva le verre d'eau. Elle se sentait bien en ce lieu, et pourtant elle savait qu'elle n'était pas la bienvenue. Comme il aurait été plaisant de passer la journée à l'ombre, à se remémorer sa longue, très longue vie. Elle soupira.

« Sa destinée le pousse vers la gloire, mais son nom n'entrera pas dans l'histoire comme le tien, même s'il conduira ses armées aux quatre coins du monde. C'est ton devoir de le former et de lui faire profiter de ce que tu possèdes.

— Mais je ne possède rien, protesta Xénophon. Je ne suis pas riche et je n'ai aucune armée sous mes ordres.

— Tu as tout ce dont il a besoin, Athénien, dans ta tête. Tu connais le cœur des hommes et l'art de la guerre. Fais-lui ces dons et regarde-le grandir.

— Il conduira Sparte à la gloire ?

— Sparte ? fit-elle avec un petit rire sans joie. Le temps de Sparte est fini, Xénophon. Nous sommes dirigés par le roi infirme. Personne n'a voulu écouter l'oracle. Comme tous les hommes, Lysandre était persuadé d'être dans le vrai. Mais il n'y aura pas de nouvelles gloires pour Sparte. Non, le garçon ira ailleurs, et c'est toi qui l'y enverras le moment venu.

— Est-ce tout ? demanda le général en se levant. Vous parlez par énigmes. Pourquoi ne pas m'en dire davantage ?

— Pour la bonne et simple raison que c'est là tout ce que je sais, Athénien. Crois-tu vraiment que les dieux font part de tout leur savoir à leurs serviteurs ?

J'ai fait tout ce qui était en mon pouvoir. Je ne sais rien de plus. »

Sur ce mensonge, Tamis repartit vers le soleil et l'extérieur de la cité.

*

La prêtresse sortit lentement de Sparte et passa à côté du lac et du temple consacré à Aphrodite. Elle suivit le petit sentier qui menait à sa maison, petit bâtiment bas et laid, avec un toit troué pour permettre à la fumée de s'échapper. Une fosse avait été creusée au centre du plancher de la pièce unique, seulement meublée d'une fine paillasse, disposée dans un coin.

Tamis s'accroupit devant l'âtre éteint. Levant la main, elle prononça trois mots de pouvoir et les flammes renaquirent au milieu des cendres froides. Elle regarda le feu danser quelques minutes durant, jusqu'à ce que le poids de la solitude devienne insupportable.

« Où es-tu, Cassandre ? murmura-t-elle, les épaules voûtées. Viens à moi. »

Les flammes s'élevèrent et s'arrondirent, comme si elles cherchaient à saisir un globe invisible. Peu à peu, un visage se forma en leur sein. Affublée de traits fins et nobles, d'un nez aquilin, de cheveux blonds et bouclés, la femme de feu n'était pas une beauté, mais possédait un indéniable charme.

« Pourquoi me déranges-tu dans mon sommeil ? demanda-t-elle.

— Je me sens seule.

— Tu fais appel à tes pouvoirs sans discernement ni sagesse, Tamis.

— Et pourquoi ne pourrais-je pas t'appeler ? rétorqua la vieille femme. J'ai besoin d'amis et de compagnie, moi aussi.

— N'y a-t-il point assez de vivants de par le monde ? C'est parmi eux que tu devrais trouver tes amis. Mais si tu souhaites parler, je n'ai d'autre choix que de t'écouter. »

Tamis hocha la tête et raconta à Cassandre l'ombre qu'elle avait vue planer sur l'avenir, l'ombre qui annonçait l'avènement du Dieu Noir.

« En quoi cela te concerne-t-il ? demanda Cassandre. Sa venue fait partie de la lutte éternelle que se livrent la Source et l'Esprit du Chaos.

— Je sais que je peux empêcher sa naissance.

— L'empêcher ? Que racontes-tu là ? Tu as vu l'avenir. Comment peux-tu espérer le changer ?

— C'est toi qui me le demandes ? Tu sais mieux que moi qu'il existe des millions d'avenirs possibles, qui dépendent de chaque décision prise par les hommes, les femmes et... même les enfants et les animaux.

— C'est exactement ce que je veux dire, Tamis. Tu n'as pas reçu tes pouvoirs pour manipuler le cours de l'histoire ; la Source n'a jamais fonctionné de cette manière.

— Elle aurait peut-être dû, contra la prêtresse. J'ai étudié des centaines d'avenirs possibles. Dans quatre d'entre eux, au moins, le Dieu Noir peut être vaincu. Il me suffisait alors de remonter dans le temps pour trouver leur facteur commun, l'événement capable de modifier le cours de l'histoire. Et j'y suis parvenue.

— Tu me parles de l'enfant, Parménion, annonça

tristement la femme de feu. Tu te trompes, Tamis. Tu devrais cesser tes manigances, car cette lutte te dépasse. Elle est plus grande que ce monde, elle s'intègre dans le conflit cosmique qui oppose le chaos et l'harmonie. Tu n'as pas conscience du mal que tu peux faire.

— Tu me parles de mal, alors que je sais ce qui arrivera si le Dieu Noir prend forme humaine ? Les montagnes ruisselleront de sang, les cours d'eau vomiront un déluge de fumée et la terre ne sera plus que désolation.

— Je vois. Et, comme de bien entendu, tu es la seule à pouvoir te dresser contre ce mal ?

— Ne me parle pas sur ce ton ! Tu t'imagines que je vais vivre comme toi, en multipliant les prophéties que personne ne croit ? Pour quoi faire, Cassandre ? Quel a été le sens de ton existence ? Va-t'en ! »

Les flammes moururent et le visage disparut.

Tamis poussa un long soupir. Qu'elle ait tort ou raison, la voie était désormais toute tracée. Parménion deviendrait le guerrier de la lumière, chargé de contrer les ténèbres.

Que je ne me mêle pas de ça ! Et qui a empêché le dernier avènement, voici plus de vingt ans, alors que l'enfant devait être engendré par le roi de Perse ? Qui a possédé la concubine lors de la nuit fatidique, pour l'inciter à se jeter du haut de la tour ?

« Moi ! hurla-t-elle. Moi seule ! »

Et tu as eu tort, comme tu as tort maintenant, rétorqua une voix importune. *Parménion est libre de vivre sa vie. Il ne t'appartient pas de jouer avec son destin.*

« Je ne joue pas avec, se justifia-t-elle. Je l'aide à devenir un grand homme. »

Mais il a le droit de choisir.

« Je lui laisserai des choix. Aux moments clefs de son existence, j'irai vers lui et je lui expliquerai les possibilités qui s'offrent à lui. »

Et si tu te trompais, Tamis ?

« Non, j'ai raison ! Le Dieu Noir doit être défait et il le sera. Laisse-moi tranquille ! »

Dans le silence revenu, Tamis inspecta son humble demeure, le cœur lourd. Ses pouvoirs auraient pu lui permettre de résider dans un somptueux palais, mais elle avait choisi cette misérable bicoque.

« J'ai fait tous les sacrifices requis par la Source, et la lumière m'accompagne partout où je vais. »

Personne n'était là pour la contredire, mais son incertitude était toujours aussi vive. Elle tendit le doigt vers le foyer et prononça un nom ; un visage d'homme apparut.

« Joue pour moi, Orphée, lui demanda-t-elle. Ta musique me soulagera. »

Tamis s'allongea sur sa paillasse alors que les premières notes de lyre résonnaient dans la pièce. Dans trois des avenirs qu'elle avait entrevus, le Dieu Noir était né dans une Sparte qui avait pris le contrôle de la Grèce.

Il y avait trois pères possibles : Léarchus, qui deviendrait un grand homme, Nestus, qui faisait partie de la famille royale, et Cléomène, qui serait un jour roi.

« Voyons maintenant quelle est la destinée qui t'attend, Parménion », murmura Tamis en fermant les yeux.

*

Allongé au sommet d'une colline située à l'est de la cité, en bordure du lac, Parménion regardait les jeunes filles jouer et courir. Il s'étonnait lui-même de s'intéresser ainsi à leurs activités, car c'était un passe-temps auquel il n'aurait jamais pensé jusqu'à l'été précédent. Il se souvenait encore de ce jour où un nouveau bonheur avait fait irruption dans son existence. Il s'entraînait à courir en côte sur cette même colline lorsqu'il avait été dérangé par une voix aussi douce que la naissance du jour.

« Qu'est-ce que tu fais ? »

Il s'était retourné pour constater qu'une adolescente de treize ou quatorze ans venait de lui adresser la parole. Elle portait une tunique blanche toute simple, au travers de laquelle il voyait nettement la forme de ses seins parfaits et le tracé de ses mamelons. Ses jambes étaient lisses et bronzées, sa taille fine et ses hanches voluptueuses. Pris en faute, ainsi confronté à deux grands yeux gris et un visage d'une beauté incomparable, il n'avait pas tardé à se rendre compte qu'il rougissait.

« Je... je cours, balbutia-t-il.

— Je le vois bien. Mais explique-moi pourquoi tu montes la colline en courant avant de la descendre pour remonter à nouveau. Où est la logique là-dedans ? »

Elle avait passé la main dans ses cheveux blonds aux reflets roux. Parménion avait eu l'impression que les rayons du soleil venaient se perdre dans ses boucles qui scintillaient telles des pierres précieuses.

« Lépidas, l'officier de ma caserne, dit que cela renforcera mes jambes. Je suis rapide.

— Moi c'est Dérae.

— Non, ce n'est pas mon nom...
— Je sais. Je plaisantais.
— Je vois. Je... il faut que j'y aille. »

Sur ce, il avait fait volte-face avant de grimper la colline à une allure qu'il n'aurait pas crue possible compte tenu de la vitesse de ses ascensions précédentes.

Par la suite, il était venu près du lac de nombreuses fois pour voir les jeunes filles courir. Lépidas lui avait expliqué que les femmes de Sparte étaient les seules que l'on autorisait à faire du sport pour développer leur musculature. Les autres cités-États prétendaient que de tels exercices physiques étaient indécents et qu'ils incitaient les hommes à commettre de terribles crimes. Allongé sur le ventre, Parménion n'était pas loin de partager cet avis alors qu'il suivait Dérae des yeux.

Les adolescentes se mirent en ligne pour disputer une petite course. Dérae se trouvait à l'extérieur. Elle l'emporta aisément en quelques longues enjambées ; ses pieds paraissaient à peine frôler l'herbe verte.

Deux fois seulement en un an, il avait trouvé le courage de lui adresser la parole alors qu'elle s'approchait du terrain d'entraînement. Elle l'accueillait toujours d'un grand sourire, d'un geste de la main, et partait généralement en courant avant qu'il n'ait le temps de dire quoi que ce soit. Mais cela ne le dérangeait guère. Pouvoir la regarder une fois par semaine lui suffisait amplement. De plus, faire sa connaissance de manière approfondie ne servirait à rien, car nul Spartiate n'avait le droit de se marier avant d'avoir atteint la majorité à l'âge de vingt ans.

Quatre années encore. Une éternité.

Après une heure de sport, les jeunes femmes se préparaient à rentrer chez elle. Parménion roula sur le dos et ferma les yeux pour se protéger du soleil. Nouant les mains derrière la nuque, il se mit à réfléchir. Il pensa à sa bataille contre Léonidas, aux tourments que lui faisaient subir les autres garçons de la caserne, mais aussi à Xénophon, Hermias et Dérae. Il essaya de ne pas trop s'appesantir sur la mort de sa mère, car la blessure était encore trop récente et il perdait tous ses moyens lorsqu'il revoyait son visage en pensée.

Une ombre lui cacha soudain le soleil.

« Pourquoi m'observes-tu ? » lui demanda Dérae.

Parménion s'assit brusquement. Elle était agenouillée dans l'herbe à son côté.

« Je ne t'ai pas entendue approcher.

— Cela ne répond pas à ma question, jeune Rapide.

— J'aime bien te regarder, répondit-il en souriant de toutes ses dents. Tu cours bien, mais je crois que tu balances trop les bras.

— Si je comprends bien, tu m'observes pour mieux critiquer ma technique ?

— Non, pas du tout. » Il inspira profondément et expulsa l'air lentement. « Ce n'est pas ce que je veux dire, et je crois que tu le sais. Tu te moques encore de moi. »

Elle hocha la tête.

« Mais juste un tout petit peu, Parménion. »

Le garçon se sentit euphorique. Elle connaissait son nom, ce qui signifiait qu'elle l'avait demandé à quelqu'un et qu'il ne lui était pas indifférent.

« Comment se fait-il que tu me connaisses ? voulut-il savoir.

— Je t'ai vu jouer contre Léonidas.

— Oh, fit-il, déçu. Comment est-ce possible ? Je croyais que les femmes n'avaient pas le droit d'assister aux jeux...

— Mon père est très proche de Xénophon et le général nous a permis, à mes amies et moi, de regarder depuis une fenêtre du premier. Nous avons dû le faire à tour de rôle pour ne pas être remarquées. Ta stratégie était très intéressante.

— J'ai gagné, se défendit-il.

— Je le sais bien. Je t'ai dit que j'ai tout vu.

— Pardon, je croyais qu'il s'agissait d'un reproche. Tout le monde m'en fait. »

Elle opina de nouveau du chef.

« Tu n'avais même pas besoin des Sciritaïs, de toute façon. Si tu avais avancé sur seize rangs, tu aurais tout de même enfoncé les lignes réduites de Léonidas.

— Je sais, répondit-il en haussant les épaules, mais il m'est impossible de revenir en arrière et de formuler mon ordre différemment.

— As-tu toujours l'épée ?

— Bien sûr. Pourquoi m'en serais-je débarrassé ?

— Elle a une très grande valeur. Tu aurais pu la vendre.

— Jamais ! C'est l'une des sept épées de Léonidas. Je la chérirai ma vie durant.

— C'est bien dommage, dit-elle en se levant avec grâce, car j'aurais bien aimé te l'acheter.

— Quel besoin peux-tu avoir d'une épée ? demanda-t-il en se mettant à son tour debout.

— Je l'aurais offerte à mon frère.

— Ce serait un cadeau princier. Cela te dérange que je te regarde courir ?

— Pourquoi voudrais-tu que ça me dérange ?

— Es-tu fiancée ?

— Pas encore, mais mon père y pense. Serait-ce une demande en mariage, Parménion ? »

Avant qu'il ne puisse répondre, une main le saisit à l'épaule et le tira en arrière. Il pivota instantanément et son poing frappa avec violence le menton de Léonidas. Un instant étourdi, le nouvel arrivant se frotta la mâchoire puis avança sur son ennemi.

« Arrêtez ! » s'écria Dérae, mais les deux belligérants ne tinrent aucun compte de son intervention.

Léonidas feinta du gauche et frappa du droit, touchant Parménion en plein visage. Accompagnant le coup, ce dernier saisit la tunique de son adversaire et lui délivra un coup de genou au bas-ventre. Léonidas se plia en deux sous la douleur et Parménion en profita pour lui donner un coup de tête. Étourdi, le plus grand des deux garçons manqua tomber. Parménion le repoussa et vit une pierre coupante à moitié enfouie dans le sol. Il la dégagea et s'approcha de son ennemi juré, fermement décidé à lui défoncer le crâne.

Dérae l'en empêcha en se jetant devant lui et en le giflant avec violence. Il lui saisit la gorge à pleine main, leva la pierre... et s'immobilisa en voyant le regard terrorisé de la jeune fille. Il lâcha son arme improvisée et recula précipitamment.

« Je... pardon, je... c'est mon ennemi.

— C'est aussi mon frère », répondit-elle d'un ton glacial.

Léonidas avait eu le temps de récupérer. Il vint se poster au côté de Dérae.

« Approche-toi encore une fois de ma sœur, et tu m'en répondras l'arme à la main », menaça-t-il.

Parménion partit d'un grand éclat de rire sinistre.

« Avec grand plaisir, lâcha-t-il, car nous savons tous deux quelle arme je choisirais, une arme que tu ne posséderas jamais, même si tu la désires de toute ton âme. Mais ne crains rien, Léonidas, car je ne veux rien de toi... ou de ta famille.

— Crois-tu que j'aie peur de toi, paysan ?

— Tu devrais. Attaque-moi quand tu le voudras, espèce de porc arrogant. Mais sache ceci : je te détruirai. »

Parménion tourna les talons et s'en alla.

*

Hermias arriva en bordure du lac à l'instant même où les jeunes filles s'en allaient. Ne voyant pas Parménion, il s'apprêtait à repartir à travers les arbres lorsque Dérae lui fit un grand geste du bras. Un petit sourire timide s'inscrivit sur le visage du garçon et il s'avança vers elle. Courant jusqu'à lui, elle l'embrassa sur la joue.

« Il est rare de te voir ici, cousin, lui dit-elle. Les filles t'intéresseraient-elles, d'un seul coup ? »

Deux amies de Dérae s'approchèrent de lui et touchèrent sa tunique, comme pour mieux en déterminer la texture. Il ne put s'empêcher de rougir.

« Je cherche mon ami, Parménion », fit-il.

L'expression de la jeune fille se fit menaçante.

« Il était ici, mais il n'y est plus, répondit-elle simplement.

— Il t'a offensée ? » demanda Hermias, inquiet.

Dérae s'accorda quelques instants de réflexion. Léonidas serait furieux s'il apprenait qu'elle avait parlé de la défaite qu'il venait juste de subir, mais elle se sentait obligée de le faire. Prenant le bras d'Hermias, elle le conduisit à l'écart des autres adolescentes. Ils s'assirent à l'ombre, au bord du lac, et elle lui raconta tout ce qui s'était produit.

« Tu ne peux savoir combien il a souffert, Dérae, tenta de justifier Hermias. Pour une raison que je suis incapable d'expliquer, il est haï de tous. Rien de ce qu'il fait n'est bien. Quand il gagne une course, personne ne le félicite, même lorsqu'il est opposé aux garçons des autres casernes. Et pourtant, il est gentil et prévenant. Les autres l'attaquent en groupe et le rouent de coups de bâton. Rares sont ceux qui osent s'attaquer à lui seul à seul.

— Mais mon frère n'a rien à voir avec cette vilenie. Il est noble et fort ; jamais il ne se joindrait à une telle meute.

— Je suis d'accord avec toi. J'ai toujours... eu beaucoup de respect pour Léonidas. Mais ces attaques sont portées en son nom et il ne fait rien pour y mettre un terme. La dernière s'est produite la veille de la finale, et Parménion a été forcé de passer toute la nuit caché à l'acropole. Tu as vu les bleus qu'il avait. »

Sélectionnant une pierre plate, Dérae la jeta avec grâce, observant les ricochets qu'elle effectuait à la surface du lac de saphir.

« Personne n'est jamais haï sans raison, décréta-t-elle. C'est un garçon grossier et arrogant. Léonidas dit que c'est un sang-mêlé, et pourtant il se pavane au milieu des vrais Spartiates et les prend de haut. »

Hermias opina du chef.

« Ce n'est pas faux, reconnut-il. Mais lorsque l'on est détesté de tous, il ne reste plus que l'orgueil. Il refuse de se laisser humilier. Je lui ai conseillé de jouer pour perdre lors de la finale, mais il a refusé, et vois ce qui est arrivé. On le hait plus encore, désormais. À quel avenir peut-il prétendre, Dérae ? Il n'a aucun statut social, et bientôt plus d'argent.

— Es-tu son seul ami ?

— Oui. Il y a bien une fille, je crois. Il la voit chaque semaine. Quand il me parle d'elle, c'est un homme différent. Mais je ne sais pas de qui il s'agit, et cela m'étonnerait qu'il lui ait jamais adressé la parole.

— Oh, si. Il l'a même prise à la gorge avant de la menacer avec une pierre. »

Hermias ferma les yeux et s'allongea lentement sur l'herbe.

« C'était donc toi, fit-il. Je ne comprends pas. A-t-il donc été maudit à la naissance par un esprit malfaisant ? Il faut que je le retrouve.

— Je crois plutôt que tu devrais l'éviter, Hermias. J'ai regardé au plus profond de ses yeux et j'y ai vu quelque chose de si dangereux que cela m'a glacé les sangs.

— C'est mon ami, rétorqua le garçon en se levant, et j'ai des nouvelles pour lui. Mais il faut que je commence par voir Léonidas. Où se trouve-t-il ?

— Il a dit qu'il allait s'entraîner au maniement de l'épée et de la lance ; il devrait encore se trouver au terrain. Mais ne lui dis pas que c'est moi qui t'ai tout raconté.

— Je t'en prie, Dérae. Si je ne le fais pas, il croira que c'est Parménion qui m'envoie. »

Elle se mit à son tour debout en secouant la tête.

« Très bien, Hermias. Dis-lui que tu m'as parlé. Mais je te préviens qu'il considère désormais Parménion comme son ennemi juré. Ne t'attends pas à ce qu'il abonde dans ton sens. »

Équipé d'une cuirasse, d'un ptérux et de jambières, Léonidas affrontait un jeune homme du nom de Nestus, et les environs résonnaient du bruit des chocs répétés des épées contre les boucliers. Les deux adversaires avaient décidé d'utiliser de vraies armes plutôt que les épées en bois dont on se servait généralement à l'entraînement. Manifestement tendus, les spectateurs observaient les deux combattants, qui tournaient lentement l'un autour de l'autre, à la recherche d'une ouverture. Le puissant Nestus était le champion de la caserne au maniement de l'épée courte, mais Léonidas était calme, fort et vif. Tous deux avaient la respiration hachée et Nestus avait subi une légère blessure au bras ; une fine rigole de sang courait le long de son biceps. Léonidas tenta un nouvel assaut, mais son adversaire répondit en s'élançant à sa rencontre, bouclier en avant. Léonidas fut renversé au sol sous la violence du choc. Aussitôt, Nestus se rua sur lui et lui toucha la gorge de la pointe de son épée. Quelques applaudissements polis montèrent du public. Souriant de toutes ses dents, Léonidas se releva d'un bond et laissa tomber son bouclier. Prenant son adversaire dans ses bras, il le félicita chaudement puis se dirigea vers les outres d'eau qui pendaient à l'ombre.

Hermias se précipita vers lui et l'aida à ôter sa cuirasse.

« Merci, cousin, fit Léonidas en s'essuyant le front. Bon sang, qu'il est fort. Mais je me rapproche de lui, non ?

— Oui, confirma Hermias. Tu as eu l'occasion de le frapper au bas-ventre. Dans un vrai combat, tu ne l'aurais pas laissé passer, et tu l'aurais emporté.

— Tu l'as vu ? Oui, c'est vrai qu'il a l'habitude de lever son bouclier un peu trop haut. Mais qu'est-ce qui t'amène ? Tu n'as pas l'intention de combattre, j'imagine ?

— Non, répondit Hermias en inspirant profondément. Je suis venu te parler de Savra. »

Ce disant, il détourna les yeux pour mieux se préparer à l'éruption de colère qu'il pressentait.

« Il est venu te trouver ? demanda Léonidas d'un ton égal.

— Non, c'est Dérae qui m'a tout dit, avoua un Hermias déconcerté par le manque de réaction de son vis-à-vis.

— Et que viens-tu me demander ?

— Que les violences dont il est la cible s'arrêtent.

— Je n'ai rien à voir avec. Je ne les approuve pas et je n'en entends parler qu'après coup. Il n'est guère populaire, fit Léonidas en haussant les épaules. Qu'attends-tu de moi ?

— Dis à Gryllas et à Léarchus que tu... désapprouves ces agressions.

— Pourquoi ?

— Parce que tu es un homme noble. Tu n'es pas un lâche, et tu n'as besoin de personne pour livrer tes combats à ta place. »

Léonidas ricana.

« Chercherais-tu à me flatter, Hermias ?

— Oui, mais je crois sincèrement que c'est la vérité. Parménion ne se soumettra pas, quel que soit le nombre de coups reçus. Un jour, les autres le tueront, et pourquoi ? Parce qu'ils pensent que cela te ferait plaisir. Et serait-ce le cas, cousin ?

— Oui, reconnut Léonidas. Mais tu as raison, de telles méthodes sont viles et je refuse d'y être mêlé. Je veillerai à ce qu'elles cessent, Hermias. D'ailleurs, j'aurais dû m'en occuper il y a longtemps. J'ai eu honte quand je l'ai vu arriver meurtri le jour de la finale.

— Je suis ton obligé, cousin.

— Non, c'est moi qui suis le tien. Mais sache ceci : Parménion est mon ennemi, et un jour je le tuerai. »

Hermias chercha son ami pendant deux heures, avant de finalement le trouver assis sur un bloc de granite situé au pied de la statue d'Athéna de la Route. Hermias s'installa à son côté.

« Pourquoi es-tu si sombre, *strategos* ? voulut-il savoir.

— Ne m'appelle pas ainsi. Plus tard, peut-être, mais pas aujourd'hui.

— La colère est en toi, Savra. Penses-tu encore au combat qui t'a opposé à Léonidas ?

— Comment l'as-tu appris ?

— J'ai parlé avec Dérae. J'ignorais que c'était elle que tu allais regarder. »

Parménion lança une pierre dans le champ tout proche. Une nuée d'oiseaux noirs et gris s'envolèrent aussitôt.

« Je hais les corbeaux, fit-il. Quand j'étais petit, ils me faisaient peur ; j'étais persuadé qu'ils entreraient un jour par la fenêtre de ma chambre pour venir dévorer mon âme. J'avais entendu l'un des voisins dire que ces oiseaux de malheur avaient picoré les yeux de mon père sur le champ de bataille. J'en pleurais la nuit et je les entendais battre des ailes dans ma tête.

— Préfères-tu que je te laisse seul, Savra ? Cela ne me dérange pas, tu sais. »

Parménion se força à sourire et passa le bras autour des épaules de son ami.

« Je n'ai pas envie d'être seul, Hermias, et pourtant je le suis. » Il se leva, prit une autre pierre et la jeta haut dans les airs. « Qu'y a-t-il ici pour moi, Hermias ? Que puis-je espérer devenir ?

— Que souhaites-tu être ? »

Parménion secoua la tête.

« Je ne sais pas. Autrefois, je désirais uniquement rejoindre les rangs des hoplites, avec mon bouclier, mon épée et ma lance. Je voulais suivre le roi en terre étrangère et m'enrichir à force de pillages. Mais je fais des rêves étranges depuis quelque temps.

— Continue, l'encouragea Hermias en voyant qu'il cessait de parler. Les songes sont parfois des messages envoyés par les dieux. Vois-tu des aigles ? C'est toujours un bon signe, de même que les lions.

— Il n'y a jamais le moindre animal ; rien que des hommes armés de pied en cap. Deux armées se font face sur une longue plaine et je suis général. Les phalanges s'élancent l'une vers l'autre dans un double nuage de poussière et les cris de guerre sont trop assourdis pour être perceptibles. L'une des deux unités est spartiate ; je reconnais les capes rouge sang. Le carnage est terrible et, quand il s'achève, je vois le roi ennemi qui gît sur le sol, mort. C'est alors que je me réveille. »

Hermias garda un moment le silence puis adressa un large sourire à son ami.

« Tu dis que tu te vois dans la peau d'un général. C'est forcément un bon signe, non ? Et c'est un rêve qui a de bonnes chances de se concrétiser, car il n'existe pas de plus fin stratège que toi. Et avec toi à sa tête, Sparte ne peut être vaincue.

— C'est justement là le problème, mon ami. Car je suis le général de l'armée adverse, et c'est le roi de Sparte qui se fait tuer.

— Chut ! l'interrompit Hermias. Ne dis pas des choses pareilles, malheureux ! Oublie ça. Ce n'est pas un signe. Tu repensais à la finale des jeux du général, c'est tout. Pas étonnant, d'ailleurs, compte tenu du temps de préparation que cela t'a demandé et de la peine qui s'en est suivie. Oublie ce rêve, Savra, et n'en parle jamais plus. Tiens, j'ai des nouvelles qui vont te remonter le moral, c'est promis.

— Alors, dis-les moi vite, mon ami, car j'en ai bien besoin.

— Léonidas et Lépidas ont parlé de toi aujourd'hui, sur le terrain d'entraînement. Léonidas a reconnu qu'il avait mal joué et que tu méritais de l'emporter. Les autres disaient que tu avais triché, mais il a pris ta défense. C'est merveilleux, non ?

— J'entends presque les chants d'allégresse des dieux, rétorqua Parménion d'un air moqueur.

— Mais ne comprends-tu donc pas ? Cela signifie que les attaques vont cesser. Tu ne risques plus rien, maintenant.

— Nous verrons bien. J'en jugerai en voyant le nombre de gens qui assisteront à la cérémonie de victoire.

— À ce sujet, les nouvelles sont moins bonnes, reconnut Hermias. Je ne sais comment te le dire, Savra, mais il n'y aura pas de présentation du Sceptre. »

Parménion eut un petit rire sardonique.

« Ça, pour une surprise », railla-t-il.

Il sauta sur ses pieds et se tourna vers la déesse de pierre.

« Qu'ai-je fait, Athéna, pour que les dieux me haïssent à ce point ? Suis-je mauvais ? Peut-être que oui... mais une chose est sûre, un jour, je leur ferai payer toute leur cruauté. J'en fais le serment. »

Hermias ressentit une intense terreur en voyant l'expression de haine qui déformait le visage de son compagnon. Il descendit à son tour du bloc pour venir se poster à côté de lui.

« Ne me hais pas, moi aussi », l'implora-t-il.

Parménion cligna des yeux et secoua la tête.

« Moi, te haïr ? Comment voudrais-tu que cela soit possible ? Tu es un frère pour moi et je ne l'oublierai jamais. Jamais ! Nous resterons frères tout au long de notre existence, je te le promets. Mais il faut que j'aille chez Xénophon. Je te verrai plus tard. Viens chez moi ce soir.

— D'accord. Prends bien soin de toi.

— Pourquoi, puisque tu m'assures que la guerre est finie ? »

*

Xénophon conduisit Parménion jusqu'à une grande pièce, fraîche et bien éclairée, située dans la partie est de la maison.

« Alors, demanda-t-il en s'installant sur un divan, as-tu la réponse à la question que je t'ai posée ? »

Le jeune homme hocha la tête.

« Les Thermopyles avaient fait entrevoir la défaite aux Perses.

— Bien, bien ! Je suis content de toi. Je t'ai dit que la guerre était un art, et c'est vrai. Mais l'art consiste également à remporter la bataille avant que la première lance ne soit levée, la première épée sortie de son fourreau. Si l'ennemi est persuadé de perdre, c'est effectivement ce qui lui arrivera. Il suffit de repenser à Platées pour s'en convaincre. Les Perses, qui avaient été incapables de submerger trois cents Spartiates, ont paniqué quand ils ont vu que la cité avait réuni cinq mille soldats pour les arrêter. Le général doit connaître le cœur des hommes, qu'il s'agisse des siens ou de ceux qui se trouvent dans le camp adverse.

— Cela signifie-t-il que vous êtes d'accord pour me donner des leçons ?

— Oui. Sais-tu lire ?

— Très mal, monsieur. Ma mère m'a appris, mais ce n'est pas un don que l'on peut cultiver en caserne.

— Il te faudra donc apprendre de nouveau. J'ai des livres qu'il te faudra étudier, des stratégies que tu devras mémoriser. Le général ressemble au forgeron, Parménion, en ce sens qu'il a de nombreux outils à sa disposition et qu'il doit savoir à quoi chacun peut lui être utile. »

Le jeune homme inspira profondément.

« Il y a une question que je dois vous poser, monsieur. J'espère qu'elle ne vous offensera pas.

— Nous n'avons aucune chance de le savoir tant que je ne l'aurai pas entendue, n'est-ce pas ? contra l'Athénien en souriant.

— Je ne suis ni riche ni apprécié. Quand je serai devenu adulte, il y a de fortes chances pour que je ne sois pas accepté par les autres soldats. Donc, monsieur, même si j'ai grande envie de suivre votre enseignement, à quoi me servira-t-il ? »

Xénophon hocha gravement la tête.

« Ce que tu dis est empli de bon sens, jeune *strategos*. Au mieux, tu peux espérer être intégré au premier rang ; au pire, tu seras perdu au beau milieu de la phalange. Mais tu possèdes ce qu'il faut pour devenir un grand meneur d'hommes. Je le sais, et nul n'est meilleur juge que moi en la matière. Mais rien ne dit que ton avenir ira de pair avec Sparte, et tu peux me croire si je te dis que c'est elle qui y perdrait. Que désires-tu vraiment ? »

L'adolescent haussa les épaules.

« Être accepté, c'est tout, monsieur. Je veux pouvoir marcher la tête haute, et entendre les gens dire : *Voici Parménion, le Spartiate*.

— Est-ce vraiment tout ? Allons, sois honnête avec moi, *strategos*. »

Parménion déglutit bruyamment et regarda le général droit dans les yeux.

« Non, monsieur, ce n'est pas tout, reconnut-il. Je veux écraser mes ennemis et leur faire connaître le désespoir. Je veux devenir général, tout comme vous. Je veux mener les hommes au combat. » Il sourit brusquement. « J'ai fait un rêve et j'ai bien l'intention qu'il se réalise.

— Tu n'obtiendras pas forcément tout ce que tu désires, mais je t'apprendrai ce que je sais. Je te donnerai mon savoir, mais ce sera à toi de le mettre à profit. »

Un serviteur leur apporta de la nourriture et du vin. Parménion s'assit et écouta son hôte lui parler de la Retraite des Dix Mille et de toutes les calamités auxquelles les Grecs avaient dû faire face. Xénophon décrivit ses victoires et la stratégie employée à chaque fois, sans oublier d'admettre ses défaites et de les expliquer. Les heures suivantes passèrent en un clin d'œil. Parménion avait l'impression d'être un homme à demi mort de soif qui venait enfin de trouver la Source éternelle.

Il se représentait la situation avec une clarté absolue : les Grecs, démoralisés après la défaite de Counaxa, mais refusant d'abandonner leur formation ; et le roi de Perse, Artaxerxès, leur promettant qu'ils pourraient se replier librement pour mieux assassiner leurs généraux, persuadé que les hoplites grecs constitueraient des proies faciles pour sa cavalerie une fois leurs officiers supérieurs éliminés. Mais les soldats avaient tenu bon. Ils avaient élu de nouveaux généraux, parmi lesquels figurait Xénophon. Au cours des mois suivants, ils avaient traversé la Perse par des voies inexplorées, mettant en fuite les armées envoyées à leurs trousses. Ils avaient dû faire face à de multiples périls : des ennemis innombrables, la famine toujours présente, les plaines couvertes de glace, et les vallées inondées. Mais Xénophon avait maintenu leur unité jusqu'à ce qu'ils atteignent enfin la mer.

« Aucun autre soldat au monde n'est plus brave que le Grec, expliqua le général. Nous sommes les seuls à comprendre toute la valeur de la discipline. Tous les rois civilisés louent les services de mercenaires grecs pour servir de corps d'élite à leur armée. Tous, jusqu'au dernier. Et les Spartiates sont les plus grands de tous les Grecs. Sais-tu pourquoi ?

— Oui, répondit Parménion. Au plus profond d'eux-mêmes, nos ennemis savent que nous sommes des vainqueurs, et nous le savons, nous aussi.

— Sparte ne sera jamais conquise, Parménion.

— À moins que n'arrive un jour des ennemis tout aussi déterminés... et plus nombreux.

— Mais cela ne se produira pas. Notre pays est morcelé en cités-États qui, toutes, craignent leurs voisines directes. Si Athènes et Thèbes s'alliaient de nouveau contre Sparte, nombre de villes craindraient une telle union et viendraient apporter leur soutien à Sparte. L'histoire de notre nation est parsemée de telles alliances et mésalliances. De tout temps les trahisons se sont succédé, et aucune cité n'a jamais réussi à l'emporter de façon nette et définitive. Nous aurions dû conquérir le monde, mais nous ne le ferons jamais ; nous sommes bien trop occupés à guerroyer entre nous. Il se fait tard. Il est temps que tu rentres chez toi, conclut le général en se levant. Reviens me voir dans trois jours. Nous dînerons ensemble et j'en profiterai pour te montrer les livres dont dépend ton avenir.

— Faites-vous également profiter votre fils de votre enseignement ? » demanda Parménion en quittant lui aussi son siège.

L'expression de Xénophon s'assombrit.

« Je serai ton professeur, et tu pourras me poser toutes les questions que tu souhaites pour ce qui concerne la stratégie. Mais pas au sujet de ma famille.

— Toutes mes excuses, monsieur. Je ne voulais aucunement vous offenser. »

L'Athénien secoua la tête.

« Je n'aurais pas dû m'emporter si aisément, reconnut-il. Gryllas est un garçon troublé, car il n'a pas de cité qu'il peut dire sienne. Tout comme toi, il désire être accepté et admiré. Mais il est incapable de réfléchir. Sa mère, une très belle femme, avait hélas un intellect extrêmement limité. On aurait dit qu'après l'avoir créée si parfaite sur le plan physique, les dieux décidèrent que l'intelligence était un luxe dont elle pouvait se passer. Mon fils tient malheureusement d'elle. C'est la première et dernière fois que nous abordons le sujet. »

*

Le silence de la nuit recouvrait la cité tel un linceul. Parménion marchait sous le clair de lune. Il distinguait à peine la grande statue de Zeus au sommet de l'acropole et les colonnes du Temple de Bronze. Parvenu à la rue du Départ, il s'arrêta devant le palais et observa un instant les gardes qui patrouillaient devant l'entrée. Le Palais des Bovins ; quel nom étrange pour la résidence d'un roi. À court d'argent, l'un des précédents souverains de Sparte avait épousé la fille d'un marchand corinthien pour avoir sa dot, soit quatre mille têtes de bétail. En les vendant il avait pu faire ériger le palais. Parménion observa longuement les énormes piliers de l'édifice et son grand toit incliné. Il avait tout d'abord pensé que le roi avait fait preuve d'un grand sens de l'humour pour donner un tel nom au palais, mais il comprenait désormais que c'était là l'expression de la culpabilité du monarque : forcé d'épouser une étrangère, il avait légué sa honte aux générations futures.

Comme ces Spartiates sont étranges !

Parmi tous les Grecs, eux seuls enlevaient les enfants à leurs parents dès leur plus jeune âge pour les former à l'art de la guerre, eux seuls encourageaient leurs femmes à faire du sport pour que leurs fils soient forts et aptes à perpétuer la gloire de la cité.

L'adolescent reprit sa route jusqu'à atteindre une rue parallèle à celle qui menait chez lui. Là, il s'arrêta et grimpa à un mur élevé en mettant à profit les fines lézardes du mortier. Parvenu sur un toit en tuiles, il rampa jusqu'à une position d'où il pouvait voir l'entrée de son domicile. Hermias avait beau lui avoir dit que la campagne de haine dont il faisait l'objet était terminée, il n'y croyait pas. Restant précautionneusement dans l'ombre, il observa longuement l'allée, tous les sens en alerte.

Alors que, persuadé que tout allait bien, il s'apprêtait à descendre, Parménion distingua un mouvement sur sa gauche. Tournant la tête dans cette direction, il vit Hermias en train de courir sur les pavés. Avant qu'il pût l'appeler, cinq silhouettes jaillirent de l'ombre et se précipitèrent sur le malheureux jeune homme. Elles étaient armées de bâtons, de gourdins et Hermias s'effondra au premier coup, touché violemment au crâne. Parménion se mit debout et se laissa tomber du toit, les pieds en avant. Il s'abattit avec une force inouïe sur le dos de l'un des agresseurs et entendit un atroce craquement d'os. Sa victime roula au sol en poussant un cri terrible. Parménion l'accompagna dans sa chute et se releva d'un bond. Un bâton siffla en direction de son visage, mais il se courba en deux et riposta d'un coup de poing foudroyant. Le masque de son adversaire glissa et il reconnut les traits de Gryllas. L'Athénien avait la lèvre fendue et le bas du visage maculé de sang, mais cela ne l'empêcha pas de poursuivre le combat. Parménion se colla à lui et lui délivra deux rapides crochets à l'estomac, qu'il fit suivre par un coup de poing en pleine tempe. Gryllas s'affala sur le sol. Un gourdin frappa Parménion dans le dos et le propulsa vers l'avant, mais il se retourna aussitôt et bloqua le coup suivant de l'avant-bras. Saisissant son agresseur par le revers de la cape, il l'attira violemment vers lui alors qu'il baissait la tête ; il sentit nettement les cartilages se déchirer contre son front. Le nez cassé, l'autre recula en titubant. Ramassant un gourdin tombé au sol, Parménion s'en servit pour décrire de grands moulinets tout autour de lui. Le plus proche attaquant en reçut un coup au bras. Le garçon sur lequel il avait sauté gisait toujours au sol et Gryllas s'était enfui. Ses adversaires n'étaient plus que trois, désormais, et le bras de l'un d'entre eux pendait mollement à son côté.

Parménion chargea les deux autres, enfonçant violemment son arme dans l'estomac du premier avant de se jeter sur le second. Il l'expédia au sol et se releva prestement en effectuant un roulé-boulé.

Quand son adversaire se remit debout, il avait un poignard à la main.

« Tu vas mourir, sang-mêlé », s'écria une voix qu'il reconnut comme étant celle de Léarchus.

Les deux agresseurs restants s'enfuirent en courant alors que Parménion affermissait sa prise sur son gourdin en le prenant à deux mains. Léarchus bondit, mais Parménion s'écarta tout en frappant le poignet de son assaillant. La dague tomba au sol et Parménion la ramassa immédiatement.

Léarchus recula jusqu'à se retrouver adossé au mur. Parménion, qui l'avait suivi dans sa retraite, eut un regard de côté pour Hermias, qui gisait toujours au sol, un filet de sang à la tempe.

« Vous êtes allés trop loin, siffla-t-il, les yeux emplis de haine. Trop loin... »

De la main gauche, il arracha la cagoule de son assaillant alors qu'il plongeait le poignard entre ses côtes. La lame trouva un poumon et Parménion poussa de toutes ses forces. Approchant son visage à quelques pouces de celui de Léarchus, dont les yeux étaient exorbités, il lui murmura :

« Voilà ce que ça fait de mourir, fils de putain.

— Dieux... » gémit Léarchus en s'affaissant contre le mur.

Parménion le saisit par les cheveux pour l'empêcher de tomber.

« Les prières ne te seront plus d'aucune utilité, désormais. »

La gorge de Léarchus laissa fuser son dernier souffle et ses yeux se fermèrent. Sa colère dissipée, Parménion laissa le corps s'affaisser. Il le regarda un moment, puis lâcha la dague ensanglantée. À ce moment, Hermias poussa un grognement et il se précipita à son côté.

« Tu vas bien ? s'enquit-il.

— Ma tête... j'ai mal.

— Attends, je vais t'aider.

— Tu es blessé à la main.

— Ce n'est pas mon sang, marmonna Parménion en indiquant Léarchus d'un geste de la tête.

— Tu l'as tué ? Je n'arrive pas à le croire. Oh, Parménion...

— Je vais te conduire à l'intérieur, après quoi j'irai voir la garde. »

Moins d'une heure plus tard, le corps avait été enlevé et Parménion était escorté à la caserne par Lépidas. Le vieux général les attendait à l'entrée du dortoir. Sans un mot, il tourna les talons et gravit un escalier menant à une pièce qui surplombait la cour centrale. Après s'être assis à une table, il fit signe à Lépidas de l'imiter. Parménion dut rester debout. Il observa les deux hommes à la lueur incertaine de la lampe. Il connaissait bien Lépidas, qui était un homme sévère mais juste. Quant au général, il l'avait juste aperçu à quelques reprises ; il savait seulement de lui qu'il avait survécu à des dizaines de batailles et que « discipline » était son maître mot. Le vieil homme le regarda méchamment.

« Qu'as-tu à dire pour ta défense ? demanda-t-il d'une voix menaçante et éraillée.

— Cinq hommes encagoulés ont attaqué mon ami, répondit Parménion. Que vouliez-vous que je fasse ? Je lui ai porté secours.

— Tu as assassiné un Spartiate, un jeune de bonne famille.

— Non, j'ai tué un lâche qui s'en est pris à un jeune homme désarmé en compagnie de quatre de ses amis.

— Pas d'insolence, mon garçon !

— Alors ne soyez pas condescendant avec moi, monsieur ! »

Le général cligna des yeux, manifestement surpris. Il serra les poings, et Parménion eut un instant l'impression qu'il allait se lever et le frapper, mais il parvint à se contenir.

« Raconte-moi ce qui s'est passé, et en détail. »

Parménion s'exécuta, en omettant juste de mentionner les quelques mots qu'il avait échangés avec Léarchus avant de le tuer.

« Est-il exact que les autres garçons ne t'apprécient guère ? voulut savoir le général.

— Oui.

— Est-il également exact qu'ils se sont déjà... amusés à tes dépens avant ce soir ?

— Oui.

— Dans ce cas, tu devais savoir, quand tu les as attaqués, que c'était sans doute à toi qu'ils en voulaient et qu'ils s'en étaient pris à ton ami par erreur.

— Bien sûr. Hermias est très aimé de tout le monde.

— Ce qui signifie que, si tu avais attendu qu'ils se soient rendu compte de leur erreur, il n'y aurait pas eu de combat. Tous les cinq seraient repartis d'eux-mêmes, tu ne crois pas ?

— Je n'ai pas vu les choses de cette façon sur le moment mais, rétrospectivement, je suis d'accord avec votre analyse, général. Mais j'ai vu mon ami s'effondrer et j'ai volé à son secours.

— Tu as sauté sur l'un des garçons à qui tu as cassé l'épaule, puis tu as cassé le bras d'un autre avant d'en tuer un troisième. Tout est de ta faute, sang-mêlé. Tu entends ce que je te dis ? Un garçon prometteur est mort parce que tu es incapable de réfléchir. Seul un sauvage peut s'abriter derrière une telle excuse. Si cela dépendait de moi, je te condamnerais à mort. Hors de ma vue. »

Lépidas attendit que les pas du jeune homme ne soient plus audibles dans l'escalier, puis il se leva et alla fermer la porte.

« Ce garçon est une honte pour Sparte, trancha le général.

— Non, général, répondit tristement Lépidas. Ce qui est une honte, c'est ce qui vient de se passer dans cette pièce.

— Tu oses me critiquer ? »

Lépidas le regarda droit dans les yeux.

« C'est mon droit de Spartiate, rappela-t-il. Il n'a pas hésité un seul instant à porter secours à son ami, au péril de sa vie. Vous devriez être capable de vous en rendre compte. Il n'y aura pas de jugement porté contre lui demain, sans quoi je prendrai la parole à ce sujet. »

Sur ces mots, il quitta la pièce. Une fois dehors, il éprouva le besoin de retourner sur le lieu du combat. Une lueur brillait à la fenêtre de la maison de Parménion et Lépidas frappa au montant de la grille d'entrée.

Le jeune homme ouvrit et s'écarta pour laisser passer l'officier. Ce dernier entra et s'assit sur le lit étroit. Parménion lui offrit un gobelet d'eau, mais il le refusa d'un geste.

« Je veux que tu cesses de penser à ce qui s'est produit ce soir, à la caserne, et je voudrais aussi que tu pardonnes au général. Léarchus était son neveu et il l'aimait. Tu as agi de manière admirable, c'est bien compris ?

— Oui, monsieur. Admirable.

— Assieds-toi, Parménion. Viens à côté de moi. » Le garçon s'exécuta. « Maintenant, donne-moi ta main et regarde-moi droit dans les yeux. »

Une fois encore, le jeune homme fit ce qu'on lui demandait. Il n'eut qu'à voir l'expression de son aîné pour comprendre que ce dernier se faisait du souci à son sujet.

« Écoute-moi bien, mon garçon. Il semblerait que peu de gens sachent encore ce que signifie être un Spartiate. Quand nous combattons, c'est toujours pour gagner. Nous venons en aide à nos amis et nous tuons nos ennemis. Hermias a été attaqué par des lâches et tu as bien agi. Je suis fier de toi.

— Mais il n'était pas nécessaire que je tue Léarchus.

— Ne l'admets jamais, devant personne. C'est bien compris ?

— Oui, c'est compris. »

Parménion était épuisé ; les nombreux événements des trois derniers jours se bousculaient dans sa tête : le décès de sa mère, sa victoire lors de la finale, le fait qu'il ait perdu Dérae. Et maintenant, la mort de Léarchus. Il avait du mal à ne pas sombrer dans la tourmente.

« Écoute-moi, répéta Lépidas. Tu étais inquiet pour ton ami et tu as attaqué plusieurs adversaires sans la moindre assistance. Un acte de grande bravoure. Il y a eu mort d'homme, mais une seule chose a de l'importance : as-tu éprouvé du plaisir en tuant Léarchus ?

— Non.

— Dans ce cas, cesse d'y penser. »

Parménion regarda lentement son officier sans répondre, puis il hocha la tête.

Mais c'est faux, pensa-t-il. *Puissent les dieux me pardonner : j'aurais voulu les tuer tous.*

*

Appuyée sur son bâton, Tamis regardait fixement le serviteur agenouillé devant elle.

« Mon maître vous demande de venir à la maison de Parnas, fit-il sans oser lever les yeux vers elle.

— Il me demande ? Alors que son fils est mourant ? Tu veux dire qu'il me supplie, non ?

— Le noble Parnas ne supporterait pas que je vous implore en son nom, honorable oracle. Sauvez Hermias. »

Le domestique avait les yeux embués de larmes.

« Peut-être en serai-je capable, et peut-être que non, répondit-elle. Dis à ton maître que je vais demander conseil aux dieux. Va ! »

Tamis tourna les talons et disparut dans son humble demeure. Le feu était presque éteint mais, alors qu'elle s'asseyait, les flammes s'élevèrent et donnèrent naissance au visage de Cassandre.

« Je ne t'ai pas appelée, protesta la vieille femme. Disparais !

— Tu dois guérir le garçon, Tamis. C'est ton devoir.

— Ne me parle pas de devoir. Léarchus est mort et je viens d'ôter au Dieu Noir l'un de ses géniteurs potentiels. C'était cela, mon devoir. Hermias empêche Parménion de s'endurcir comme il le devrait. À cause de leur amitié, il est encore trop tendre. Je ne suis pour rien dans le mal qui assaille Hermias, mais il va mourir maintenant qu'un caillot de sang empêche l'irrigation de son cerveau.

— Tu pourrais le sauver.

— Non. Une fois Hermias mort, Parménion deviendra l'homme de fer dont j'ai besoin.

— Penses-tu réellement que telle est la volonté de la Source, Tamis ? Que périsse un garçon n'ayant aucune trace de mal en lui ?

— Je n'ai pas besoin de tes sermons, Cassandre. Des enfants innocents meurent chaque jour, victimes des incendies, de la sécheresse, des épidémies et des guerres. La Source leur vient-elle en aide de quelque manière que ce soit ? Non, mais il y a longtemps que j'ai cessé de m'en offusquer. Ce monde est le sien, et si elle veut que les innocents souffrent sans raison, c'est son droit. Je n'ai jamais fait le moindre mal à Hermias, même lorsqu'il se trouvait en travers de mon chemin. Mais aujourd'hui, il est mourant, et j'aime à penser que la Source répond ainsi à mes prières. »

Fermant les yeux, Tamis échappa à son enveloppe de chair, puis traversa le toit de sa maison et s'éleva loin au-dessus de la cité.

La demeure de Parnas se trouvait dans la partie orientale de Sparte ; elle s'envola dans cette direction, s'arrêtant en surplomb d'une cour emplie de fleurs où s'étaient rassemblés de nombreux amis du malade. Parménion se tenait seul dans un coin, ignoré de tous.

« On dit qu'il a passé toute la soirée à vomir et qu'il a fini par s'évanouir, expliquait le gros Pausias. Il a un teint affreux. Le chirurgien lui a fait une saignée, mais en vain.

— Il est fort, le rassura Nestus. Je suis sûr qu'il s'en sortira. »

Avisant Parménion, il se dirigea vers lui.

« Que s'est-il passé exactement hier soir ? voulut-il savoir. Je n'ai entendu que des rumeurs.

— Hermias a été agressé, répondit Parménion. Il a reçu un coup de gourdin sur le crâne. Il était étourdi quand je l'ai ramené chez lui.

— On prétend que tu as tué Léarchus. Est-ce vrai ?

— J'ignorais que c'était lui, mentit Parménion. Il faisait partie des assaillants d'Hermias. »

Nestus poussa un long soupir.

« C'est mauvais, Savra, très mauvais. Je ne peux pas dire que je t'apprécie, mais tu sais que je n'ai jamais pris part aux agressions perpétrées contre toi.

— Je le sais, oui.

— Si Hermias décède, les autres devront être jugés pour son meurtre.

— Il ne mourra pas ! »

Le regard de Parménion fut attiré par un mouvement et il vit que Dérae venait de pénétrer dans la cour en compagnie de deux amies. Elle l'aperçut mais son expression ne laissa rien paraître alors qu'elle se dirigeait lentement vers les portes ouvertes de l'*andron*, l'appartement réservé aux hommes.

Tamis la suivit, profondément attirée par le feu spirituel de la jeune fille, qui brillait tel un astre au centre de la nuit.

Le père d'Hermias était en pleine discussion avec

le chirurgien, Astion. Il leva les yeux en voyant entrer Dérae et se leva, les traits hagards. Embrassant sa nièce sur la joue, il lui proposa un peu de vin.

« Puis-je le voir ? demanda-t-elle.

— Il est mourant, ma chérie, répondit Parnas d'une voix mal assurée.

— C'est mon ami, mon meilleur ami. Il faut que je le voie. »

Parnas haussa les épaules et la conduisit jusqu'à la chambre d'Hermias. Le teint de ce dernier était aussi pâle que le drap. Dérae s'assit à côté de lui et lui caressa le front.

« Non ! » hurla Tamis, bien que personne ne puisse l'entendre.

L'aura de Dérae enfla démesurément et baigna Hermias d'une lueur aveuglante. La vieille femme n'en croyait pas ses yeux : au niveau de la tempe du jeune homme, la vive lueur devint dorée, puis rouge sang. À l'intérieur du crâne, le caillot de sang venait de se dissoudre. Hermias laissa échapper un grognement avant d'ouvrir les yeux.

« Dérae ? murmura-t-il. Que fais-tu donc ici ? Ce n'est pas convenable.

— On m'a dit que tu étais mourant, répondit-elle en souriant, mais je vois bien que ce n'est pas le cas.

— J'ai fait d'horribles cauchemars. Je me trouvais dans un lieu noir, où rien ne poussait et où les oiseaux restaient muets. Mais j'ai de plus en plus de mal à m'en souvenir...

— Tant mieux, car le soleil brille et tous tes amis sont rassemblés au-dehors.

— Parménion ? »

Le sourire de la jeune fille disparut.

« Il est là, lui aussi. Je crois qu'il vaut mieux que je te laisse dormir, maintenant. »

Elle quitta la pièce et retourna voir Parnas.

« Il a repris connaissance et son teint est bon », lui dit-elle.

L'homme courut jusqu'à la chambre et serra son fils contre son cœur tandis que le chirurgien attrapait le bras de Dérae.

« Que lui avez-vous fait ? voulut-il savoir.

— Rien du tout. Il s'est éveillé dès que je me suis assise à côté de lui. »

Tamis sentait la colère l'envahir. *Espèce de petite gourde ! Tu possèdes le don et tu n'en as nullement conscience !*

Folle de rage, elle retourna dans son corps. Le feu était mort et l'obscurité régnait dans la pièce. Le pouvoir de Dérae devait maintenant être pris en compte et la vieille femme rassembla toutes ses forces pour partir une nouvelle fois à la découverte de l'avenir.

*

Le jour se levait à peine lorsque Léonidas fut convoqué au bureau du responsable de la caserne. Parti la veille faire du cheval le long de l'Eurotas, il venait juste d'apprendre la tragédie de la nuit, en trouvant Lépidas qui l'attendait à l'écurie.

Le soldat ne lui avait presque rien dit alors qu'ils se rendaient à la caserne et au bureau du général. Ce dernier avait été rejoint par deux éphores, des conseillers responsables de la structure sociale, légale et économique de la cité. Léonidas s'inclina devant eux. L'un des deux, Memnas, était un ami de son père. C'était également le magistrat principal, responsable de la milice et de la garde de nuit.

« Ton ami Léarchus a été assassiné », attaqua le général en se levant.

Léonidas fut choqué par la virulence de la déclaration.

« Assassiné ? Je croyais qu'il avait été tué au cours d'une rixe.

— C'est ce qu'il nous appartient de déterminer », intervint Memnas.

Petit et maigre, le magistrat avait les traits aquilins et une barbe à trois pointes. Il paraissait frêle dans sa robe de fonction bleue, et pourtant il avait suivi Agésilas quand ce dernier avait pénétré en Perse. On prétendait qu'il s'y était battu comme un lion.

« Assieds-toi, mon garçon, poursuivit-il. Nous t'avons demandé de venir afin de corroborer les dires du tueur.

— Mais je n'étais pas là, monsieur. En quoi puis-je vous être utile ?

— Deux garçons, des amis à toi, ont été blessés. L'un a le bras cassé, l'autre l'épaule. Ils refusent de dire quoi que ce soit au sujet de cet incident, sauf qu'ils se sont battus. Ils n'ont pas vu le coup mortel. Ils prétendent que Parménion les a agressés sans avertissement et affirment qu'ils n'ont pas fait le moindre mal à Hermias.

— Que désirez-vous de moi ? voulut savoir Léonidas. Je ne fais pas partie de la milice, ni de la garde de nuit.

— Tu es issu d'une famille noble et tu as une grande influence dans la caserne. Découvre la vérité et reviens nous voir sous deux heures. Sinon, il y aura une enquête publique qui ne manquera pas de ternir la réputation de la caserne de Lycurgue, quelles que soient ses conclusions.

— Je ferai de mon mieux, mais je ne peux rien vous promettre. »

Léonidas trouva Gryllas dans le gymnase. Le nez de l'Athénien était gonflé et il avait un œil au beurre noir. Les deux jeunes gens marchèrent jusqu'à la place, où ils trouvèrent un coin tranquille éclairé par les torches du temple de l'oracle. Là, Gryllas raconta tout ce dont il se rappelait.

« Il l'a assassiné, Léon, dit-il enfin. Je n'arrive pas à le croire.

— Vous l'avez attaqué de nuit, le visage masqué, et ce n'était pas la première fois. À quoi vous attendiez-vous ? À ce qu'il vous offre des fleurs ?

— Mais il a tué Léarchus avec sa propre dague. J'ai tout vu. Il l'a repoussé jusqu'à un mur avant de le poignarder.

— Tu as tout vu et tu n'es pas intervenu ?

— Que voulais-tu que je fasse ? C'était un vrai démon, il était possédé. Nous ignorions que c'était Hermias. Nous voulions juste empêcher Savra de s'aligner au départ des courses. Nous avons fait ça pour toi, pour laver l'affront que tu as subi. »

Léonidas saisit Gryllas à la gorge.

« Tu n'as rien fait pour moi, siffla-t-il. Il y a longtemps que je vois clair dans ton jeu, Athénien. Tu aimes faire mal aux autres, mais tu n'es pas assez courageux pour agir seul. Il te faut une meute, pleutre que tu es. Et maintenant, écoute-moi bien : demain, tu auras disparu de Sparte. Je me moque de l'endroit où tu iras, mais si tu te trouves encore ici au lever du jour, je viendrai te chercher moi-même et je t'arracherai les entrailles avec un couteau émoussé.

— Je t'en prie, Léonidas...

— Silence ! Tu ne parleras à personne de ton... infamie. Tu es seul responsable de la mort de Léarchus et tu la paieras, un jour ou l'autre. »

Léonidas retourna voir les éphores à l'heure dite.

« As-tu découvert la vérité ? lui demanda Memnas.

— Oui, monsieur. Plusieurs jeunes ont attaqué Hermias, pensant qu'ils avaient affaire à Parménion. Le sang-mêlé est innocent ; il a agi ainsi pour sauver son ami.

— Quel est le nom des autres jeunes ?

— Vous ne me l'aviez pas demandé, monsieur. Mais leur chef, un Athénien, quittera la cité ce soir pour ne plus jamais revenir.

— Peut-être cela vaut-il mieux », conclut Memnas.

Deux heures après le lever du jour, les cinq cents garçons de la caserne de Lycurgue furent rassemblés sur le terrain d'entraînement, où les chefs de rang leur ordonnèrent de se placer en formation pour attendre le responsable. Les enfants qui se trouvaient dans leur première ou deuxième année reçurent l'autorisation de s'asseoir devant, tandis que ceux qui avaient entre neuf et dix-neuf ans devaient rester au garde-à-vous. Tous les adolescents étaient au courant de la tragédie, et aucun d'eux n'avait adressé la parole à Parménion depuis l'appel.

Le jeune homme jeta un coup d'œil de droite et de gauche. Ses proches voisins s'étaient plus écartés de lui qu'ils ne l'auraient dû. Plutôt que de réagir, il regarda fixement devant lui, espérant que la journée passerait vite.

Les enfants assis se levèrent en voyant arriver le général, accompagné de deux conseillers tout de bleu vêtus. Parménion fut envahi par un brusque accès de panique en notant la mine sévère des nouveaux venus, par lesquels il s'imaginait déjà escorté jusqu'au lieu de son exécution. Il dut se forcer à quitter les éphores des yeux pour s'intéresser au général. Revêtu de son armure de cérémonie, celui-ci avait l'air plus impressionnant encore que la veille au soir. Il sembla fixer chacun de ses élèves à tour de rôle.

« Nombre d'entre vous sont déjà au courant du décès de votre camarade Léarchus, fit-il sans ambages. Les deux éphores que voici ont mené leur enquête à ce sujet et ont décrété, dans leur grande sagesse, que l'incident était clos. Qu'il en soit ainsi. Le corps de notre ami disparu sera préparé aujourd'hui pour être incinéré demain. Tout le monde assistera à la cérémonie et le chant funèbre sera chanté par Léonidas. Ce sera tout. »

Sur ces mots, il fit demi-tour et s'en alla.

« Repos ! » ordonna Lépidas avant d'aller s'entretenir avec les éphores.

Cela fait, il vint vers Parménion et le prit à l'écart.

« Je sais que cela a été dur pour toi et il est bon que tu sois venu. Mais ce n'est pas tout. Ce soir, tu ne feras plus partie de la caserne. Tu rejoindras celle de Ménélas la semaine prochaine.

— Et mes frais d'inscription ? J'ai déjà payé pour une année entière et je n'ai plus d'argent.

— Je te prêterai la somme nécessaire, répondit Lépidas. J'aimerais bien pouvoir t'en faire cadeau, mais je ne suis pas riche...

— Non ! Je ne partirai pas, rétorqua Parménion en

luttant contre sa colère grandissante. C'est injuste, je refuse.

— La vie deviendrait vite insupportable pour toi ici, mon garçon. Tu dois en avoir conscience. Ta présence serait extrêmement néfaste pour le moral des troupes, et c'est là-dessus que repose le système des casernes. Tu le comprends, non ?

— Oui, se calma le jeune homme. Mais je souhaite tout de même en parler avec le général.

— Il n'a pas envie de te voir. »

Lépidas perçut immédiatement le changement qui venait de s'opérer en Parménion, mais sans savoir à quoi il était dû.

« Je me moque de ce qu'il *a envie* ou non, tempêta le garçon. S'il refuse de me recevoir, je reste. Dites-le-lui bien, Lépidas. »

Il s'en alla sans rien ajouter de plus.

L'après-midi même, il fut convoqué au bureau du général. Ce dernier ne leva même pas les yeux de ses papiers lorsque le garçon entra.

« Sois bref », fit-il d'un ton cassant.

Puis il entendit une chaise racler contre le plancher et vit, estomaqué, que Parménion s'était assis sans autorisation.

« Pour qui te prends-tu ? demanda-t-il.

— Pour quelqu'un qui est venu négocier, général, répondit Parménion en le regardant droit dans les yeux. Vous voulez me voir partir ? Très bien, je souhaite moi aussi m'en aller. Mais il reste encore la question de mes droits d'inscription. Il y a trois jours à peine, j'ai payé plus de cent quarante drachmes à votre caserne. Ma mère a dû vendre un tiers de nos terres pour obtenir cet argent.

— Cela ne me regarde en rien.

— Bien au contraire. J'ai payé, donc je reste. Vous n'avez pas le droit d'exiger mon départ. Je n'ai enfreint aucune règle.

— Quoi ? Tu as assassiné un de tes camarades ! tonna le vieil homme en se levant d'un bond.

— Pas s'il faut en croire les éphores, répondit calmement Parménion. Maintenant, si vous voulez que je m'en aille, vous allez me verser la somme de deux cents drachmes. Est-ce assez clair pour vous... monsieur ? »

Le général resta un long moment sans voix, les joues écarlates. Puis il sourit et se détendit.

« Ton sang macédonien finit donc par remonter à la surface. Il n'est pas un homme dans ce pays de barbares qui ne vendrait sa femme pour pouvoir se payer un mouton. Très bien, paysan. Je vais te donner tes deux cents drachmes, pour le bien qu'elles te feront. Tu peux choisir ta caserne mais, quand tu auras atteint l'âge adulte, aucune compagnie de soldats ne t'acceptera. Tu ne seras jamais un Spartiate, Parménion. Jamais ! »

Le jeune homme ricana.

« Vous considérez que c'est une insulte ? Moi pas. Je sais exactement ce que je suis, général, de même que je sais ce que vous êtes, vous. Je vous saurai gré de faire parvenir l'argent chez moi avant le coucher du soleil. »

Il se leva, s'inclina et sortit.

Moins d'une heure plus tard, il se trouvait devant un autre vieillard aux yeux durs et aux lèvres pincées. Se laissant aller contre le dossier de sa chaise, Agénor croisa les mains derrière sa nuque et observa l'adolescent d'un œil critique.

« Je ne veux pas de morts ici, lâcha-t-il.

— Moi non plus, monsieur.

— Par contre, je veux des guerriers et des garçons capables de se servir de leur tête. J'ai entendu dire que tu courais vite.

— Oui, monsieur.

— Bien. Trouve-toi un lit dans le dortoir ouest et va te mettre aux ordres de Solon sur le terrain d'entraînement. »

Croyant que l'entretien était terminé, Parménion s'apprêtait à partir, mais le général lui fit signe de revenir.

« Lépidas m'a dit beaucoup de bien de toi, mon garçon, poursuivit-il. Il dit que tu as eu des tas d'ennuis, mais que tu y as fait face la tête haute. Sache qu'ici, tu ne seras jugé qu'en fonction de ce que tu nous montreras, et non de ce que nous avons entendu.

— C'est tout ce que je demande. Merci, monsieur. »

Prenant son paquetage sur l'épaule, Parménion se rendit au dortoir qu'on lui avait indiqué. Seuls deux lits de roseaux n'avaient pas de couverture. Il choisit celui qui se trouvait le plus éloigné de la porte et s'allongea. Quelques minutes durant, il observa la poussière scintiller dans les rais de lumière que laissait entrer un volet endommagé, puis il ferma les yeux.

Quelqu'un lui secoua l'épaule et il s'éveilla instantanément. Il faisait nuit et la salle était en train de s'emplir d'adolescents. Il reconnut aussitôt celui qui l'avait tiré du sommeil.

Hermias.

« Que fais-tu là ? demanda-t-il en le prenant dans ses bras.

— J'ai demandé mon transfert ce matin même. Je ne voulais pas que tu te sentes seul. »

Parménion fut touché par le geste de son ami. Les riches envoyaient leurs enfants à la caserne de Lycurgue, qui formait les soldats d'élite. Parménion avait été le seul pauvre en ces lieux ; en tant que fils de héros, il avait vu une partie de son inscription payée par le bataillon de son père. Il n'arrivait pas à croire qu'Hermias ait quitté la meilleure des casernes pour rejoindre celle de Ménélas, qui était l'une des plus modestes.

« Tu n'aurais jamais dû faire ça, Hermias. Mais je suis heureux que tu l'aies fait, mon ami. Tu ne peux pas savoir à quel point cela me fait plaisir.

— C'est un nouveau commencement, Savra, une chance d'oublier le passé. »

Parménion hocha la tête.

« Tu as raison », concéda-t-il.

Mais il n'avait pas l'intention d'oublier. Il leur ferait payer. Ne restait plus qu'à attendre patiemment le jour où ses ennemis mordraient la poussière à ses pieds et lèveraient les yeux afin d'implorer son pardon.

« Je préfère ça, Savra. J'aime te voir sourire », se méprit Hermias.

Sparte, été 382 av. J.-C.

Parménion s'intégra rapidement à la caserne de Ménélas et, même s'il ne devint jamais populaire auprès de ses nouveaux camarades, il n'eut plus à subir les problèmes auxquels il avait été confronté au cours des trois années précédentes. Tous les ans, lui et Hermias représentaient leur caserne dans les courses de courte et de moyenne distance. Dans les autres disciplines, ils étaient bons mais sans plus, que ce soit au lancer du disque ou du javelot, ou encore à la lutte ou au maniement de l'épée courte. Parménion aimait cette arme, car il était fort et vif, mais il ne devenait vraiment redoutable que lorsqu'il se mettait en colère. Il l'avait instinctivement compris, aussi cela ne le dérangeait-il guère que d'autres jeunes gens soient capables de le battre à l'entraînement. Au plus profond de lui-même, il savait que le résultat serait différent dans le cadre d'un combat à mort.

Il n'y avait pas de meilleur coureur que lui dans toute la cité. Lors des rencontres entre casernes, il l'emporta deux fois de suite sur Léonidas dans la course de trois milles, mais fut battu de justesse la troisième année, celle-là même où Léonidas fut choisi pour représenter Sparte aux prochains Jeux olympiques.

Une amère déception pour Parménion, qui s'était entraîné dur pour l'événement.

« Je comprends ta colère, lui dit Xénophon alors qu'ils étaient assis dans la cour de sa demeure. Mais tu as fait de ton mieux, et tu ne peux en exiger davantage de toi-même.

— Mais j'ai commis une erreur tactique, protesta Parménion. J'ai essayé de le battre en accélérant aux deux cents pas, mais il s'y attendait et a réussi à s'accrocher. Il m'a doublé alors qu'il ne restait plus que trois pas à couvrir.

— Tu as pris le dessus sur lui lors de la finale des jeux, voici trois ans, et il a enduré l'affront que tu lui as fait subir avec honneur. Laisse-lui donc son heure de gloire. »

Âgé de cinquante ans, Xénophon était encore un homme séduisant, malgré ses cheveux désormais totalement argentés et le sommet de son crâne qui commençait à se dégarnir. Il se versa un gobelet de vin, y ajouta un peu d'eau et but une petite gorgée. Parménion ne vivait que pour les heures qu'ils passaient ensemble, à discuter tactique, stratégie, formations et batailles. Le jeune homme apprit comment faire exécuter un demi-tour à une phalange, comment réduire ses lignes, mais aussi avancer vers l'ennemi, se replier, ou encore choisir les hommes clefs grâce auxquels les lignes tiendraient malgré les assauts adverses. Xénophon adorait parler et Parménion se faisait une joie de l'écouter. Parfois, il n'était pas d'accord avec l'analyse de son aîné, et les deux hommes se lançaient alors dans un débat qui se prolongeait tard dans la nuit. Mais, même s'il défendait toujours son point de vue, Parménion avait le bon sens de se laisser convaincre par le général. Et l'amitié qui les liait ne fit que grandir au fil des ans. Gryllas avait été confié à la garde d'amis de Xénophon vivant à Athènes, et il n'était pas rare que Parménion réside chez son hôte plusieurs jours durant. Il accompagnait même celui-ci lorsqu'il se rendait, l'été, dans sa propriété d'Olympie, en bord de mer.

De plus en plus, Xénophon parlait de stratégie et de politique modernes, et son élève ne put manquer de déceler le cynisme toujours croissant qui accompagnait ses paroles.

« As-tu entendu les nouvelles en provenance de Thèbes ? lui demanda un jour le général.

— Oui, même si j'ai eu du mal à les croire, de prime abord. Nous avons commis une erreur fatale, et je crois que nous n'avons pas fini de la regretter.

— Je suis de ton avis. »

Trois mois plus tôt, le roi Amyntas de Macédoine avait demandé l'aide de Sparte après que son pays eut été envahi par les Chalcidiens et la capitale, Pella, mise à sac. Agésilas avait envoyé trois bataillons au secours des Macédoniens. Les troupes chalcidiennes avait été vaincues mais, alors qu'elles faisaient route vers le nord, la division spartiate qui se trouvait sous les ordres du général Phœbidas s'était emparée de la Cadmée, la forteresse qui se dressait au cœur de Thèbes. Comme la guerre n'était pas déclarée entre les deux cités et comme Thèbes n'avait rien à voir avec l'agression perpétrée par les Chaldiciens contre la Macédoine, nombre de Grecs voyaient là une fourberie de la part de Sparte.

« Agésilas devrait rendre la Cadmée aux Thébains, commenta Parménion.

— C'est impossible, car l'orgueil spartiate le lui interdit. Mais je crains les conséquences. Athènes s'est déjà élevée contre la prise de la cité, et j'ai bien peur que la prochaine guerre ne soit toute proche.

— Je te sens déçu, mon ami. Sparte n'a pas fait la preuve de sa capacité à diriger la Grèce.

— Chut ! l'enjoignit Xénophon en baissant lui-même le ton. Ne dis pas ce genre de choses en public. Mes serviteurs sont d'une loyauté absolue, mais envers moi, pas envers toi. Si jamais l'un d'entre eux venait à répéter ce que tu viens de dire, tu serais jugé pour trahison et tu n'y survivrais pas.

— Ai-je dit autre chose que la vérité ? contra Parménion.

— Là n'est pas la question. Si Sparte était capable de gouverner en montrant ne serait-ce qu'une fraction des talents qui sont les siens sur le champ de bataille, toute la Grèce se réjouirait. Mais elle en est incapable. Voilà où est la vérité, mais celui qui osera la dire ne peut espérer que la mort.

— Et pourtant, les gens en parlent. On ne discute que de cela à la caserne. Les Spartiates ont du mal à accepter de ne conserver leur pouvoir que grâce au soutien de la Perse. Dire que les descendants du roi à l'épée sont obligés de lécher les bottes des fils de Xerxès !

— Voilà ce qu'il advient lorsque l'on mène une politique d'opportunisme, conclut Xénophon. Mais laissons cette conversation pour un autre jour. Une fois à Olympie, nous serons en mesure de discuter librement et seules les plaines pourront entendre nos paroles séditieuses. Comment vont tes finances ? »

Les deux hommes se levèrent et se dirigèrent vers le portail.

« Guère brillantes, répondit Parménion. J'ai dû vendre ce qu'il restait de mes terres, grâce à quoi je pourrai payer mes frais de cantine jusqu'au printemps.

— Et après ? »

Le jeune homme haussa les épaules.

« Après, je quitterai Sparte. De toute façon, je sais bien qu'aucune compagnie de soldats ne voudra de moi. Je me joindrai probablement à un groupe de mercenaires et je partirai à la découverte du monde.

— Tu pourrais vendre l'épée de Léonidas, lui fit remarquer le général.

— Peut-être le ferai-je. À dans deux jours. »

Les deux hommes se serrèrent la main et Parménion s'enfonça dans la nuit. L'heure était tardive, mais il ne se sentait nullement fatigué, et il se rendit à l'acropole pour s'asseoir au pied de la statue de Zeus. Les étoiles étaient autant de diamants dans le ciel. Il faisait frais et le chiton en laine fine ne lui offrait guère de protection contre la brise. Refusant de penser à la température, il tourna les yeux vers les montagnes.

Les trois dernières années lui avaient fait du bien. Il avait grandi et, bien que restant mince, il était désormais très musclé. Son visage s'était affiné, perdant les lignes douces de la jeunesse, et ses yeux bleus semblaient perpétuellement mélancoliques. Mais il savait fort bien qu'il n'avait rien de séduisant, ou même d'engageant. Son nez était trop proéminent, ses lèvres trop minces, ce qui le faisait paraître plus vieux que ses dix-neuf printemps.

Il finit par se lever lorsqu'il fut incapable d'ignorer le froid plus longtemps. À cet instant, il vit une silhouette vêtue d'une mante à capuchon sortir du Temple de Bronze et se diriger vers lui.

« Bonsoir », fit-il.

Aussitôt, une dague apparut dans la main du nouveau venu.

« Qui est-là ? s'enquit une voix féminine.

— Je me nomme Parménion et je ne vous veux aucun mal, madame, l'assura-t-il en montrant ses mains vides.

— Que fais-tu ici ? Es-tu là pour m'espionner ?

— Nullement. J'étais venu contempler les étoiles. Pourquoi voudriez-vous que je vous espionne ? »

Une main fine repoussa le capuchon, révélant les traits de Dérae. Ses cheveux semblaient d'argent à la lueur de la lune.

« Cela fait longtemps que nous ne sommes plus parlé, jeune Rapide, lui dit-elle.

— En effet. Qu'est-ce qui t'amène au Temple de Bronze à une heure si tardive ?

— Ce sont mes affaires, répondit-elle en souriant pour ne pas lui paraître trop cassante. Peut-être suis-je de ceux qui aiment regarder les étoiles, comme toi. »

Parménion perçut un mouvement en limite de son champ de vision ; un jeune homme venait de disparaître derrière le sanctuaire des Muses. Il préféra n'en rien dire.

« Bonne nuit », fit Dérae, et Parménion s'inclina avant de la regarder partir.

La jeune femme jouait là un jeu dangereux. Les Spartiates célibataires n'avaient pas le droit de fréquenter librement des gens du sexe opposé, et toute liaison amoureuse pouvait être punie de mort ou de bannissement. C'était l'une des raisons pour lesquelles les élèves-soldats étaient encouragés à choisir leurs amants chez leurs compagnons d'armes. Parménion envia soudain l'inconnu qui venait de s'enfuir ; lui aussi serait prêt à prendre d'énormes risques pour passer un peu de temps, seul, avec Dérae. Il se souvenait de son corps si leste, de ses seins fermes et menus, de sa taille de guêpe...

Assez ! se morigéna-t-il.

De retour chez lui, il s'installa dans la petite cour et mangea un peu de poisson séché accompagné de vin – un dîner qui lui avait coûté la somme de deux oboles. L'état de ses finances le déprimait. La vente des dernières terres restantes lui avait rapporté un total de cent soixante-dix drachmes, mais il en avait déjà dépensé quatre-vingts pour payer sa note de cantine. Trente autres avaient été mises de côté pour acheter l'armure dont il aurait besoin en atteignant la majorité, au printemps, et le reste devrait lui suffire pour s'habiller et se nourrir. Il secoua la tête. Une cape neuve coûtait vingt drachmes, des chaussures près de dix. L'hiver serait rude.

Entrant dans la maison, il ferma les volets et alluma une petite lanterne. Cela fait, il sortit l'épée de Léonidas du placard dans lequel elle était rangée et la tira de son fourreau en bronze. La lame en fer n'était pas plus longue que son avant-bras ; elle était montée sur une poignée ornée de fil d'or et s'achevant par un pommeau en argent massif.

Xénophon lui avait maintes fois conseillé de la vendre. Plusieurs familles seraient prêtes à payer plus de mille drachmes pour posséder cette arme chargée d'histoire. Parménion la rangea dans son fourreau. Plutôt mourir de faim que de vendre l'unique trophée qu'il ait jamais remporté.

Il avait un rêve et l'épée en faisait partie intégrante. Il s'engagerait comme mercenaire, s'enrichirait au fil des guerres, rassemblerait une grande armée sous ses ordres puis reviendrait à Sparte pour humilier la cité et se venger de tous ses ennemis. Il savait que cette ambition était stupide, mais elle l'aidait à vivre.

Sans doute serait-il forcé de s'engager comme hoplite au sein d'une compagnie de mercenaires, après quoi il passerait sa vie à traverser les stériles étendues de la Perse au gré des princes qui auraient suffisamment d'argent pour se payer ses services. Et combien gagnerait-il ? Sept oboles par jour, à peine plus d'une drachme. Ce qui signifiait que, s'il survivait pendant vingt ans, il parviendrait peut-être à acheter une petite ferme ou des terres en commun, et encore. Même dans ce cas, il n'avait aucune chance de posséder un jour une propriété aussi importante que celle, pourtant modeste, que sa mère puis lui-même avaient été forcés de vendre par petits morceaux.

Il s'obligea à ne plus penser à sa pauvreté. Pour les huit semaines à venir, il pourrait au moins profiter de la luxueuse demeure que Xénophon possédait à Olympie. Les lits y étaient moelleux, la nourriture goûteuse, les chevaux et la chasse de qualité. S'il avait de la chance, il rencontrerait peut-être une jeune bergère acadienne dans les collines. Cela lui était arrivé l'année dernière et la jeune femme consentante et bien en chair s'était fait une joie de faire l'apprentissage de l'adolescent malhabile qu'il était. Ôtant sa tunique, il se mit au lit. Il se rappelait toujours les courbes de la bergère, mais était incapable de se représenter son visage. Dans ses pensées, la compagne qui gémissait sous lui n'était autre que Dérae...

*

La petite compagnie avait quitté Sparte la veille lorsqu'un groupe de cavaliers apparut à l'horizon. Se munissant d'une lance, Xénophon partit au galop dans leur direction et Parménion le suivit. Tinas, Cléarque et les autres serviteurs restèrent à côté du chariot.

« On dirait Léonidas », cria Parménion en rejoignant son aîné.

Aussitôt, l'Athénien força son cheval à s'arrêter et Parménion vit qu'il était mal à l'aise. De nombreux cavaliers avaient été envoyés dans les collines de Sciritis après l'attaque de deux villages par des maraudeurs, des mercenaires renégats qui avaient été congédiés par le gouvernement de Corinthe. On prétendait qu'ils étaient plus d'une trentaine.

Protégeant ses yeux du soleil, Parménion vit que Léonidas se trouvait en effet à la tête d'un important groupe de guerriers. Il était suivi comme son ombre par son père, Patrocle. Xénophon leva la main en guise de salut et les nouveaux venus s'arrêtèrent à quelques pas des deux amis. Patrocle s'avança jusqu'à eux.

« C'est un jour noir, Xénophon, expliqua l'homme à barbe rousse. Ma fille, Dérae, a été enlevée.

— Enlevée ? Comment ? voulut savoir le général.

— Elle chevauchait seule à l'est de notre colonne. Je crois qu'elle a dû mettre pied à terre au bord d'un ruisseau. L'un de mes serviteurs, un Thrace, est capable de suivre une piste, et il prétend que le cheval de ma fille s'est enfui au moment où elle a été agressée. Ses ravisseurs se dirigent au nord, en direction des collines.

— Nous allons nous joindre à vous », proposa Xénophon.

Parménion retourna jusqu'au chariot.

« Donne-moi l'arc », ordonna-t-il à Titus.

L'homme fouilla dans le véhicule pour en ressortir un arc en corne et un carquois en peau de chèvre contenant vingt flèches. Accrochant celui-ci à son épaule, Parménion observa les environs. Patrocle avait dit que les hommes étaient partis vers le nord, mais ils devaient savoir que la jeune femme qu'ils avaient enlevée faisait partie d'un groupe important, aussi changeraient-ils vraisemblablement de direction. Au nord-est se dressait une ligne de collines boisées derrière lesquelles un haut col était juste visible. Sans attendre les autres, il lança sa jument au galop.

« Par Hadès, mais où va-t-il donc ? s'étonna Léonidas.

— Je l'ignore, et je m'en moque, rétorqua Patrocle. Allons ! »

Les guerriers partirent vers le nord.

Parménion pénétra dans les collines sans jamais perdre le col de vue. Le sol en schiste friable s'avérait particulièrement traître et il dut contourner plusieurs éboulis. Finalement, il mit pied à terre pour guider sa monture par la bride. Quelques instants plus tard, il l'attacha à un buisson et grimpa à un grand cyprès. De sa position dominante, il observa les collines avoisinantes mais ne discerna aucun signe de mouvement, à l'exception du nuage de poussière soulevé par Léonidas et les autres. Il resta sur sa branche un long moment, commençant à se demander s'il ne s'était pas trompé quand plusieurs corbeaux s'envolèrent brusquement à deux cents pas sur sa droite. Les oiseaux avaient l'air paniqués et il s'intéressa tout particulièrement à l'endroit qu'ils venaient de déserter, plissant les yeux pour mieux y voir au travers des fourrés. Quelque chose de métallique brilla à la lueur du soleil et il entendit un cheval hennir. Descendant prestement de son perchoir, il remonta sur sa jument et partit au galop en direction du col.

Il l'atteignit avant les maraudeurs et tira violemment sur les rênes. Sa monture hennit et se cabra. Sautant au sol, Parménion l'attacha sans perdre une seconde. Puis il grimpa sur un promontoire rocheux surplombant le col et encocha une flèche à son arc.

Son cœur battait follement dans sa poitrine ; il ressentait une douleur sourde entre les tempes. Il souffrait de migraines qui n'avaient fait qu'empirer au fil des mois et qui le réveillaient souvent en pleine nuit, pris de nausées. Mais le moment était mal choisi pour s'en préoccuper.

Il était surpris d'avoir réagi aussi vivement à l'enlèvement de Dérae. Il avait souvent pensé à la jeune femme, mais sans jamais croire qu'il avait le moindre espoir de gagner son cœur. Maintenant, alors qu'elle lui avait peut-être été arrachée pour de bon, il prenait conscience qu'elle faisait part intégrante de ses rêves d'avenir. *Des rêves impossibles !* lui rappela une petite voix alors qu'il attendait, tapi, que les ravisseurs apparaissent. Léonidas ne permettrait jamais une telle union. Parménion se représenta Dérae posant la main sur la sienne devant l'autel consacré à Héra, tandis que la prêtresse leur liait les bras ensemble à l'aide de branches de laurier.

Essuyant ses paumes moites sur sa tunique, il s'obligea à penser à autre chose et reporta toute son attention sur l'orée des bois. Quelques minutes plus tard, le premier éclaireur apparut. L'homme était bronzé et arborait une barbe noire. Armé d'une lance, il portait un casque phrygien orné d'un cimier métallique et d'un œil rouge peint sur le front. Il fut aussitôt suivi par un individu au crâne protégé par un large casque béotien de fer martelé. Celui-là tenait un arc à la main gauche ; sa première flèche était déjà encochée.

Parménion se cacha derrière une grosse pierre et attendit, guettant le bruit que faisaient les sabots des chevaux sur la roche. Risquant un rapide coup d'œil, il vit enfin paraître le groupe principal, qui comprenait plus d'une trentaine de cavaliers. Dérae était bien là, les mains ligotées dans le dos. Une corde avait également été nouée autour de son cou, et un guerrier monté sur un grand cheval gris en tenait l'extrémité libre. L'homme portait une armure argentée et une cape blanche. On aurait dit un prince de légende.

*

À peine sorti des arbres, Laris tira sur la corde et la fille faillit tomber de cheval. Il jeta un regard dans sa direction et se permit un sourire. Quelle beauté ! Il n'avait pas encore eu l'occasion de l'entendre crier ou de la sentir se débattre sous lui, mais cela viendrait dès qu'ils auraient lâché leurs poursuivants. Des Spartiates ! Ces pleutres de conseillers corinthiens avaient failli perdre le contrôle de leur vessie lorsqu'il avait parlé d'attaquer Sparte. Ne voyaient-ils donc pas que la cité pouvait être prise ? Si Thèbes, Athènes et Corinthe unissaient leurs forces, il leur serait possible de détruire Sparte une bonne fois pour toutes. Mais non, car les peurs anciennes étaient tenaces. Souviens-toi des Thermopyles ou de la défaite d'Athènes, il y a vingt ans de cela, répétaient-ils encore et encore. Mais pourquoi accorder tant d'importance au passé ? Les Spartiates ne pouvaient armer que mille cinq cents hommes. À elle seule, Corinthe possédait déjà la moitié de cet effectif et Athènes pouvait le compléter sans peine. Il suffisait d'ajouter Thèbes et la Béotie pour doubler ce total.

Renvoyé ! Laris ressentait encore la morsure de la honte. Mais il leur avait montré, désormais : avec une petite quarantaine d'hommes seulement, il avait conduit plusieurs raids au cœur des terres spartiates. Certes, les hommes étaient mécontents et la quantité d'or récoltée presque négligeable, mais il avait prouvé que c'était possible. Et si quarante hommes pouvaient défier Sparte sans se faire arrêter, il n'était point besoin d'être devin pour imaginer ce qui se passerait s'ils revenaient à quarante mille.

Il porta son attention vers les éclaireurs qui avaient atteint le col.

Une flèche transperça la gorge de Xanthias, qui s'effondra en poussant un cri terrible et instantanément, ce fut le chaos : tous les hommes sautèrent de leur cheval pour aller s'abriter derrières les rochers. Laris glissa au sol et tira Dérae à sa suite.

Un jeune Spartiate se découvrit alors.

« Lâchez la femme et vous aurez la vie sauve ! clama-t-il d'une voix forte.

— Qui parle ainsi ? voulut savoir Laris.

— Un homme armé d'un arc.

— Et pourquoi voudrais-tu que nous te fassions confiance, homme à l'arc ?

— Regardez derrière vous, répondit l'inconnu. Vous voyez ce nuage de poussière ? Vous êtes piégés. Si vous perdez du temps, vous êtes des hommes morts, et si vous avancez, le même sort vous attend. À vous de choisir. »

Laris se leva et dégaina son épée.

« Je ne vois personne d'autre avec toi, fit-il d'un air de défi.

— Vraiment ? C'est sans doute que je suis seul, alors. Pourquoi ne m'attaques-tu pas pour en avoir la certitude ?

— Montre-nous tes hommes !

— Ma patience s'amenuise, et il en va de même du temps qu'il vous reste. Si tu n'es pas assez intelligent pour sauver tes camarades, peut-être l'un d'entre eux prendra-t-il la décision à ta place. »

Le sarcasme de l'archer fit mouche. Les hommes de Laris étaient déjà mécontents, et voilà que cet inconnu remettait son droit de commander en doute. Un mercenaire jaillit de derrière le rocher où il se cachait.

« Par Athéna, Laris. Relâche la femme et filons d'ici ! »

Laris se tourna vers Dérae en dégainant son poignard. Il trancha les liens qui lui immobilisaient les mains et ôta l'entrave attachée autour de son cou. Le Spartiate descendait lentement vers lui à cheval, l'arc rangé dans son dos. Laris inspecta les rochers, mais personne n'était visible. Il se lécha nerveusement les lèvres, convaincu que l'homme était seul. Il mourait d'envie de lui plonger son épée dans le ventre, de le regarder se vider de son sang.

« J'ai dit aux autres de vous laisser passer, et vous pouvez me faire confiance, fit l'inconnu en souriant. Mais je ne peux parler au nom de ceux qui vous traquent. À votre place, je ne perdrais pas de temps. »

Les mercenaires coururent à leurs montures. Laris se retint de frapper l'archer ; il entendait déjà les chevaux spartiates qui arrivaient au galop. Saisissant la crinière de son étalon à pleine main, il sauta sur son dos et fila sans demander son reste. Comme il s'y était attendu, le col était désert ; il n'y avait là ni archers ni hoplites, rien d'autre que de la pierraille. Le regard accusateur de ses hommes le brûlait. Il avait été berné. Un homme seul l'avait forcé à rendre son trophée.

Qu'allait-on penser de lui à Corinthe ?

*

Parménion se pencha pour tendre la main à Dérae et la jeune femme sauta en croupe. Jouant des talons, son sauveur guida alors sa jument en direction de la ligne des arbres.

Quelques minutes plus tard, ils virent arriver Patrocle, Léonidas et les autres, qui galopaient à bride abattue. Parménion leva la main et le père de Dérae s'arrêta en voyant sa fille descendre à terre.

« Que s'est-il passé ici ? demanda Léonidas.

— Parménion et les autres ont bloqué le col, répondit sa sœur. Il a tué l'un de leurs éclaireurs et les a laissés passer à condition qu'ils me libèrent.

— Quels autres ? voulut savoir Patrocle.

— Des archers, j'imagine. Il a menacé tous les maraudeurs de mort s'ils refusaient de me laisser partir.

— Où sont ces hommes ? demanda Patrocle à l'adresse de Parménion. J'aimerais les remercier.

— Ils n'existent pas », lui apprit le jeune homme.

Signifiant à sa monture d'avancer, il traversa tout le groupe et descendit la pente jusqu'au chariot. Lançant arc et flèches à Tinas, il prit une outre posée à côté du serviteur et but longuement. Xénophon se porta à son côté.

« Bien joué, *strategos*, le félicita-t-il. Nous avons fini par nous apercevoir que leurs traces se dirigeaient vers l'est, mais nous serions arrivés trop tard si tu n'avais pas bloqué le col. Je suis fier de toi. » Il jeta une flèche maculée de sang à Tinas. « Et quelle adresse ! Ta flèche a frappé le brigand à la base de la gorge et lui a tranché la carotide pour venir se ficher dans sa colonne vertébrale. Excellent !

— Je visais la poitrine ou le ventre, mais j'ai mal apprécié la différence de hauteur », avoua Parménion.

Xénophon allait répondre lorsqu'il remarqua que les mains de son élève commençaient à trembler. Il observa le visage du jeune homme, toujours dénué d'expression bien qu'extrêmement pâle.

« Ça va ? s'enquit-il.

— Mes tempes bourdonnent et je vois des lueurs qui tourbillonnent devant mes yeux.

— Nous camperons ici », trancha le général.

Parménion mit pied à terre et parvint à faire quelques pas avant de tomber à genoux et de vomir. Se relevant difficilement, il inspira de grandes goulées d'air. Xénophon lui apporta l'outre et il se rinça la bouche.

« Ça va mieux ?

— Je n'arrive pas à le croire... je tremble comme une feuille. Tout à l'heure, j'étais d'un calme olympien, et maintenant je réagis comme un gamin affolé.

— Là-bas, tu as fait preuve d'un grand sang-froid et de nerfs d'acier. Ce qui t'arrive en ce moment n'enlève rien à ton exploit.

— J'ai l'impression que des lances de feu essayent de transpercer mon crâne. Je n'ai jamais eu aussi mal, gémit Parménion en s'asseyant contre la roue du chariot. La lumière me brûle les yeux... »

Tinas descendit du véhicule et fit de l'ombre au jeune homme à l'aide d'un chapeau de paille. Mais la douleur ne faisait que croître et Parménion sombra dans l'inconscience.

*

Il s'éveilla à plusieurs reprises au cours de la nuit, mais son crâne semblait empli d'une lueur brûlante qui lui causait souffrance et nausées. Chaque fois, il lui fallut faire un gros effort de volonté pour replonger dans le sommeil. Lorsqu'il ouvrit enfin les yeux, l'absence de douleur lui communiqua presque une sensation de béatitude. Couché dans une chambre fraîche dont les volets avaient été fermés, il entendait de vagues bruits de conversation de l'autre côté du mur blanchi à la chaux. Il s'assit et vit que son avant-bras gauche était bandé ; il ne se rappelait pourtant pas avoir été blessé.

Quelqu'un bougea de l'autre côté de la pièce, et un homme qu'il n'avait pas vu se leva de sa chaise pour s'approcher de lui. Petit et mince, il avait de fins cheveux gris et un sourire engageant.

« La douleur est partie, n'est-ce pas ? fit-il d'une voix étonnamment grave pour un corps aussi frêle.

— Oui, l'assura Parménion. Que m'est-il arrivé ?

— Le monde est constitué de quatre éléments : l'air, la terre, le feu et l'eau, lui expliqua l'homme en s'asseyant sur le lit. Mais c'est la volonté des dieux qui préserve son harmonie. Je me suis laissé dire que vous aviez fait preuve d'un grand courage et, ce faisant, vous avez subi d'énormes pressions. Cela s'est traduit par un excès de feu dans votre organisme. Votre sang a brusquement chauffé et votre harmonie interne a subi un violent déséquilibre. Le sang chaud est remonté jusqu'à votre cerveau, ce qui vous a causé une vive douleur et des maux de tête.

— Vous m'avez saigné, fit le jeune homme en touchant son bras bandé.

— Oui. Cela permet de libérer la pression, c'est bien connu. Si vous vous sentez encore un peu faible, je peux recommencer.

— Non, je vais bien.

— Parfait. Je vais de ce pas en avertir le général.

Mais il vaudrait mieux que je vous purge encore de vos humeurs, jeune homme ; ce serait plus sûr.

— Non, non, je vous assure que je vais bien. Je n'ai plus mal du tout, grâce à vous. »

Le petit homme se fendit d'un sourire.

« En réalité, je suis meilleur pour ce qui est de soigner les blessures, mais j'étudie sans cesse, confia-t-il.

— Cela risque-t-il de m'arriver chaque fois que je devrai faire face au danger ?

— C'est peu probable. J'ai connu de nombreux hommes qui souffraient de telles migraines, mais les crises sont généralement peu fréquentes et se manifestent presque toujours dans des moments de grande tension. Ce mal est courant chez les prêtres, chez qui il se manifeste par des troubles de la vision et l'apparition de vives lueurs devant les yeux. L'opium est le meilleur remède qui soit, surtout s'il a été obtenu par la recette égyptienne. J'en laisserai à Xénophon, si d'aventure la douleur se manifeste de nouveau. »

Parménion s'allongea et s'endormit immédiatement. Quand il reprit connaissance, son mentor était assis à son côté.

« Tu nous as fait peur, *strategos*, lui dit Xénophon. Ce bon docteur voulait creuser un trou dans ton crâne afin de libérer les mauvaises humeurs, mais je l'en ai dissuadé.

— Où sommes-nous ?

— À Olympie.

— Tu veux dire que j'ai dormi toute une journée ?

— Bien plus, lui apprit le général. Un jour et demi, car il est déjà presque midi. J'espérais t'emmener chasser, mais le docteur dit que tu dois rester alité jusqu'à demain.

— Je vais assez bien pour monter à cheval.

— Sans doute, mais je ne le permettrai pas. Le docteur a parlé et nous suivrons ses conseils. De plus, j'ai là une invitée qui désire te voir, et je suppose que tu ne refuseras pas de passer quelque temps avec elle tandis que j'emmène son père à la chasse.

— Dérae ? Ici ?

— Elle t'attend dans le jardin. Et maintenant, souviens-toi d'avoir l'air faible, mon garçon. Cela te permettra de gagner sa sympathie.

— Il faut que je me lave et que je me rase.

— Et aussi que tu t'habilles, ne l'oublions pas », ajouta Xénophon alors que son élève rejetait son drap et se levait, nu.

Le jardin avait été conçu autour d'un petit ruisseau qui prenait sa source dans les collines. De grosses pierres blanches avaient été polies avec soin puis disposées en cercles, à moitié enterrées dans le sol. Tout autour, on avait planté des fleurs colorées à la mode perse. Des sentiers couverts de gravier permettaient de circuler entre les bosquets de chênes et des bancs de pierre avaient été installés à l'ombre. S'y trouvaient plusieurs statues représentant divers dieux, commandées à Corinthe ou Thèbes ; Athéna était la plus souvent représentée, en armure d'apparat, et Artémis était là elle aussi, avec son arc. Près d'un petit lac artificiel, d'autres statues commémoraient les douze travaux d'Héraclès. En général, Parménion s'asseyait à leur côté pour profiter de la fraîcheur de la brise et du plan d'eau, mais pas aujourd'hui. Il trouva Dérae assise au bord du ruisseau, à l'ombre d'un saule. Elle portait un long chiton blanc qui la couvrait jusqu'aux chevilles et s'ornait d'une bordure vert et or. Elle avait ajouté par-dessus une chlamyde bleu-vert, long rectangle de soie brodée qui se nouait aux épaules et à la taille. Elle se leva en souriant lorsqu'elle vit Parménion approcher.

« Comment va mon héros ? lui demanda-t-elle.

— Parfaitement bien, répondit-il. Tu es très belle et merveilleusement vêtue.

— Merci. Mais tu es encore pâle ; peut-être vaudrait-il mieux que tu t'asseyes quelques instants. »

Ils s'assirent tous deux sur le banc et un long silence s'installa entre eux, jusqu'à ce que Dérae pose la main sur le bras de Parménion.

« Je voulais te remercier, lui dit-elle. J'étais terrifiée, et tu ne peux savoir quelle joie j'ai ressentie en te voyant sur ton rocher, à exiger que je sois libérée. J'ai cru que tu étais envoyé par les dieux.

— Peut-être était-ce le cas, murmura-t-il en posant sa main sur celle de la jeune femme.

— Mon père a été très impressionné par ton courage et ton esprit d'initiative. Tu sais, j'étais vraiment persuadée que tu étais accompagné. »

Il sourit de toutes ses dents.

« Xénophon m'a appris que l'on parvient à la victoire en faisant entrer la défaite dans le cœur de l'ennemi. C'est lui qu'il te faudrait remercier.

— Mais c'est toi qui l'as mis en pratique, et avec courage. J'aime te voir sourire, Savra ; cela te rend séduisant. Tu ne le fais pas assez souvent. »

La main de la jeune femme était chaude et l'odeur de l'huile parfumée qu'elle avait utilisée pour coiffer ses cheveux entêtante. Sa tête était légèrement inclinée, de telle sorte qu'il était incapable de lire son expression. Mais elle avait les yeux grands ouverts, les joues roses et les lèvres légèrement écartées. Il s'avança vers elle et elle ne se déroba pas ; leurs lèvres se frôlèrent. Les bras de Dérae se refermèrent autour de sa nuque et elle se colla contre lui, pressant ses seins contre sa poitrine. Parménion était enivré par la proximité de la jeune femme. Il posa la main sur son épaule et descendit lentement le long de son bras, mais elle l'arrêta en refermant les doigts sur les siens. Il ressentit une brève déception, mais elle plaqua aussitôt sa main contre son sein.

Puis Dérae s'écarta, aussi rapidement qu'elle s'était offerte à lui.

« Pas ici, pas maintenant, l'implora-t-elle.

— Quand ? demanda Parménion en luttant contre le désir qui l'envahissait.

— Dès qu'ils seront partis. Nous entendrons les chevaux.

— Oui... les chevaux... »

Ils attendirent dans un silence chargé d'expectative, écoutant les serviteurs qui apprêtaient les montures derrière le mur du jardin. Puis vint le rire des chasseurs, qui multipliaient les vantardises en se moquant gentiment les uns des autres, et enfin le vacarme des sabots. Le silence revint. Parménion se leva et attira Dérae à lui. Il l'embrassa de nouveau et ils rentrèrent à l'intérieur de la maison. Dans sa chambre, il dénoua délicatement les nœuds retenant le chiton de Dérae à l'épaule et le long vêtement glissa au sol.

Il fit un pas en arrière pour mieux admirer la jeune femme. À l'inverse de son visage et ses bras, très bronzés, sa poitrine et sa taille étaient blanches comme le marbre. D'un geste hésitant, il lui caressa le sein, titillant le mamelon dressé. Elle le débarrassa elle aussi de sa tunique en ouvrant la broche qui en tenait les pans et, nus tous les deux, ils se dirigèrent jusqu'au lit.

Pendant quelques instants, ils se contentèrent de s'embrasser et de se frôler, puis Dérae s'allongea sur le dos et attira Parménion sur elle. Il poussa un grognement en la pénétrant et elle noua aussitôt les jambes autour de sa taille. Il n'aurait jamais cru qu'un tel plaisir fût possible. Il ne contrôlait plus rien, ne voulait surtout pas contrôler ce qui lui arrivait. Même une mort certaine n'aurait pu l'arrêter.

Le désir qu'il éprouvait l'incitait à se hâter mais, voulant que l'instant s'éternise, il se força à bouger lentement et en rythme. Il la buvait littéralement des yeux. Elle avait les paupières closes et les joues rosies par le plaisir. Il se pencha vers elle et leurs lèvres s'effleurèrent ; aussitôt, elle entrouvrit la bouche et sa langue vint le provoquer. Sentant qu'il était incapable de se contenir davantage, il se retira d'elle.

« Non, gémit Dérae en le serrant contre elle. Qu'est-ce que tu fais ? »

Sans répondre, il se dégagea, s'agenouilla sur le lit et promena sa langue sur le ventre plat de la jeune femme. Elle tenta de s'asseoir lorsqu'il lui écarta doucement les jambes, mais il la repoussa sur le dos et plongea la tête entre ses cuisses. Son buisson était doux comme la fourrure d'un petit animal et il la caressa de nouveau de la langue. Elle se mit à gémir, doucement d'abord, puis de plus en plus fort. Enfin, elle fut prise d'un long spasme et serra convulsivement les doigts dans ses cheveux. Alors, il se redressa et la pénétra une seconde fois. Les bras de la jeune femme se refermèrent sur sa nuque et elle s'agrippa à lui avec une force étonnante jusqu'à ce qu'il jouisse à son tour.

Baignés de sueur, ils restèrent longuement serrés l'un contre l'autre. Maintenant que la passion était retombée, Parménion sentait ses craintes revenir au galop. Ce qu'ils venaient de faire était interdit par la loi. Que se passerait-il si les serviteurs les avaient vus rentrer du jardin main dans la main ? Et pouvait-on raisonnablement penser qu'ils n'avaient pas entendu les petits cris de Dérae ou les grincements du lit ? Il se leva sur un coude et contempla la jeune femme ; elle était d'une beauté fascinante.

Et il sut en cet instant qu'elle valait bien tous les risques.

« Je t'aime, murmura-t-il.

— Il y a trois jours, j'ai fait un rêve, lui avoua-t-elle en ouvrant les yeux. Je suis allée consulter une voyante ; d'après elle, le rêve signifiait que je n'aimerais qu'un seul homme dans toute ma vie, et que cet homme défierait une armée entière pour moi.

— Si tu me le racontais ?

— Je me trouvais dans un temple et tout n'était que ténèbres autour de moi. J'ai demandé *Où se trouve le Lion de Macédoine ?* et le soleil s'est mis à briller. J'ai vu arriver un général revêtu d'un casque au panache blanc. Il était grand et fier et avançait dos au soleil. Il a ouvert les bras et m'a dit qu'il m'aimait. C'est tout ce dont je me souviens.

— Pourquoi faisait-il noir ? Tu as dit que le soleil brillait.

— Je ne sais pas, mais ce songe m'a troublée. Sans doute ai-je pensé à toi, car tu es à demi macédonien. C'est toi, mon Lion de Macédoine. »

Il gloussa.

« D'après ce que j'en sais, il y a peu de lions en Macédoine, lui apprit-il. Et ce n'est pas un pays connu pour le talent de ses généraux.

— Tu ne crois pas à mon rêve ?

— Je crois que nous sommes destinés à vivre ensemble ; et je pourrais défier une armée pour toi.

— Tu l'as déjà fait.

— Cette bande de bons à rien ? Ils n'avaient rien d'une armée, mais je les bénis pour avoir permis cet instant. »

Il se pencha pour l'embrasser et son désir ne tarda pas à renaître.

*

Cinq jours durant, les amants se retrouvèrent en secret, après avoir chevauché dans les collines. Ne croisant que quelques rares bergères, ils passaient le plus clair de leur temps à se promener dans les bois et à faire l'amour dans des endroits reculés.

Parménion n'avait jamais connu un tel bonheur. Son amertume s'était envolée et le soleil estival, le ciel bleu et la nature qui l'entourait lui procuraient un plaisir inouï. Toutes les cruautés qu'il avait endurées lui semblaient désormais bien lointaines, tel le souvenir indistinct des neiges hivernales. Elles sommeillaient encore en lui, sans qu'il puisse désormais se remémorer avec précision leur froide réalité.

Son nouveau monde changea le matin du sixième

jour. Il venait juste de mettre la bride à sa jument alezan et de sortir la bête de l'écurie quand Xénophon s'approcha de lui et lui posa la main sur le bras.

« Pas aujourd'hui, murmura le général.

— J'ai besoin de sentir la caresse du vent sur mon visage, répondit Parménion. Je serai bientôt de retour.

— Je t'ai dit non, et tu ferais bien de te souvenir que la jument m'appartient.

— Puisque c'est comme ça, je marcherai ! s'emporta le jeune homme.

— Espèce d'idiot ! Quand commenceras-tu donc à réfléchir ?

— Que veux-tu dire ?

— Tu le sais pertinemment. Mes serviteurs savent où tu vas, moi aussi, et Patrocle également. Tu es aussi subtil qu'un taureau en rut.

— Comment oses-tu ? Tu me fais espionner !

— À quoi me serviraient des espions ? Tu l'as prise dans ta chambre dès le premier jour, et ses cris ont résonné dans toute la maison. Tu la retrouves dans les collines et vous marchez main dans la main alors que l'on peut vous voir à des milles à la ronde. Patrocle pourrait te faire arrêter et exécuter, mais c'est un homme d'honneur et il se sent ton obligé.

— Ce n'est pas ce que tu crois, se défendit le jeune homme. Je veux l'épouser.

— Je l'ai dit et je le répète, Parménion : tu es un idiot. Et maintenant, ramène la jument à l'écurie.

— Laisse-moi aller retrouver Dérae. Il faut que je lui parle.

— Tu ne la trouveras pas. Elle a été renvoyée à Sparte.

— Renvoyée ? fit Parménion, la gorge sèche et l'estomac noué. Il faut que je voie Patrocle... »

Xénophon le gifla et il tituba sous la violence du coup.

« La saignée du docteur t'a-t-elle amolli le cerveau ? lâcha le général. Réfléchis un peu, tu veux ? Tu as violé une vierge. Que veux-tu dire à son père ? *J'ai l'intention de l'épouser* ? Et qu'as-tu à lui offrir ? Tu n'es qu'un élève sans le sou, qui ne possède pas le moindre lopin de terre. Tes revenus sont inexistants. Tout ce que tu as fait, c'est t'assurer qu'elle ne pourra plus être choisie par qui que ce soit d'autre.

— Tu me parles comme si j'avais commis un acte abominable, mais ce n'est pas vrai.

— Tu ne comprends vraiment pas, fit tristement l'Athénien. Tu es incapable de saisir le problème. Dérae est promise à Nestus et ils devaient se marier au printemps. Quand il aura connaissance de la honte qui s'est abattue sur sa famille, et il ne pourra manquer de l'apprendre compte tenu de la manière dont vous vous êtes comportés, il exigera le remboursement intégral de tout ce qu'il avait offert à Patrocle, et s'il répudie Dérae publiquement, elle mourra.

— Je la sauverai. Elle m'aime, Xénophon. C'est un véritable cadeau des dieux, et ceux-ci ne toléreront pas qu'on lui fasse du mal. Je t'en prie, ne me hais point ! »

Le général lui posa la main sur l'épaule.

« Bien sûr que non, mon jeune ami, car je sais que ton existence n'a pas été très heureuse jusqu'ici. Mais écoute-moi et essaye d'utiliser ton esprit tel que nous l'avons formé. Cesse de penser à Dérae. Détourne-toi de ce que tu appelles amour et vis l'existence telle qu'elle doit l'être. Tu as causé une grande honte à Nestus et à toute sa famille. Ce faisant, tu nous as également humiliés, toi et moi. L'amour ? Il naît de l'affection, de la compassion et de la compréhension de l'autre. Tu as mis Dérae en grand danger... est-ce là une preuve d'amour ? Tu as compromis sa réputation et souillé le nom d'une grande lignée. Explique-moi ce que cela a à voir avec l'amour. »

Incapable de répondre, Parménion ramena la jument à l'écurie et lui ôta sa bride. Les événements des cinq derniers jours lui paraissaient désormais irréels. Xénophon avait raison : il avait entaché l'honneur de Dérae et abusé de l'hospitalité de son ami.

Lorsqu'il ressortit, l'Athénien avait disparu.

Il se promena dans le jardin, s'arrêtant au niveau du banc où Dérae l'avait embrassé pour la toute première fois. Il devait bien exister un moyen de résoudre ce dilemme de manière à ce que la jeune femme et lui puissent vivre ensemble. Depuis de nombreux mois, il était fermement décidé à quitter Sparte sitôt atteint l'âge adulte, mais Dérae avait bouleversé ses plans. Il ne souhaitait plus désormais qu'avoir suffisamment d'argent pour se marier, élever une famille et inscrire ses fils en caserne.

Il passa la majeure partie de la journée à réfléchir au problème. Une seule solution lui paraissait viable. Enfin, au crépuscule, il retourna à la maison. Assis dans la cour, Xénophon faisait honneur à un souper de fromage et de figues. Le jeune homme vint se planter devant lui.

« Je suis profondément désolé de t'avoir embarrassé à ce point, s'excusa-t-il. Je me suis conduit de façon inexcusable avec quelqu'un qui m'avait fait don de son amitié. »

Xénophon haussa les épaules.

« C'est la vie, Parménion. Assieds-toi et mange. Demain, nous chevaucherons jusqu'à la mer pour sentir le souffle des embruns sur notre visage.

— Quand nous serons de retour à Sparte, je vendrai l'épée de Léonidas. Avec l'argent que j'en tirerai, je pourrai épouser Dérae.

— Nous resterons ici pendant presque deux mois encore, répondit tristement l'Athénien en détournant les yeux. Cela te laissera le temps de réfléchir à l'avenir et la colère de Patrocle devrait être retombée quand nous rentrerons. Beaucoup de choses peuvent se passer dans l'intervalle. Qui sait ? Peut-être Nestus pardonnera-t-il à Dérae. Mais si tu veux devenir l'homme que tu cherches à être, Parménion, il te faudra tirer les leçons de cette expérience.

— Que veux-tu que j'apprenne ? À ne pas tomber amoureux ?

— Non, car c'est impossible. Mais tu dois comprendre que l'amour est dangereux : il nous embrume l'esprit et nous cache la réalité. Pense à Hélène et Pâris. Troie est tombée par leur faute. Crois-tu vraiment que c'est ce qu'ils désiraient ? Non. Ils s'aimaient, c'est tout. Tu es l'un des hommes les plus intelligents et les plus intuitifs que je connaisse, et pourtant tu t'es comporté en sombre crétin. Si c'est là ce que l'amour apporte, je suis heureux de ne pas l'avoir connu.

— Tout finira bien, je te le promets.

— C'est encore l'amour qui s'exprime par ta bouche. Nul homme sensé ne fait des promesses qu'il ne peut tenir. Mange, et restons-en là pour ce soir. »

*

Au fil des semaines, Parménion s'aperçut que son mentor avait une fois de plus raison. L'amour et le désir qu'il éprouvait pour Dérae ne diminuèrent pas mais, lorsqu'il fut de nouveau capable de réfléchir froidement à la situation, il eut honte de s'être comporté aussi stupidement.

Si Patrocle l'avait voulu, il aurait pu exposer toute l'affaire au conseil, lequel aurait demandé aux éphores de condamner Parménion à mort. La loi était très claire sur ce point, et il était inutile de vouloir se défendre. Tout Spartiate violant une vierge était passible de mort par le poison ou l'épée, et Dérae pouvait elle aussi être sacrifiée à Hécate, la déesse de la mort.

Il pouvait désormais analyser ses sentiments avec une froide logique. Il lui était impossible de regretter d'avoir fait l'amour avec Dérae, instant magique s'il en fut qui l'avait libéré de l'amertume et de la haine qu'il éprouvait depuis l'enfance. Il ne souhaitait plus se venger de Léonidas, ni prendre la tête d'une armée qui dévasterait Sparte. Tout ce qu'il voulait, c'était vivre avec Dérae et avoir des enfants d'elle.

Il passait ses journées à galoper dans la campagne du Péloponnèse en compagnie de Xénophon et, à la nuit tombée, il ressortait pour courir dans les collines, accroissant ainsi son endurance alors même qu'il chassait son désir par la fatigue.

Une fois rentré, il allait rejoindre Xénophon afin de discuter tactique et stratégie. Le général était déprimé car Sparte ne parvenait pas à diriger la Grèce de manière intelligente. Il prédisait un avenir sombre à la cité.

« Agésilas ne respecte plus les Thébains et le montre en public, ce qui est un manque de sagesse flagrant. C'est un homme que j'admire, mais il ne voit pas le danger. Il ne peut oublier que c'est à cause de Thèbes qu'il n'a pu conquérir l'empire perse. Cela, il ne le pardonnera jamais.

— Et pourtant, son retour de Perse a accru sa popularité. Il a écrasé Thèbes et Sparte en est sortie grandie.

— C'est ce que les Spartiates aiment à penser, acquiesça Xénophon. Mais en réalité, il n'y a eut qu'une seule gagnante dans cette affaire : la Perse.

— Mais elle n'avait rien à voir avec la révolte, si ? »

Le général éclata de rire.

« Tout tourne toujours autour de la politique, Parménion. Ne pense pas uniquement en termes d'armées et de campagnes militaires. Agésilas avait envahi la Perse et était sur le point de l'emporter. L'empire a alors envoyé beaucoup d'or, de cet or qu'il possède en quantité illimitée, à Thèbes et Athènes. Les deux cités s'en sont servies pour rebâtir leurs armées respectives, et Agésilas n'a eu d'autre choix que de faire demi-tour. Il ne lui restait plus qu'un seul moyen d'éviter le désastre : envoyer des ambassadeurs en Perse et accepter de devenir le vassal de l'empereur. Ce dernier a alors cessé d'alimenter Thèbes et Athènes en or, après quoi il a supervisé les négociations de paix.

— Excellente stratégie, commenta Parménion. Pas étonnant que l'empire existe depuis si longtemps. Un peu d'or lui a suffi pour stopper une invasion.

— Mais ce n'est pas tout car, dans le même temps, les cités grecques d'Asie ont dû être cédées à la Perse.

— Je l'ignorais.

— On ne l'apprend jamais aux jeunes Spartiates pour ne pas affecter leur moral. Mais cette expérience malheureuse pèse sur les épaules d'Agésilas. Il sait désormais qu'il ne pourra plus jamais attaquer la Perse car, s'il venait à le faire, Thèbes et Athènes se dresseraient contre Sparte en son absence.

— Mais il peut sûrement s'arranger avec les gouvernements des deux cités et organiser une expédition commune contre l'empire. »

Xénophon opina du chef.

« Tout à fait, mais il ne le fera jamais car sa haine l'aveugle. Mais ne te méprends pas sur ce que je viens de dire, Parménion, Agésilas est un bon roi, ainsi qu'un homme cultivé et empreint de sagesse.

— J'ai peine à le croire.

— Vraiment ? L'amour et la haine sont très proches. Pense à la folie qui s'est emparée de toi lorsque Dérae était là. As-tu pris le temps de réfléchir au danger ? Non, bien sûr, et il en va de même pour Agésilas. Il suffit de mentionner Thèbes en sa présence pour que son expression change et qu'il s'empare de son épée. »

Des serviteurs apportèrent le dîner – poisson et fromage. Les deux hommes mangèrent en silence pendant plusieurs minutes, mais Xénophon n'avait pas faim et il finit par repousser son assiette sans l'avoir finie. Il se versa alors un gobelet de vin, y ajouta un peu d'eau et le vida d'un trait avant de se resservir.

« Peut-être les choses iront-elles mieux grâce à Cléomène », suggéra Parménion.

Les Spartiates avaient toujours élu deux rois en même temps, partant du principe que cela permettait à l'un d'entre eux de mener les soldats au combat tandis que l'autre restait pour s'occuper des affaires de la cité. Agésilas avait donc partagé le trône avec son cousin Agésopolis, mais ce dernier était un simple d'esprit qui n'apparaissait que rarement en public. Il était mort quatre mois plus tôt, pour être remplacé par un guerrier athlétique, Cléomène.

« Je doute qu'il puisse faire changer Agésilas d'avis, répondit Xénophon. Cléomène est fiable, mais pas assez intelligent. Je crains pour Sparte car, comme dit le poète : *Ceux que veulent détruire les dieux, ils commencent par les rendre orgueilleux*.

— Mais l'orgueil est la force de Sparte, non ? demanda Parménion en observant, inquiet, son mentor qui se resservait sans prendre la peine de couper son vin d'eau.

— En effet, oui, mais sais-tu combien il reste de vrais Spartiates ? Moins de deux mille, car les frais d'inscription aux casernes ont fortement augmenté et les plus pauvres ne peuvent y envoyer leurs fils. Pense à ton propre cas. Ta mère possédait des terres, mais elles ont dû être vendues jusqu'à la dernière parcelle pour payer ton éducation. Quelle folie ! Dans dix ans, les Spartiates restants auront encore diminué de moitié. Comment la cité conservera-t-elle sa prééminence à ce moment-là ? Et combien de temps s'écoulera-t-il avant que les généraux de Sparte n'aient d'autre choix que d'utiliser la tactique dont tu as fait preuve lors de la finale des jeux ?

— Ne te laisse pas abattre, Xénophon. Tu ne peux rien y faire, de toute façon.

— C'est bien ce qui me désespère », reconnut l'Athénien.

*

Une fois encore, le doute tourmentait Tamis. Les événements se précipitaient et elle sentait la présence des acolytes du Dieu Noir, qui la traquaient, cherchaient le moyen de la détruire, elle la vieille Tamis, la seule à pouvoir mettre leurs plans à mal.

Maîtrisant toujours certains de ses pouvoirs, elle avait masqué son aura pour se cacher de ceux qui, invisibles, la chassaient en se laissant porter par le vent nocturne.

Léarchus était mort, tué par Parménion. Tamis n'avait pas activement recherché sa perte, mais elle se savait en partie responsable. Cependant, tout le monde finissait par mourir un jour ou l'autre et Léarchus avait décidé seul de se cacher dans une allée pour attaquer un garçon désarmé ; il méritait pleinement ce qui lui était arrivé.

Et malgré cela le doute subsistait. Ses prières ne recevaient plus de réponse et elle se sentait seule face aux serviteurs du Chaos. Elle ne pouvait plus appeler Cassandre ou les autres spectres du passé, ce pouvoir lui était désormais interdit. *Ce n'est qu'une épreuve*, se dit-elle pour se rassurer. *La Source est toujours avec moi. Je le sais.*

De toute façon, la mort prématurée de quelques individus est préférable à la souffrance de tous...

Combien de fois avait-elle répété ces mots telle une incantation magique ? Trop souvent. Et elle était allée trop loin pour revenir en arrière.

Suite à la mort de Léarchus, les serviteurs du Dieu Noir avaient tissé leur trame magique autour des deux survivants, Nestus et Cléomène. Ils les surveillaient sans cesse, et Tamis avait du mal à manipuler les émotions des deux hommes pour les inciter à risquer leur vie sans raison.

Les Guetteurs ne pouvaient pas tout voir, et Tamis avait attendu, non sans patience, qu'ils fassent preuve d'inattention. Le moment était venu. La jeune Dérae avait été publiquement répudiée par son fiancé, Nestus ; et ce dernier nourrissait désormais en son sein une terrible soif de vengeance. Seule la mort de l'homme qui l'avait humilié pourrait apaiser sa colère.

Évidemment les Guetteurs étaient fous de rage. Leur frustration lui apparaissait avec autant de clarté qu'un grand feu en pleine nuit.

Ouvrant les volets de son unique fenêtre, elle regarda l'acropole.

Parménion allait devoir faire face au premier d'une longue série de dangers et elle ne pouvait l'aider, tout comme les serviteurs du Dieu Noir ne pouvaient prêter main-forte à Nestus. Le temps des armes, de la force et de l'adresse était venu. Et les Guetteurs se rapprochaient sans cesse. Bientôt, ils finiraient par localiser Tamis, et l'attaque ne tarderait pas à venir.

Prendront-ils la forme de démons nocturnes qui s'attacheront à déchirer mon âme en lambeaux, ou d'assassins envoyés en plein jour pour détruire mon enveloppe de chair ?

Elle tourna la tête pour observer une fois encore la petite pièce misérable dans laquelle elle avait vécu, seule, pendant tant d'années. Pas de risque qu'elle la regrette, pas plus que Sparte ou la Grèce.

Elle ouvrit la porte et sortit.

« Pour le moment, te voilà seul, Parménion, fit-elle. Seuls ta force et ton courage peuvent t'aider en cet instant. »

Protégée du froid par une cape grise et usée, elle quitta Sparte en s'appuyant sur son bâton. À aucun moment elle ne regarda derrière elle ; elle refusait que le regret s'insinue dans son cœur.

Dans l'humble demeure, la température chuta brusquement lorsqu'une ombre se forma en face de la fenêtre. Elle grandit rapidement pour prendre l'apparence d'une femme de grande taille, partiellement solide et tout de noir vêtue.

Quelques minutes durant, la silhouette au visage couvert fit le tour de la pièce, cherchant, cherchant... puis elle disparut brusquement...

... pour rouvrir les yeux dans un lointain palais, situé de l'autre côté de la mer.

« Je finirai par te trouver, Tamis, murmura-t-elle d'une voix inquiétante. Et alors, je te ferai sombrer dans le désespoir. »

*

Trois jours avant le terme de son séjour à Olympie, Parménion eut la surprise de voir arriver Hermias. Son ami avait l'habitude d'accompagner sa famille au sud du pays lors des mois les plus chauds de l'été, et leur demeure estivale se trouvait à plusieurs centaines de lieues de distance.

Au cours de l'année écoulée, Parménion n'avait que peu fréquenté Hermias, car ce dernier était désormais proche du jeune roi Cléomène ; on les voyait souvent ensemble dans la cité ou sur les pentes du mont Taygète où ils aimaient se promener à cheval.

Parménion alla à la rencontre d'Hermias. Son ami avait lui aussi beaucoup changé au cours de leur séjour à la caserne de Ménélas. Âgé de dix-neuf ans, il était imberbe et d'une beauté stupéfiante. Bien qu'il ait autrefois été un bon coureur, le sport ne l'attirait plus guère et on ne l'apercevait que rarement sur le terrain d'entraînement. Il se laissait pousser les cheveux ; quand le jeune homme sauta à bas de son cheval, Parménion sentit l'odeur de l'huile de Perse qu'il utilisait pour les coiffer.

« Je suis heureux de te voir, mon frère », l'accueillit Parménion en écartant les bras.

Hermias se dégagea rapidement.

« Je suis porteur de mauvaises nouvelles, Savra, fit-il d'un ton grave. Nestus croit les mensonges que l'on profère à ton sujet et a l'intention de te tuer. Il sera bientôt là. »

Parménion poussa un long soupir et se tourna vers les collines lointaines.

« Tu dois t'en aller, poursuivit Hermias. Il ne doit pas te voir en arrivant. Dis-moi toute la vérité et je ferai mon possible pour le convaincre.

— La vérité ? Que veux-tu que je te dise ? J'aime Dérae et je veux la prendre pour femme.

— D'accord, mais Nestus pense que tu l'as violée. Je sais que tu ne pourrais jamais commettre un acte aussi vil, mais sa fureur l'aveugle. Pars dans les collines pour quelques heures et laisse-moi lui parler.

— Nous avons fait l'amour et nous nous sommes montrés imprudents, avoua Parménion à mi-voix. La colère de Nestus est pleinement justifiée. »

Hermias resta quelques instants bouche bée.

« Tu... c'est donc vrai ? fit-il enfin.

— Je ne l'ai pas violée ! Nous sommes amants. Essaye de comprendre, mon ami.

— Qu'y a-t-il donc à comprendre ? Tu t'es comporté comme... comme le Macédonien que tu es. » Parménion tenta de toucher le bras d'Hermias, mais ce dernier recula précipitamment. « Ne me touche pas ! Nestus est mon ami depuis toujours et il porte désormais une honte qu'il ne mérite pas. Je sais pourquoi tu as fait cela, Savra : pour te venger de Léonidas. Je n'ai que mépris pour toi. Prends un cheval et disparais. Va où tu veux, mais ne sois pas là quand Nestus arrivera. »

Hermias remonta sur son cheval.

« J'ai abandonné beaucoup de choses pour toi, Savra, mais je maudis aujourd'hui le jour où nous nous sommes connus. Tu t'es comporté en individu malfaisant et tes actes causeront de grandes souffrances. Je t'aimais comme un ami et un frère, mais ta haine est bien trop forte.

— Ce n'est pas de la haine, protesta Parménion alors qu'Hermias s'en allait. Ce n'est pas de la haine ! »

Hébété, il regarda son ami traverser le verger au galop. Des pas retentirent derrière lui, mais il ne se retourna pas. Il continua de fixer Hermias jusqu'à ce que celui-ci disparaisse au loin.

« Il t'a donné un bon conseil, fit tristement Xénophon. Prends la jument et pars pour Corinthe. Je te donnerai suffisamment d'argent pour la route et une lettre que tu remettras à l'un de mes amis. Il se fera un plaisir de t'héberger tant que tu n'auras pas décidé où aller.

— Je ne peux pas. Si je fais cela, je perds Dérae.

— Tu l'as déjà perdue, de toute façon.

— Je refuse de l'accepter ! s'écria le jeune homme en se retournant vers son mentor. Comment le pourrais-je ?

— Es-tu prêt à mourir pour elle ?

— Bien sûr. Attendais-tu une autre réponse ?

— Et à tuer un innocent ? »

Parménion inspira profondément pour se calmer, mais en vain. Il ne connaissait guère Nestus, mais ce dernier n'avait jamais fait partie de ses ennemis ou de ses tourmenteurs. Et maintenant, il venait ici pour laver dans le sang la honte qui s'était abattue sur lui, comme le ferait tout Spartiate digne de ce nom. Parménion regarda son mentor droit dans les yeux.

« Je ne peux pas m'enfuir, Xénophon. Je ne suis rien sans Dérae. Je le sais, désormais. »

Le général tenta de cacher sa déception.

« Que vaux-tu à l'épée ?

— Je me débrouille.

— Et Nestus ?

— C'était... non, c'est toujours... le champion de la caserne de Lycurgue. Il est très fort.

— Penses-tu être capable de le vaincre ? »

Parménion ne répondit pas.

« Suis-je malfaisant ? voulut-il savoir.

— Non. Tout n'est qu'un problème d'action et de réaction, mon garçon. J'ai autrefois connu un Perse à qui l'on avait demandé d'amener de l'eau dans une région aride. Il construisit un petit barrage pour détourner le plus proche ruisseau. Grâce à lui, les champs furent irrigués et la communauté sauvée. Les habitants du village lui furent reconnaissants et organisèrent de nombreux banquets en son honneur. Il resta avec eux plusieurs mois durant puis, cinq jours après son départ, il découvrit un autre village, mais désert, celui-là. Rues et maisons étaient emplies de cadavres et le lit du ruisseau était à sec. Pour sauver une communauté, il en avait détruit une autre. Mais était-il malfaisant pour autant ? Tout est question d'intention. Tu n'as pas agi dans le but d'humilier Nestus ou Dérae, mais tu dois tout de même assumer les conséquences de tes actes, et l'un de vous deux va mourir.

— Je ne veux pas le tuer, je le jure sur la tête de tous les dieux de l'Olympe. Mais si je m'enfuis, je perds Dérae pour toujours, tu comprends ?

— Si Nestus est venu en armure, je te prêterai ma cuirasse et mon casque. Oh, Parménion, regarde où ta folie t'a conduit. »

Le jeune homme se força à sourire.

« Elle m'a apporté Dérae, ce que je ne peux regretter, même maintenant que j'ai perdu Hermias, mon ami de toujours.

— Viens manger. On ne combat jamais bien l'estomac vide, tu peux m'en croire. Prends du miel ; il te donnera des forces. »

L'après-midi touchait à sa fin lorsque Nestus et ses compagnons arrivèrent. Parménion et Xénophon étaient assis à l'ombre du toit incliné. Faisant signe à son jeune compagnon de rester où il se trouvait, l'Athénien se leva et s'avança à la rencontre des cavaliers.

Six hommes accompagnaient Nestus, mais Xénophon n'en connaissait que deux : Léonidas et Hermias.

« Bienvenue chez moi, les accueillit le général.

— Nous cherchons le dénommé Parménion », répondit Nestus en sautant de cheval.

Il était grand et large d'épaules. Ses hanches étaient minces et il n'était pas dénué de charme, même si son nez crochu jurait au milieu de son visage.

« Les éphores ont-ils autorisé ce duel ? demanda Xénophon en s'approchant de lui.

— Oui », l'assura Nestus.

Le jeune homme tira un parchemin de sous sa tunique et le tendit à son hôte. Ce dernier le déroula et le lut rapidement.

« Votre honneur se satisfera-t-il d'autre chose que d'un combat à mort ? voulut savoir l'Athénien en rendant le document à son propriétaire.

— Non, rétorqua Nestus. Vous savez ce qu'il a fait. Quel choix me reste-t-il ?

— En tant qu'homme civilisé, aucun. Mais, et je ne cherche pas à prendre sa défense, Parménion ignorait que vous étiez fiancé à la jeune femme.

— Ce n'est pas une jeune femme, mais une catin ; et ce, à cause du sang-mêlé que vous hébergez. »

Xénophon hocha la tête.

« L'affaire se réglera donc dans le sang, fit-il. Mais que cela ne nous empêche pas de nous comporter en individus civilisés. Vous chevauchez depuis longtemps et devez avoir soif, vos amis et vous. Ma demeure vous appartient. Je vais demander à mes serviteurs d'aller chercher des rafraîchissements.

— Ce ne sera pas nécessaire, Athénien, lâcha Nestus. Envoyez-moi Parménion. Nous repartirons dès que je l'aurai tué. »

Le général s'approcha de lui.

« Même si je comprends votre colère, elle ne vous dispense pas de la plus élémentaire courtoisie », murmura-t-il.

Nestus n'eut qu'à croiser le regard de son hôte pour comprendre la fureur qui animait ce dernier.

« Vous avez raison, monsieur, s'excusa-t-il. J'ai laissé parler ma colère, et elle ne devrait pas être dirigée contre vous. Je vous remercie de votre accueil, et je suis sûr que mes amis apprécieront votre offre de rafraîchissement. Pour ma part, avec votre permission, je m'en vais attendre l'heure du combat dans votre jardin. »

Xénophon s'inclina.

« Je vais vous faire envoyer de l'eau fraîche, à moins que vous ne préfériez du vin.

— De l'eau me suffira. »

Sur ces mots, Nestus partit vers le jardin. Ses compagnons mirent pied à terre et suivirent Xénophon dans la maison. Aucun d'entre eux n'eut un regard pour Parménion, lequel observait Nestus, assis sur un banc au bord du ruisseau.

Quelques minutes plus tard, le jeune homme entendit quelqu'un approcher. Il leva les yeux, s'attendant à voir revenir Xénophon.

« Tu as bien couvé ta haine, et la flèche que tu as décochée a atteint son but », l'accusa Léonidas.

Parménion se leva et fit face à son ancien ennemi.

« Je ne te hais point, Léonidas, pas plus que ta famille. J'aime Dérae. Je sais que ce que j'ai fait est mal, et j'ai honte de moi. Mais j'ai l'intention de l'épouser. »

Léonidas resta un instant silencieux ; son expression était impossible à déchiffrer.

« J'aime ma sœur, dit-il enfin, même si elle n'en fait qu'à sa tête. Mais tu es mon ennemi, Parménion, et tu le resteras jusqu'à ta mort, qui ne tardera plus si les dieux m'entendent. Tu n'as aucun espoir de vaincre Nestus.

— Pourquoi toute cette haine doit-elle continuer ? Comment peux-tu me détester alors que je vais bientôt épouser ta sœur ? »

Léonidas rougit brusquement et Parménion vit que le désespoir se mêlait à la colère dans ses yeux.

« Il serait injuste de te l'expliquer maintenant, alors que tu te prépares au combat. Si tu survis, je te le dirai.

— Parle donc ! Hadès, si tu crois que je me soucie de justice ! »

Léonidas fit un pas en avant et saisit la tunique de Parménion.

« Dérae sera bientôt morte ; es-tu capable de le comprendre ? Mon père a dû faire d'elle la victime de Cassandre, et elle se trouve en ce moment même sur le navire qui l'emmène vers Troie. Quand il sera arrivé suffisamment près de la côte, elle sera jetée par-dessus bord. Voilà ce que tu lui as apporté, sang-mêlé ! Tu l'as tuée ! »

Parménion recula comme s'il avait été frappé, incapable de résister à la fureur qu'il lisait sur le visage de son interlocuteur. La victime de Cassandre ! Chaque année, une jeune célibataire, noyée à proximité de la côte troyenne, était offerte en sacrifice aux dieux, cela afin de faire pénitence pour le meurtre de Cassandre perpétré plusieurs siècles auparavant, juste après la guerre de Troie. Toutes les grandes cités grecques se devaient d'envoyer une victime par an.

Les jeunes femmes étaient transportées par navire jusqu'à un mille marin des côtes asiatiques, après quoi on leur liait les mains dans le dos avant de les jeter par-dessus bord. Dérae n'avait aucun espoir de survivre ; même si elle parvenait à se libérer et à rejoindre la côte, les villageois la poursuivraient et la tueraient. Cela faisait partie du rituel.

« Qu'as-tu donc à répondre à cela ? » siffla Léonidas.

Parménion fit quelques pas et dégaina son épée, dont il testa l'équilibre. Il était bien incapable de dire quoi que ce soit à Léonidas. Il n'éprouvait plus rien et se sentait étonnamment grisé. L'unique lumière de son existence venait de lui être arrachée, et il refusait de retourner vivre dans les ténèbres. Mieux valait que Nestus le tue.

Quelques minutes plus tard, Xénophon s'approcha de lui et invita Nestus à venir les rejoindre devant la maison.

« J'ai fait chercher le chirurgien, expliqua-t-il aux deux combattants. Je pense qu'il vaudrait mieux l'attendre avant d'entamer le combat.

— Les morts n'ont pas besoin de soins, rétorqua Nestus.

— C'est exact, mais il y a de bonnes chances que le vainqueur soit blessé, lui aussi. Je ne voudrais pas qu'il se vide de son sang devant nos yeux.

— Je ne souhaite pas attendre, déclara Nestus. Le soleil sera bientôt couché ; cessons de perdre du temps.

— Je suis d'accord, répondit Parménion.

— Très bien, céda Xénophon. Vous êtes tous deux armés et les témoins requis sont présents. Je vous suggère donc de vous saluer et de commencer dès que vous le souhaiterez. »

Nestus dégaina son épée et regarda méchamment son adversaire.

« Ne compte pas sur moi pour te saluer, sang-mêlé.

— Comme tu veux, répondit calmement Parménion. Mais avant de nous battre, je tiens à ce que tu saches que, tout comme toi, j'aime Dérae.

— Que me parles-tu d'amour ? Je me souviendrai d'elle avec tendresse, et je n'oublierai jamais cet instant où j'ai expliqué à son père, en sa présence, le prix qu'il aurait à payer pour laver ma honte. Elle n'était nullement belle, sang-mêlé, quand elle s'est jetée aux pieds de son père afin de l'implorer de ne pas la laisser mourir.

— C'est toi qui as demandé sa mort ?

— Je l'ai exigée, de même que la tienne. »

Parménion sentit une immense fureur l'envahir, mais il parvint à la contrôler.

« Tu as réussi à te venger d'elle, répondit-il, mais voyons si tu manies aussi bien l'épée que tu sais haïr. »

Nestus se fendit brusquement mais l'épée de Léonidas para son assaut. Il enchaîna avec une attaque du tranchant, mais Parménion esquiva également.

Les témoins s'écartèrent de manière à former un cercle autour des combattants. Revenu s'asseoir à l'ombre, Xénophon observait attentivement le duel, le menton appuyé sur les mains. Nestus était manifestement le plus puissant des deux, mais la vivacité était du côté de Parménion. Leurs épées ne cessaient de s'entrechoquer et, plusieurs minutes durant, les deux jeunes gens se contentèrent de tourner autour de l'autre et de se tester mutuellement. Puis Parménion fit une petite entaille à l'épaule de son ennemi. Le sang coula sur la tunique bleue du champion de la caserne. Xénophon se leva et alla rejoindre les compagnons de Nestus au moment où ces derniers commençaient à l'encourager et à lui donner des conseils. Le jeune homme attaqua Parménion à la gorge, mais son adversaire se déroba et riposta d'un coup au côté qui le toucha entre deux côtes. Nestus recula en grimaçant de douleur. Il était désormais blessé en deux endroits et les témoins se turent subitement. Poussant son avantage, Parménion feinta à la tête pour frapper son adversaire au côté gauche. Une côte de Nestus se cassa net et ce dernier émit un hurlement de douleur, alors même qu'il ne parait que de justesse un nouvel assaut qui agrandit sa blessure. Sa tunique et sa jambe étaient maculées de sang.

« Assez ! hurla Xénophon. Reculez-vous ! »

Mais les deux hommes ne lui accordèrent pas la moindre attention. Faisant un pas en avant, Parménion bloqua une attaque sans conviction et planta son épée dans le ventre de Nestus, qui tomba à genoux dans un grand cri.

Parménion arracha brutalement son épée en toisant son adversaire de haut.

« Dis-moi, siffla-t-il avec mépris, as-tu la même

expression que Dérae quand elle a supplié pour avoir la vie sauve ? »

Nestus tentait désespérément de retenir les flots de sang qui s'échappaient par la plaie béante.

« Pitié, gémit-il en levant les yeux vers Parménion.

— Tu es venu chercher la mort, tu l'as trouvée.

— Non ! » s'écria Xénophon alors que l'épée de Léonidas, brandie par Parménion, s'abattait au niveau de la gorge de Nestus, tranchant la jugulaire et brisant les vertèbres cervicales.

Parménion se détourna aussitôt du cadavre étendu sur le côté pour reporter toute son attention sur Léonidas.

« Ramasse son épée, lui dit-il. Allez ! Viens mourir comme lui !

— Tu es un sauvage », lâcha Léonidas en voyant la lueur de folie qui brillait dans l'œil de Parménion.

S'approchant de Nestus, il s'agenouilla et ferma les yeux de son ami. Xénophon prit le bras de Parménion.

« Viens, maintenant, l'enjoignit-il à mi-voix. Viens.

— Personne d'autre n'a envie de m'affronter ? » tonna le jeune homme.

Il fixa à tour de rôle tous les amis de Nestus, mais aucun d'eux n'accepta de le regarder en face.

« Suis-moi, persista Xénophon. Tu te comportes de manière indigne.

— Indigne ? hurla Parménion en se dégageant brusquement. Indigne ? Ils ont condamné Dérae à mort et sont venus ici pour me tuer. Où est la dignité dans tout cela ? »

Le général se tourna vers Léonidas.

« Il y a une petite charrette à l'arrière de la maison ; vous pouvez l'utiliser pour ramener Nestus aux siens. Je vous suggère de partir sans attendre. Quant à toi, Parménion, rengaine ton épée. Il n'y aura plus de combat aujourd'hui. Le duel autorisé par les éphores a bien eu lieu ; une nouvelle effusion de sang ne servirait à rien.

— Non. Ils sont venus me tuer. Qu'ils essayent. Qu'ils essayent maintenant.

— Si tu ne ranges pas ton épée sur l'heure, c'est moi que tu affronteras. Est-ce suffisamment clair ? »

Parménion ouvrit la bouche pour lui répondre, mais il fut incapable de trouver les mots. Laissant tomber son arme, il s'éloigna en direction de la maison. Cléarque et Tinas se tenaient dans l'encadrement de la porte, mais ils s'écartèrent pour le laisser passer. Il retourna à sa chambre et s'assit en pleine confusion. Dérae était perdue à tout jamais. Elle était encore vivante mais, d'ici quelques jours, elle serait sacrifiée et il n'aurait même pas connaissance du moment de sa mort.

La porte s'ouvrit et Cléarque lui apporta une bassine d'eau et une serviette.

« Vous feriez mieux de vous laver et de changer de tunique, fit le domestique. Que souhaitez-vous manger ? »

Parménion secoua la tête.

« Je viens juste de tuer quelqu'un et tu me demandes ce que je veux pour dîner ? demanda-t-il, incrédule.

— J'ai tué beaucoup d'hommes au cours de ma vie, et je ne vois pas ce que cela a à voir avec le fait de manger ou non. Il était vivant et il ne l'est plus. C'était un idiot. Il aurait dû suivre le conseil de Xénophon et se reposer avant le combat, mais il ne l'a pas fait. Alors, que désirez-vous ? »

Le jeune homme se leva ; la tension qui l'habitait était en train de le quitter.

« Tu ne me hais point, n'est-ce pas ? s'enquit-il. Pourquoi donc ? Je sais que tu ne m'appréciais pas lorsque tu étais mon juge lors de la finale, et tu me fais aujourd'hui don de ton amitié. Pourquoi ?

— Seuls les imbéciles ne changent jamais d'avis, mon garçon, répondit Cléarque en souriant de toutes ses dents. Bon, comme vous avez l'air incapable de faire votre choix, je vais vous préparer du poisson au lait caillé ; c'est particulièrement recommandé lorsque l'on a l'estomac délicat. Et maintenant, lavez-vous et changez-vous. Votre route sera longue, demain.

— Demain ? Où suis-je censé aller ?

— Corinthe serait un bon point de départ, mais je pense que Xénophon vous enverra à Thèbes. Il y a un bon ami, un homme du nom d'Épaminondas. Il vous plaira. »

*

Parménion et Xénophon se promenaient à la lueur de la lune.

« Nous faisons tous des rêves, mais il m'arrive de penser que les dieux se moquent de nous, fit le général. Pour ma part, je désirais conquérir la Perse, conduire une armée de la Grèce unifiée au cœur du plus riche empire que le monde ait jamais connu. Au lieu de cela, je vis comme un homme à la retraite.

Toi, tu voulais connaître l'amour et le bonheur, et l'on vient de te les arracher. Mais tu es encore jeune, Parménion ; tu as le temps.

— Le temps ? Sans Dérae, plus rien n'a de sens, se lamenta le jeune homme. Je le sais au plus profond de mon âme. C'était elle. Nous avons été si proches au cours de ces cinq jours.

— Je sais que je vais te paraître sans cœur, mon ami, mais peut-être te laisses-tu aveugler par la passion. Tu n'as pas encore une grande expérience du monde, et il se peut que tu n'aies connu là qu'un amour de jeunesse. Et il y a à Thèbes de nombreuses femmes qui pourront te rendre heureux. »

Parménion porta le regard sur le lac que l'homme avait imposé à la nature, à la surface duquel flottait une lune fragmentée.

« Je n'aimerai plus jamais, répondit-il. Je n'ouvrirai plus mon cœur à personne, de peur de recommencer à souffrir à ce point. Lorsque ma mère est morte, je me suis senti seul et perdu, mais je m'y étais attendu et j'imagine que, quelque part, je m'étais préparé à son décès. Mais Dérae ? J'ai l'impression qu'une bête sauvage aux griffes acérées vient de m'arracher le cœur. Je ne ressens plus rien. Je n'ai ni rêves, ni espoir. L'espace d'un instant, j'ai songé à laisser Nestus me tuer. Et puis, il m'a dit qu'il avait lui-même ordonné la mort de Dérae.

— Ce qui n'était pas très malin de sa part, n'est-ce pas ? »

Parménion ne se dérida pas.

« Quand j'ai tué Léarchus, cette nuit-là, j'ai ressenti un instant de bonheur extrême. Sa mort m'a procuré un plaisir immense. Mais aujourd'hui, j'ai tué un homme qui ne méritait pas de mourir, j'ai regardé la vie le quitter. Pis encore, il m'a supplié de ne pas l'achever.

— Il serait mort dans les pires souffrances à cause de sa blessure au ventre. Au moins, de cette manière, son agonie a-t-elle été brève.

— Mais ce n'est pas le problème, n'est-ce pas ? persista le jeune homme en se tournant vers son mentor.

— Non, c'est vrai. Tu l'as massacré et ce n'était pas beau à voir. De plus, tu t'es fait des ennemis. Aucun de ceux qui ont assisté au duel n'oubliera la façon dont Nestus est mort. Mais, à Thèbes, tu pourras repartir de zéro. Épaminondas est un homme bon ; il te trouvera du travail. »

Parménion se laissa tomber sur un banc en marbre.

« Dérae a fait un rêve à mon sujet, mais il était trompeur. Elle se trouvait dans un temple et m'a vu avancer vers elle, revêtu d'un uniforme de général. Elle m'a appelé son Lion de Macédoine.

— C'est un nom qui sonne bien, répondit Xénophon en frissonnant de froid. Rentrons, j'ai des cadeaux pour toi. »

Cléarque avait disposé les présents sur une longue table. Parménion s'approcha d'abord de la cuirasse en bronze. De forme épurée, elle n'avait pas été travaillée pour représenter la poitrine de son porteur, mais elle était suffisamment résistante pour détourner n'importe quel coup d'épée. En son centre de fer était gravée une tête de lion. Parménion jeta un coup d'œil au général.

« Peut-être ne s'est-elle pas trompée ». murmura ce dernier.

Le jeune homme caressa pensivement la mâchoire de l'animal. À côté de la cuirasse avait été posé un casque rond, également en bronze et doublé de cuir. La tenue était complétée par des jambières, un ptérux en cuir renforcé de bronze, et une petite dague à lame courbe.

« Je ne sais que dire, balbutia Parménion.

— Je comptais te les offrir quand tu aurais atteint l'âge adulte, mais je pense qu'ils te seront bien plus utiles maintenant. Et j'ai également autre chose qui pourrait te servir. »

Ce disant, Xénophon prit un parchemin fermé par deux lanières de cuir et le tendit à son élève. Ce dernier défit les minuscules boucles et étala le rouleau de papier sur la table.

« Il détaille ma traversée de la Perse et la Retraite des Dix Mille, expliqua le général. Je ne prétends pas être un grand écrivain, mais un soldat peut apprendre beaucoup de mes notes, et nombre de mes amis m'en ont demandé une copie.

— Je ne pourrai jamais m'acquitter de tout ce que je te dois.

— Les amis ne se doivent jamais rien, et c'est d'ailleurs pour cette raison qu'ils sont amis. Maintenant, prépare-toi à partir. Avec un peu de chance, Sparte finira par t'oublier. »

Parménion secoua la tête.

« Elle ne m'oubliera pas, Xénophon. J'y veillerai.

— Tu es seul, et il faut que tu te sortes ces idées stupides de la tête. Sparte est la force dominante de la Grèce, et elle le restera bien après que nous serons morts. Ne pense plus à la vengeance, Parménion.

Toute la puissance de l'empire perse n'a pas même réussi à vaincre Sparte.

— Tu as raison, comme toujours », concéda le jeune homme en donnant l'accolade à son ami.

Mais alors qu'il s'éloignait à cheval dans l'aube naissante, il repensa au rêve de Dérae ainsi qu'à Thèbes et à la garnison spartiate qui y était postée. Une garnison ennemie, crainte et haïe, murée au milieu de trente mille Thébains.

Il tira son épée et observa longuement la lame luisante avant de la lever haut vers le ciel.

« Je te voue à la destruction de Sparte », murmura-t-il.

Puis il pointa l'arme en direction du sud-est et, même si la cité se trouvait bien trop loin pour qu'il puisse l'apercevoir, il se représenta l'épée flottant au-dessus de ses rues, pointe vers le bas, brillant de mille feux dans les rayons du soleil.

« Je porte en moi les germes de votre haine, clama-t-il à tue-tête, et je sais où les faire grandir. »

Oui, Thèbes était la destination rêvée pour le Lion de Macédoine.

Thèbes, automne 382 av. J.-C.

« Je me moque bien des signes, fit le soldat d'une voix mal assurée. Réunissons notre armée et chassons ces maudits Spartiates de notre cité. »

L'homme qui se tenait à la fenêtre se tourna vers lui et lui sourit. Faisant le tour de la salle des yeux, il laissa un long silence s'installer.

« Notre cœur renferme tous les espoirs de Thèbes, répondit-il enfin. Nous devons freiner notre impatience. » Ignorant le soldat, il se tourna vers Calépios, l'orateur aux yeux verts. « Les Spartiates se sont emparés de la Cadmée car ils savaient que nous n'étions pas de taille à nous opposer à eux. Ce qu'il nous faut déterminer, c'est ce qu'ils veulent exactement de nous.

— Mais comment faire ? s'enquit Calépios.

— Ce qu'ils veulent, c'est se faire étriper par nos épées », s'écria le soldat en bondissant sur ses pieds.

Le troisième homme s'approcha de lui.

« Pourquoi ne pas aller à la fenêtre, Pélopidas ? fit-il à mi-voix. Comme cela, toute la ville pourrait t'entendre.

— J'en ai assez de ces palabres, répondit l'autre en

baissant le ton. J'ai honte de laisser ainsi les Spartiates se pavaner dans les rues de Thèbes.

— Et penses-tu être le seul dans ce cas ?

— Pardon, mon ami, se calma le soldat en regardant son interlocuteur dans les yeux. Mais cette situation me noue les tripes et m'embrume l'esprit. Continue. »

L'homme de grande taille retourna à la fenêtre pour mieux contempler la cité, et surtout la colline sur laquelle se dressait la citadelle de la Cadmée, patrouillée par l'envahisseur.

« Pour moi, les Spartiates veulent ce qu'ils ont toujours voulu : multiplier les conquêtes, intervint Calépios. Ils souhaitent tout régenter et, de plus, Agésilas nous hait. Aujourd'hui, il nous tient.

— Mais avons-nous vraiment ce qu'ils désirent ? persista l'autre. À mon sens, ils espèrent que nous finirons par nous soulever et attaquer la Cadmée. Si nous le faisons, ils s'abattront sur nous avec leur armée au grand complet. Ils mettront Thèbes à sac, et peut-être même la raseront-ils. Et nous ne sommes pas assez forts pour nous opposer à eux.

— Il y a d'autres cités. Pourquoi ne pas les contacter ? demanda Pélopidas.

— Des cités aux rues pleines d'espions et de bavards, s'entendit-il répondre. Non, je propose plutôt que nous nous organisions. Tu devrais quitter la ville, Pélopidas. Prends avec toi autant de guerriers que tu en trouveras et pars en direction du nord. Fais engager ton groupe comme unité de mercenaires, en Thessalie, en Illyrie ou en Macédoine, cela n'a aucune importance. Avec les fonds recueillis, bâtis une armée et prépare-toi en vue du jour où nous te rappellerons.

— Et moi ? voulut savoir Calépios.

— Les conseillers pro-spartiates ont pris le contrôle de la cité. Tu dois t'insinuer en leur sein.

— Mais je serai haï par le peuple, protesta l'orateur.

— Non ! Tu ne t'exprimeras jamais au sujet des Spartiates en public, que ce soit pour les critiquer ou pour vanter leurs mérites. Tu t'attacheras à conseiller les Thébains et à œuvrer pour eux. Tu n'inviteras jamais de Spartiate chez toi. Fais-moi confiance, Calépios. Nous avons besoin d'un homme fort au sein du dispositif ennemi, et tu es respecté de tous. Nous avons besoin de toi, mais les Spartiates aussi.

— Et toi, Épaminondas ? demanda le soldat.

— Je resterai ici et je rassemblerai peu à peu les partisans de notre cause. Mais n'oubliez pas ceci : il est vital de ne jamais donner à Sparte la moindre excuse pour envoyer une armée contre nous, du moins, tant que nous ne serons pas prêts. »

À ce moment, la porte de l'*andron* s'ouvrit, et Calépios se leva d'un bond alors qu'un serviteur entrait.

« Un Spartiate est là pour vous voir, monsieur, annonça-t-il à Épaminondas après s'être incliné devant lui.

— Ils savent ! siffla Calépios.

— Est-il seul ? demanda le maître des lieux.

— Oui, monsieur. Il apporte une lettre du général Xénophon.

— Conduis-le à la salle orientale ; je vais l'y rejoindre, ordonna-t-il avant de se tourner vers ses deux amis. Attendez quelques instants, puis partez par les allées dérobées.

— Fais très attention, mon ami, l'enjoignit le soldat. Sans toi, nous ne sommes rien. »

*

Épaminondas se laissa aller contre le dossier de sa chaise sans quitter des yeux le visage du jeune homme.

« Comment va le général ? demanda-t-il en tapotant son bureau du bout des doigts.

— Très bien, monsieur. Il m'a chargé de vous faire parvenir ses salutations et j'ai là une lettre pour vous.

— Pourquoi t'envoie-t-il à moi, Parménion ? Je ne suis qu'un citoyen parmi tant d'autres dans une ville dirigée par... une puissance étrangère. »

Parménion hocha la tête.

« J'en suis conscient, monsieur. Mais Xénophon m'a dit que vous étiez un soldat d'exception. Je pense qu'il espérait que vous me trouveriez une place au sein de l'armée thébaine. »

Épaminondas eut un petit ricanement dénué d'humour, puis il se leva et alla ouvrir les volets de la fenêtre.

« Regarde là-haut, fit-il en tendant le doigt vers la citadelle qui trônait au sommet de la colline. Je te présente la citadelle de la Cadmée. Elle est occupée par des Spartiates tels que toi ; il n'y a plus le moindre Thébain entre ses murs.

— Je ne suis pas spartiate, clarifia le jeune homme. Toute ma jeunesse, on m'a traité de métis en raison du sang macédonien qui coule dans mes veines. Mais si j'étais thébain, je ferais tout pour... persuader les Spartiates de s'en aller.

— Vraiment ? demanda Épaminondas en rougissant légèrement. Rares sont ceux qui seraient prêts à prendre un tel risque. Pour ma part, je te l'ai déjà dit, je ne suis qu'un simple citoyen et je ne me préoccupe guère des questions militaires.

— Dans ce cas, je ne vous importunerai pas davantage, monsieur. »

Ce disant, Parménion déposa la lettre de Xénophon sur le bureau, puis il s'inclina et tourna les talons. Mais Épaminondas avait trop peur qu'il croise ses amis pour le laisser partir de suite.

« Attends ! intervint-il. Tu es un étranger, ici. Tu peux résider chez moi, le temps que je te trouve un logement acceptable. Je vais charger un serviteur de te préparer une chambre.

— Cela ne sera pas nécessaire. Je n'ai aucun désir de demeurer en un lieu où je ne suis pas le bienvenu.

— Je vois que tu ne mâches pas tes mots, aussi permets-moi d'être tout aussi franc avec toi. Je n'aime guère les Spartiates, fussent-ils amis de Xénophon. Mais tu débarques dans une cité que tu ne connais pas. Il te faudra du temps pour trouver un logement. Je te conseille donc vivement de revenir sur ta décision, et je suis même prêt à m'excuser pour l'accueil que je t'ai réservé », assura Épaminondas avec un sourire forcé.

Parménion se détendit quelque peu.

« Je m'excuse, moi aussi, répondit-il. Je suis loin de chez moi, et je ne sais trop comment me comporter.

— Reprenons notre conversation à zéro, Parménion. Viens t'asseoir et bois un peu de vin tandis que je lis cette lettre. »

Le Thébain s'installa sur un divan et déroula le parchemin, dans lequel Xénophon lui racontait le duel avec Nestus et lui expliquait que son jeune protégé devait quitter Sparte.

« Pourquoi as-tu affronté cet homme, si je puis me permettre ? demanda-t-il enfin.

— Il était fiancé avec la jeune femme dont j'étais amoureux.

— Je vois. Et que lui est-il arrivé, à elle ?

— Elle a été sacrifiée à Cassandre.

— Nous sommes de vrais sauvages, commenta Épaminondas. De quel droit pouvons-nous nous permettre de traiter les autres peuples d'inférieurs et de barbares alors que nous nous livrons encore aux sacrifices humains ?

— Les dieux les réclament, expliqua le jeune homme.

— Ils n'existent pas, rétorqua son hôte. Tout cela n'est qu'une vaste mystification, mais il faut bien reconnaître qu'ils sont parfois utiles.

— Comment une chose qui n'existe pas pourrait-elle s'avérer utile ? »

Épaminondas sourit.

« Deux portes permettent de sortir de cette pièce, Parménion. Si je te disais que l'une d'entre elles est gardée par un lion et que l'autre mène au paradis, laquelle choisirais-tu ?

— La seconde.

— Exactement. Le lion n'existe pas mais, grâce à lui, je peux être sûr que tu prendras bien la porte que je souhaite te voir emprunter. Tout cela est on ne peut plus simple. Les soldats croient aux dieux et aux oracles mais, crois-en mon expérience, toute prophétie peut être interprétée de façon favorable. »

Gêné par les paroles blasphématoires de son hôte, Parménion préféra changer de sujet.

« Xénophon m'a dit que vous aviez combattu au côté de l'armée spartiate.

— C'était il y a trois ans. Mais j'avais alors vingt-cinq ans et j'étais bien plus naïf qu'aujourd'hui. Thèbes et Sparte étaient alliées contre les Arcadiens. Agésilas m'a même donné dix pièces d'or, en ajoutant que je me battais bien... pour un Thébain.

— La ligne a cédé, mais Pélopidas et vous-même avez arrêté la progression adverse en vous battant côte à côte. Et quand il s'est effondré, touché à sept reprises, vous l'avez défendu jusqu'à ce que les Spartiates arrivent en renfort.

— Tu sais beaucoup de choses à mon sujet, alors que j'ignore tout de toi. Xénophon est-il ton amant ?

— Non, mon ami seulement. Pourquoi, est-ce important ? »

Épaminondas écarta les mains.

« Oui, parce que je dois me fier à son jugement. Il prétend que tu es un *strategos* particulièrement doué. Est-ce exact ?

— Oui.

— Pas de fausse modestie ? Hum... Excellent. Je ne supporte pas les gens qui éprouvent le besoin de taire leurs talents, fit le Thébain en se levant. Si tu n'es pas trop fatigué par ta longue chevauchée, suis-moi. Je vais te faire faire le tour de la cité, afin que tu découvres ton nouveau foyer. »

Suivant Épaminondas, Parménion ressortit de la maison pour se retrouver dans la grande rue. La Porte d'Électre était visible au sud. C'est par là que le jeune homme était entré à Thèbes, une petite heure auparavant, mais il s'en approcha pour examiner les scènes sculptées dans le portail en pierre. Un homme aux muscles proéminents luttait contre un monstre aux têtes multiples.

« Héraclès affrontant l'hydre, commenta Épaminondas. Cette gravure a été exécutée par Alcaménès. Tu verras d'autres statues de lui au nord-ouest. »

Ensemble, les deux hommes firent le tour de Thèbes, de ses marchés, de ses maisons en marbre clair et de ses habitations plus modestes en briques d'argile séchées par le soleil et peintes en blanc. Il y avait du monde partout, et Parménion fut frappé par la diversité des couleurs, tant au niveau de la mode vestimentaire que de la décoration des habitations. Les rues pavées s'ornaient de mosaïques ; elles n'avaient rien de commun avec les voies de terre battue qui étaient la norme à Sparte. Le jeune homme s'arrêta pour regarder une femme assise sur un petit muret. Elle portait une robe rouge bordée d'or et de longues boucles d'argent pendaient à ses oreilles. Ses lèvres étaient rouge écarlate, et ses cheveux plus dorés qu'il ne l'aurait cru possible.

Elle se leva en voyant l'intérêt qu'il lui portait.

« Une offrande pour la déesse ? lui demanda-t-elle.

— Pardon ? »

La jeune femme gloussa et Épaminondas jugea bon d'intervenir.

« Il vient d'arriver, expliqua-t-il. Nul doute qu'il fera son offrande un autre jour. »

Ce disant, il prit le bras de Parménion et l'entraîna au loin.

« Mais de quoi voulait-elle parler ? s'enquit le jeune homme.

— C'est une prêtresse d'Aphrodite. Elle te proposait de coucher avec elle. Il t'en aurait coûté quarante oboles. Elle en aurait reversé une au temple et le reste serait allé dans sa poche.

— Je n'arrive pas à y croire », murmura Parménion.

Reprenant leur route, ils se faufilèrent lentement à travers la foule qui se pressait entre les étals du marché.

« Je n'ai jamais vu autant de babioles et d'objets ayant si peu de valeur, s'exclama le jeune homme.

— Si peu de valeur ? Ils sont plaisants à regarder ou à porter ; cela doit bien valoir quelque chose, non ? Mais j'oublie que tu es spartiate. Tu aimes vivre avec pour tout meuble une chaise inconfortable et un lit d'épines.

— Pas tout à fait, répondit Parménion en souriant. Lorsque nous avons envie de nous faire un petit plaisir, il nous arrive de dormir, nus, à même la pierre.

— Un Spartiate ayant le sens de l'humour ! Pas étonnant que tes camarades ne t'aient guère apprécié ! »

Ils arrivèrent enfin aux statues d'Héraclès et d'Athéna, qui gardaient l'entrée sud de la Cadmée. Taillées dans le marbre blanc, elles faisaient vingt bons pieds de haut.

« Le chef-d'œuvre d'Alcaménès, commenta Épaminondas. Longtemps après que toi et moi aurons été oubliés par l'histoire, les hommes continueront de s'extasier devant ces merveilles.

— Elles sont si réalistes, acquiesça Parménion en baissant la voix. On dirait des géants pétrifiés.

— Si Athéna existait, je crois qu'elle serait satisfaite de sa représentation. On dit que c'est une prêtresse d'Aphrodite qui a servi de modèle, mais ce n'est pas surprenant si l'on tient compte de ses mensurations.

— Vous devriez cesser de blasphémer. Avez-vous déjà pensé que vous pouviez avoir tort ? Les Spartiates sont très croyants, et ils n'ont jamais connu la défaite face à un ennemi de force égale.

— Tu me plais, Parménion, aussi vais-je te demander de réfléchir à cette considération : Sparte est la seule cité qui possède une armée régulière ; qui plus est, cette dernière est formidablement entraînée et disciplinée. Ne serait-ce pas plutôt pour cela qu'elle gagne toujours ?

— Peut-être les deux explications sont-elles valables.

— Voilà qui est parlé en vrai ambassadeur », concéda Épaminondas avec un large sourire.

Il conduisit Parménion jusqu'à une petite place où chaises et bancs avaient été disposés sous un vélum. Ils s'assirent à une table libre et un jeune homme s'approcha d'eux en s'inclinant.

« Apporte-nous de l'eau et quelques gâteaux au miel », commanda Épaminondas.

Alors que les deux hommes mangeaient, il posa de nombreuses questions à Parménion sur sa jeunesse spartiate et lui demanda de lui expliquer par le détail pourquoi il avait dû partir. Il écouta en silence tandis que son interlocuteur lui parlait de son amour pour Dérae.

« Tomber amoureux revient à saisir une épée par la lame, commenta le Thébain. Tu as réussi à t'en emparer, mais à quel prix ? Cela fait plus de trente ans que Thèbes a cessé d'envoyer des victimes à Cassandre. Athènes aussi a abandonné cette ignoble pratique voici dix ans. C'est une telle aberration...

— Elle calme les dieux, rétorqua Parménion avec l'ombre d'un sourire.

— Jamais je ne vénérerai une divinité qui réclame le sang des innocents », trancha Épaminondas.

Il leva les yeux en direction de la citadelle. Cette dernière était entourée de hauts remparts sur lesquels patrouillaient plusieurs sentinelles.

« Alors, jeune *strategos*, puisque nous en sommes à discuter de choses et d'autres, comment reprendrais-tu donc la Cadmée si tu étais thébain ?

— Je ne m'en occuperais même pas. Je m'emparerais de la cité.

— Tu voudrais envahir Thèbes pour la sauver ?

— Combien y a-t-il de citoyens dans toute la région ? Vingt mille ? Trente mille ?

— Plus, mais je ne connais pas le nombre exact, répondit Épaminondas en baissant le ton.

— Et la garnison spartiate est forte de combien d'hommes ?

— Huit cents. »

Parménion vida son gobelet d'eau d'un trait.

« Y a-t-il un puits à l'intérieur des remparts ? voulut-il encore savoir.

— Non.

— Dans ce cas, j'encouragerais les citoyens à se soulever et à faire le siège de la Cadmée, de manière que les Spartiates n'aient d'autre choix que de se rendre s'ils ne veulent pas mourir de soif.

— Et que se passerait-il s'ils ouvraient les portes et s'ils chargeaient la foule ? Tout le monde s'enfuirait.

— Encore faudrait-il qu'ils puissent les ouvrir. En admettant que ces dernières soient bloquées depuis l'extérieur, ils ne pourraient plus sortir qu'en se laissant descendre depuis les remparts à l'aide de cordes. Et je ne me souviens d'aucune bataille dans laquelle une phalange l'ait emporté en appliquant une telle tactique.

— Intéressante théorie, mais elle ne verra jamais le jour, bien sûr. Tu me plais, Parménion, et je crois que nous allons vite devenir amis. Mais repartons, nous avons encore beaucoup de choses à voir. »

*

« C'est une splendide cité », commenta Parménion alors qu'ils étaient revenus chez Épaminondas.

Un domestique leur apporta deux plateaux de pain et de fromage, et ils dînèrent sur le balcon du premier étage, savourant la fraîcheur de l'ombre projetée par la Cadmée.

« Et tu n'en as pas vu le dixième, lui rappela son hôte. À l'origine, la Cadmée était la ville, et Thèbes s'est construite autour de sa base. Demain, nous irons voir le théâtre et je te montrerai le tombeau d'Hector et la grande porte nord.

— Sans vouloir me montrer irrespectueux, je préférerais aller au terrain d'entraînement. Mes muscles n'ont pas récupéré de ma longue chevauchée, et courir me ferait le plus grand bien.

— Si tu veux. »

Parménion passa la nuit dans une chambre située au dernier étage, la fenêtre ouverte pour mieux profiter de la fraîcheur du vent venu de l'est. Il rêva d'un temple centenaire aux colonnes immenses et brisées. Une vieille femme s'y trouvait, gisant sur une paillasse installée près de l'autel. Il lui prit la main et plongea les yeux dans ceux de la femme. Elle était aveugle. C'était un songe étrange, mais il se réveilla en pleine nuit, calme et étrangement rasséréné.

Allongé sur son lit, il repensa à Nestus et à la terreur qu'il avait lue dans son regard. Puis il revit la tristesse qui s'était imprimée sur les traits d'Hermias lorsqu'il s'était retourné vers lui, l'épée ensanglantée. Hermias n'était plus son ami. Pire encore, Parménion avait vu les prémices de la haine prendre racine chez son ancien camarade.

Tout au long de sa jeunesse, le loyal et fidèle Hermias avait été son unique allié. Parménion éprouvait une peine immense à l'idée du fossé qui les séparait désormais. *Mais c'est le prix à payer si je veux que ma vengeance se réalise*, songea-t-il.

La vengeance. Le mot se mit à enfler en lui, faisant disparaître les ultimes vestiges de son rêve et la sérénité qui l'avait suivi. Elle ne devrait être ni simple, ni rapide. *Je dois attendre mon heure et commencer par apprendre à connaître cette nouvelle cité. Cela fait, il ne me restera plus qu'à trouver ceux qui haïssent autant Sparte que moi. Mais je dois me montrer prudent.* Épaminondas était un homme qu'il lui fallait continuer à fréquenter ; c'était un soldat d'exception, mais aussi un penseur. Parménion se leva et tira l'épée de Léonidas de son fourreau. La lame lui apparut argentée à la lueur de la lune. Il fut pris d'un désir soudain de la plonger dans le cœur de ses ennemis jusqu'à ce qu'elle ruisselât de leur sang. *Mais saurai-je me montrer suffisamment patient ?* se demanda-t-il. *Jusqu'à quand pourrai-je attendre ?*

Les conseils de Xénophon lui revinrent alors en mémoire :

« S'il a le choix, le général compétent ne déclenche pas le combat tant qu'il n'est pas sûr de l'emporter, pas plus qu'un soldat ne se rue à l'assaut avec pour seule arme un morceau de métal brut. Il préfère attendre que l'armurier en ait tiré une arme de qualité. »

Parménion inspira longuement pour se calmer, puis il rangea son épée.

« Tu as raison, comme toujours, Xénophon. Et tu me manques. J'attendrai mon heure. »

Il retourna se coucher et s'assoupit quelques instants. Un kaléidoscope d'images se bouscula dans son esprit : la finale des jeux du général, la mort de sa mère, et Dérae... qui courait sur le terrain d'entraînement. Dérae allongée sous lui entre les arbres. Nestus, mourant, qui baignait dans son sang...

*

Il rêva qu'il gravissait une colline noire surplombée par un ciel écarlate. Un arbre blanc y poussait, le tronc constitué de crânes agglutinés les uns aux autres. Ses branches étaient des épées et des épieux tenus par des mains squelettiques, ses fruits des têtes tranchées dont le sang gouttait sur le sol. Des fleurs sombres poussaient partout où le liquide poisseux tombait, et leurs pétales avaient la forme de visages. Elles ondulaient dans un vent glacial, et Parménion avait l'impression d'entendre des milliers de murmures lointains, qui tous répétaient :

« Épargne-moi ! Épargne-moi ! »

Une ombre apparut au sommet de la colline et Parménion fit volte-face pour s'apercevoir qu'une silhouette encapuchonnée se tenait désormais à côté de l'arbre.

« Que désires-tu le plus au monde, jeune guerrier ? lui demanda une voix de femme.

— Le sang de mes ennemis et la vengeance.

— Tu les auras », promit-elle.

*

Parménion s'éveilla à l'aube et descendit prendre son petit déjeuner sur la terrasse, en compagnie d'Épaminondas. Le Thébain avait revêtu une tunique gris-vert fort simple qui lui donnait un teint cireux, mais ses yeux noirs luisaient de vie et il accueillit son invité d'un franc sourire.

« Tu disais vouloir courir, Parménion, attaqua-t-il d'emblée. Serais-tu un athlète ?

— Je suis rapide et j'aurais dû représenter Sparte lors des Jeux olympiques. Mais j'ai commis une erreur lors de l'ultime course de sélection et je me suis fait battre par Léonidas.

— Intéressant. Il y a un excellent coureur à Thèbes, un Spartiate qui réside à la citadelle. Il se nomme Méléagre.

— J'ai entendu parler de lui. Léonidas l'a devancé de dix pas l'année dernière.

— Et toi, tu penses pouvoir le battre ? »

Parménion rompit un morceau de pain, qu'il

trempa dans une sauce faite d'oignon, de fromage et d'huile.

« Du moment qu'il ne lui ait pas poussé des ailes..., répondit-il.

— Combien d'argent as-tu ?

— J'ai signé les documents faisant de Xénophon le nouveau propriétaire de ma maison ; en retour il m'a donné cent quatre-vingts drachmes et sa jument alezane. Mais cela ne me permettra pas de tenir longtemps.

— En effet. Méléagre a-t-il entendu parler de toi ? »

Parménion haussa les épaules.

« Il doit connaître mon nom, mais en quoi cela a-t-il un rapport avec l'argent que je possède ?

— Ici, à Thèbes, nous parions sur le résultat des courses. Si tu parvenais à battre Méléagre, ce que personne n'a encore fait, tu pourrais tripler, voire quadrupler, la somme qu'il te reste. »

Parménion se laissa aller contre le dossier de sa chaise. Les paris ne se pratiquaient pas à Sparte, car une telle activité était considérée comme vulgaire. Mais ce serait un excellent moyen d'améliorer l'état de ses finances. À l'heure actuelle, il possédait juste assez d'argent pour passer le printemps. S'il parvenait à quadrupler ses fonds restants, il pourrait subsister pendant deux bonnes années. Mais si jamais il perdait ? Ce type d'épreuve était sans pitié, les coureurs jouant souvent des épaules et des coudes pour l'emporter. Sans compter qu'il pouvait glisser ou qu'un concurrent pouvait le pousser pour qu'il tombe. Rien n'était jamais assuré.

« J'y réfléchirai », promit-il à son hôte.

Le terrain d'entraînement d'Iolé était bordé de chênes au nord et à l'ouest. À l'est se dressait un temple aux colonnes immenses, consacré à Artémis la Pure, déesse de la chasse, tandis que le tombeau d'Hector, légendaire guerrier troyen tué par Achille lors de la guerre de Troie, se trouvait au sud.

Alors que Parménion assouplissait les muscles de ses cuisses avant de commencer à courir, il laissa son regard errer jusqu'à la tombe d'Hector. Elle était tout en marbre et ornée de gravures reproduisant son combat épique contre le héros grec. Parménion avait toujours éprouvé une grande admiration pour Hector. La plupart des Spartiates ne parlaient que d'Achille, celui qui était sorti vainqueur de leur affrontement, mais le jeune homme avait toujours pensé qu'Hector était le plus valeureux des deux : un oracle lui avait appris qu'il mourrait s'il venait à combattre Achille, car ce dernier était invincible. Pendant les dix années qu'avait duré le conflit, les deux hommes s'étaient évités et puis, un beau matin, Hector avait vu Achille s'avancer vers lui, debout sur un chariot de bronze, son armure resplendissant de mille feux sous les rayons du soleil. Les deux hommes s'étaient affrontés seul à seul et Hector l'avait emporté. Il avait délivré un terrible coup à la gorge d'Achille et l'avait regardé mourir devant ses yeux.

Hector avait alors senti s'envoler le poids terrible qui pesait sur ses épaules. Contre toute attente, il pourrait voir son fils devenir un homme, et il retrouverait enfin la paix de l'esprit qui le fuyait depuis que l'oracle lui avait parlé. S'agenouillant près du corps de son ennemi, il avait ôté le casque au long panache blanc... pour s'apercevoir qu'il n'avait pas tué Achille, mais son amant Patrocle. Choqué, il avait titubé en arrière, puis s'était jeté sur l'un des prisonniers grecs.

« Qu'est-ce donc que cela ? avait-il voulu savoir. Pourquoi Patrocle a-t-il revêtu l'armure d'Achille ? »

L'homme avait refusé de le regarder dans les yeux.

« Achille a décidé de rentrer chez lui, avait-il dit. Il en a assez de combattre. »

Mais Hector savait que son vieil ennemi ne partirait pas, finalement. En tuant Patrocle, il venait de signer sa propre perte. Bondissant sur son chariot, il était rentré à Troie sans perdre de temps, dans l'attente du défi qui ne tarderait pas à venir.

Moins d'une heure plus tard, Achille se présentait aux portes de la cité...

Ses exercices d'assouplissement achevés, Parménion se rendit au tombeau et posa les mains dessus.

« Mais tu es tout de même sorti l'affronter, Hector, dit-il à voix haute. Et tu es mort en homme, face à l'ennemi. »

Les ossements d'Hector avaient été déterrés des ruines de Troie et ramenés à Thèbes à cause d'une autre prophétie, adressée à tout un peuple :

« Thébains de Cadmos, votre cité s'enrichira si vous ramenez d'Asie la dépouille d'Hector. Enterrez-la et rendez-lui hommage, sur ordre de Zeus. »

Et Thèbes avait obéi. Tous les ans, s'il fallait en croire Épaminondas, la ville déclarait une journée sainte en l'honneur d'Hector. En cette occasion, une grande fête avait lieu sur le terrain d'entraînement, où hommes et femmes se retrouvaient pour boire et danser. Et la richesse promise avait suivi, grâce au commerce avec Athènes la Méridionale, et aux exportations en direction de la Thessalie et de la Macédoine, mais aussi de l'Illyrie et de la Thrace. Thèbes ne savait plus que faire de son or.

Parménion inspira profondément et se mit à courir. La piste en terre battue formait un long ovale qui faisait le tour du terrain d'entraînement. Il fallait accomplir cinq tours complets pour effectuer un mille. Parménion partit d'une foulée souple et en profita pour examiner les environs. Toutes les courses avaient pour point de départ et d'arrivée le temple d'Artémis, aussi s'arrêta-t-il au dernier virage pour inspecter le sol avec attention. Une légère dépression s'était constituée à cet endroit et la terre battue y était plus friable. C'était là que les coureurs amorçaient leur ultime effort ; il était donc logique que cette portion de la piste ait davantage souffert que le reste. On pouvait facilement tomber à cet endroit si l'on ne faisait pas attention. Il lui faudrait tourner assez large, mais Méléagre serait obligé d'en faire autant.

Parménion continua de s'exercer une bonne heure durant, alternant courses rapides et courses d'endurance. Enfin, il alla rejoindre Épaminondas, assis à l'ombre d'un grand chêne.

« Tu cours bien, concéda le Thébain, mais tu n'es pas assez rapide. Méléagre va plus vite que toi. »

Parménion sourit.

« Je n'en doute pas. Mais c'est la force physique qui communique la vitesse, et la distance moyenne est idéale pour fatiguer l'organisme. Miserez-vous sur moi ?

— Bien sûr. Tu es mon invité, et il serait fort impoli d'agir autrement. Mais ne parie pas tout ce que tu possèdes, Parménion. »

Le jeune homme éclata de rire.

« Quand pourrai-je me mesurer à lui ?

— Les prochains jeux auront lieu dans trois semaines. Je t'inscrirai. Comment veux-tu que nous t'appelions ?

— À Sparte, on m'appelait Savra.

— Le lézard ? Je ne pense pas que ce soit un bon choix. Il faudrait quelque chose de plus macédonien. » Il leva les yeux et son regard se posa sur une statue de lion dédiée à Héraclès. « Je sais. Restons simple et choisissons Léon. Tu cours comme un lion, tout en accélérations brutales.

— Pourquoi ne pas garder Parménion ? Tout cela sent la ruse à plein nez.

— Mais c'en est une, mon ami. Peut-être préférerais-tu que nous parlions plutôt de stratégie. Tu as failli être qualifié pour les Jeux olympiques. Si cela se sait, personne ne pariera contre toi et tu ne gagneras rien. Et même si tu gagnes, la majeure partie de l'or que tu récolteras viendra de la bourse des Spartiates.

— C'est vrai que j'ai grand besoin d'argent, admit Parménion avec un large sourire.

— Et tu en auras, mon ami. Vois cela comme la victoire du bon sens sur les principes. Puisse-t-elle se prolonger indéfiniment.

— Vous êtes vraiment cynique. »

Le Thébain opina du chef.

« En effet. Mais c'est la leçon que la vie enseigne à ceux qui la traversent les yeux ouverts, non ? Tout s'achète, que ce soit à l'aide d'argent, de gloire ou de pouvoir.

— Vous aussi ?

— Bien sûr. Je serais prêt à tout sacrifier pour voir Thèbes libre.

— Il n'y a en cela rien de déshonorant.

— Si tu le crois vraiment, il te reste encore beaucoup de choses à apprendre », rétorqua Épaminondas.

*

Durant les semaines qui précédaient la course, Parménion courut deux heures par jour pour gagner en musculature et en endurance. La veille de l'épreuve, il s'entraîna bien plus légèrement, veillant seulement à assouplir ses muscles. Il ne voulait surtout pas être fatigué avant même le départ de la course. Comme disait Lépidas : *Ne laissez jamais toutes vos forces sur le terrain d'entraînement, messieurs*. Une fois ses exercices achevés, il se baigna dans la fontaine proche du temple d'Artémis. Il avait pris l'habitude de passer l'après-midi à se promener en ville et n'y faillit pas ce jour-là. La complexité et les couleurs de Thèbes continuaient de le fasciner, et il était émerveillé par le talent déployé par les architectes. À côté, Sparte lui faisait l'effet d'un ramassis de bicoques rassemblées par la tempête.

Les bâtiments publics étaient particulièrement impressionnants, avec leurs piliers colossaux et leurs splendides statues, mais même les maisons particulières avaient été construites avec art, non à l'aide de briques séchées au soleil, mais avec des pierres en forme de polygones, qui s'imbriquaient harmonieusement les unes dans les autres. Les larges fenêtres permettaient une meilleure luminosité et les murs intérieurs étaient décorés de peintures ou de tapisseries de laine bigarrée. Même les maisons les plus pauvres, rassemblées dans le quartier nord, avaient toutes leur toit de tuiles et leurs volets travaillés, tandis que nombre de cours intérieures disposaient de leur propre fontaine.

À Sparte, Parménion avait vécu dans une demeure modeste, mais pas plus que les autres. Le sol était en terre battue, et les murs d'argile et de jonc étaient recouverts de chaux. Mais même la propriété de Xénophon, qu'il avait pourtant trouvée splendide, était bien moins belle que celle d'Épaminondas. Ce dernier habitait dans une maison de huit pièces, où tout n'était que pierre et mosaïques de porcelaine blanche et noire. L'*andron*, qui constituait la pièce principale, s'étendait sur deux niveaux et offrait sept divans aux invités. Et il y avait même une salle de bain et une citerne d'eau à l'intérieur de la maison !

Thèbes était de loin la cité la plus excitante que Parménion ait jamais connue.

Lorsque la nuit commençait à tomber, il se trouvait une table dans l'un des nombreux établissements offrant à manger près de la place. Des serviteurs lui apportaient alors son repas sur de grands plateaux en bois : du pain frais et une entrée faite de crème aigre, d'herbes aromatiques et d'huile d'olive, suivie d'une assiette de poisson épicé. Il restait là, assis, à contempler les étoiles, et alors qu'il achevait son repas par quelques gâteaux au miel, il avait la sensation que les dieux l'avaient invité à venir résider à leur côté, en Olympe.

Ce n'était qu'après, lorsqu'il avait rejoint sa chambre, qu'il se remettait à penser à Dérae et que sa gorge se serrait de nouveau. Alors, il se levait de son lit et contemplait la cité endormie, l'esprit empli de pensées amères. Les rêves de vengeance se multipliaient en lui, comme en un temple dédié à la haine.

Ils finiraient par payer.

Qui donc ? lui demandait souvent une voix presque inaudible.

La question était troublante. Léonidas était son véritable ennemi mais, tout au long de sa jeunesse, il avait souffert d'être rejeté par tous, à cause de son *sang mêlé*. Seul Xénophon l'avait accueilli à bras ouverts. Aucun Spartiate ne l'avait jamais accepté, pas même Hermias.

C'est Sparte tout entière qui paiera, répondait-il. *Le jour viendra où le seul nom de Parménion fera pousser des cris de terreur à ses dix mille habitants.*

C'était le moyen qu'il avait trouvé pour se protéger de la souffrance que lui causait la mort de Dérae.

Épaminondas ne passa que peu de temps avec lui au cours des jours qui précédèrent la course. Tous les soirs, il rendait visite à des amis habitant en divers points de la cité, et il rentrait très tard. Bien que toujours amical envers Parménion, il était également distant, et le jeune homme avait donc décidé de partir seul à la découverte de Thèbes.

Presque tous les jours, il voyait des soldats spartiates traverser la place du marché ou s'asseoir à table et demander à manger. Ils parlaient bruyamment et tout en eux respirait l'arrogance. Quand il était calme, Parménion admettait que sa réaction était injuste : ils se comportaient seulement comme des conquérants qui n'étaient pas les bienvenus. Mais sa haine ne cessait de grandir, et il ne pouvait plus regarder les soldats de Sparte sans la sentir enfler en lui.

La veille de la course, Épaminondas l'invita à l'*andron* et les deux hommes s'allongèrent sur des divans pour discuter de l'épreuve du lendemain.

« Méléagre aime rester sur les talons de celui qui mène l'allure pour mieux le dépasser à cent pas de l'arrivée, expliqua le Thébain.

— C'est une tactique qui me convient.

— Un ami court avec lui. C'est un homme petit et à la barbe noire. À trois reprises, alors que l'on aurait pu croire que Méléagre allait se faire battre, son comparse a trébuché pour faire tomber celui qui était en tête.

— Méléagre aurait dû être disqualifié.

— Peut-être, et très certainement la deuxième fois. Mais c'est un Spartiate et les réclamations portées par les Thébains n'ont que peu de poids. Pour ce qui te concerne, j'ai seulement obtenu une côte de trois contre un. Combien compte-tu miser ? »

Parménion avait longuement réfléchi au problème. À quatre contre un, il aurait pu se permettre de conserver un peu d'argent. Mais là, il n'avait plus le choix. Il décrocha sa bourse de ceinture et la tendit à son ami.

« Il y a cent soixante-huit drachmes à l'intérieur, lui dit-il. Joue tout.

— Est-ce sage ? »

Le jeune homme haussa les épaules.

« J'aimerais avoir le choix. Si je perds, je vendrai ma jument et je chercherai du travail dans une compagnie de mercenaires. Mais si je gagne, je pourrai louer un logement.

— Tu sais que tu peux rester chez moi.

— C'est gentil à toi, mais je ne veux pas m'imposer. Chez personne. »

*

Lorsque les deux hommes arrivèrent au petit matin, la foule se pressait déjà sur le terrain d'entraînement qui ceinturait des gradins installés durant la nuit. Parménion était impatient que la course commence, mais il dut attendre que le tournoi de boxe, programmé avant, ne prenne fin. N'éprouvant pas le moindre intérêt pour ce sport, il marcha jusqu'à la tombe d'Hector et s'assit à l'ombre d'un chêne.

La course de moyenne distance était une nouveauté pour les Grecs, qui préféraient tous la *stadia*, épreuve se disputant sur deux cents pas. Xénophon avait appris à Parménion que de nombreuses cités ne possédaient pas de piste ovale et que les coureurs devaient s'accommoder de celle, rectiligne, dessinée pour la *stadia* ; arrivés en bout de piste, ils tournaient autour de piquets plantés dans le sol avant de repartir en sens inverse. À cause des Perses, friands de courses plus longues, les spectateurs grecs avaient peu à peu fini par se laisser convertir. Parménion savait que les paris comptaient pour beaucoup dans ce revirement de situation... car un homme qui mise de l'argent sur un coureur préfère que la course soit plus longue pour prolonger l'excitation que procure l'enjeu.

Le jeune homme s'assoupit quelques minutes et fut réveillé par la clameur de la foule ; la finale du tournoi de boxe venait de s'achever par un coup retentissant qui avait jeté un des adversaires à terre, inconscient. Parménion se leva et partit chercher Épaminondas. Il le trouva au nord du terrain d'entraînement, où il observait les lanceurs de javelot.

« C'est un beau jour pour courir, commenta le Thébain en montrant le ciel du doigt. Les nuages garantiront une certaine fraîcheur. Comment te sens-tu ?

— J'ai une petite raideur dans le cou, mais je suis prêt. »

Épaminondas lui montra un homme grand et bien rasé qui se préparait à une trentaine de pas d'eux.

« Voici Méléagre, lui dit-il. Et, derrière lui, son ami... Clétus, je crois. »

Parménion observa attentivement ses deux adversaires. Méléagre faisait des étirements en posant la jambe sur un banc et en se pliant vers l'avant. Satisfait, il s'assouplit les muscles de l'aine. Pour sa part, Clétus courait sur place en faisant aller et venir ses bras au-dessus de sa tête. Grand et musclé, Méléagre était idéalement bâti pour la course d'endurance. Parménion s'intéressa longuement à lui, ce qui lui permit de voir que l'échauffement de l'autre était très précis et sa concentration sans faille.

« Je crois qu'il est temps que tu te prépares, toi aussi », murmura Épaminondas.

Parménion se reprit brusquement. Il étudiait Méléagre avec une telle attention qu'il avait presque oublié qu'il devait prendre part à la course, lui aussi. Avec un sourire coupable, il courut jusqu'à la ligne de départ. Quittant son chiton et ses sandales, il s'échauffa rapidement puis courut tranquillement pendant quelques minutes pour faire disparaître la raideur de ses muscles.

Les coureurs furent appelés par un vieillard à la barbe courte. Un par un, ils furent présentés à la foule. Les sept Thébains engagés reçurent une ovation, Méléagre et Clétus furent encouragés par les cris d'un petit groupe de Spartiates, mais Léon, le Macédonien, n'eut droit qu'à quelques applaudissements polis.

Une fois alignés, les coureurs tournèrent les yeux vers le vieil homme. Celui-ci leva la main.

« Allez ! » cria-t-il.

Les Thébains s'élancèrent en tête et une ligne étirée se constitua derrière eux. Méléagre se cala juste derrière Clétus, en quatrième position, et Parménion leur emboîta le pas. Il n'y eut aucun changement dans l'ordre des premiers lors des cinq premiers tours de piste, la course en comprenant vingt. Parménion décida alors d'attaquer. Passant habilement par l'extérieur, il vint se poster en tête et accéléra brusquement l'allure pendant un demi-tour. Un trou d'une quinzaine de pas se forma entre lui et son suivant direct. Une fois le virage amorcé, il risqua un coup d'œil derrière lui et vit que Méléagre le rattrapait. Le jeune homme déclencha alors sa deuxième accélération. Ses poumons commençaient à brûler et ses pieds souffraient sur l'argile surchauffée. À ce moment, les nuages s'écartèrent et le soleil se mit à darder de tous ses rayons. Parménion était trempé de sueur. Au onzième tour, Méléagre le suivait toujours, malgré quatre accélérations qui lui avaient à chaque fois permis de se détacher. Mais, chaque fois, le Spartiate revenait lentement, inexorablement, sans jamais paniquer. Deux fois encore, Parménion tenta de le lâcher, et deux fois il revint.

Parménion avait désormais mal partout, mais il se dit que son adversaire devait être dans le même état. Lors du seizième tour, il produisit un nouvel effort et maintint la cadence pendant trois quarts de tour. Cette fois, Méléagre se retrouva avec vingt pas de retard ; il avait mal jugé son adversaire et s'était attendu à ce qu'il craque avant. Mais il revint encore et, lorsque le dernier tour commença, il n'avait plus que six pas de retard.

Parménion n'osait plus se retourner, de peur de perdre son rythme, ce qui serait une erreur fatale à ce stade de la course. Il revenait sur les retardataires et s'apprêtait à leur prendre un tour. Il y avait là deux Thébains et, devant eux, Clétus. Le petit homme ne cessait de regarder derrière lui et Parménion sentit ce qui se préparait. Le Spartiate allait s'arranger pour tomber devant lui et le faire trébucher, ou pour le bloquer, le temps pour Méléagre de le doubler.

Il entendait désormais le souffle court de ce dernier juste derrière lui, et il comprit ce que les deux comparses s'apprêtaient à faire. Méléagre essayait de se porter à sa hauteur pour le coincer contre Clétus. La colère insuffla un regain d'énergie aux muscles épuisés de Parménion.

Il accéléra et se retrouva vite derrière Clétus.

« Pousse-toi, je te double par l'extérieur ! » lui cria-t-il.

Dans le même temps, il se jeta à l'intérieur. Le Spartiate fit semblant de trébucher et s'affala sur sa droite, où arrivait Méléagre. Les deux hommes mordirent la poussière et Parménion acheva le tour seul. La foule se leva lorsqu'il franchit la ligne d'arrivée.

Les Thébains se moquaient bien qu'il ne soit que Léon, un Macédonien inconnu. Ce qui comptait, c'est qu'il venait d'humilier deux Spartiates.

Épaminondas se précipita sur son ami.

« Nous venons d'assister à la première victoire du Lion de Macédoine », lui dit-il.

Et Parménion eut l'impression qu'un nuage noir obscurcissait le ciel.

*

Parménion posa tout ce qu'il avait gagné sur la table et constitua des piles de pièces qu'il contempla avec un plaisir non dissimulé. Il y avait là un total de cinq cent douze drachmes, une rançon de roi pour un Spartiate qui n'avait jamais vu une telle somme, même entre les mains d'un autre.

Il était surtout impressionné par les cinq pièces d'or, qui valaient chacune vingt-quatre drachmes. Il les serra dans son poing pour mieux sentir leur poids et la chaleur que dégageait le métal. Quant aux quatre cents drachmes d'argent, il les avait réparties en vingt colonnes égales, comme pour bâtir un temple miniature.

Il était riche ! Étalant les pièces d'or sur la table, il s'intéressa au profil d'homme barbu qui les frappait. Il s'agissait de pièces perses, et elles montraient le souverain du pays, Artaxerxès, l'arc à la main. De l'autre côté, une femme tenait une épée et un épi de blé.

« Comptes-tu les regarder toute la journée ? lui demanda Épaminondas.

— Oui, et demain aussi. »

Le Thébain gloussa.

« Tu as bien couru, et j'ai aimé la façon dont tu as feinté Clétus. Comme ils doivent souffrir, tous les deux. Je suis sûr que Méléagre a dû se ruiner pour rembourser ses dettes.

— Je me moque bien de lui. Maintenant, je peux me permettre de louer une maison, et peut-être même d'avoir un domestique. Dès aujourd'hui, j'irai au marché pour m'acheter une cape, quelques tuniques et une nouvelle paire de sandales. Et un arc, aussi. Je dois absolument avoir un arc. Et un chapeau ! En fourrure thrace, peut-être...

— J'ai rarement vu quelqu'un qui soit si heureux d'être riche.

— Mais as-tu jamais été pauvre ? rétorqua Parménion.

— Fort heureusement, c'est là une situation qui m'est totalement étrangère. »

Les deux hommes passèrent l'après-midi au plus grand marché de la ville. Parménion y acheta une cape de laine bleue, deux tuniques de lin fin et une paire de sandales se nouant aux mollets. Il se fit également un petit plaisir, sous la forme d'un serre-tête en cuir noir brodé de fil d'or.

Puis la nuit se mit à tomber et, alors qu'ils revenaient chez Épaminondas, le Thébain prit brusquement sur la gauche pour s'engager dans une petite allée.

« Où m'emmènes-tu ? demanda Parménion en lui prenant la manche.

— Chez moi.

— Par ici ?

— J'ai l'impression que l'on nous suit. Ne te retourne surtout pas ! Je ne voudrais pas qu'ils se rendent compte que nous les avons repérés.

— Pourquoi serions-nous suivis ?

— Je l'ignore. Mais dès que nous aurons passé l'angle de la rue, mets-toi à courir. »

L'allée tournait vers la droite et les deux amis s'élancèrent dès qu'ils furent sortis du champ de vision de leurs poursuivants. Enchaînant les ruelles sinueuses, ils finirent par en atteindre une qui donnait sur l'arrière de la propriété d'Épaminondas. Ce dernier s'arrêta aussitôt en voyant que quatre hommes les y attendaient, assis sur un petit muret. Ils étaient équipés d'épées et de dagues, tandis que Parménion et le Thébain étaient totalement désarmés. Épaminondas se cacha avant d'avoir été aperçu.

Prenant une voie détournée, il conduisit Parménion jusqu'à l'entrée principale de sa maison. Mais d'autres hommes en armes y avaient été postés.

« Que faisons-nous ? s'enquit le jeune Spartiate.

— Nous avons deux possibilités : soit nous essayons de les impressionner, soit nous allons passer la nuit ail leurs.

— De qui s'agit-il ?

— De racaille, à première vue. Si j'avais mon épée avec moi, je n'hésiterais pas une seconde à les affronter. Mais qui attendent-ils, toi ou moi ? »

Épaminondas s'adossa contre un mur. La présence des mécréants ne pouvait s'expliquer que de deux manières : soit les autorités avaient appris l'existence du petit groupe de rebelles qui se réunissait chez Polysperchon, soit Méléagre avait décidé de se venger en découvrant la véritable identité de Parménion. Aucune de ces deux éventualités n'était réjouissante, mais le Thébain préférait encore la seconde.

« Montre-moi d'autres chemins menant chez toi, lui demanda Parménion.

— Pour quelle raison ? »

Le Spartiate sourit de toutes ses dents.

« Pour que je puisse les faire tourner en rond. Fais-moi confiance, Épaminondas. J'ai passé la majeure partie de ma jeunesse à me faire pourchasser et rouer de coups. Mais pas cette fois, mon ami. Pas si tu me montres les ruelles du quartier.

Une heure durant, les deux hommes parcoururent les allées qui serpentaient entre les hautes demeures. Ils ne revinrent sur l'arrière de la maison d'Épaminondas qu'après que Parménion eut mémorisé divers repères.

« Attends ici, dit-il à son ami. Dès qu'ils seront partis, tu pourras aller prendre ton épée... et la mienne. »

Ce disant, il s'enfonça de nouveau dans le labyrinthe urbain et en ressortit à une quarantaine de pas des quatre hommes qui l'attendaient. L'un d'entre eux l'aperçut et avertit son plus proche compagnon d'un coup de coude. Tous se levèrent.

« Es-tu celui que l'on nomme Parménion ? demanda un homme râblé aux cheveux roux.

— C'est bien moi, oui.

— Emparez-vous de lui ! » hurla l'inconnu en dégainant son épée.

Le Spartiate fit volte-face et partit en courant, les quatre hommes sur ses talons. Épaminondas en profita pour se ruer sur la porte de derrière, à laquelle il frappa frénétiquement. Un serviteur lui ouvrit et il lui ordonna d'aller chercher l'épée de Léonidas dans la chambre de Parménion tandis que lui-même se munissait de sa propre arme. Puis, une épée dans chaque main, il repartit en courant en direction de la rue.

« Où allez-vous, maître ? » lui demanda le domestique, inquiet.

Épaminondas ne prit pas la peine de lui répondre.

Le silence régnait et le Thébain attendit patiemment. Il était calme, prêt au combat. Pénétrer dans le labyrinthe de ruelles ne servirait à rien ; mieux valait attendre que Parménion ramenât ses poursuivants jusqu'à lui. Épaminondas avait la bouche sèche, et il s'autorisa un petit sourire. C'était toujours la même chose avant un combat : la gorge serrée et la vessie près d'éclater. À ce moment, il entendit un bruit de course et vit Parménion apparaître, suivi comme son ombre par les quatre inconnus. Épaminondas lui lança son épée. Le Spartiate s'en saisit habilement et se retourna pour faire face à ses poursuivants.

Les hommes s'arrêtèrent aussitôt, manifestement inquiets.

« Nous n'avons rien contre toi », fit l'homme à barbe rousse à l'adresse d'Épaminondas.

Le Thébain évalua son interlocuteur d'un simple coup d'œil. Sa tunique était sale et ses bras parsemés de vieilles cicatrices.

« Je vois que tu as été soldat, lui dit-il. Tu es tombé bien bas, depuis. »

L'homme rougit.

« J'ai combattu pour Thèbes... pour tout le bien que cela m'a fait. Et maintenant, écarte-toi, Épaminondas. Laisse-nous nous occuper du tricheur.

— En quoi a-t-il triché ?

— Il s'est inscrit à la course sous le nom de Léon alors qu'il s'appelle en fait Parménion.

— Et cela t'a-t-il fait perdre de l'argent ? s'enquit le Thébain.

— Non, car je n'avais rien à parier. Mais j'ai été payé et je dois honorer l'accord passé. Écarte-toi !

— Je ne pense pas, non. Mais cela m'attriste de voir un Thébain accepter de tuer pour un Spartiate.

— Nécessité fait loi », répondit l'autre en haussant les épaules.

Soudain, il brandit son épée et s'élança en avant. Parménion para son attaque et lui donna un coup de poing en plein visage. L'homme tituba. Le Spartiate poursuivit son assaut en bondissant sur son agresseur, lui cassant le nez et le projetant au sol d'un coup de pied. Les trois autres hommes n'avaient toujours pas bougé ; ils regardaient leur chef qui se relevait avec difficulté.

« Il n'est pas utile que tu meures, lui dit Parménion.

— J'ai accepté l'argent », répliqua l'autre d'une voix lasse.

Cette fois, il se fendit, visant le ventre, mais Parménion bloqua le coup avec une aisance déconcertante et un nouveau coup de poing envoya le rouquin au tapis.

Épaminondas en profita pour charger ses trois complices, qui s'enfuirent sans demander leur reste. Parménion s'agenouilla au côté de son adversaire inconscient.

« Aide-moi à l'amener à l'intérieur, fit-il à l'adresse d'Épaminondas.

— Pourquoi ?

— Il me plaît.

— Tu es complètement fou. »

Les deux hommes transportèrent leur assaillant jusqu'à l'*andron* et l'allongèrent sur un des divans.

Un serviteur leur apporta du vin et de l'eau, et ils attendirent que l'inconnu revienne à lui. Il reprit connaissance quelques minutes plus tard.

« Pourquoi ne m'avez-vous pas tué ? demanda-t-il en s'asseyant.

— J'ai besoin d'un domestique, lui répondit Parménion. »

L'homme plissa les yeux.

« Te moques-tu de moi ?

— Pas le moins du monde. Je t'offre cinq oboles par jour, payables une fois par mois. Tu seras également nourri et logé.

— C'est de la démence, intervint Épaminondas. Il est venu ici pour te tuer.

— On l'a payé et il a tout fait pour mériter son argent. J'aime ça. Combien t'a-t-on proposé ? demanda-t-il à l'homme.

— Dix drachmes. »

Parménion ouvrit la bourse qu'il portait au côté et en sortit trente-cinq drachmes en argent.

« Alors, tu es d'accord ? » voulut-il savoir.

L'homme regarda longuement les pièces posées sur la table, puis il déglutit et hocha la tête.

« Quel est ton nom ?

— Mothac. Et ton... votre ami a raison. C'est de la folie. »

Parménion sourit et ramassa les pièces, qu'il tendit à Mothac.

« Tu vas rendre ses dix drachmes à l'homme qui t'a payé ; le reste est ta paye du mois. Prends un bain et achète-toi une nouvelle tunique, puis rassemble tes possessions et reviens ce soir.

— Vous me faites confiance ? Pourquoi ?

— C'est simple : un homme qui était prêt à mourir pour dix drachmes aura sûrement envie de vivre pour vingt-cinq par mois. »

Mothac sortit sans un mot.

« Tu ne le reverras jamais, fit Épaminondas en secouant la tête.

— On parie ?

— J'imagine que tu as l'intention de miser trente-cinq drachmes, non ?

— Tout à fait. Cela te convient-il ?

— Non. Je m'incline devant ta compréhension supérieure de l'espèce humaine. Mais il fera un très mauvais domestique. Dis-moi, pourquoi lui as-tu offert ce poste ?

— Il est différent des autres. Eux n'étaient que des lâches, tandis que lui était prêt à se battre. Mais, surtout, quand il a vu qu'il était vaincu, il a préféré mourir plutôt que de voler son employeur. Ce genre d'homme est rare.

— Là, je ne suis pas d'accord avec toi. Ceux qui acceptent de tuer pour dix drachmes ne sont pas assez rares à mon goût. »

*

L'homme nommé Mothac quitta la maison. Il avait la nausée, mais sa colère lui donna la force de poursuivre sa route. Il n'avait pas mangé depuis cinq jours et savait que c'était la raison pour laquelle le Spartiate l'avait vaincu si aisément. Rendre les dix drachmes ? Il les avait déjà payées au médecin, en échange des médicaments destinés à Éléa. Il s'engagea dans une ruelle et s'adossa contre un mur, rassemblant toute l'énergie dont il aurait besoin pour rentrer chez lui. Ses genoux manquèrent se dérober sous lui, mais il se rattrapa à une protubérance murale.

« Accroche-toi », s'admonesta-t-il.

Inspirant profondément, il recommença à mettre un pied devant l'autre. Il lui fallut près d'une demi-heure pour atteindre la place du marché, où il acheta des fruits et du poisson séché. Il s'assit à l'ombre et mangea, sentant ses forces revenir peu à peu.

Le Spartiate devait être fou s'il s'attendait à le revoir un jour.

« Je ne sers personne ! s'exclama-t-il. Personne ! »

Manger lui avait fait du bien, comme il s'en rendit compte en se remettant debout. Le Spartiate l'avait humilié en le faisant paraître faible et stupide. Trois misérables petits coups avaient suffi pour le vaincre. C'était extrêmement difficile à supporter pour un homme qui s'était mesuré aux Arcadiens, aux Thessaliens et aux Spartiates. Personne ne lui avait jamais fait mordre la poussière, mais le manque de nourriture et de sommeil avait précipité son humiliation.

Pourtant, il avait encore trente-quatre drachmes et trois oboles dans ses poches, ce qui lui permettrait d'acheter de quoi manger durant deux mois. Sans doute Éléa serait-elle guérie d'ici là. Revenant au marché, il fit quelques courses avant de rentrer chez lui. Il résidait au cœur du quartier nord, où les maisons de brique cuite devaient se contenter d'un sol de terre battue. La puanteur des égouts à ciel ouvert ne le gênait plus depuis bien longtemps, pas plus que les rats qui croisaient sa route.

Tu es tombé bien bas, se dit-il pour la millième fois.

Mothac. Il avait révélé son nom avec une aisance stupéfiante. C'était un nom étrange, qui lui venait de l'aube des temps. *Un banni, voilà ce que tu es maintenant. Voilà ce que tu es devenu.*

Il arriva enfin à sa minuscule maison. Éléa dormait paisiblement dans la chambre. Après lui avoir jeté un coup d'œil, il déballa la nourriture et prépara un plateau de pamplemousses et de gâteaux au miel.

Il se représenta sa femme souriant, et cela lui rappela la première fois où il l'avait vue, durant la danse dédiée à Hector. Elle portait un chiton blanc qui descendait jusqu'aux chevilles et ses cheveux châtains aux reflets blonds étaient retenus par une barrette en ivoire. Il avait été incapable de la quitter des yeux.

Six semaines plus tard, ils étaient mariés.

Puis les Spartiates s'étaient emparés de la Cadmée et des conseillers à leur solde avaient pris les rênes de la cité. Les parents d'Éléa avaient été arrêtés et condamnés à mort pour trahison. Tous les biens familiaux avaient été confisqués. Mothac avait été recherché, lui aussi, et il était venu trouver refuge dans le quartier pauvre de la ville. Il avait changé de nom et s'était laissé pousser la barbe.

N'ayant ni argent ni espoir de trouver du travail, il avait pensé quitter Thèbes pour rejoindre une compagnie de mercenaires. Mais Éléa était tombée malade. Le médecin avait diagnostiqué une infection pulmonaire. Il la saignait régulièrement, mais cela ne faisait que l'affaiblir un peu plus à chaque fois.

Il apporta le plateau dans la chambre et le posa à côté du lit. Cela fait, il toucha l'épaule d'Éléa. Elle ne réagit pas.

« Oh, douce Héra, non », gémit-il en la retournant sur le dos.

Elle était morte.

Mothac prit la main de sa femme et la veilla jusqu'au crépuscule, puis il se leva et quitta sa maison. Il erra en ville sans savoir où il allait et ses pas le conduisirent à la place principale. Les pensées se bousculaient en lui sans rime ni raison. Soudain, quelqu'un lui saisit le bras.

« Que t'est-il arrivé, mon ami ? s'entendit-il demander. On te croyait mort.

— Mort ? répéta Mothac en se dégageant brusquement. Si seulement c'était le cas. Laisse-moi tranquille ! »

Continuant de marcher au hasard, il remonta de longues avenues, puis d'étroites ruelles sinueuses, et se retrouva enfin devant la demeure d'Épaminondas.

N'ayant nulle part ailleurs où aller, il frappa à la lourde porte d'entrée.

Un domestique le conduisit jusqu'au Spartiate, qui buvait du vin dans la cour. Mothac se força à s'incliner devant son nouveau maître. Ce dernier l'observa avec attention ; Mothac eut l'impression que ses yeux bleus cherchaient à pénétrer au plus profond de son âme.

« Qu'y a-t-il ? voulut savoir Parménion.

— Rien... monsieur, répondit le Thébain d'une voix morne. Me voici. Que puis-je faire pour vous ? »

Le jeune homme versa du vin dans un gobelet, qu'il tendit ensuite au nouvel arrivant.

« Assieds-toi et bois », lui dit-il.

Mothac se laissa choir sur le banc et but le vin d'un trait ; sa chaleur lui fit du bien.

« Parle-moi », l'enjoignit le Spartiate.

Mais les mots ne venaient pas. Mothac baissa la tête et ses larmes se mirent à couler.

*

Mothac avait été incapable d'amener la conversations sur Éléa. Face à lui, le Spartiate ne lui avait posé aucune question, préférant attendre en silence que son nouveau domestique ait cessé de pleurer. Une attitude dont Mothac se souviendrait toute sa vie, avec gratitude.

Une fois les larmes taries, Parménion demanda que l'on apporte à boire et à manger. Les deux hommes burent ensemble, toujours sans parler, jusqu'à ce que Mothac soit saoul ; après quoi Parménion le conduisit jusqu'à une chambre située à l'arrière de la maison.

Mothac s'éveilla à l'aube. Un chiton neuf de lin vert était posé sur une chaise. Il se lava, s'habilla et partit en quête de Parménion. Un autre domestique lui apprit que le Spartiate était parti courir sur le terrain d'entraînement. Mothac alla l'y rejoindre. Une fois là, il s'assit sur le tombeau d'Hector et observa son maître multiplier les tours de piste sans effort apparent. Il fut impressionné : Parménion se déplaçait avec une telle fluidité que ses pieds paraissaient ne jamais toucher le sol.

Le jeune homme continua de courir une bonne heure durant, jusqu'à ce que ses mollets le brûlent et qu'il soit ruisselant de sueur. Ralentissant l'allure, il se dirigea vers la tombe à petites foulées, souriant à Mothac et lui faisant un grand geste du bras.

« As-tu bien dormi ? » lui demanda-t-il.

Le Thébain hocha la tête.

« Le lit est bon, et rien ne vaut le vin pour faire de beaux rêves.

— Et l'ont-ils été ? Beaux, je veux dire.

— Non. Vous courez vite. Je n'ai jamais vu personne d'aussi rapide que vous. »

Parménion sourit.

« Quelqu'un me battra forcément un jour. C'est inévitable. »

Il commença ses exercices d'assouplissement, étirant les muscles de ses mollets en s'appuyant sur la pierre tombale.

« Avez-vous l'intention de continuer à courir ? lui demanda Mothac.

— Non.

— Alors pourquoi faites-vous ça ?

— Mes muscles sont contractés par l'effort. Si je ne les détendais pas, j'aurais des crampes et il me serait impossible de courir demain. Cela m'a fait plaisir de constater que personne ne m'attendait, ce matin, ajouta-t-il en changeant de sujet.

— Ils reviendront, l'assura Mothac. Certaines personnes sont déterminées à vous voir mort.

— Je ne crois pas être facile à tuer, commenta Parménion en s'allongeant dans l'herbe. Mais peut-être est-ce mon arrogance qui s'exprime ainsi.

— Vous ne m'avez pas demandé qui m'avait payé pour vous éliminer.

— Pourquoi, me le dirais-tu ?

— Non.

– C'est pour cette raison que je ne t'ai rien demandé.

— Et vous avez eu la bonne grâce de ne pas poser de questions quand je... me suis mis à pleurer, ajouta Mothac en détournant le regard. Je vous en remercie.

— Chacun d'entre nous porte son lot de peines et de souffrances, mon ami. Quelqu'un m'a dit un jour que les mers étaient formées par les larmes du temps, versées pour tous les êtres chers et disparus. C'est peut-être faux, mais l'image me plaît. Je suis heureux que tu sois revenu. »

Mothac eut un petit sourire coupable.

« Je ne sais toujours pas pourquoi je l'ai fait, avoua-t-il. Je n'en avais pas l'intention.

— La raison importe peu. Viens, rentrons et allons manger. »

Alors qu'ils n'étaient plus qu'à quelques dizaines de pas de la maison, Parménion tendit le bras pour arrêter Mothac. Puis il se posta à l'angle de la rue et constata qu'il était attendu ; une fois de plus, des hommes en armes étaient postés à l'entrée. Il serra les dents mais étouffa sa colère naissante en inspirant profondément.

« Va leur parler, dit-il à Mothac, et explique-leur que tu viens juste de me voir au terrain d'entraînement et qu'il n'y avait personne alentour. C'est la vérité, après tout. »

Le Thébain opina du chef et alla rejoindre ses anciens comparses au pas de course. Parménion se cacha derrière un petit muret et attendit que les mécréants aient disparu, puis il alla retrouver Mothac, qui l'attendait devant la porte.

« Mangeons », fit-il.

Sorti la veille au soir, Épaminondas n'était pas encore rentré. Les serviteurs étaient incapables de dire où il s'était rendu, à moins qu'ils n'aient reçu l'ordre de n'en rien faire, aussi Parménion et Mothac s'installèrent-ils à table sans attendre le maître de maison.

« Ne devrais-je pas être avec eux ? demanda Mothac alors que les domestiques leur apportaient à manger.

— Pas encore. Nous devons d'abord apprendre à nous connaître. As-tu déjà été serviteur ?

— Non.

— Et moi, je n'en ai jamais eu. »

Mothac secoua la tête en riant dans sa barbe.

« Qu'est-ce qui t'amuse ? » voulut savoir Parménion.

Le Thébain hocha la tête.

« J'ai eu des domestiques, autrefois. Je peux sans doute vous montrer comment les traiter. »

Parménion sourit de toutes ses dents.

« J'aurai sans doute grand besoin de tes conseils. Je n'ai que très peu de possessions matérielles, aussi t'occuper de ma garde-robe ne devrait-il guère te prendre de temps. Mon régime alimentaire est... disons, spartiate, et je ne suis pas exigeant. Par contre, j'ai besoin de quelqu'un à qui parler, quelqu'un en qui je puisse avoir confiance. Commençons donc par te donner un meilleur titre : tu seras mon compagnon. Cela te convient-il ?

— Vous ne m'avez engagé qu'hier, et voilà que je reçois déjà ma première promotion. Je vois que mes perspectives d'avenir sont bonnes avec vous. Mais me laisserez-vous encore une journée avant d'entrer à votre service ? J'ai une affaire qu'il me faut conclure au plus vite.

— Bien sûr. As-tu besoin de mon aide pour régler cette... affaire ?

— Non, je préfère m'en occuper seul. »

Quand les deux hommes eurent fini leur petit déjeuner, Mothac quitta la maison et rejoignit la Voie des Morts. Il donna douze drachmes à un vieillard et lui indiqua comment se rendre chez lui.

« Je serai là à la tombée du jour, lui dit-il. Assure-toi que les pleureuses soient convaincantes.

— Il n'y en a pas de meilleures », lui promit l'homme.

De retour chez lui, Mothac revêtit une vieille tunique, qui avait autrefois été rouge mais que le passage des ans avait rendue rose. Après une heure d'attente, les pleureuses arrivèrent. Elles étaient trois, tout de gris vêtues. Il les laissa préparer le corps d'Éléa, s'arma de son épée et de sa dague, et ressortit.

Éléa était morte. Rien ne la ramènerait jamais, mais il espérait qu'elle trouverait le bonheur dans l'au-delà, où elle serait réunie avec ses parents. Elle lui manquerait terriblement et il ne l'oublierait jamais. Il savait que d'autres hommes étaient capables de se remarier après le décès de leur femme, mais pas lui. Pas Mothac.

Plus jamais, se promit-il en attendant la nuit. *Quand je passerai dans l'au-delà, moi aussi, ce sera pour retrouver Éléa et savourer l'éternité à son côté.*

Le soleil se coucha au terme d'un spectacle féerique et les étoiles illuminèrent le ciel. Des torches allumées furent fixées aux torchères prévues à cet effet. On pendit des lanternes à des cordes, et des serviteurs sortirent les tables sur la place, en prévision des clients qui ne tarderaient pas à arriver. Mothac se fondit dans l'ombre et attendit patiemment. Plusieurs heures s'écoulèrent, et il était presque minuit lorsque le Spartiate, Clétus, arriva enfin. Mothac savait pourquoi Clétus haïssait tant Parménion. Incapable d'honorer ses dettes, Méléagre avait été disgracié et renvoyé à Sparte. Et, sans l'aide de Méléagre, les finances de Clétus seraient bientôt à sec, ce qui le forcerait à abandonner la vie de plaisirs dont il jouissait.

À l'heure actuelle, il ne désirait plus qu'une seule et unique chose : se venger de l'homme qui les avait bernés, Méléagre et lui.

C'était un sentiment que Mothac pouvait comprendre.

Il attendit que le Spartiate ait terminé son repas, puis le suivit jusqu'à la Cadmée. Alors que Clétus commençait à gravir le chemin tortueux menant au sommet de la colline, Mothac regarda tout autour de lui. Personne en vue. Il appela son ancien employeur à voix basse et courut jusqu'à lui.

« Alors, as-tu de bonnes nouvelles pour moi ? s'entendit-il demander.

— Non », répondit-il en plantant sa dague dans la gorge de Clétus, au-dessus de la clavicule.

Celui-ci tenta de se débattre et de dégainer son épée, mais Mothac lui donna un coup de poing vicieux au visage et lui trancha la jugulaire en faisant tourner la lame dans la plaie. Le sang se mit à gicler à gros bouillons, mais Clétus tenta tout de même de lutter. Il frappa au hasard, et Mothac bondit en arrière pour éviter le fil de sa lame. Puis le Spartiate s'effondra et fut pris de violentes convulsions avant de s'immobiliser.

Mothac rentra chez lui en courant. Là, il se débarrassa de son chiton ensanglanté et se lava des pieds à la tête. Puis, après avoir revêtu la tunique que Parménion lui avait achetée, il alla retrouver son nouveau maître.

Les tueurs à gages apprendraient vite que l'homme qui les avait payés était mort.

Quand il arriva chez Épaminondas, il trouva Parménion allongé sur l'un des divans de l'*andron*.

« Alors, as-tu conclu ton affaire ? lui demanda le Spartiate.

— Oui... monsieur.

— Et es-tu satisfait du résultat ?

— Satisfait, non, monsieur. Disons seulement qu'il s'agissait d'une corvée à laquelle je ne pouvais me soustraire. »

*

C'est Épaminondas qui apprit à Parménion que Clétus avait été tué. Le Thébain avait l'air très affecté par la nouvelle du meurtre.

« Je croyais que tu n'appréciais guère les Spartiates », commenta Parménion alors que les deux amis se promenaient dans les jardins au milieu desquels se dressait la grande statue d'Héraclès.

Épaminondas regarda tout autour de lui. Il n'y avait pas grand monde dans les jardins, et personne ne pouvait les entendre.

« En effet, mais là n'est pas le problème. J'ai confiance en toi, Parménion, mais certains plans sont en train d'être mis en place et nous ne pouvons risquer de les voir contrecarrés. L'officier commandant la Cadmée a exigé une enquête. On prétend également qu'il aurait demandé d'autres troupes à Sparte, de peur que ce meurtre ne présage une révolte.

— Ce qui n'est pas le cas, sans quoi tu serais au courant. »

Épaminondas lui lança un regard mauvais, puis rougit avant de sourire.

« Tu as l'esprit vif, Parménion. Et heureusement que tu sais tenir ta langue. Oui, je fais bien partie de ceux qui cherchent à libérer Thèbes, mais cela prendra du temps, et je ne manquerai pas de venir te demander conseil lorsque l'heure sera proche. Je n'ai pas oublié le plan dont tu m'avais parlé. »

Ils s'arrêtèrent à proximité d'une fontaine jaillissant des bras tendus d'une statue de Poséidon, le dieu des mers. Parménion but un peu d'eau et les deux hommes s'assirent sur un banc de marbre protégé par un auvent en toile.

« Tu devrais faire attention, recommanda le Spartiate. Même les domestiques savent que tu te rends à des réunions secrètes.

— Mes serviteurs sont dignes de confiance, mais je vois ce que tu veux dire. Je n'ai pas le choix, néanmoins. Il faut bien que nous nous retrouvions pour pouvoir établir nos plans.

— Dans ce cas, réunissez-vous en plein jour. »

Les deux amis repartirent par l'avenue conduisant à la Porte d'Électre mais, plutôt que de rentrer directement chez lui, Épaminondas prit à gauche et remonta une ruelle ombragée jusqu'à un portail en fer. Après l'avoir poussé, il fit signe à Parménion de le suivre dans une cour étroite, dont les murs étaient décorés de fleurs violettes. Ils remontèrent ensuite une allée étroite et pavée, surplombée par une tonnelle couverte de plantes grimpantes. La maison était organisée autour d'un petit *andron* à deux niveaux, meublé de six divans ; deux portes menaient, l'une à une cuisine et une salle de bains, l'autre à un couloir donnant sur trois chambres.

« À qui appartient cette demeure ? voulut savoir Parménion.

— À toi, répondit un Épaminondas tout sourire. J'ai misé trois mille drachmes sur ta course, et cette maison n'en valait que neuf cents. Je me suis dit qu'elle te plairait.

— Et tu ne t'es pas trompé. Mais je ne puis accepter un tel cadeau.

— Bien sûr que si. Tu le dois, d'ailleurs. Grâce à toi, j'ai gagné dix fois plus que cette maison m'a coûté. Et nous vivons une époque dangereuse. Si les soldats viennent me chercher alors que tu résides encore chez moi, tu seras arrêté, toi aussi. »

Parménion s'allongea sur un divan, appréciant d'emblée la brise venue de la fenêtre ouverte, qui charriait avec elle le parfum des fleurs de la cour.

« J'accepte, dit-il enfin, mais seulement s'il s'agit d'un prêt. Tu dois me permettre de te la rembourser dès que j'en aurai les moyens.

— Si c'est ce que tu souhaites, je suis d'accord. »

Parménion et Mothac s'installèrent le lendemain matin. Le Thébain avait fait les courses au marché et les deux hommes s'assirent dans la cour pour profiter du soleil matinal.

« Est-ce que quelqu'un t'a vu tuer Clétus ? » demanda brusquement Parménion.

Mothac fixa son maître dans les yeux et songea un instant à mentir, puis il secoua la tête.

« Il n'y avait personne alentour.

— Bien. Mais ne prends plus jamais d'initiative de ce genre avant de m'en avoir parlé. C'est bien compris ?

— Oui... monsieur.

— Et ne m'appelle pas ainsi. Je me nomme Parménion.

— C'était nécessaire, Parménion. Il avait ordonné votre... ta mort. Tant qu'il vivait, tu étais en danger.

— J'en conviens, et ne va surtout pas prendre la critique que je viens de formuler pour de l'ingratitude. Mais j'aime être maître de mon destin, et je ne demande à personne d'agir à ma place.

— Cela ne se reproduira plus. »

Au cours des huit mois qui suivirent, Parménion participa à deux courses, qu'il remporta haut la main. La première fois, il fut opposé au champion de Corinthe, la seconde, à un athlète athénien. Il s'inscrivait toujours sous le nom de Léon, et rares étaient ceux qui osaient désormais parier contre lui. Il ne gagnait donc plus grand-chose : lors de sa dernière course, il lui fallut miser deux cents drachmes pour en gagner cinquante.

La nuit suivante, il assouplit ses muscles par une petite course sur le terrain d'entraînement, comme il avait l'habitude de le faire après une compétition serrée. Cet exercice nocturne avait également pour fonction de lui apporter une sensation de paix, presque de plaisir. Sa haine de Sparte était toujours aussi vivace, mais il parvenait désormais à la contrôler au plus profond de lui. L'heure de la vengeance approchait et il ne voulait pas qu'elle arrive trop vite.

Alors qu'il passait près du tombeau d'Hector, une ombre se détacha d'entre les arbres. Il fit un bond en arrière et sa main se referma instinctivement sur la poignée de la dague qu'il portait au côté.

« C'est moi, Parménion », fit Épaminondas.

Le Thébain sortit de l'ombre. Le reconnaissant, Parménion s'assit sur le banc de marbre faisant face à la pierre tombale.

« Qu'y a-t-il, mon ami ?

— Je suis à nouveau suivi, même si j'ai réussi à les semer pour le moment. Je savais que je te trouverais ici après la course et j'ai besoin de ton aide.

— Que puis-je faire ?

— Mon arrestation n'est plus qu'une question de temps. Je veux que tu prépares un plan permettant de reprendre la Cadmée. Mais il y a également des lettres qui doivent parvenir à des amis vivant dans d'autres cités béotiennes. Tu es natif de Sparte, ce qui te permet de voyager sans avoir de comptes à rendre. Et les intérêts que tu possèdes en Béotie expliqueront aisément que tu doives te rendre à Thespies ou Mégare. Veux-tu m'aider ?

— Tu sais bien que oui. Apporte-moi les lettres ici même, emballées dans de la toile huilée. Tu peux les déposer derrière ce banc, en les recouvrant de pierres. Personne ne les trouvera. Quant à moi, je viens courir ici presque tous les jours ; je les ramasserai.

— Tu es un ami fidèle, Parménion. Je ne l'oublierai pas. »

Sur ces mots, Épaminondas se fondit dans l'ombre et disparut.

Onze fois durant les quatre mois suivants, Parménion traversa la Béotie à cheval pour apporter des lettres aux rebelles de Tanagra, Platées, Thespies et Héraclée. Au cours de cette période, il vit peu Épaminondas, mais Mothac lui apprit qu'une certaine agitation était de plus en plus perceptible au sein de la population. À la fin de l'été, deux soldats spartiates furent lapidés par une foule en colère près de la place du marché ; ils ne durent leur survie qu'à la prompte intervention d'un contingent descendu en toute hâte de la Cadmée.

La foule se replia en voyant venir les soldats, mais leur arrivée ne calma pas les esprits. Dégainant leurs épées, les Spartiates chargèrent, n'hésitant pas à frapper les infortunés qui se trouvaient au premier rang. Terrifiés, les Thébains se dispersèrent en tous sens. Parménion était venu au marché pour acheter de nouvelles sandales, et il vit plusieurs femmes et enfants se faire piétiner par les fuyards. Une jeune femme trébucha et s'effondra juste devant les soldats. Surgissant de l'échoppe où il se trouvait, Parménion la releva et la ramena avec lui dans la boutique. Deux soldats le suivirent.

« Je viens de Sparte, moi aussi », leur dit-il en les voyant lever leurs armes.

La fièvre du combat brillait dans les yeux des deux hommes, dont l'épée était poisseuse de sang. Mais Parménion leur tint tête.

« Quelle est la statue qui se dresse au bout de la rue du Départ ? demanda l'un d'entre eux en touchant la poitrine de Parménion de la pointe de son épée.

— Celle d'Athéna, répondit le jeune homme en écartant la lame du plat de la main. Et maintenant ? Tu veux savoir combien de briques il a fallu pour construire le Palais des Bovins ?

— Tu choisis mal tes fréquentations, rétorqua le soldat. N'oublie pas à qui tu dois ta loyauté.

— Oh, il n'y pas de risque que je vienne à l'oublier, Frère. »

Les soldats repartirent en courant et Parménion se tourna vers la femme. Ses lèvres étaient rouge sang et ses paupières arboraient les trois couleurs d'Aphrodite : le rouge, le bleu et l'or.

« Tu es une prêtresse ? demanda-t-il.

— Non, je suis un jeune berger, rétorqua-t-elle.

— Pardon, c'était une question idiote. »

Elle se pressa soudain contre lui de tout son long.

« Ne t'excuse pas, susurra-t-elle. Pour quarante oboles, je peux te rendre très heureux. »

Sa main se glissa sous la tunique de Parménion, mais il la repoussa et sortit sans un mot. Plusieurs corps sans vie gisaient dans la rue, mais les soldats avaient disparu.

Cette nuit-là, il repensa à la prêtresse, et à la chaleur de sa main sur sa cuisse. Alors que la lune s'élevait au-dessus de la cité, il se rendit au temple, où il la trouva dans une chambre exiguë du deuxième étage. Elle eut un petit sourire las en le voyant entrer et elle allait lui parler lorsqu'il lui toucha les lèvres du bout des doigts.

« Ne dis rien, l'avertit-il d'une voix dénuée d'émotion. C'est de ton corps que j'ai besoin, pas de tes paroles. »

Au fil des mois, il rendit d'autres visites à la jeune prêtresse aux cheveux roux. Mais son désir ne durait qu'un temps, et il la quittait souvent triste et honteux. Il avait l'impression que le fait de coucher avec une autre femme revenait à trahir l'amour qu'il avait éprouvé pour Dérae. Et pourtant, il retournait semaine après semaine voir la jeune femme, dont il ne demanda même jamais le nom.

Ses finances se réduisaient au même rythme que les cotes qu'on lui accordait mais, au début de sa troisième année à Thèbes, il prit le dessus sur un Thessalien nommé Coranus. Bien que d'âge mûr, ce dernier n'était autre que le champion olympique en titre, qui l'avait emporté d'une courte tête contre Léonidas. Cette fois-ci, Parménion était coté à cinq contre un, et il misa tout ce qui lui restait. La course fut extrêmement serrée, à tel point qu'il ne gagna que d'un bras, et encore ne dut-il sa victoire qu'à une glissade de son adversaire sur la terre meuble du dernier virage. Cela lui servit de leçon. Plus jamais il ne jouerait tout ce qu'il possédait sur un seul coup de dés.

Deux jours plus tard, il reçut la nouvelle qu'il redoutait depuis près de trois ans. Mothac la lui communiqua après être rentré en courant.

« Épaminondas a été arrêté en compagnie de Polysperchon, annonça-t-il, le souffle court. Ils ont été amenés à la Cadmée pour y être torturés. »

Livre II

Thèbes, automne 379 av. J.-C.

Après avoir ordonné à Mothac de rester à la maison, Parménion partit pour la résidence du conseiller Calépios, qui se dressait dans le quartier ouest de la cité. Un serviteur âgé le conduisit jusqu'à une petite pièce meublée de trois divans et le pria d'attendre. Quelques minutes plus tard, un second domestique entra, s'inclina devant lui et le conduisit jusqu'à un splendide *andron* dont les murs étaient couverts de tapisseries perses et dont le sol, une gigantesque mosaïque colorée, représentait Héraclès tuant le lion de Némée.

Neuf divans étaient disposés dans la salle et deux domestiques chargés de carafes d'eau et de vin attendaient que l'on fasse appel à eux. Allongé, le maître de maison était en train de lire un imposant parchemin. Il leva les yeux en voyant entrer Parménion et prit l'expression d'un homme ayant l'heureuse surprise de recevoir la visite d'un ami. Mais Parménion ne s'y trompa point : la tension ambiante était presque palpable et une lueur de crainte brillait dans l'œil de son hôte.

« Bienvenue chez moi, jeune Léon », dit le conseiller.

Posant son parchemin, il se leva. Bien que sa taille fût modeste, sa forte présence le rendait très impressionnant. Des sourcils épais mettaient en valeur ses yeux verts et sa barbe était bouclée à la mode perse. Quant à sa voix, grave et posée, elle amplifiait son charisme.

« Que me vaut le plaisir ?

— Pouvons-nous parler seul à seul ? demanda Parménion.

— Il n'y a personne d'autre que nous », répondit Calépios, trahissant ainsi ses origines nobles.

Pour lui, les domestiques faisaient partie intégrante de la demeure, au même titre que les tables et les divans.

Parménion eut un bref regard pour les porteurs de vin et Calépios leur fit signe de partir. Une fois la porte refermée derrière eux, le conseiller invita Parménion à venir s'asseoir à son côté.

« Vos plans sont-ils prêts à être mis en œuvre ?

— Nos plans ? Que veux-tu dire par là, mon garçon ?

— Nous n'avons pas le temps de jouer, monsieur. Polysperchon et Épaminondas ont été arrêtés. Mais vous êtes déjà au courant, bien évidemment, et vous espérez qu'ils ne révéleront pas que vous faites vous aussi partie des conjurés. Alors, je répète ma question . où en sont vos plans ? »

Calépios fixa Parménion droit dans les yeux et ses traits se durcirent.

« Épaminondas avait confiance en toi, mais je suis incapable de t'aider, persévéra le maître de céans. J'ignore de quoi tu parles. »

Parménion se fendit d'un sourire.

« Dans ce cas, l'homme qui se trouvait avec vous il y a quelques minutes à peine pourra peut-être nous conseiller. » Il jeta un regard par-dessus son épaule. « Si vous veniez nous rejoindre, monsieur ? »

La tenture qu'il fixait s'écarta et un homme de grande taille apparut. Il était large d'épaules et avait des hanches minces. Ses bras étaient couturés de vieilles cicatrices. Il avait le teint sombre, le menton carré et des yeux si marron qu'ils en paraissaient presque noirs.

« Tu es très observateur, Parménion, commenta le nouveau venu.

— Même un buveur invétéré n'a pas besoin de deux carafes de vin et de deux serviteurs, répliqua le Spartiate. De plus, le divan conserve encore la chaleur de votre corps. Vous êtes Pélopidas, j'imagine ?

— Observateur et intelligent, corrigea le soldat en s'asseyant sur un autre divan et en prenant un gobelet de vin. Alors, que voudrais-tu que nous te disions ? »

Parménion examina l'homme qui avait combattu au côté d'Épaminondas et survécu à sept blessures plus terribles les unes que les autres, le héros qui, avec trente compagnons seulement, avait réussi à vaincre plus de deux cents Arcadiens. Avec Pélopidas, les apparences n'étaient pas trompeuses ; il était exactement ce qu'il donnait l'impression d'être : un combattant hors pair, né pour la guerre.

« Il y a bien longtemps, Épaminondas m'a demandé de concevoir un plan pour reprendre la Cadmée, et je l'ai fait, expliqua Parménion. J'attendais juste qu'il m'indique le moment voulu. Une journée me suffit, mais la réalisation de mon plan dépend des ressources disponibles.

— Tu parles d'hommes, je suppose, fit Pélopidas.

— Oui, mais qui savent ce que sont la discipline et le minutage.

— Nous disposons de plus de quatre cents hommes à l'intérieur de la cité et, quelques instants après le début de l'insurrection, plusieurs milliers de Thébains descendront dans les rues pour marcher sur la Cadmée. Je crois que nous pouvons tuer quelques centaines de Spartiates.

— Avec mon plan, ils n'ont pas besoin de mourir.

— As-tu donc perdu la raison ? Ce sont les soldats de Sparte. Tu penses vraiment qu'ils se rendront sans combattre ?

— Oui, répondit simplement le jeune homme.

— Comment ? intervint Calépios. Cela irait à l'encontre de toute leur histoire.

— Pour commencer, intéressons-nous aux alternatives. Nous pouvons attaquer la Cadmée par la force, et peut-être la prendre. Mais en tuant les Spartiates, nous ne laissons pas le choix à Agésilas. Il sera obligé d'amener son armée jusqu'à Thèbes pour mater l'insurrection, et tous ceux qui y auront pris part seront mis à mort. Vous n'aurez pas le temps de vous constituer une armée. Reprendre la Cadmée dans ces conditions serait la pire des folies.

— Tu parles en lâche ! s'emporta Pélopidas. Nous avons les moyens de lever une armée, et je ne crois pas que Sparte soit invincible.

— Moi non plus, répondit Parménion d'un ton égal. Mais il est possible de reprendre la Cadmée sans combattre.

— Quelle ineptie, fit Pélopidas en se levant. Je refuse d'en entendre davantage.

— Comme il doit être fascinant d'avoir un corps de dieu... et un esprit déficient.

— Tu oses m'insulter ? s'emporta le soldat en saisissant sa dague.

— Sortez votre arme et vous mourrez, l'avertit Parménion. Et après vous, Épaminondas mourra à son tour, et Thèbes restera esclave ou sera réduite en cendres. »

Contenant difficilement l'émotion qui l'envahissait, il se mit debout sans quitter son interlocuteur des yeux.

« Comprenez bien ceci, poursuivit-il d'une voix tremblante de colère. J'ai voué mon existence à l'accomplissement d'un rêve : la destruction de Sparte. Des années durant, il m'a fallu patienter tandis que les griffes de la haine me déchiraient l'âme. Aujourd'hui, le premier acte de ma vengeance se rapproche. Savez-vous à quel point je veux voir morts tous les soldats de la Cadmée, à quel point je souhaite les voir humiliés, massacrés et jetés en pâture aux corbeaux ? Mais une vengeance bâclée n'a que peu d'intérêt. Il faut commencer par libérer Thèbes, puis planifier la suite. Et maintenant, Pélopidas, tais-toi et écoute. »

Tournant le dos au soldat, Parménion se planta devant Calépios, à qui il exposa son plan. Le conseiller était intelligent et Parménion avait besoin de son soutien. Choisissant ses mots avec soin, il conclut son exposé en répondant à toutes les questions posées par son hôte. Puis il se retourna vers Pélopidas.

« Et maintenant, qu'en dis-tu, soldat ? »

L'autre haussa les épaules.

« À t'entendre, ça a l'air faisable, mais j'ignore ce que cela pourra donner sur le terrain. Et je reste persuadé que Sparte enverra son armée contre nous.

— Moi aussi, mais elle rechignera peut-être à nous attaquer. Je pense qu'Agésilas cherchera à obtenir le soutien d'Athènes. Il y a trois ans, Sparte s'est emparée de la Cadmée parce qu'elle y avait été invitée par des dissidents thébains acquis à sa cause. Les Spartiates ne cessent de répéter qu'ils sont ici en tant qu'invités, qu'ils sont venus en amis, pour ainsi dire. Mais ils seront forcés de se dévoiler s'ils reviennent les armes à la main après qu'on leur a demandé de partir.

— De quoi as-tu besoin ? voulut savoir Calépios.

— Pour commencer, d'un médecin ou d'un herboriste, ainsi que du nom de l'homme qui livre les provisions des Spartiates. Ensuite, préparez un discours, que vous devrez prononcer demain, sur la place principale, une heure avant le coucher du soleil.

— Et moi ? intervint Pélopidas.

— Tu devras éliminer tous les conseillers pro-spartiates, lui dit Parménion en baissant le ton.

— Doux Zeus ! s'exclama Calépios. N'y a-t-il d'autre solution que le meurtre ?

— Ils sont cinq, poursuivit Parménion, et deux d'entre eux sont de bons orateurs. Si nous les laissons vivre, Sparte fera appel à eux pour mettre un terme à l'insurrection. Une fois la Cadmée reprise, la cité devra paraître unie ; c'est pour cette raison qu'ils doivent mourir.

— Mais l'un d'entre eux, Cascus, est mon cousin, persista Calépios. J'ai grandi à ses côtés. Ce n'est pas un mauvais homme.

— Il a choisi l'autre camp, rétorqua Parménion en haussant les épaules, ce qui fait de lui un ennemi.

Pour que Thèbes soit libre, les cinq doivent mourir. Mais les soldats spartiates qui se trouvent à l'extérieur de la citadelle devront être pris vivants et conduits jusqu'à la Cadmée.

— Et après ? demanda Pélopidas.

— Après ? Nous les libérerons. »

*

Mothac se réveilla en sentant qu'on lui secouait l'épaule.

« Quoi ? grommela-t-il en repoussant l'importun qui le traitait de la sorte.

— J'ai besoin de toi », fit Parménion.

Le domestique s'assit avec un regard en direction de la fenêtre.

« Mais le jour n'est pas encore levé », protesta-t-il en se grattant le menton.

Il se frotta les yeux, se leva d'une démarche incertaine et attrapa son chiton.

« Que se passe-t-il ?

— L'heure de la liberté a sonné, lui répondit Parménion. Je t'attends à l'*andron.* »

Mothac s'habilla et s'aspergea le visage d'eau froide. Il avait bu plusieurs gobelets de vin pur avant de se coucher, et son état lui fit vite prendre conscience de sa stupidité. Il rota, inspira profondément et partit rejoindre son maître. Ce dernier avait l'air fatigué : ses yeux s'ornaient de cernes noirs.

« Nous allons libérer Épaminondas aujourd'hui même, mais de nombreux détails doivent être réglés auparavant, expliqua Parménion. Connais-tu un individu du nom d'Amta ?

— C’est un marchand de viande qui officie dans le quartier sud-ouest. Pourquoi ?

— Tu vas aller chez le chirurgien Horas, qui te remettra un petit paquet d’herbes. Amène-les chez Amta. Tu y rencontreras un grand guerrier à barbe noire, qui te dira ce que tu dois faire.

— Des herbes et des bouchers ? Quel rapport avec le fait de sortir Épaminondas de prison ? »

Parménion ignora la question.

« Lorsque tu auras accompli ta mission, tu suivras le guerrier. C’est un homme connu et recherché par les soldats, qui ne doit être arrêté à aucun prix. Il fera donc appel à toi, ainsi qu’à d’autres hommes, pour transmettre des messages en divers coins de la ville. Fais ce qu’il te demande sans te poser de questions.

— Tu me parles de révolte, comprit soudain Mothac.

— Exactement.

— Mais qu’en est-il des officiers de la garde ? La cité est patrouillée par plus de deux cents soldats.

— Qui sont tous thébains. Espérons qu’ils ne l’oublieront pas. Et maintenant, va ; le temps nous est compté, et je dois encore voir plusieurs personnes. »

Mothac enfila prestement sa cape vert sombre.

« Prends ta dague et ton épée », lui conseilla Parménion, et le Thébain hocha la tête.

Quelques minutes plus tard, il arriva chez Horas, qui l’attendait dans le renfoncement de la porte. L’homme était grand et maigre à faire peur. Mothac s’inclina devant lui.

« Bonjour, médecin. Tu as quelque chose à me remettre, je crois ? »

Les yeux d'Horas ne tenaient pas en place.

« Je suis seul, tu as ma parole.

— Ce n'est pas moi qui t'ai remis ce paquet, nous sommes bien d'accord ?

— Évidemment.

— Il faut utiliser ce produit à très faible dose, et le mieux est d'en saupoudrer la viande. Essaye de ne pas t'en mettre sur les doigts et, si tu le fais, lave-les avec grand soin.

— C'est du poison ? demanda Mothac, surpris.

— Bien sûr que non, trancha le chirurgien. Crois-tu que j'aie choisi cette profession pour tuer mon prochain ? C'est exactement ce que les seigneurs ont demandé : un puissant purgatif. Maintenant, va-t'en. Et souviens-toi que je n'ai rien à voir avec cette histoire. »

Muni du paquet, Mothac se dirigea vers le nord de la cité. Alors qu'il arrivait à l'agora, un soldat se dressa sur son chemin.

« Où va-tu, l'ami ? lui demanda l'homme d'armes alors que trois autres apparaissaient à ses côtés.

— Je rentre chez moi, monsieur, répondit Mothac en souriant. Pourquoi, il y a un problème ?

— Tu me parais bien armé pour une petite promenade innocente.

— Cela paye d'être prudent », se justifia Mothac.

Le soldat opina du chef.

« Poursuis ton chemin », lui dit-il.

Quand Mothac arriva à proximité de la demeure d'Amta le boucher, une grande maison proche de l'abattoir et de l'entrepôt, il s'arrêta devant la porte d'entrée et fouilla l'ombre des yeux, à la recherche de l'homme qu'il était censé rencontrer.

« C'est toi, Mothac ? » entendit-il dans son dos.

Lâchant le paquet d'herbes, il se retourna et tenta de dégainer son épée. Il interrompit son geste en sentant la pointe d'une dague contre sa gorge.

« Oui, répondit-il. Et vous êtes ?

— Mêle-toi de ce qui te regarde. Ramasse ton colis, et allons réveiller notre ami. »

Le portail n'était pas fermé à clef et l'homme l'ouvrit sans problème. Puis, suivi de Mothac, il traversa la cour intérieure pour pénétrer dans la maison. Aucune lumière ne brillait à l'intérieur, mais une fenêtre était ouverte et ils distinguèrent un escalier à la lueur de la lune. Une fois arrivés à l'étage, ils entrèrent dans une vaste chambre. Un homme obèse dormait dans un large lit disposé sur une petite estrade. L'inconnu s'approcha et lui secoua l'épaule. Cessant de ronfler, Amta ouvrit les yeux pour constater qu'une dague était posée contre sa gorge.

« Bonjour, fit le guerrier avec un large sourire. La journée s'annonce belle.

— Que voulez-vous ?

— Te donner l'occasion de montrer que tu aimes Thèbes.

— C'est vrai ; tout le monde le sait.

— Et pourtant, tu approvisionnes la garnison spartiate.

— Je suis un commerçant. Je ne peux refuser de vendre mes marchandises sans risquer de me faire arrêter et traiter de traître.

— Tout est une question de point de vue, mon cher Amta. Vois-tu, nous allons libérer Thèbes et, une fois cela fait, nous te jugerons pour trahison. »

Le gros homme s'assit en essayant de ne pas trop regarder la lame qui le menaçait.

« Cela serait terriblement injuste, protesta-t-il d'une voix plus assurée. Vous ne pouvez pas accuser tous ceux qui font affaire avec les Spartiates, sans quoi tous les marchands et commerçants seraient concernés, et les catins aussi. Qui êtes-vous ?

— Je me nomme Pélopidas. »

La peur d'Amta revint au galop et quelques gouttes de sueur apparurent sur son visage.

« Que désirez-vous de moi ? demanda-t-il nerveusement.

— À quelle heure prépares-tu le repas pour la garnison ?

— Une heure avant l'aube, puis mes employés l'amènent en chariot jusqu'à la Cadmée.

— Dans ce cas, ne perdons pas de temps, trancha Pélopidas en rangeant sa dague.

— En quoi ma viande a-t-elle quelque chose à voir avec la libération de Thèbes ?

— Nous avons avec nous quelques herbes qui devraient lui donner un goût intéressant.

— Mais, si vous les empoisonnez, c'est moi que l'on accusera. Vous ne pouvez pas faire cela !

— Ce n'est pas du poison, idiot ! siffla Pélopidas. Si seulement c'en était. Et maintenant, lève-toi et conduis-nous jusqu'à ton entrepôt. »

*

Le soleil était levé depuis trois heures et Parménion ne s'était pas couché de la nuit. Il se tenait devant la forge, à ressasser des détails qui se transformaient en problèmes, puis en craintes.

Il y avait trop de si...

Et si les Spartiates s'apercevaient que la viande avait un goût bizarre ? Si Pélopidas se faisait prendre alors qu'il allait saler l'eau ? Si une fuite avertissait les soldats de l'insurrection qui se préparait ?

Parménion avait mal aux tempes et le soleil matinal lui brûlait les yeux. Pris de nausée, il eut soudain du mal à rester debout et éprouva le besoin de s'asseoir au bord de la rue. Depuis le jour où il avait secouru Dérae, ses migraines avaient continué de le faire souffrir de temps à autre, et n'avaient cessé de s'aggraver au cours des deux dernières années. Par moments, même sa formation de Spartiate ne lui permettait plus de résister à la souffrance, et il avait pris l'habitude de boire du jus de pavot lorsque les crises étaient trop terribles. Mais aujourd'hui la léthargie bienvenue que lui procurait l'opium ne pourrait que contrarier ses plans, aussi s'évertua-t-il à ignorer la douleur.

Le forgeron fit son apparition quelques minutes plus tard. Norac était un homme imposant, aux épaules larges et au cou de taureau. Parménion se leva en le voyant approcher.

« Tu es bien matinal, jeune homme. Mais si tu crois que je vais te faire passer en priorité, oublie-le. Mon carnet de commandes est plein.

— J'ai besoin de vingt pointes en fer pour midi, fit Parménion comme s'il n'avait rien entendu. Chacune d'entre elles devra être longue comme l'avant-bras.

— Tu ne m'écoutes pas, mon jeune ami. Je ne peux plus rien accepter de la semaine. »

Parménion le regarda droit dans les yeux.

« Écoute-moi, Norac. On dit de toi que tu es homme de confiance. C'est Pélopidas qui m'envoie. Le mot de passe est *Héraclès*. »

Le forgeron plissa les paupières.

« Pour quelle raison as-tu besoin de ces pointes ?

— Pour condamner les portes de la Cadmée. Il me faut également des hommes pour les planter.

— Par les seins d'Héra ! Tu n'as pas l'impression d'être un peu trop exigeant, non ? Viens, nous serons mieux à l'intérieur. »

L'atelier était désert. Norac déposa du petit bois sur les cendres froides de la forge et fit repartir le feu.

« Pour ce qui est des pointes, pas de problème, dit-il enfin. Mais comment ferons-nous pour les planter dans les portes sans que les Spartiates nous tombent dessus ?

— Il suffira d'aller vite et de manier le marteau avec habileté. Une fois la barre en place, six hommes iront la fixer le plus rapidement possible. »

Parménion alla prendre l'un des manches de lance posés contre le mur. Dégainant sa dague, il fit deux encoches dans le bois.

« Voici quelle est l'épaisseur de la barre, expliqua-t-il au forgeron. Quant aux portes de la Cadmée, elles sont en chêne et épaisses d'une main, mais elles sont aussi assez vieilles. Pourrais-tu les transpercer en six coups de marteau ?

— Moi, oui, répondit Norac en faisant jouer ses muscles prodigieux. Mais des hommes normaux en auront besoin de sept ou huit. »

Parménion hocha la tête.

« Il est possible d'aller plus vite en équipant quatre hommes de marteaux au lieu de deux. Mais le minutage est crucial. Le risque sera à son maximum lorsque la foule marchera sur la citadelle, car c'est à ce moment que le commandant voudra sans doute faire sortir ses troupes.

— Tout sera fait comme tu le souhaites, promit Norac.

— Les portes sont fermées à la tombée de la nuit. Apporte les pointes chez Calépios à midi au plus tard. Et amène onze hommes forts avec toi. »

Sur ces mots, Parménion quitta la forge pour se rendre chez Calépios. Le conseiller était en train de prendre son petit déjeuner ; il offrit à son visiteur de se joindre à lui, mais celui-ci refusa.

« Des nouvelles de Pélopidas ? voulut savoir Parménion.

— Pas encore. Tu as une tête affreuse, mon ami ; tu es pâle comme un cadavre. Serais-tu malade ?

— Je vais bien ; c'est juste le manque de sommeil. Toute la cité doit être avertie du discours que vous allez donner. Il faut qu'un maximum de gens l'entendent.

— Tu l'as déjà dit hier soir. L'affaire est en bonnes mains.

— Oui, bien sûr. »

Parménion se servit un verre d'eau et en but une petite gorgée.

« Va dormir un peu, lui conseilla Calépios. Je te réveillerai au retour de Pélopidas.

— Plus tard. Combien d'hommes surveilleront les portes de la cité ? Personne ne doit sortir tant que Thèbes n'est pas à nous.

— Il y aura dix hommes par porte. Ne crains rien ; tout se passera comme tu l'as prévu.

— Certains amèneront leur arc avec eux en marchant sur la Cadmée, dans l'espoir de pouvoir tirer sur les Spartiates. Tous devront être désarmés, nos hommes exceptés. Il faut éviter coûte que coûte tout assaut imprévu. »

À ce moment, Pélopidas et Mothac firent leur entrée dans la cour. Parménion se leva.

« Alors ? s'enquit-il.

— Nous avons livré la nourriture, lui annonça Pélopidas. Comme tu l'avais dit, on nous a laissés seuls dans le garde-manger, ce qui nous a permis de saler les tonneaux d'eau. Nous n'avions plus de sel pour le dixième et dernier, et j'ai pensé un instant à uriner dedans, mais nous nous sommes finalement contentés de le renverser par terre.

— Excellent ! Bien joué, tous les deux, les félicita Parménion en se laissant tomber sur son siège. Dans ce cas, nous sommes parés. Et votre discours, Calépios ? Est-il prêt ?

— Oui, et je le prononcerai à l'agora, juste avant le coucher du soleil. Il y aura foule. Et maintenant, accepteras-tu d'aller te reposer ? »

Ignorant la requête de son hôte, le jeune homme se tourna vers Pélopidas.

« Qu'en est-il des conseillers ? »

Le soldat s'assit sur le banc à côté du Spartiate.

« Les dieux sont avec nous, Parménion, répondit-il. Je me suis laissé dire que tous les conseillers seraient réunis chez Alexandros, qui donne une fête aujourd'hui. Ils ont rendez-vous à midi et, quand ils auront bien bu et bien mangé, ils enverront chercher des catins. Nous les tuerons tous sauf le cousin de Calépios, Parménion.

— Non ! Ils doivent mourir jusqu'au dernier ! rétorqua le jeune homme.

— Cascus n'est plus à Thèbes, fit Pélopidas avec un petit regard en coin à l'adresse de Calépios. Par un coup de chance inouï, il est parti voici deux heures à peine pour sa résidence d'été, près de Corinthe. »

Parménion abattit son poing sur la table et foudroya l'orateur du regard.

« C'est vous qui l'avez averti, accusa-t-il. À cause de vous, nous sommes tous en danger. »

Calépios haussa les épaules et écarta les bras.

« Je ne nie pas lui avoir demandé de quitter la cité, mais je n'ai pas trahi, se justifia-t-il. Je lui ai dit que j'avais rêvé, trois nuits durant, qu'il allait se faire tuer, et que la voyante que j'étais allé consulter lui préconisait d'accomplir un pèlerinage au temple d'Hécate, à Corinthe. Tout le monde sait combien Cascus est croyant. Il est parti sans attendre.

— C'était une erreur stupide, Calépios. Si nous reprenons la cité, Cascus courra se réfugier à Sparte, qui l'utilisera comme prétexte pour envoyer son armée contre nous. Par votre faute, nous ne sommes peut-être plus que des morts en sursis. »

Le conseiller hocha la tête.

« Je n'ai rien à dire pour ma défense. Mais Cascus est de mon sang et nous sommes très proches. De plus, à sa façon, il aime Thèbes tout autant que nous. De toute manière, il est trop tard pour revenir en arrière et, même si je le pouvais, je ne le ferais pas. »

Parménion avait l'impression que son crâne allait éclater. Il finit son verre d'eau puis entra dans la maison pour échapper à la trop grande luminosité. Mothac lui emboîta le pas.

« J'ai déjà vu des statues de marbre qui avaient l'air moins pâles que toi, fit-il alors que son maître et ami s'abattait sur un divan. Tu as besoin de vin.

— Non, protesta Parménion alors que son estomac se rebellait. Laisse-moi seul ; je vais dormir un peu. »

*

Les vagues se jetaient avec violence sur la côte déchiquetée tandis que les monstres des profondeurs tournaient lentement, toutes dents dehors, autour de la jeune femme qui se débattait pour libérer ses mains. Parménion se mit à nager dans sa direction, luttant contre le courant pour l'atteindre avant qu'elle ne soit engloutie par l'océan.

Une immense créature passa à côté de lui, si près qu'il sentit sa nageoire dorsale frôler sa jambe. À cet instant, une vague colossale le souleva en direction des cieux. Il faillit pousser un cri lorsqu'elle atteignit sa hauteur maximale et le laissa retomber dans les flots. Sa tête disparut sous l'eau, mais il s'aperçut que cela ne l'empêchait en rien de respirer. Dérae flottait en dessous de lui. Plongeant jusqu'à elle, il arracha les cordes qui l'entravaient et la remonta à la surface.

« Vis ! hurla-t-il. Vis ! »

Les monstres aux yeux glacés étaient tout autour d'eux, désormais. Soudain, Dérae reprit conscience et se serra contre Parménion.

« Tu m'as sauvée, le remercia-t-elle. Tu es venu me chercher. »

*

Mothac le secoua et il se réveilla en grognant, tant à cause de la douleur qui ne l'avait pas quitté que de la détresse qu'il éprouvait à l'idée d'avoir une nouvelle fois perdu Dérae.

« Déjà midi ? demanda-t-il en se forçant à s'asseoir.

— Oui », répondit Mothac.

Le Spartiate se leva. Pélopidas se trouvait toujours dans la cour, en compagnie de Norac et de onze hommes musclés. Quatre d'entre eux portaient d'impressionnants marteaux à long manche.

« Cette longueur te conviendra-t-elle, *strategos* ? demanda le forgeron en lui montrant une pointe en fer longue comme une épée courte.

— Tu as fait du bon travail, lui répondit Parménion. Mais j'aimerais voir tes hommes à l'œuvre.

— J'ai prévu quelques pointes supplémentaires pour cela. »

Deux hommes soulevèrent une planche épaisse, qu'ils plaquèrent contre le mur du fond. Un troisième vint les rejoindre et plaça la pointe contre le bois. Norac s'approcha de l'un des porteurs de marteau et lui fit signe de le suivre. Le forgeron souleva son outil et l'abattit violemment contre la pointe. Dès que le marteau eut rebondi, le second homme frappa, tandis que celui qui avait été chargé de tenir le gros clou s'esquivait en vitesse. Trois coups plus tard, la pointe était profondément enfoncée dans le bois.

« Entraînez-vous, leur conseilla Parménion. Il faudra aller plus vite. »

Il appela Pélopidas et retourna à l'*andron* en sa compagnie.

« Cette fête dont tu m'as parlé, chez Alexandros... y aura-t-il des gardes ?

— Oui. Les conseillers ne sont guère populaires.

— Combien ?

— Peut-être cinq, peut-être vingt ; je n'en ai pas la moindre idée.

— Seront-ils postés à l'intérieur ou à l'extérieur ?

— À l'extérieur. Il s'agit d'une orgie privée, répondit Pélopidas avec un large sourire.

— Je te retrouve devant la maison d'Alexandros. Nous finaliserons notre plan une fois que nous connaîtrons le nombre de gardes. »

Une fois Pélopidas reparti, Calépios laissa Parménion dans l'*andron* pour aller répéter son discours. Le Spartiate resta un long moment perdu dans ses pensées, avant de se rendre compte qu'il avait de la compagnie. Tournant la tête, il vit la prophétesse spartiate, Tamis, appuyée sur son bâton.

La vieille femme contemplait la puissance de l'aura du jeune homme. Consciente de la douleur qu'il éprouvait, elle admirait le courage dont il faisait preuve pour y résister.

Il la fixa quelques instants en silence, incapable d'accepter qu'elle se trouvait là.

« Eh bien, fit-elle enfin, m'offriras-tu un siège, jeune Spartiate ?

— Bien sûr », répondit-il en se levant.

Il la conduisit jusqu'à la table, où il lui servit un verre d'eau.

« Comment se fait-il que vous soyez ici, madame ?

— Je vais où l'envie me porte. Es-tu fermement décidé à guider cette insurrection ?

— Oui.

— Donne-moi ta main. »

Il s'exécuta et elle recouvrit sa paume de la sienne.

« À chaque nouveau battement de son cœur, l'homme est confronté à deux choix, lui expliqua-t-elle à mi-voix. Mais chacun de ces choix se transforme en chemin, qu'il est ensuite bien obligé d'emprunter. Tu te trouves à un croisement, Parménion. L'une des voies qui te sont offertes mène au soleil et au rire, l'autre à la souffrance et au désespoir. Tu tiens la cité de Thèbes dans le creux de ta main, comme s'il ne s'agissait que d'un jouet. Si tu choisis le chemin de la lumière, la ville grandira ; si tu préfères l'autre, elle sera détruite et oubliée. Voici les paroles que l'on m'a ordonnée de te rapporter.

— Mais quelle voie dois-je prendre ? Comment saurai-je la reconnaître ?

— Tu ne le sauras que bien plus tard, longtemps après que tu auras fait ton choix.

— Dans ce cas, pourquoi être venue m'avertir ? s'énerva-t-il en arrachant sa main à l'étreinte de la vieille femme.

— Tu es l'un des élus, Parménion. La Mort des Nations. Par ta volonté, cent mille hommes verront leur âme hurlante partir pour le fleuve sans retour. Il est juste et souhaitable que tu connaisses les choix qui te sont offerts.

— Dans ce cas, dis-moi quelle est la voie qui mène à la lumière.

— Je vais le faire mais, comme Cassandre avant moi, rien de ce que je pourrai te dire ne te fera changer d'opinion.

— Dis-le-moi !

— Quitte cette maison et selle ta jument. Pars de Thèbes, prends le bateau en direction de l'Asie et cherche le temple d'Héra.

— Ah, je comprends, maintenant ! Espèce de sorcière ! Tu es spartiate, et tu sers tes maîtres. Mais je ne prêterai pas l'oreille à tes mensonges. Je libérerai Thèbes et, si une cité doit finir en poussière, ce sera Sparte.

— Bien sûr, répondit-elle dans un large sourire édentée. La Mort des Nations a parlé et ses dires seront entendus par les dieux. Mais tu te trompes sur mon compte, Parménion. Je me moque de Sparte et de ses rêves, et la voie que tu as choisie me satisfait pleinement. Tu es important pour moi, non... tu es important pour le monde entier.

— Quelle importance ai-je pour toi ? voulut-il savoir.

— Tout te sera révélé en temps utile, répondit-elle en éludant sa question. Mais tu m'as fait grand plaisir, aujourd'hui. Ton esprit est vif, et tu deviendras bientôt l'homme de fer dont le monde a besoin. »

La vieille femme partit d'un rire aigu et la main de Parménion se rapprocha du manche de sa dague.

« Ce n'est pas la peine, lui dit-elle. Je ne constitue pas une menace pour toi et je ne parlerai à personne de tes plans. »

Le jeune homme ne répondit pas. Il était hors de question qu'il fasse confiance à une sorcière spartiate alors que la vie d'Épaminondas était en jeu. Il tira sa dague de son fourreau...

« Parménion ! l'appela Calépios. J'hésite entre plusieurs conclusions pour mon discours. Peux-tu me donner ton avis ? »

Parménion fut distrait l'espace d'une fraction de seconde. Il reporta aussitôt toute son attention sur Tamis, mais elle avait disparu. Il regarda autour de lui, l'arme à la main. La prêtresse n'était visible nulle part.

« Où est-elle ? demanda-t-il à Calépios.

— Qui donc ?

— La vieille femme qui se trouvait ici il y a quelques secondes à peine.

— Je n'ai vu personne ; tu as dû avoir des visions. Maintenant, pour ce qui est de la fin de mon discours... »

Parménion s'élança jusqu'à la porte. Le forgeron et ses hommes s'entraînaient dans la cour et le lourd portail était verrouillé.

*

Le discours de Calépios lui semblait pompeux et guère crédible, mais il préféra n'en rien dire. Il ressassait encore et encore les paroles de Tamis. S'était-elle vraiment trouvée là, ou bien sa présence n'était-elle qu'un délire provoqué par la douleur qu'il ressentait ? Il lui était impossible de le savoir. Après avoir complimenté l'orateur, il quitta la maison pour se rendre chez Alexandros. Selon Calépios, celui-ci était un poète raté doublé d'un médiocre acteur, qui avait réussi à se faire un nom au sein de la noblesse grâce au raffinement de ses orgies. Sa demeure se dressait près de l'Homoloïdès, la grande porte nord, et surplombait les collines menant en Thessalie. Arrivé en vue du portail, Parménion s'assit sur un petit muret distant d'une soixantaine de pas. De là où il se trouvait, il voyait clairement les quatre gardes munis de cuirasses, de casques et de lances ; la musique et les rires lui parvenaient de l'autre côté du mur d'enceinte. Aucun signe de Pélopidas. Appuyant son dos contre la fraîcheur d'une paroi en pierre, il révisa une nouvelle fois son plan.

Tu ne peux rien faire de plus, se dit-il. *La situation ne dépend plus de toi, désormais.*

Mais il était incapable de suivre son propre conseil. Depuis que Dérae lui avait été arrachée, il n'avait cessé de penser à la façon dont il se vengerait de Sparte, et l'heure tant attendue était enfin arrivée. Mais où donc était Pélopidas ?

Si les conseillers n'étaient pas éliminés, ils iraient trouver refuge à Sparte, de sorte que, même si la Cadmée était libérée, Agésilas ou Cléomène pourrait venir la reprendre à la tête d'une armée. Parménion maudit mentalement le Thébain. Quel homme stupide et arrogant !

Les minutes s'écoulèrent lentement. Les sentinelles continuaient de faire les cent pas, tandis que les invités devenaient de plus en plus bruyants. Sept prêtresses d'Aphrodite arrivèrent, vêtues de chitons colorés, de voiles et de peignes sertis de pierres précieuses. Les gardes s'écartèrent pour les laisser entrer. Parménion ferma les yeux sous le coup d'un brusque élancement ; son plan était déjà bien assez complexe sans avoir à faire confiance à un homme comme Pélopidas.

Une brise fraîche soulagea quelque peu sa douleur. Il se redressa soudain, conscient qu'un subtil changement venait de se produire. Pourtant, les gardes n'avaient pas bougé. Puis il réalisa qu'il n'y avait plus ni musique ni rires.

L'orgie avait commencé.

Hadès ! Mais où était donc Pélopidas ?

Une heure passa. Calépios allait bientôt commencer son discours et inciter la foule à marcher sur la Cadmée. Sur un dernier juron grommelé à l'encontre de ces Thébains si peu dignes de confiance, Parménion se leva et repartit pour l'agora. À cet instant, il entendit un bruit derrière lui et vit que le portail de la demeure d'Alexandros s'ouvrait pour laisser ressortir les prêtresses, qui se dirigèrent aussitôt vers lui. Ne leur accordant pas la moindre attention, il reprit sa route mais, dès qu'il eut tourné à l'angle de la rue, un bruit de course se fit entendre derrière lui et une main se posa sur son épaule.

« Laisse-moi tranquille ! lâcha-t-il brusquement.

— Eh bien, on ne dit plus bonjour ? » rétorqua une voix d'homme.

Interloqué, Parménion fixa la grande prêtresse, qui lui adressa un large sourire en écartant son voile. Le visage ainsi révélé était glabre, les lèvres rougies, les yeux maquillés.

« Va-t'en ! Je n'ai rien à faire avec toi ! »

Il leva la main pour repousser l'homme grimé en femme, mais une poigne de fer se referma sur son avant-bras.

« Tu ne me reconnais pas ? C'est moi, Pélopidas. Tu n'es pas le seul *strategos*, mon ami. »

Avec un petit ricanement, le soldat utilisa son voile pour essuyer son maquillage. Dans le même temps, Parménion vit que les autres *prêtresses* se débarrassaient de leurs vêtements. Chacun des hommes était armé d'une dague, et ce n'est qu'à cet instant que le Spartiate remarqua les traces de sang qui maculaient les tuniques bigarrées.

« Tu as réussi, s'exclama-t-il.

— Ils sont morts, oui, confirma Pélopidas, et Alexandros le poète aussi. Ce qui n'est pas une perte, si tu veux mon avis. »

Abandonnant les déguisements dans l'allée, le groupe courut jusqu'à l'agora, où une foule immense était en train de se rassembler. Pélopidas et ses compagnons se fondirent dans la masse, laissant Parménion au pied du grand escalier du temple de Poséidon. Plusieurs milliers de personnes occupaient la place publique lorsque Calépios sortit du temple. Aussitôt, la foule scanda son nom, et il sembla sincèrement surpris par l'accueil triomphal qui lui était réservé. Il leva les mains pour réclamer le silence. Parménion osait à peine respirer ; il craignait l'effet que le discours pompeux de l'orateur pourrait avoir sur la foule surexcitée.

Le conseiller fixa l'assemblée un long moment avant de prendre la parole d'une voix forte et assurée.

« Cela fait longtemps que je ne me suis pas adressé à vous, mes amis. Mais j'ai toujours été de ceux qui préfèrent garder le silence lorsqu'ils n'ont rien de bon à dire. Les Spartiates, nos amis et alliés, ont été invités chez nous voici trois ans, par les conseillers et éphores de Thèbes. J'étais contre cette décision. Je m'y suis opposé à l'époque, et je m'y oppose aujourd'hui encore ! (Une immense clameur monta, mais Calépios fit taire son auditoire en levant de nouveau les mains.) Pourquoi les Spartiates ne devraient-ils pas occuper la Cadmée ? nous ont demandé nos conseillers. Ne sont-ils pas nos amis, et les dirigeants de la

Grèce ? Quel mal peut-il y avoir à accueillir des invités dans notre cité ? Quel mal ? Un héros thébain, félicité par Agésilas lui-même, dépérit aujourd'hui en prison après avoir été torturé. Et pourquoi ? Parce qu'il aime Thèbes. Est-ce ainsi que des amis sont censés se comporter ? Dites-le-moi !

— Non ! » répondit la foule.

Parménion n'en croyait pas ses oreilles. Le discours de Calépios, qu'il avait pourtant entendu auparavant, ne lui semblait plus pompeux, mais plein de fougue et d'entrain. Il comprit en cet instant la magie que produisent les grands orateurs. Il ne suffisait pas de choisir son moment et de dire au public ce qu'il voulait entendre ; le charisme de Calépios était tel que chacun de ses auditeurs avait l'impression qu'il ne parlait que pour lui.

« Je me rends de ce pas à la Cadmée, poursuivit Calépios. Je m'en vais dire aux Spartiates : *relâchez nos amis et libérez notre cité, car vous n'êtes plus les bienvenus*. Et même s'ils me traînent en prison, même s'ils me fouettent jusqu'au sang, je continuerai de m'opposer à eux de toute mon âme et de tout mon cœur de Thébain.

— Mort aux Spartiates ! entendit-on hurler au cœur de la foule.

— Nous pourrions les tuer, c'est vrai, répondit l'orateur. Ils sont peu nombreux alors que nous sommes des milliers. Mais on ne tue pas des invités importuns ; on les remercie d'être venus et on leur demande poliment de retourner chez eux. J'y vais d'ailleurs de ce pas. Dois-je y aller seul ? »

La réponse de la foule fut assourdissante, et le mot qui jaillit de toutes les gorges fit à Parménion l'effet d'un coup de tonnerre :

« *Non !* »

Calépios descendit l'escalier du temple. La foule s'écarta devant lui et le suivit en direction de la Cadmée.

*

De là où il était caché, à une trentaine de pas de l'entrée de la citadelle, Norac vit les soldats spartiates fermer les portes. Ses mains étaient poisseuses de sueur et il les essuya sur sa tunique. Tout autour de lui, les autres attendaient nerveusement.

« Et si jamais ils rouvrent le portail avant que nous n'ayons cloué les planches ? demanda un homme situé sur la gauche du forgeron.

— Penses-y à chacun de tes coups de marteau, lui dit Norac. Et rappelle-toi également qu'Épaminondas est en ce moment même en train de se faire torturer. S'il venait à parler, il prononcerait ton nom et le mien.

— Je crois que la foule arrive », chuchota un autre.

Le forgeron risqua un coup d'œil au-dessus du rocher derrière lequel ils étaient tapis.

« C'est bien eux, oui, confirma-t-il. À nous de jouer, maintenant. »

À ces mots, tous se mirent debout et partirent en courant vers la porte de la citadelle. Un garde les aperçut et poussa un cri d'alerte mais, avant qu'il ne puisse tirer la moindre flèche, ses cibles s'étaient réfugiées dans le renfoncement de la porte. Norac positionna le manche de lance encoché contre le battant gauche.

« Ici », ordonna-t-il.

La première pointe fut placée à l'endroit qu'il venait d'indiquer et il détermina où la seconde devrait être enfoncée. Les porteurs de marteau se mirent à leur poste et attendirent ses instructions.

« Maintenant ! » cria-t-il en frappant le premier coup.

Le bruit soudain provoqua un concert de cris de l'autre côté de la porte.

« Hadès, mais que se passe-t-il donc ? hurla quelqu'un.

— La foule vient par ici, monsieur.

— En formation par cinq ! aboya l'officier. Préparez-vous à donner l'assaut. Ouvrez les portes. »

De l'autre côté du lourd montant de bois, Norac entendit clairement le bruit des soldats qui se mettaient en carré.

Au même moment, son marteau enfonça profondément la pointe dans la porte et la barre qui se trouvait derrière. Courant sur sa gauche, il écarta les deux autres hommes, qui n'avaient enfoncé leur pointe qu'à moitié. Il frappa de toute sa force et la tête du clou géant disparut dans la porte.

« La barre refuse de bouger, monsieur ! » s'écria un soldat, et le forgeron ricana en imaginant les efforts que les Spartiates devaient être en train de déployer pour essayer d'ôter la barre immobilisée.

Et la marée humaine ne cessait d'avancer...

*

Calépios fit encore dix pas puis leva les bras pour faire signe à la foule de s'arrêter. Un garde posté sur les remparts tira une flèche qui alla se ficher dans l'épaule d'un Thébain. Les autres reculèrent de quelques pas. Aussitôt, la voix de Calépios se fit entendre, malgré le grondement d'indignation de la foule.

« Est-ce ainsi que vous traitez vos amis ? Sommes-nous armés ? Avons-nous fait preuve de violence ? »

Le blessé fut emmené vers l'arrière, mais aucun autre projectile ne fut tiré depuis la citadelle.

« Où est votre général ? voulut savoir Calépios. Amenez-le-moi, qu'il réponde de cette atrocité. »

Un Spartiate à la tête protégée par un casque en fer se pencha au-dessus des remparts.

« Je suis Arimanès, clama-t-il. Le soldat qui a tiré de son propre chef sera puni, mais je vous demande de vous disperser sur-le-champ, sans quoi je n'aurai d'autre choix que d'ordonner à mes hommes de charger.

— Personne ne sortira de la Cadmée, sauf les Thébains que vous retenez prisonniers.

— Qui es-tu, pour me donner des ordres ? demanda Arimanès.

— Je suis la voix de Thèbes », répondit Calépios, ce qui déclencha une nouvelle clameur de la foule.

Mothac se fraya un passage jusqu'à Parménion.

« La porte ouest est condamnée, elle aussi, lui dit-il en souriant. Ils n'ont plus la moindre échappatoire. »

À cet instant, la foule s'écarta et plusieurs soldats thébains apparurent. Ils encadraient huit Spartiates aux mains liées, qui avaient visiblement reçu des coups.

Pélopidas accueillit l'officier thébain d'un salut.

« Amenez-les jusqu'aux murs », ordonna-t-il.

L'officier s'inclina et fit signe à ses hommes d'obéir aux instructions reçues. Dans le même temps, Calépios s'avança.

« Récupérez vos soldats, fit-il à l'adresse d'Arimanès. Car s'ils venaient à rester ici, je crains pour leur sécurité.

— Ouvrez les portes ! exigea le général, ce qui provoqua l'hilarité de la foule.

— Je vous conseille plutôt de vous munir de cordes », répondit tranquillement l'orateur.

Les efforts que faisaient les Spartiates pour libérer la barre étaient clairement audibles et les Thébains partirent d'un grand rire moqueur.

« Par les dieux, tu me paieras ça, espèce de scélérat ! s'emporta Arimanès.

— Il semble que les dieux soient de notre côté, rétorqua Calépios. Au fait, je crois savoir que certains de vos hommes sont malades. Auriez-vous besoin d'un médecin ? »

Le général disparut sur un ultime juron. Quelques minutes plus tard, des cordes furent déroulées depuis le sommet des remparts et les soldats capturés purent retourner à l'intérieur de la citadelle. La foule resta jusqu'au crépuscule, après quoi elle commença à se disperser. Mais Pélopidas disposait d'hommes sûrs qui avaient accepté de monter la garde devant la porte, et Calépios se fit dresser une tente sur place, pour attendre, comme il l'expliqua à la foule joviale, que les Spartiates acceptent sa proposition de départ. Parménion, Mothac et Pélopidas restèrent à ses côtés.

« Jusque-là, tout s'est passé comme tu l'avais prévu, *strategos*, dit l'orateur. Et maintenant ?

— Demain, vous proposerez aux Spartiates de leur envoyer un conciliateur. Mais nous en reparlerons ce soir... si je reviens.

— Tu n'as pas besoin de faire cela, l'enjoignit Mothac. Le risque est trop grand.

— Les Spartiates détestent libérer leurs prisonniers, lui rappela Parménion. Il est fort possible qu'ils décident de tuer Épaminondas. C'est un risque que je ne peux pas prendre. En mon absence, faites amener quelques madriers et demandez à Norac de faire en sorte que les portes soient totalement condamnées. Si nous ne laissons que la barre, ils pourront la scier en moins d'une heure.

— Tu penses vraiment pouvoir secourir Épaminondas ? intervint Pélopidas. Comment ?

— À Sparte, j'avais un autre nom : Savra. Ce soir, nous allons voir si le lézard est encore capable de grimper aux murs. »

Il portait une tunique noire à manches longues, un pantalon perse de même couleur et une corde en bandoulière. Il attendit qu'un nuage vienne obscurcir la lune puis courut silencieusement jusqu'au mur d'enceinte. Le visage noirci par de la terre, il longea le mur en direction de la droite, où les remparts surplombaient un à-pic de plus de deux cents pieds.

À cet endroit, la paroi ne pouvait être escaladée par une armée d'envahisseurs, aussi était-il probable que les sentinelles fussent moins nombreuses. Cherchant à tâtons, il trouva une petite fissure entre deux blocs de pierre grise et y coinça ses doigts.

Mérites-tu toujours ton surnom ? se demanda-t-il.

Les lézardes n'étaient pas profondes, mais il sut s'en contenter. Il commença son ascension en mettant à profit la moindre aspérité.

Il grimpa pouce par pouce, jusqu'à ce que ses doigts et ses pieds lui fassent mal. Il ne regarda qu'une seule fois en bas. Le sol lui parut incroyablement loin à la clarté de la lune, et il en eut l'estomac tout retourné. Il n'y avait pas de bâtiments aussi hauts à Sparte et, pris de panique, il réalisa soudain qu'il avait le vertige. S'obligeant à fixer la paroi grise, il inspira profondément à plusieurs reprises avant de tourner les yeux vers le haut. Le parapet se trouvait encore à une petite trentaine de pieds de lui.

À cet instant, son pied glissa.

Aussitôt, ses doigts se raidirent, tandis que ses orteils cherchaient frénétiquement une autre prise.

Calme-toi, s'enjoignit-il. Mais son cœur battait follement dans sa poitrine. S'obligeant à se détendre, il palpa lentement le mur du bout du pied jusqu'à y trouver une aspérité. Ses bras lui faisaient un mal de chien, mais il avait retrouvé tout son calme. Il reprit lentement sa progression et ne s'arrêta qu'une fois arrivé juste en dessous du parapet.

Fermant les yeux pour mieux écouter, il guetta le moindre son, respiration ou bruit de pas, pouvant annoncer la présence d'une sentinelle. Rien. Saisissant le rebord du parapet, il se hissa jusqu'aux remparts et se cacha dans l'ombre. À vingt pas sur sa gauche, un soldat appuyé sur le mur surveillait la foule. À droite, un escalier menait à la cour.

Il l'emprunta discrètement, collé à la paroi ombragée.

La Cadmée comprenait un nombre incroyable de bâtiments différents. Même si elle faisait aujourd'hui office de citadelle, elle avait autrefois été une ville à part entière, Cadmos, et Thèbes avait grandi autour. Les plus anciennes bâtisses étaient dans un triste état, et Parménion ne put réprimer un frisson en remontant les allées désertes au pas de course ; il avait l'impression que les spectres du passé l'observaient par les fenêtres béantes.

Il se cacha dans le renfoncement d'une porte en entendant que l'on approchait. Un rat lui marcha sur le pied et d'autres étaient manifestement tout proches. S'obligeant à rester immobile, il attendit que les six soldats qu'il avait repérés passent devant lui.

« Faible comme de la pisse d'âne, commenta l'un d'entre eux. On devrait scier la barre et donner une bonne leçon à ces salopards.

— Ce n'est pas sa manière de faire, répondit un autre. Sûr qu'il doit être terré sous son lit, en ce moment. »

Un troisième poussa un grognement avant de tomber à genoux et de vomir contre un mur. Deux de ses compagnons l'aidèrent à se relever.

« Tu vas mieux, Andros ?

— C'est la quatrième fois, ce soir. Mon estomac ne tiendra plus longtemps. »

Les soldats s'éloignèrent et Parménion poursuivit sa route en direction de l'ouest. Il cherchait la résidence du gouverneur ; s'il fallait en croire Pélopidas, c'était en effet elle qui abritait les anciennes catacombes. Arimanès logeait au premier étage, le rez-de-chaussée servant de réfectoire pour les officiers.

Une fois arrivé, il guetta d'éventuelles sentinelles, mais n'en vit aucune. Quittant la zone d'ombre qui le masquait aux regards, il traversa la rue en courant et entra par la première porte, pour se retrouver dans un couloir éclairé de torches. Des bribes de conversation lui parvenaient de la cantine.

« Si la viande est suffisamment cuite, nous arrêterons de rendre nos intestins », affirma l'un des officiers spartiates.

Pas cette fois, songea-t-il. L'escalier en colimaçon descendant aux catacombes se trouvait en face de la porte du réfectoire. Il l'emprunta sans perdre de temps. La longue volée de marches n'était pas éclairée, mais une lueur incertaine était visible en bas.

Redoublant de précautions, il risqua un coup d'œil dans le couloir faiblement éclairé avant de s'y engager. Plusieurs cellules étaient visibles sur sa droite ; à gauche, deux soldats étaient assis à une table, à jouer aux osselets. Parménion jura par-devers lui. Il lui fallait se débarrasser de ces deux-là, mais il n'était pas armé.

Réfléchis ! Comporte-toi en strategos *!*

Il écouta la conversation, dans l'attente d'un nom. Il se sentait isolé et en grand danger, piégé comme il l'était en bas de l'escalier. Si quelqu'un avait l'idée de descendre aux catacombes, il serait aussitôt découvert. Et les deux soldats continuaient de jouer.

« Tu as une veine de cocu, Mentar », dit enfin l'un d'eux.

Parménion remonta de quelques marches et s'accroupit dans une zone d'ombre.

« Mentar ! s'écria-t-il. Monte ! »

L'homme bougonna un juron et Parménion entendit une chaise racler contre le sol. Mentar monta les marches deux à deux, mais une silhouette se dressa brusquement devant lui et lui assena un coup de poing au menton. Le saisissant par les cheveux, Parménion lui frappa violemment la tête contre le mur et le soldat perdit instantanément connaissance.

Après avoir déposé l'homme inconscient sur le sol, Parménion redescendit jusqu'au niveau des catacombes. Le second soldat lui tournait le dos ; il s'occupait à jeter les osselets en sifflotant. Parménion s'approcha silencieusement et le frappa à la nuque. L'homme s'effondra comme une masse, heurtant la table du front.

Les portes des cellules étaient en chêne épais, et fermées par la méthode la plus simple qui soit : une barre de bois coulissant sur taquets. Seules deux étaient closes, et Polysperchon se trouvait derrière la première. Parménion le trouva endormi ; son visage était ensanglanté et tuméfié, et la cellule empestait la vomissure et les excréments. Le Thébain était petit, et Parménion n'eut aucun mal à le mettre debout et à l'aider à sortir.

« Assez, gémit le malheureux.

— Courage, je suis venu vous sauver.

— Nous sauver ? La Cadmée est donc à nous ?

— Pas encore », chuchota Parménion en ouvrant la seconde porte.

Épaminondas était éveillé, mais dans un état plus triste encore que Polysperchon. Ses traits boursouflés étaient presque impossibles à reconnaître et il avait du mal à ouvrir les yeux.

Parménion l'aida à sortir dans le couloir mais, dès qu'il le lâcha, Épaminondas s'écroula ; ses jambes étaient incapables de le porter. Parménion constata les dégâts à la lueur des torches : les mollets de son ami avaient été meurtris à coups de bâton.

« Tu ne pourras jamais descendre à la corde, commenta-t-il. Il va falloir que je te cache.

— Ils chercheront partout, protesta Polysperchon.

— Espérons que non », trancha le Spartiate.

Une heure plus tard, il refaisait seul, en sens inverse, la route qui lui avait permis d'atteindre la résidence du gouverneur. Il gravit l'escalier menant au chemin de ronde, fixa sa corde à un banc en marbre et monta sur le parapet.

« Hé, toi ! Halte ! » hurla une sentinelle.

Parménion sauta et se laissa glisser à toute vitesse, sans songer à ses paumes brûlées par le chanvre. Le garde courut jusqu'à la corde et la trancha de quelques coups d'épée. Emportée par son poids, elle disparut dans la nuit.

Loin en dessous, Parménion s'accrocha au mur au moment où il sentit que la corde allait céder. Puis il descendit aussi prudemment que possible et retourna à la tente de Calépios.

« Alors ? lui demanda l'orateur.

— Ils sont en sécurité », répondit-il, épuisé.

*

L'aube trouva Arimanès plié en deux par la douleur, les mains croisées sur le ventre. Il avait depuis longtemps cessé de compter le nombre de fois où il avait vomi pendant la nuit, et la cuvette qu'il avait à son côté ne contenait plus désormais que de la bile jaunâtre. Sur les sept cent quatre-vingts hommes dont il disposait, cinq cents étaient tellement atteints qu'ils ne pouvaient même plus marcher, et les autres se déplaçaient comme de grands malades ; ils avaient le teint gris et le regard éteint. Arimanès ne se faisait pas la moindre illusion : si les Thébains décidaient d'attaquer, son unité serait écrasée en quelques minutes.

Un aide de camp frappa à sa porte et le général se força à se mettre debout en réprimant un gémissement de douleur.

« Entre », fit-il, ce qui lui valut un nouveau haut-le-cœur.

L'officier qui s'exécuta était bien pâle, lui aussi.

« Nous avons fouillé la Cadmée de fond en comble. Les prisonniers se sont échappés.

— C'est impossible ! s'emporta Arimanès. Épaminondas n'était pas même capable de marcher, et la sentinelle n'a vu qu'un seul homme s'enfuir par la corde.

— Il n'existe pas le moindre recoin où ils auraient pu se terrer, monsieur. »

Le général se laissa tomber sur son divan. Il était maudit. Il avait pensé exécuter les prisonniers pour bien montrer à la foule que Sparte ne cédait jamais à la menace. Mais les deux captifs avaient disparu et ses hommes valides étaient si peu nombreux qu'ils ne pouvaient même plus défendre les remparts.

Un second officier choisit cet instant pour faire son apparition.

« Monsieur, les Thébains souhaitent envoyer quelqu'un discuter de... la situation. »

Arimanès tenta de réfléchir, mais c'était impossible compte tenu de l'état de son estomac et de ses intestins.

« Dis-leur oui », répondit-il avant de retourner en titubant jusqu'aux latrines.

Légèrement soulagé, il retourna à son divan, où il s'allongea sur le côté, en ramenant les genoux sur son ventre. Il haïssait Thèbes et toutes ses dépravations, il n'avait pas voulu ce poste, mais son père lui avait bien fait comprendre que commander une garnison spartiate était un honneur, et ce où qu'elle soit affectée. Arimanès passa la main dans ses rares cheveux restants. Que ne donnerait-il pas pour un verre d'eau pure. *Maudits soient tous ces Thébains ! Qu'Hadès les emporte !*

Quelques minutes plus tard, l'officier revint, en compagnie d'un homme grand et brun aux yeux bleus. Le général reconnut en lui le coureur macédonien Léon, dont on disait qu'il était à demi spartiate.

« Assieds-toi », murmura-t-il.

L'homme s'avança vers lui et lui tendit une carafe en pierre.

« Cette eau est pure », dit-il.

Arimanès la prit et but longuement.

« Pourquoi t'ont-ils choisi ? voulut-il savoir.

— Comme vous le savez peut-être, je suis macédonien par ma mère et spartiate par mon père, mais je réside à Thèbes. Ils ont dû penser que tout le monde pouvait me faire confiance dans cette affaire.

— Et est-ce le cas ? »

L'homme haussa les épaules.

« La situation me paraît d'une grande limpidité. À quoi servirait la fourberie ?

— Quels sont leurs plans ? Ont-ils l'intention d'attaquer ?

— Je l'ignore, monsieur, mais ils ont tué tous les conseillers pro-spartiates.

— Que t'ont-ils demandé de me dire ?

— Qu'ils vous proposent un sauf-conduit, pour vous et vos hommes, jusqu'aux portes de la cité. Ils y ont installé des tentes avec de l'eau pure et un médecin possédant l'antidote du poison que vous avez pris.

— Du poison ? chuchota Arimanès, horrifié. Du poison, dis-tu ?

— Oui. C'est un plan révoltant, typique des Thébains. Vous devriez mourir dans les cinq jours. J'imagine que c'est pour cette raison qu'ils ne vous ont pas encore attaqués.

— Peut-on leur faire confiance, à ton avis ? Est-ce qu'ils ne risquent pas de nous massacrer dès que nous... dès que nous partirons ? » demanda le général, incapable de parler de reddition.

Parménion se rapprocha de lui et baissa le ton.

« Ils ont appris que Cléomène se trouvait au nord de Corinthe avec deux régiments. Il pourrait être là en trois jours. Je crois que les Thébains préfèrent vous laisser partir plutôt que de risquer de voir le roi marcher sur la cité. »

Arimanès poussa un grognement et se plia en deux. Son mal de crâne l'empêchait de penser. Il fut pris d'un nouveau haut-le-cœur et son officier lui tendit une cuvette vide, dans laquelle il vomit. Cela fait, il s'essuya la bouche du revers de la main.

« Ils nous donneront l'antidote ? voulut-il savoir.

— Je crois que ce Calépios est digne de confiance, l'assura Parménion. Et, après tout, il n'y a aucune honte à quitter la cité. Sparte est venue ici sur invitation, mais Thèbes a changé d'avis. C'est aux rois et à leurs conseillers de trouver une solution. Les soldats ne se mêlent pas de politique ; ils se contentent d'obéir aux ordres des grands de ce monde.

— C'est vrai, concéda le général.

— Que dois-je annoncer aux Thébains ?

— Dis-leur que j'accepte. Il nous faudra du temps pour scier la barre qui ferme la grande porte mais, dès que cela sera fait, nous quitterons la cité.

— J'ai bien peur que cette éventualité ne soit pas envisageable, monsieur. Dans l'excitation du moment, la foule a condamné la porte à l'aide de madriers. Calépios vous suggère de descendre à l'aide de cordes, par groupes de vingt.

— Des cordes ? répéta Arimanès. Ils voudraient que nous passions par-dessus les murs ?

— Cela montre combien ils vous craignent. Même affaiblis comme vous l'êtes, ils savent qu'ils ne sont pas de taille à lutter contre vous. Prenez cela comme un compliment.

— Qu'Hadès les emporte tous ! Mais dis-leur que j'accepte.

— Voilà qui est sagement parlé, monsieur. Et je suis sûr que vous n'aurez aucune raison de regretter votre choix. »

Deux heures plus tard, alors que les derniers Spartiates quittaient la Cadmée, Parménion rejoignit Norac et ses hommes. Après avoir ôté tous les madriers, ces derniers étaient en train de scier la barre entre les deux battants de la grande porte. Enfin, le dernier obstacle céda et les panneaux s'ouvrirent. Aussitôt, Pélopidas s'élança dans la cour et brandit le poing en direction du ciel.

« Nous les avons vaincus ! » clama-t-il, et la foule lui répondit par un grand cri de joie.

Puis il se retourna vers Parménion et le prit par les épaules.

« Et maintenant, dis-nous où tu as caché nos amis.

— Ils sont toujours dans les catacombes.

— Mais tu disais qu'ils étaient libres !

— Non, j'ai dit qu'ils étaient en sécurité. Je savais que les Spartiates fouilleraient la Cadmée de fond en comble, et j'espérais qu'ils n'auraient pas l'idée de les chercher là. Je les ai transférés dans la dernière cellule. Prends un médecin avec toi, car Épaminondas a été horriblement maltraité. »

Pélopidas et une douzaine d'hommes partirent en courant pour la demeure du gouverneur. Mothac en profita pour s'approcher de Parménion.

« Qu'adviendra-t-il du général ? voulut-il savoir.

— Il sera exécuté, répondit Parménion. Et après, Cléomène marchera sur Thèbes. Nous avons encore beaucoup à faire. »

Cette nuit-là, alors que le vacarme des festivités était audible dans tous les quartiers de la cité, Parménion rentra chez lui d'une démarche mal assurée et s'effondra à l'entrée de l'*andron*. Mothac le trouva là au petit matin ; il le transporta sans attendre dans sa chambre.

Parménion s'éveilla à trois reprises. La troisième fois, il vit Horas, le médecin, penché sur lui. L'homme tenait un petit couteau à lame recourbée, avec lequel il venait d'entailler le bras du Spartiate. Ce dernier tenta de se débattre, mais Mothac aida le docteur à le maintenir, et il perdit une nouvelle fois connaissance.

Ses rêves furent nombreux, mais l'un d'entre eux revenait de manière récurrente. Il gravissait un escalier en colimaçon, espérant que celui-ci le mènerait jusqu'à Dérae. Au fur et à mesure qu'il avançait, les marches disparaissaient derrière lui, comme avalées par l'abîme. Il se dirigeait vers une pièce où il savait trouver Dérae, mais il s'arrêta soudain. Les ténèbres ne cessaient de croître, et il comprit avec horreur qu'elles le suivaient, lui. Si jamais il ouvrait la porte, la salle serait engloutie à son tour. Ne sachant que faire pour sauver l'amour de sa vie, il sauta de l'escalier, plongeant volontairement dans le gouffre de noirceur

*

Assis à côté du lit, Mothac observait le visage de son maître inconscient. Allant à l'encontre des directives du médecin, il avait ouvert les volets pour mieux distinguer les traits de Parménion. Le Spartiate avait le teint gris ; ses joues étaient creusées et ses yeux enfoncés dans leurs orbites. Chaque fois que Mothac posait la main sur sa poitrine, il ne percevait que des battements de cœur faibles et irréguliers.

Le Thébain ne s'était guère inquiété au cours des deux premiers jours de sommeil de Parménion. En effet, Horas lui avait expliqué que la prise de la Cadmée avait épuisé le jeune Spartiate et, faisant confiance au chirurgien, Mothac l'avait aidé à saigner son maître et ami.

Mais, au bout de quatre jours d'attente, le serviteur ne croyait plus le médecin.

Les traits de Parménion étaient toujours plus creusés, et rien ne montrait qu'il reprendrait un jour conscience. Remplissant un gobelet d'eau fraîche, Mothac souleva la nuque du malade et essaya de le faire boire, mais le liquide ruissela sur son menton sans passer la barrière de ses lèvres. Découragé, le Thébain abandonna.

Il se leva en entendant la grande porte grincer. Quelques instants plus tard, Horas pénétra dans la chambre et sortit sa trousse de couteaux. Mothac le dévisagea sans aménité ; il n'aimait guère les chirurgiens mais leur enviait leur savoir. Jamais il ne se serait cru capable de défier un homme si érudit, si intelligent. Mais il avait décidé que les saignées devaient cesser, et il s'interposa entre le médecin et son patient.

« Posez votre couteau, fit-il sur un ton qui n'appelait aucune réplique.

— Qu'est-ce donc que cela ? s'indigna Horas. Il faut que je le saigne, sans quoi il va périr.

— Il se meurt, de toute façon. Laissez-le.

— Ça n'a aucun sens... »

Levant une main squelettique, Horas tenta d'écarter Mothac, mais ce dernier tint bon.

« J'ai eu une épouse, maître chirurgien, dit-il en devenant écarlate. Elle aussi a été saignée tous les jours, jusqu'à ce qu'elle finisse par en mourir. Je refuse de laisser Parménion suivre sa trace. Vous disiez qu'il se reposait pour recouvrer ses forces, mais vous vous êtes trompé. Allez-vous-en. »

Ce disant, il regarda la main d'Horas, qui était toujours posée contre sa poitrine ; le chirurgien la retira comme s'il s'était brûlé, puis rangea son couteau.

« Tu interfères dans une situation qui te dépasse, persévéra-t-il. Je vais porter l'affaire devant la justice et je veillerai à ce que l'on t'expulse de cette pièce. »

Mothac saisit Horas par le col de sa tunique bleue et l'attira à lui. Le médecin pâlit brusquement en lisant la détermination du serviteur dans ses yeux d'émeraude.

« La seule chose que vous allez faire, docteur, c'est vous en aller sans vous retourner. Si vous faites quoi que ce soit qui puisse causer la mort de Parménion, je vous retrouverai et je vous arracherai le cœur. C'est bien compris ?

— Tu... vous êtes fou, chuchota le médecin.

— Non. Je suis juste un homme qui tient ses promesses. Et maintenant, déguerpissez », conclut-il en poussant Horas en direction de la porte.

Une fois le chirurgien reparti, Mothac se rassit à côté du lit. Il ne savait que faire et la panique grandissante qu'il éprouvait commençait à se manifester au niveau de ses mains ; elles ne cessaient de trembler.

Surpris par la violence de sa réaction, il prit pour la première fois conscience de l'affection qu'il éprouvait pour son maître. C'était d'ailleurs presque incompréhensible. Parménion était un homme distant et Mothac ignorait quels étaient ses rêves, ses idées. Ils ne parlaient que rarement de sujets profonds et ne riaient jamais ensemble, pas plus qu'ils n'abordaient le sujet de leurs désirs secrets. Regardant par la fenêtre, il se rappela le soir où il était entré au service du Spartiate, alors que la mort d'Éléa était encore une plaie brûlante dans son cœur. Parménion était resté à côté de lui sans mot dire, et il avait perçu sa bienveillance sans que la moindre parole fût échangée.

À sa grande stupéfaction, il avait passé trois années heureuses à servir son maître. Il n'avait pas oublié Éléa, mais l'aiguillon de la souffrance s'était peu à peu émoussé, et il était désormais capable de se souvenir des instants de bonheur qu'ils avaient vécus ensemble.

Le grincement du portail mit un terme à son introspection et il se leva en dégainant sa dague. Si le médecin était allé chercher la garde, il comprendrait vite que les promesses de Mothac n'étaient pas des paroles en l'air.

La porte de la chambre s'ouvrit et Épaminondas entra. Le visage du Thébain était encore tuméfié et ses yeux entourés de cercles noirs. Il s'approcha lentement du lit et observa le malade.

« Son état ne s'est pas amélioré ? demanda-t-il.

— Non, répondit Mothac en rangeant son arme. J'ai obligé le médecin à cesser de le saigner. Il m'a menacé de porter l'affaire en justice. »

Épaminondas s'assit péniblement.

« Calépios m'a dit que Parménion souffrait de terribles maux de tête.

— Cela lui arrive parfois, confirma Mothac. Surtout après les courses. La douleur est toujours intense, à tel point que, de temps en temps, il perd momentanément la vue. Il y a un mois, il m'a dit que les crises devenaient de plus en plus fréquentes. »

Épaminondas hocha la tête.

« J'ai reçu une lettre d'un ami qui habite Sparte. Il se nomme Xénophon. C'était le mentor de Parménion, voici quelques années, et il a assisté à la toute première crise. À l'époque, le médecin qui l'a soigné pensait qu'il souffrait d'une tumeur au cerveau. Pourvu qu'il s'en sorte. Je voudrais tant le remercier, je... je ne crois pas que j'aurais pu tenir bien longtemps...

— Il ne mourra pas », l'assura Mothac.

Le visiteur garda le silence de longues secondes avant de répondre.

« Je me trompais à ton sujet, mon ami, reconnut-il enfin.

— C'est sans importance. Connaissez-vous quelqu'un qui pourrait l'aider ? »

Épaminondas se leva.

« Il y a bien un herboriste du nom d'Argonas. L'année dernière, la guilde des médecins a cherché à le chasser de la ville, en prétendant qu'il s'agissait d'un escroc. Mais un ami m'a juré qu'il lui devait la vie, et je connais un autre homme qui a retrouvé l'usage de ses yeux grâce à Argonas après avoir été borgne. Je l'enverrai chercher dès ce soir.

— J'ai entendu parler de lui. Il applique des tarifs prohibitifs, et c'est un homme gras et riche qui traite ses serviteurs comme des esclaves.

— Je n'ai pas dit que sa fréquentation était agréable. Mais soyons honnêtes, Mothac : Parménion est mourant, et je ne pense pas qu'il passera la nuit. Pour ce qui est du paiement, ne t'en préoccupe pas. Je dois beaucoup à ton maître, non, Thèbes tout entière lui doit une dette telle qu'elle ne pourra jamais s'en acquitter.

— Oui, j'ai remarqué que Calépios et Pélopidas lui rendaient souvent visite, fit Mothac avec un petit rire dénué d'humour.

— Calépios a obéi aux ultimes instructions de Parménion, lui rappela Épaminondas. Il est allé chercher l'aide d'Athènes pour nous protéger de la vengeance de Sparte. Et Pélopidas est en train de former nos hoplites afin que nous disposions d'une armée si Cléomène marche sur nous. Reste ici, avec Parménion ; je vais faire envoyer Argonas. Et, Mothac, mange quelque chose et repose-toi un peu. Tu ne pourras aider ton maître si tu tombes malade.

— Je suis fort comme un taureau. Mais vous avez raison ; dormir me fera du bien. »

La nuit était en train de tomber quand Argonas arriva enfin. Mothac s'était endormi dans la cour et, lorsqu'il se réveilla, ce fut pour voir une montagne de chair vêtue de rouge et de jaune qui le toisait de haut.

« Eh bien, mon brave, où est le mourant ? » demanda Argonas d'une voix qui semblait surgir d'une caverne sans fond.

Mothac se leva.

« Il est dans sa chambre, à l'étage. Suivez-moi.

— Il faut d'abord que je mange. Apporte-moi du pain et du fromage. Je suis affamé. »

Sur ces mots, le gros homme s'assit à table. Mothac le fixa quelques instants puis alla chercher à manger. Cela fait, il s'assit et regarda Argonas dévorer une miche de pain complète, ainsi que suffisamment de fromage et de viande séchée pour nourrir une famille de cinq personnes pendant une journée entière. Il engloutissait sans paraître mâcher. Finalement, il eut un renvoi et se laissa aller contre le dossier de son siège en essuyant sa barbe noire.

« Et maintenant, un peu de vin », annonça-t-il.

Mothac lui en versa un gobelet et le lui tendit. Le médecin s'en saisit de ses doigts boudinés, qui s'ornaient chacun d'une bague dorée sertie d'une pierre précieuse.

Argonas vida son verre d'un trait avant de se lever.

« Je suis prêt », décréta-t-il enfin.

Il suivit Mothac jusqu'à la chambre et inspecta Parménion à la lueur d'une lanterne. Mothac le regarda faire depuis le pas de la porte. Au moins Argonas n'avait-il pas amené de couteaux avec lui. Il se pencha et toucha le front de Parménion. Dès que le bout de ses doigts effleura la peau brûlante, il poussa un cri et fit un pas en arrière.

« Qu'est-ce qui vous arrive ? » demanda Mothac.

Argonas resta quelques instants silencieux. Plissant les paupières, il observa plus attentivement le mourant.

« S'il vit, il transformera le monde, fit-il enfin à mi-voix. Je vois la mort des empires, la chute des nations. Peut-être vaudrait-il mieux le laisser mourir.

— Quoi ? Parlez plus fort, je ne vous entends pas, lui dit Mothac en se rapprochant de lui.

— Rien. Maintenant, pas un mot pendant que je l'ausculte. »

Dans un silence total, le gros homme passa plusieurs minutes à palper le crâne de Parménion, puis il se leva et quitta la pièce. Mothac le suivit jusqu'à la cour.

« Il souffre d'une tumeur qui se développe au cœur de son cerveau, conclut le médecin.

— Comment pouvez-vous le savoir, si cela se trouve dans sa tête ?

— Tel est mon don, répondit Argonas en s'asseyant et en se versant à boire. J'ai sondé l'intérieur de son crâne et j'ai découvert la tumeur.

— Il va mourir, alors ?

— Ce n'est pas certain, mais il y a en effet de fortes chances. J'ai avec moi une plante qui empêchera la grosseur de croître. C'est du sylphium, et il devra en prendre une infusion chaque jour de sa vie, car la tumeur ne disparaîtra jamais. Mais il y a également autre chose, contre quoi je ne peux rien faire.

— De quoi s'agit-il ? voulut savoir Mothac.

— Lorsque l'on... sonde l'intérieur du crâne d'un homme, on apprend beaucoup de choses à son sujet : ses espoirs, ses rêves, ses peines, aussi. Il aimait une femme du nom de Dérae, mais elle lui a été enlevée. Il se sent responsable de sa mort et sa seule raison de vivre est désormais la vengeance. C'est le genre de motivation qui ne dure qu'un temps, car elle naît des ténèbres, lesquelles n'apportent jamais rien de bon pour l'âme.

— Ne pouvez-vous parler plus simplement ? Que dois-je faire ?

— Je ne pense pas que tu puisses faire quoi que ce soit. C'est de Dérae qu'il a besoin, et il ne peut l'avoir. Mais, même si elle n'a que peu de chances de se révéler utile – et pour mériter la somme qu'Épaminondas m'a versée – je vais préparer la première infusion. Regarde-moi faire avec la plus grande attention. À trop forte dose, le sylphium est mortel, mais si l'on n'en met pas assez, le cancer continuera de croître. L'infusion aidera peut-être mais, sans Dérae, je ne lui donne guère de chances de survivre.

— Si vous possédez vraiment des dons de mystique, pourquoi vous est-il impossible de lui parler et de le ramener ? »

Le gros homme secoua la tête.

« J'ai essayé, mais il se trouve dans un monde qu'il s'est créé, un monde de ténèbres et de terreur. Il y affronte des démons et des monstres abominables. Il ne m'a pas entendu... ou il n'a pas voulu m'entendre.

— Ces monstres dont vous parlez... peuvent-ils le tuer ?

— Je crois que oui. Vois-tu, mon ami barbu, ces démons sont issus de sa propre imagination. Il est en train de lutter contre le côté sombre de son âme. »

*

L'abîme tourbillonnait autour de lui. L'épée de Léonidas trancha la gorge d'une énorme chauve-souris noire au corps couvert d'écailles. Haute comme un homme, la créature blessée laissa échapper de véritables bouillons de sang qui trempèrent Parménion de la tête aux pieds, à tel point qu'il eut du mal à ne pas lâcher son arme. Il monta un peu plus haut à flanc de colline. Les monstres volants tournoyaient autour de lui, hors de portée de l'épée luisante, et le sol disparaissait à chacun de ses pas. Quelques feux lointains étaient visibles au fond du gouffre, et il semblait entendre les plaintes des âmes tourmentées.

Il était épuisé. Une douleur atroce lui vrillait le crâne.

Il entendit des ailes battre juste derrière lui et se retourna brusquement pour planter sa lame dans un abdomen velu. Mais la créature était déjà sur lui, et ses crocs se refermèrent sur son épaule. Il bondit en arrière et trancha la tête de son adversaire inhumain. Il tomba sur le dos et le sol disparut sous ses jambes. Roulant sur le ventre, il se remit debout et courut jusqu'au sommet de la colline.

Le néant se rapprochait de lui, montant inexorablement telle une marée impitoyable.

Les chauves-souris continuaient de tournoyer au-dessus de lui.

À cet instant, il l'entendit.

« Je t'aime », dit-elle, et un rai de lumière déchira les ténèbres pour bâtir un pont reliant la terre au ciel.

*

Mothac attendait que la prêtresse sorte du temple. Deux vénérateurs étaient entrés pour la voir, et il savait qu'elle en avait encore pour un moment. Avisant une proche fontaine, il alla s'asseoir sur la margelle et contempla les étoiles qui se miraient dans l'eau.

Quand les hommes sortirent enfin, il pénétra dans l'édifice et prit à gauche, pour se retrouver dans le couloir donnant sur les chambres que louaient les prêtresses. Il frappa à la porte du fond.

« Un instant », lui dit une voix lasse, puis le battant s'ouvrit.

La femme rousse qui l'accueillit lui décocha un sourire de circonstance.

« Bienvenue, dit-elle, mais j'espérais que le prochain vénérateur serait un homme, un vrai.

— Je ne suis pas là pour la déesse, répondit-il. Je souhaite juste louer tes services.

— Tu te contredis », fit-elle en perdant son sourire.

Mothac s'assit sur le large lit en faisant de son mieux pour ne pas percevoir les effluves qui flottaient dans la pièce.

« Pas du tout, expliqua-t-il. J'ai un ami qui est mourant et...

— Je refuse de coucher avec un malade, lâcha-t-elle.

— Il n'est pas malade, et tu n'as pas à coucher avec lui. »

En quelques mots, il lui raconta le mal dont souffrait Parménion, ainsi que les inquiétudes qu'Argonas nourrissait à son égard.

« Et qu'attends-tu de moi ? voulut-elle savoir. Je ne suis pas une guérisseuse.

— Il vient te voir chaque semaine, et parfois plus souvent. Tu l'as peut-être aperçu au terrain d'entraînement. Il se nomme Parménion, mais court sous le nom de Léon de Macédoine.

— Je le connais, oui. Il ne parle jamais, pas même pour dire bonjour. Il entre, me tend de l'argent, se sert de mon corps et repart sans un mot. Je ne vois pas ce que je pourrais faire pour lui.

— Je l'ignore, admit Mothac. Je me suis dit qu'il éprouvait peut-être des sentiments pour toi. »

Elle eut un rire bref.

« Tu devrais l'oublier, fit-elle en s'asseyant à côté de lui et en posant la main sur sa cuisse. Tu es tendu et fatigué. C'est toi qui aurais besoin de mes talents. »

Sa main remonta, mais il lui saisit le poignet.

« Je n'en ai pas l'intention, femme. Je suis prêt à te payer. Acceptes-tu ?

— Tu ne m'as toujours pas dit ce que tu attendais exactement de moi. »

Il la fixa droit dans les yeux et inspira profondément.

« Je veux que tu te nettoies le visage pour faire disparaître tout ton maquillage. Ensuite, baigne-toi et nous irons chez mon maître.

— Il t'en coûtera vingt drachmes », dit-elle en tendant la main.

Plongeant la main dans sa bourse, il en sortit dix pièces.

« Tu auras le reste après », décréta-t-il.

Une heure plus tard, alors que la lune était haut dans le ciel, ils entrèrent dans la maison. La prêtresse portait désormais un chiton blanc tout simple qui descendait jusqu'aux chevilles, ainsi qu'une chlamyde bleue drapée autour de ses épaules. Elle s'était débarbouillé le visage et Mothac la trouvait presque jolie, désormais. Il la conduisit jusqu'à la chambre et lui prit la main.

« Fais de ton mieux, femme, l'enjoignit-il, car il est cher à mon cœur.

— Mon nom est Thétis. Je préfère cela à *femme*.

— Comme tu veux, Thétis. »

Il referma la porte derrière lui et la jeune femme avança jusqu'au lit en se débarrassant de sa tunique et de son châle. Elle tira le drap et s'allongea à côté du mourant. Il était glacé. Elle lui prit le pouls au niveau du cou, et constata que son cœur battait toujours, même si ce n'était que faiblement. Elle se serra contre lui, enroula sa jambe droite autour des cuisses musclées, et caressa la poitrine de Parménion. Elle sentait que le corps de l'homme se nourrissait de sa chaleur, mais il restait désespérément immobile. Elle lui frôla la joue du bout des lèvres tandis que sa main descendait le long de son abdomen. Ses doigts se refermèrent sur son pénis, mais sans provoquer la moindre réaction. Elle l'embrassa doucement sur les lèvres, les effleurant de la langue.

Elle ne pouvait pas faire grand-chose d'autre. La journée avait été longue et, épuisée, elle se demanda s'il ne valait pas mieux qu'elle se rhabille et qu'elle réclame les dix drachmes qui lui étaient dues. Mais son regard se porta de nouveau sur le visage gris aux traits creusés et aux yeux enfoncés dans leurs orbites. Qu'est-ce que le serviteur avait dit, déjà ? Que Parménion avait perdu la femme de sa vie et qu'il était incapable de l'oublier ? *Espèce d'idiot*, fit-elle par-devers elle. *Cela nous arrive à tous. Mais il faut apprendre à oublier, à ignorer la douleur.*

Que pouvait-elle faire d'autre ?

Appuyant la tête contre l'oreiller, elle se rapprocha encore de lui.

« Je t'aime », chuchota-t-elle à son oreille.

L'espace d'un instant, il resta sans réaction, puis il laissa échapper un soupir presque inaudible. Thétis se frotta contre lui, caressant son bas-ventre et l'intérieur de ses cuisses.

« Je t'aime », répéta-t-elle à voix haute.

Une nouvelle fois, il grogna, et elle le sentit durcir dans sa main.

« Viens à moi, l'appela-t-elle. Viens... à Dérae. »

Le corps de Parménion fut pris d'un spasme.

« Dérae ?

— Je suis là », le rassura-t-elle.

Il roula sur le côté, l'attira à lui et l'embrassa avec une passion que Thétis n'avait pas connue depuis longtemps. Elle se sentit presque excitée. Il se mit à la caresser, à la frôler de ses doigts. Il avait les yeux grands ouverts mais le regard perdu dans le vide, et ses joues étaient baignées de larmes.

« Tu m'as tellement manqué, gémit-il. J'ai cru que l'on m'avait arraché le cœur. »

Thétis l'attira sur elle et le guida en nouant ses

mollets autour de ses cuisses. Il la pénétra et cessa tout mouvement, contrairement aux habitudes qu'elle lui connaissait. Il l'embrassa délicatement, agaçant ses lèvres à coups de langue. Puis il se mit à bouger, lentement, selon un rythme millénaire. Thétis perdit tout sens du temps et, malgré elle, elle sentit naître une excitation qu'elle croyait disparue à tout jamais. Ils étaient baignés de sueur et elle sentit qu'il allait jouir, mais il se retira d'elle. Il l'embrassa sur les seins, descendit sur son ventre plat et la pénétra d'une langue indiscrète en maintenant ses cuisses écartées. Elle ferma les yeux et gémit en se cabrant violemment. Son orgasme prit la forme d'une série de spasmes presque douloureux. Quand elle retomba enfin sur le matelas, elle sentit qu'il la couvrait de nouveau. Leurs lèvres fusionnèrent et, contre toute attente, Thétis sentit le plaisir renaître. Elle le serra contre elle, sentant la tension qui l'habitait alors qu'il se laissait emporter par la passion. Le plaisir fut plus fort encore que la première fois et elle ne put retenir un cri qu'elle n'entendit même pas. Puis elle le sentit jouir à son tour et il s'effondra sur elle.

Elle resta immobile un long moment puis le repoussa doucement. Il roula sur le dos et elle vit qu'il avait les yeux fermés. Elle se demanda s'il était mort, mais constata que sa respiration était revenue régulière. Son pouls était fort.

Plusieurs minutes durant, Thétis resta allongée en silence à côté du dormeur, puis elle se leva et s'habilla. Dans la cour, elle retrouva Mothac, qui tenait un gobelet de vin à deux mains.

« Tu veux boire quelque chose ? lui proposa-t-il sans lever les yeux.

— Oui. »

Elle se versa du vin et s'assit en face du Thébain.

« Je crois qu'il vivra, lui dit-elle en se forçant à sourire.

- Je m'en suis douté, à cause du bruit.

– Il a cru que j'étais Dérae, fit-elle d'un air songeur. Si seulement c'était vrai...

— Mais ça ne l'est pas », répondit-il sur un ton cassant.

Il se leva brusquement et jeta rageusement les dix drachmes sur la table. Elle ramassa l'argent et lui lança un regard interloqué.

« J'ai fait ce que tu attendais de moi, protesta-t-elle. Pourquoi es-tu en colère contre moi ?

— Je ne sais pas, mentit Mothac. Merci. Mais je crois qu'il vaut mieux que tu t'en ailles, maintenant. »

Il l'accompagna jusqu'au portail et retourna s'asseoir. Il vida son gobelet d'un trait et s'en versa un autre, puis un autre encore. Mais le visage d'Éléa refusait de le quitter.

Le temple, Asie Mineure, 379 av. J.-C.

La prêtresse contemplait le portail entrouvert et les champs verdoyants qui s'étendaient au-delà. Les roses rouges et blanches qui poussaient à proximité de la dalle marquant le passage emplissaient l'air de leur bouquet subtil.

Cette fois-ci, je vais m'échapper, se dit-elle. *Je dois me concentrer plus que je ne l'ai jamais fait.* Calmant les battements de son cœur, elle avança lentement, totalement concentrée sur une seule et unique idée.

Franchis le portail. Marche dans les champs.

Chacun de ses pas lui demandait un immense effort. Ses pieds nus progressaient sur les dalles du sentier, tandis que les magnifiques roses jaunes et roses qui poussaient sur les côtés tentaient d'accaparer son attention.

Ne pense pas aux fleurs ! se rappela-t-elle. *Le portail ! Concentre-toi uniquement sur le portail.*

Un pas de plus.

Des oiseaux tournoyaient au-dessus de sa tête et elle leva les yeux pour les observer. Des aigles, volant en groupe au gré des courants ascendants. Quelle grâce. La prêtresse reporta son regard sur les roses qui ornaient le portail. Faisant particulièrement attention à ne pas se piquer, elle cueillit une fleur et la porta à son nez. Regardant tout autour d'elle, elle vit le vieillard qui s'occupait des fleurs. Se mettant debout d'un air las, il s'approcha d'elle.

« Elle est presque morte, lui dit-il. Choisissez-en plutôt une en bouton. De cette manière, si vous la mettez dans l'eau, elle embaumera toute votre chambre.

— Merci, Naza. »

Sur le conseil du vieux jardinier, elle cueillit deux autres roses et repartit en direction du temple, ne s'arrêtant qu'au moment de franchir le seuil.

À ce moment, la mémoire lui revint. Elle ferma les yeux et une larme naquit d'une de ses paupières pour couler le long de sa joue. Il était impossible de s'enfuir par le portail, comme par la fenêtre de sa chambre. Elle pouvait venir y prendre le soleil ou contempler les lointaines montagnes mais, dès qu'elle essayait d'en franchir le rebord, elle se retrouvait assise sur son lit, nageant dans la plus totale confusion.

Cela faisait trois ans que ça durait. Trois longues années de solitude.

Elle se souvenait encore du premier jour, lorsqu'elle avait ouvert les yeux pour voir la vieille femme assise à côté de son lit.

« Comment vas-tu ? s'était-elle entendue demander.

— Bien, merci. Qui êtes-vous ?

— Je me nomme Tamis. Je suis ici pour te prodiguer mon enseignement. »

Dérae s'était brusquement assise en se remémorant le navire, ses mains ligotées dans le dos, les marins qui l'avaient soulevée et jetée par-dessus bord... et puis, le choc de l'eau glacée, la terrible lutte qu'elle avait engagée pour se défaire de ses liens. Et puis, ensuite, plus rien, rien que l'étrange sensation d'avoir flotté dans un ciel noir pour aller à la rencontre d'une lueur aveuglante.

« Que voulez-vous m'enseigner ?

— Les mystères. »

Sur ces mots, Tamis lui avait touché le front et elle s'était endormie.

Elle avait découvert l'enchantement du portail au cours du troisième jour. Elle se promenait alors dans le jardin, seule. Approchant pour observer de plus près les runes gravées dans la pierre, elle s'était soudain retrouvée dans le temple aux colonnes blanches.

Elle avait essayé à deux autres reprises encore, avant que Tamis ne s'en aperçoive.

« Tu ne peux partir, ma chère, lui avait-elle dit. Tu es la nouvelle prêtresse, désormais, l'héritière de Cassandre.

— Je ne comprends rien à tout cela, avait protesté Dérae.

— Tu étais la victime désignée, et la légende veut que celle qui atteint le temple devienne la nouvelle prêtresse jusqu'à ce qu'une autre prenne sa place. Tu le sais bien, non ?

— Oui, mais... j'avais les mains liées et... je ne me souviens pas d'être arrivée jusqu'ici.

— Mais tu y es, et je t'apprendrai donc ce que tu dois savoir. »

Jour après jour, la vieille femme avait tenté d'enseigner les mystères à Dérae, mais celle-ci semblait incapable de comprendre. Elle ne parvenait pas à se libérer des chaînes de la matière et à laisser son esprit flotter dans les cieux, pas plus qu'elle ne pouvait entrer en transe pour guérir une blessure. Même les plus simples tâches, comme le fait de tenir une rose fanée et de la faire renaître par la seule force de sa volonté, la dépassaient totalement.

Au terme de la première année, Tamis l'avait entraînée dans une petite pièce située à l'arrière du temple.

« J'ai beaucoup réfléchi à ton absence de talent, avait-elle dit, et je me suis penché sur l'origine de la légende. Il y a quelques années, tu as fait don de ton corps en laissant un homme te violer. C'est la raison pour laquelle tes pouvoirs sont cachés au plus profond de toi. Un autre don sera nécessaire pour les faire remonter à la surface.

— Mais je ne veux pas être prêtresse, avait protesté Dérae, et je n'ai rien à donner, comme vous dites. Laissez-moi partir ! »

Tamis avait poursuivi comme si l'interruption n'avait pas eu lieu. Chacun de ses mots avait fait à Dérae l'effet d'un coup de poignard.

« Je t'ai vue guérir Hermias alors que son crâne avait été enfoncé. C'est à ce moment que j'ai compris que tu étais destinée à prendre ma suite. Tu en es capable, Dérae. Mais, pour cela, tu dois faire don d'une autre partie de ta personne. Tu sais ce qui est nécessaire. Pourquoi t'acharnes-tu à refuser ?

— Non ! avait répondu la jeune femme. Jamais ! Vous n'aurez pas mes yeux ! »

Haussant les épaules, Tamis avait patiemment repris ses leçons. Les premiers progrès s'étaient fait jour au cours de la troisième année. Lorsqu'elle se trouvait dans le jardin, Dérae pouvait désormais inciter les moineaux à venir se poser sur sa main tendue et, un jour, elle avait guéri une entaille que s'était faite Naza au bras, en la refermant du bout des doigts. Et ce, sans laisser la moindre marque.

La nuit, elle rêvait encore de s'enfuir dans les collines, puis de se cacher dans les forêts lointaines et de retrouver Sparte... et Parménion.

Mais cela ne se produirait pas aujourd'hui. Elle jeta un dernier regard au portail et entra dans le temple, pour déposer sur l'autel les roses que Naza lui avait confiées.

« Quand apprendras-tu, mon enfant ? »

Dérae se retourna brusquement.

« J'ignorais que vous étiez de retour », fit-elle.

La vieille femme s'approcha et posa la main sur son épaule.

« Il faut que les choses se passent ainsi. Essaye de te faire une raison : tu as été choisie par les dieux.

— Mais je ne le veux pas ! protesta la jeune femme en repoussant la main de son aînée. Je ne l'ai jamais voulu !

— Et moi... que crois-tu ? Nos souhaits n'ont rien à voir avec le don. On l'a ou on ne l'a pas.

— Eh bien, moi, je ne l'ai pas. Je n'ai pas de prophétie à dévoiler et je n'ai jamais eu la moindre vision. »

Tamis prit la jeune femme par le bras et la conduisit au cœur du jardin, où elle l'enjoignit à s'asseoir au bord d'un bassin à margelle blanche.

« Des hommes et des femmes mourront aujourd'hui, mais ils n'en ont pas envie, lui dit la prêtresse. Tous ont des enfants, un mari, une femme, et une multitude de choses à faire. Mais le choix ne leur appartient pas... pas plus qu'à toi. L'heure du Dieu Noir approche, ma chère, et quand il viendra, je serai morte. Quelqu'un doit prendre ma suite. Quelqu'un qui soit suffisamment fort et courageux. Quelqu'un qui aime son prochain. La place t'a toujours été réservée.

— Êtes-vous sourde, Tamis ? Je n'ai aucun talent !

— Oh, si, il est bien là, caché profondément. Tu le retrouveras quand tu auras fait don de ta vue au Seigneur de Toute Chose.

— Non ! Vous ne pouvez pas m'obliger à le faire ! Je refuse !

— Personne ne t'obligera à faire quoi que ce soit, car cela détruirait tout ce pour quoi j'ai œuvré. La décision doit venir de toi.

— Et si je ne la prends pas, que se passera-t-il ?

— Je l'ignore, mon enfant. Si seulement je le savais...

— Mais vous connaissez l'avenir ; vous êtes une sorcière... »

Avec un sourire, Tamis se pencha, prit un peu d'eau dans ses mains et but longuement.

« Les choses ne sont pas aussi simples. Il existe de nombreux futurs différents. La vie d'un homme est comme un grand arbre : chaque branche, chaque brindille, chaque feuille est un avenir possible. Il y a bien longtemps, j'ai voulu voir ma propre mort. Il m'a fallu près d'une année entière pour discerner toutes les possibilités et, une fois cette tâche achevée, je me suis aperçue qu'il restait encore des milliers de voies que je n'avais pas explorées. Mais je sais aujourd'hui que la fin est proche et je connais le jour de ma mort. Oui, je t'ai vue refuser l'offre qui t'était faite, mais je t'ai également vue perdre et gagner. Que choisiras-tu ?

— Pourrai-je parler avec les dieux ? »

La vieille prêtresse garda le silence quelques instants puis poussa un long soupir.

« Je suis patiente, Dérae, mais chaque minute compte, désormais. J'ai attendu pendant trois ans que tu comprennes qu'il n'existait aucune possibilité de retour en arrière. L'heure est venue d'essayer autre chose. J'ai peut-être tort, mais je vais te dire la vérité, même si je sais qu'elle te fera mal. Pour commencer, les dieux n'existent pas, du moins tels que tu les conçois. Ceux que nous connaissons sous le nom de Zeus, Apollon ou Aphrodite étaient autrefois des hommes et des femmes comme toi et moi. Mais cela ne signifie pas qu'il n'y a aucun dieu, car au-delà des mythes, les forces de la lumière et des ténèbres, de l'amour et de la haine sont, elles, bien réelles.

— Et lesquelles servez-vous ? »

Tamis gloussa.

« Ne cherche pas à me mettre en colère, ma fille. Si j'étais la servante de l'Esprit du Chaos, j'aurais déjà pris tes yeux par la force.

— Mais alors, pourquoi me retenez-vous ici contre mon gré ? Pourquoi ne suis-je pas libre de partir ?

— Comme je te l'ai dit, tout est très compliqué. Si je te garde ici, ce n'est pas par haine, mais par amour. Tu ne pourras jamais t'en aller, ma chère, et je n'y suis pour rien.

— Dans ce cas, de qui suis-je la prisonnière ?

— De la mort.

— Qu'est-ce que cela signifie ? demanda une Dérae soudain craintive.

— Je suis désolée, Dérae, mais tu es morte noyée après que l'on t'a jetée par-dessus bord. J'ai trouvé ton corps sur la côte, et je t'ai ramenée à la vie après t'avoir conduite ici. C'est pour cette raison que tu ne peux partir.

— Vous mentez ! Dites-moi que vous mentez ! »

Tamis prit sa main.

« Si tu quittais le temple, ton corps pourrirait en l'espace de quelques secondes. Ta chair corrompue tomberait par plaques et tes os blanchis s'effondreraient dans l'herbe, à moins de dix pas du portail.

— Je ne vous crois pas ! Vous me racontez des histoires pour me garder ici !

— Repense à ce qui t'est arrivé, ce jour-là : tu avais les mains liées, tes poumons se sont remplis d'eau de mer et tes gestes se sont faits de plus en plus lents, de plus en plus faibles...

— Arrêtez ! s'écria Dérae en se cachant le visage dans ses mains. Je vous en prie, arrêtez !

— Je ne m'excuserai pas, car tout mon pouvoir a été nécessaire pour te ramener à la vie, et j'y ai laissé plusieurs années de mon existence. Naza m'a aidée à te transporter jusqu'ici. Parles-en avec lui si tu ne me crois pas.

— Douce Héra, pourquoi me l'avoir dit ? Cela fait trois ans que je prie pour que Parménion vienne me chercher, et vous venez d'anéantir mes espoirs.

— Tu me crois ?

— Si seulement je pouvais ne pas te croire. Je ne reverrai plus jamais Parménion... pourquoi ne m'avez-vous pas laissée mourir ?

— Tu le verras, répondit Tamis. C'est pour lui que je t'ai sauvée. Lorsque tu auras appris les mystères, ton âme pourra s'envoler de par le monde, et même plonger dans le passé et les nombreux avenirs. Mais il te faudra du temps pour tous les maîtriser. Des années, peut-être...

— Qu'est-ce que le temps pour les morts ?

— Dans ce temple, tu n'es pas morte. Tu vieilliras normalement et, un jour, ton corps cessera de vivre et ton âme s'envolera. Quand ce moment arrivera, je serai là pour te conduire au paradis. »

Dérae se leva et se mira dans l'eau du bassin. Ses cheveux avaient toujours les mêmes reflets blond roux et ses joues étaient bien roses.

« Pourquoi ai-je été choisie ? voulut-elle savoir.

— Parce que tu aimes Parménion.

— Je ne comprends pas.

— Le Dieu Noir arrive, Dérae. Pas aujourd'hui, ni même cette année, mais bientôt. Il revêtira une apparence de chair et naîtra comme un homme. Alors, le monde entier s'inclinera devant lui et le Chaos régnera en maître. Il y aura des fleuves de sang et une montagne de morts. Il faut le stopper.

— Et Parménion peut le détruire ?

— C'est la question qui me tourmente, Dérae, et aussi la raison pour laquelle j'ai besoin de toi. Lorsque j'ai aperçu l'ombre du Dieu Noir pour la toute première fois, j'ai prié la Source afin qu'elle me montre comment l'arrêter. À cet instant, j'ai vu Parménion et j'ai entendu son nom résonner sous les arches du ciel. Je croyais qu'il serait l'épée qui abattrait l'Esprit du Chaos, mais j'ai également compris qu'il était lié au Dieu Noir, et j'ai sondé les multiples avenirs qui s'offrent à lui. C'est la Mort des Nations, et il changera le monde.

— Je ne peux croire cela de lui, protesta la jeune femme. Il est doux et gentil.

— Sous certains côtés, oui. Mais depuis que tu es... que tu l'as quitté, il est empli de haine et d'amertume, émotions qui servent l'Esprit du Chaos. Si je savais vraiment ce qu'il en est, je m'arrangerais pour qu'il meure. Mais il y a un doute. (Tamis but de nouveau et se frotta les yeux.) Si tu vois un chien enragé prêt à attaquer un bébé, que fais-tu ?

— Je tue le chien, répondit la jeune femme.

— Mais si tu connais l'avenir, et si tu sais que le bambin deviendra plus tard un conquérant qui mettra le monde à feu et à sang ?

— Il faudrait laisser le chien le tuer ?

— Admettons, mais si le tyran devait avoir un fils qui, lui, rebâtirait tout ce que son père a détruit et ferait entrer le monde dans une longue période de paix et de prospérité ?

— Je suis perdue, Tamis. Je ne sais pas ; comment peut-on répondre à une telle question ?

— Eh oui... comment ? murmura la vieille prêtresse. Je m'accroche à ma prière initiale, lorsque la Source m'a montré Parménion. C'est un homme déchiré ; il cherche la lumière mais les ténèbres l'attirent. Quand le Dieu Noir sera là, Parménion le servira ou aidera à le détruire.

— Est-il possible de détruire un dieu ?

— Pas son esprit, non. Mais il s'incarnera sous la forme d'un homme. C'est là que se trouve sa faiblesse. »

Dérae inspira profondément.

« Je veux vous aider, Tamis, vraiment, mais... serait-il possible que mes pouvoirs se développent sans que je fasse le... don que vous attendez de moi ?

— Nous n'avons plus le temps, répondit tristement la prêtresse. Cela prendrait peut-être trente ans.

— Souffrirai-je ?

— Oui, admit Tamis, mais je te promets que cela ne durera pas.

— Montrez-moi Parménion et je vous donnerai ma réponse.

— Ce n'est pas sage.

— Tel est mon prix.

— Très bien, mon enfant. Prends ma main et ferme les yeux. »

Dérae eut l'impression que le monde se soulevait brusquement sous ses pieds et qu'elle tombait dans un gouffre sans fond. Elle ouvrit les yeux et hurla. D'immenses étoiles brillaient tout autour d'elle, tandis que, loin sous ses pieds, la lune flottait dans une mer de ténèbres.

« N'aie crainte, Dérae, je suis avec toi. »

Elle se calma en entendant la voix de Tamis, et une myriade de couleurs explosa devant ses yeux. Elle se retrouva soudain au-dessus de Thèbes, surplombant les statues colossales d'Héraclès et d'Athéna à la lueur de la lune. Les deux femmes se rapprochèrent, jusqu'à arriver à une maison dotée d'une petite cour intérieure.

Un homme à barbe rousse était assis à l'extérieur, mais la fenêtre du premier laissait échapper les bruits d'un couple faisant l'amour. Tamis et Dérae se rapprochèrent et passèrent au travers du mur de la chambre.

« Tu m'as tellement manqué, dit Parménion à la femme qu'il chevauchait. J'ai cru que l'on m'avait arraché le cœur.

— Ramenez-moi au temple, gémit Dérae. Ramenez-moi chez moi et prenez ce que vous voulez de moi. Mes yeux sont vôtres, si vous y tenez. »

*

Mothac ouvrit le paquet que lui avait confié Argonas et caressa délicatement les feuilles et tiges séchées qu'il contenait. Emplissant un gobelet d'eau bouillante, il y jeta une poignée d'herbes et une odeur forte et désagréablement douceâtre emplit la cuisine.

À l'étage, Parménion s'était réveillé, mais il n'avait rien dit, n'avait pas même bougé lorsque son serviteur était monté le voir. Après avoir remué l'infusion à l'aide d'une cuillère en bois, Mothac ôta les feuilles flottant à la surface et apporta le breuvage au malade. Parménion n'avait pas quitté son lit – il s'y était assis pour regarder par la fenêtre.

« Bois ceci », lui dit Mothac.

Parménion accepta le gobelet tendu et le porta à ses lèvres.

« Bois bien tout », ordonna le Thébain, et son maître obéit sans mot dire.

Cela fait, Mothac reprit le gobelet et le posa par terre avant de prendre la main de Parménion.

« La douleur ? demanda-t-il.

— Elle est moins forte, répondit le Spartiate d'une voix distante.

— Tu dors depuis cinq jours. Tu as manqué la fête ; ils ont même dansé sur l'agora. Tu aurais dû voir ça. »

Parménion ferma les yeux et sa voix devint murmure.

« Elle est venue à moi, Mothac. Elle est venue me rechercher par-delà la mort. Elle m'a sauvé de la Colline du Chagrin.

— Qui donc ?

— Dérae, répondit Parménion, les yeux embués de larmes. Elle était encore jeune et belle. Elle m'a libéré et a chassé la douleur. »

Mothac s'interdit de révéler la vérité à son ami afin de ne pas dissiper ses illusions.

« C'est bien, annonça-t-il enfin. Très bien. Mais maintenant, il est temps que tu quittes ce lit et que tu ailles respirer un peu d'air frais. Attends, je vais t'aider. »

Prenant le bras de son maître, il le tira doucement. Parménion vacilla, puis trouva un semblant d'équilibre. Mothac se saisit d'un chiton blanc, qu'il aida son maître à enfiler, après quoi il le guida jusqu'à la cour.

Le ciel était couvert, cependant il faisait chaud et une petite brise soufflait. Mothac apporta à Parménion un repas de figues et de poisson séché, constatant avec soulagement que le Spartiate avalait tout ce qui lui était présenté.

Au cours des jours qui suivirent, le corps de Parménion reprit peu à peu des forces. Argonas revint à deux reprises pour examiner le crâne de son patient, décrétant avec une grande satisfaction que la tumeur était en sommeil.

Mais Parménion ne quittait jamais la maison. Il dormait beaucoup et ne semblait guère s'intéresser à ce qui se passait dans le reste de la cité. Chaque jour, il buvait l'infusion préparée par Mothac, mangeait un petit déjeuner léger puis dormait jusqu'en début d'après-midi. Inquiet de la léthargie de son ami, Mothac s'en alla trouver Argonas.

« Il n'y a pas d'inquiétude à avoir, le rassura ce dernier. Le sylphium a également pour effet de faire dormir. Mais son organisme finira par s'y habituer et il sera moins sujet à ces longues périodes de sommeil. »

Épaminondas ne rendit pas visite à Parménion durant ce laps de temps. Mothac apprit à son maître que le Thébain était en train d'organiser le nouveau conseil municipal avec d'autres membres de la conspiration, tandis que Pélopidas avait réuni près de cinq cents jeunes qu'il formait au combat, en prévision de la guerre qui s'annonçait. Parménion écouta les nouvelles sans manifester la moindre émotion ni poser la moindre question.

Un mois après la prise de la Cadmée, il entendit des cris de joie dans la rue et demanda à Mothac d'aller voir de quoi il retournait. Le Thébain revint quelques minutes plus tard :

« Des soldats athéniens viennent tout juste d'arriver. Ils sont venus nous prêter main-forte.

— Cela m'étonnerait, répondit Parménion. Athènes n'est absolument pas en position de faire la guerre à Sparte. Ses unités terrestres sont presque inexistantes, tandis que Sparte dispose de trois armées qu'elle pourrait lancer contre sa rivale sans crainte de se voir opposer la moindre résistance. Essaye d'en apprendre davantage. »

Mothac repartit en courant, l'esprit empli de joie. La voix de son maître avait été forte, autoritaire, et Mothac avait l'impression de se trouver dans la peau d'un homme qui venait de percevoir le premier rayon de soleil du printemps après un long hiver. Il lui fallut deux heures pour trouver Épaminondas, qui revenait d'une réunion à la Cadmée. Le dirigeant thébain semblait accablé par une grande lassitude : il avait le regard terne et se déplaçait les épaules voûtées.

« Parménion souhaite en savoir davantage au sujet des soldats, lui demanda Mothac après s'être frayé un chemin au cœur de la foule pour le rejoindre.

— Ce sont des mercenaires. Pélopidas a loué leurs services à Athènes. Comment va Parménion ?

— Il est redevenu comme avant. »

À ces mots, le visage d'Épaminondas s'illumina d'un large sourire.

« Je te suis, décida-t-il. J'ai grand besoin de m'entretenir avec lui. »

Un orage éclata alors que les trois hommes se prélassaient sur les divans de l'*andron*, et les éclairs vinrent à se succéder telles les lances d'Arès. Épaminondas posa la nuque contre un coussin et ferma les yeux.

« À l'heure actuelle, ce ne sont que débats sans queue ni tête, expliqua-t-il, et j'en viens à me demander si chasser les Spartiates n'était pas une tâche d'une simplicité enfantine comparée aux écueils que présente le choix d'une politique cohérente. Certains veulent confier la défense de la cité à des mercenaires, tandis que d'autres souhaitent affronter Sparte sur le champ de bataille ; d'autres encore attendent qu'Athènes nous vienne en aide. Calépios affirme que les Athéniens sont plus que satisfaits de notre révolte et prêts à tout nous promettre, sauf un soutien direct. Ils sont ravis de voir Sparte humiliée mais ne feront rien pour nous aider.

— Et qu'en est-il de l'armée spartiate ?

— Cléomène dispose de sept mille hommes près de Mégare, c'est-à-dire à deux jours de marche seulement. Pour le moment, il ne bouge pas. Cascus est allé le rejoindre ; nous n'aurions jamais dû le laisser s'échapper. Calépios devra répondre de sa faute, même s'il cherchait juste à épargner son cousin. Cascus raconte à qui veut l'entendre que la révolte a été fomentée par un groupe de traîtres et d'exilés qui ne bénéficient pas du soutien du peuple. Il ne cesse de demander à Cléomène de marcher sur Thèbes sans perdre de temps, en l'assurant que le peuple ne manquera pas de prendre les armes contre les rebelles.

— Dans ce cas, pourquoi les Spartiates n'ont-il pas bougé ?

— Agésilas est malade. On prétend qu'il est mourant et les signes ne sont guère favorables. J'espère qu'il va mourir.

— Au contraire, prie pour qu'il vive. Tant qu'il est malade, les Spartiates ne feront rien. Mais si Agésilas meurt, Cléomène se sentira obligé de montrer sa détermination à son peuple. Et Thèbes n'est pas prête à la guerre.

— Que me conseilles-tu, mon ami ?

— Tes options sont limitées. Sparte a disposé ses garnisons dans toute la Béotie... au nord, au sud, à l'est et à l'ouest de Thèbes. Tant que ces unités restent en place, la rébellion n'a aucune chance de réussir, mais tu ne peux les attaquer alors que l'armée de Sparte se tient prête à envahir ta cité. C'est un problème épineux. »

Épaminondas se leva et se frotta les yeux.

« Nous avons des alliés en Thessalie, mais ils ne pourront jamais nous donner la victoire. Pis encore, si nous nous allions avec une cité forte, nous ne ferons que changer de maître.

— Où se trouvent les plus puissantes garnisons de Sparte ? demanda Parménion.

— À Orchomène au nord, Tanagra à l'ouest et Aigosthène au sud. Nous avons des hommes dans chacune de ces unités et ils essayent de fomenter une rébellion, mais ceux qui y sont favorables attendent de voir comment nous nous débrouillerons avant de se dévoiler, et je ne puis guère leur en vouloir. Nous sommes comme un chien qui chasse sa propre queue. Si nous voulons espérer vaincre, il nous faut nous allier avec d'autres cités, mais ces dernières attendent de voir si nous sommes capables de l'emporter avant de se joindre à nous. C'est d'une victoire que nous avons besoin, Parménion.

— Ce qui est impossible, du moins, pour le moment. Je te conseille d'éviter toute bataille rangée avec Cléomène. Il réduirait ton armée en miettes.

— De toute façon, c'est ce qui se passera s'il décide de marcher sur Thèbes. »

Parménion garda le silence, les yeux fixés sur le point où le mur nord rejoignait le plafond. Puis il se frotta lentement le menton et Mothac se fendit d'un large sourire.

« Il se pourrait que l'évasion de Cascus finisse par jouer à notre avantage, dit enfin Parménion. S'il a réussi à convaincre Cléomène que Thèbes est prête à se soulever contre nous, il serait surprenant que le roi attaque directement la cité. Il préférera sans doute dévaster la contrée avoisinante, dans l'espoir que la puissance manifeste de son armée déclenchera une contre-révolte. L'hiver sera bientôt là et, avec lui, la pluie. La majeure partie de l'armée retournera alors à Sparte, et c'est à ce moment que nous frapperons.

— Mais où faut-il attaquer, et avec quelles troupes ? voulut savoir Épaminondas.

— Notre cible, c'est Athènes, répondit Parménion avec un sourire de prédateur. Et pour l'atteindre, nous nous servirons de l'armée spartiate. »

*

Jour après jour, la tension ne cessait de croître. Les Thébains en venaient à se haranguer sur les places publiques, débattant violemment du bien-fondé de l'insurrection. La peur était presque palpable, et pourtant l'armée spartiate n'avait pas bougé de Mégare, à deux jours de marche au sud-est. Les nouvelles de la région étaient plus que mauvaises. Dans la petite cité de Thespies, au nord-est de Thèbes, un groupe de rebelles avait assiégé l'acropole, où était logée la garnison spartiate. Les soldats étaient sortis l'arme à la main, et la foule s'était dispersée en désordre après que vingt-trois personnes eurent été tuées. À Tanagra et Aigosthène, les fauteurs de troubles avaient été arrêtés, tandis qu'à Platées, deux rebelles supposés avaient été exécutés après qu'on les eut dénoncés.

Pélopidas prit la tête de quatre cents hommes pour aller aider les rebelles de Tanagra. L'espoir des citoyens remonta en voyant les soldats quitter la cité, mais ceux-ci revinrent huit jours plus tard, après s'être fait attaquer dans les montagnes par une unité spartiate. Quarante et un des leurs étaient morts, vingt-six blessés. Ce fut un terrible revers, et pourtant Pélopidas en sortit grandi. En effet, après que ses hommes furent tombés dans la nasse ennemie, il les avait ralliés à lui pour charger les rangs adverses, tuant personnellement quatre Spartiates. Les Thébains étaient partis se cacher dans les montagnes au crépuscule ; les Spartiates les avaient laissés partir, peu désireux de tomber dans une embuscade tendue à la faveur de la nuit.

Les mercenaires athéniens furent envoyés à Érythrée, de même que deux cents hoplites thébains, pour prêter main-forte aux rebelles locaux, mais ils ne donnèrent plus aucune nouvelle et la peur grandit peu à peu parmi la population de Thèbes. Épaminondas se révéla bon orateur, mais il ne possédait pas le talent d'un Calépios, qui était resté à Athènes.

Alors que l'hiver approchait et que les pluies commençaient à tomber, on apprit qu'Agésilas était enfin rétabli.

Et l'armée de Sparte se mit à marcher en direction du nord.

*

Parménion ne semblait guère concerné par les événements ; il passait ses journées à lire le récit que Xénophon avait fait de l'expédition en Perse. Le jour le plus court de l'année était désormais tout proche. Par un après-midi pluvieux, Mothac ôta sa cape détrempée en entrant dans l'*andron* et se versa un gobelet de vin qu'il coupa avec de l'eau.

« Tout sera fini dans quelques jours, prédit-il d'un ton maussade. Le désespoir règne dans les rues de la cité. Dès que les Spartiates seront là, le peuple se rendra sans même combattre.

— Pour peu qu'ils viennent, répondit Parménion en posant le parchemin.

— Comment peux-tu rester aussi calme ?

— En faisant appel à mon esprit, et en ne me laissant pas gouverner par mes émotions. Écoute-moi. L'armée spartiate n'est pas entraînée à conduire des sièges ; elle préfère se battre en terrain dégagé, car les soldats ne peuvent grimper au mur en conservant leur formation. Je ne pense pas que Cléomène attaquera la cité. Il doit espérer qu'il parviendra à inciter nos troupes à sortir et, pour ce faire, il cherchera à empêcher notre approvisionnement de parvenir jusqu'à nous. »

Mothac ne fut pas convaincu par ces arguments et la situation ne fit qu'empirer pour Thèbes. On apprit que les mercenaires athéniens avaient été vaincus à Érythrée et Cléomène ramena le calme à Aigosthène et Platées. Son armée se trouvait désormais presque en vue de la cité.

Pélopidas souhaitait réunir autant d'hommes que possible afin d'aller au-devant des Spartiates, mais des avis plus prudents l'emportèrent. Et puis, les nouvelles qu'attendait Parménion finirent par arriver. L'hiver rendant les manœuvres plus difficiles, Cléomène fut obligé de repartir en direction du sud. Il traversa au passage Aigosthène, Mégare et Corinthe, laissant derrière lui une grande partie de ses troupes.

Postée à Thespies, l'unité se trouvait sous le commandement du général Sphodrias.

Dès qu'il fut mis au courant, Parménion se mit en quête d'Épaminondas et de Pélopidas.

« C'est maintenant qu'il faut agir, leur dit-il quand il les eut trouvés. Au printemps, Agésilas aura recouvré suffisamment de forces pour diriger une armée, et l'assaut de Thèbes sera alors inévitable.

— Que pouvons-nous faire ? lui demanda Pélopidas. J'ai le ventre noué à l'idée de rester là, les bras ballants, mais quels sont les choix qui s'offrent à nous ?

— Nous devons capturer un messager spartiate.

— Un messager ? rétorqua Pélopidas, interloqué. C'est donc cela, ton plan ? C'est ainsi que Sparte sera vaincue ? »

Parménion gloussa en regardant son interlocuteur droit dans les yeux.

« Le temps des guerriers tels que toi viendra bientôt, Pélopidas, tu peux m'en croire. Mais ce messager est le petit caillou qui déclenchera l'avalanche. Il ne doit pas nous échapper. Il faudra lui ôter son armure et ses vêtements, après quoi son corps devra être enterré dans un endroit où personne ne risquera de le retrouver. Et tout ce qu'il possède devra être ramené ici.

— Cela paraît assez simple, fit Pélopidas.

— Dans ce cas, laisse-moi te compliquer la tâche : personne ne doit le voir se faire tuer. Il faut que sa disparition reste un mystère.

— Au moins, les messages qu'il transporte pourront nous être utiles.

— Surtout pas. Les Spartiates ne doivent en aucune façon soupçonner que nous l'avons intercepté.

— Peut-être pourrais-tu alors nous faire l'honneur de nous expliquer ton plan. »

Parménion jeta un bref coup d'œil à Épaminondas, qui hocha la tête.

« Je prendrai la place du messager, dit-il à ses amis, et j'irai trouver Sphodrias à Thespies. Mais que cela ne sorte pas de cette pièce.

— Il en sera comme tu le souhaites, lui promit Pélopidas. Je vais envoyer des cavaliers surveiller toutes les routes de Thespies. »

*

Parménion rentra chez lui en pleine nuit. Il se sentait tendu et excité et, quand il passa à proximité du temple d'Aphrodite, il repensa à la prêtresse aux cheveux roux. S'arrêtant à côté de la fontaine en marbre, il contempla le temple et sentit son désir monter. Pénétrant dans l'édifice, il s'engagea dans le couloir des prêtresses. L'heure était tardive, mais de la lumière était visible sous la porte de la jeune femme. Il colla son oreille à la porte et, n'entendant aucun bruit, décida de frapper. Il entendit le lit craquer ; elle venait de se lever. Quelques instants après, la porte s'ouvrit. Il lui tendit aussitôt la somme convenue.

« Je suis heureuse que tu ailles mieux, lui dit-elle avec un sourire qui le surprit.

— Je ne t'ai pas demandé de parler », lâcha-t-il sur un ton cassant.

Aussitôt, le sourire de la jeune femme se figea et ses joues rosirent.

« Reprends ton argent et disparais ! » cria-t-elle en refermant violemment la porte.

L'espace d'un instant, Parménion resta sans réaction, puis il rentra chez lui. Le bref échange qu'il avait eu avec la prêtresse le troublait. Elle savait qu'il ne voulait pas qu'elle parle ; il l'avait suffisamment fréquentée pour cela. Il la payait, satisfaisait son désir et repartait sans un mot. L'affaire était on ne peut plus simple, alors pourquoi avait-elle violé la règle ?

Alors qu'il s'était trouvé devant elle, il avait été envoûté par son parfum. Et, au moment où il l'avait réprimandée, il avait lu une immense surprise sur ses traits et il avait vu, sans comprendre pourquoi, qu'il venait de la blesser. Il fut pris d'un désir presque irrépressible d'aller la retrouver et de s'excuser. Mais pourquoi ? En quoi l'avait-il offensée ?

Enfin, il sombra dans un sommeil agité et rêva de Dérae.

*

Il se réveilla trois heures plus tard et monta sur le toit pour regarder l'aube se lever. Son regard se porta vers le sud-ouest, où se dressaient le mont Cithère et les autres sommets qui l'entouraient. *C'est un pays merveilleux*, songea-t-il, *mais nous ne cessons de nous le disputer comme des enfants*.

Il resta assis là longtemps, à repenser aux mois qu'il avait passés en compagnie de Xénophon.

« La Grèce ne connaîtra jamais vraiment la gloire, avait coutume de dire son mentor, car nous ne sommes pas une nation unie et nous sommes incapables de le devenir. Nous possédons les meilleurs soldats et les meilleurs généraux qui soient au monde, et nulle flotte ne peut rivaliser avec la nôtre. Mais nous sommes une meute de loups : nous nous entre-déchirons sans cesse, pour le plus grand bonheur de nos adversaires.

— Mais les loups se trouvent toujours un chef, avait rétorqué Parménion.

— C'est vrai, ce qui montre que ma comparaison n'est pas appropriée. La Grèce se compose de dizaines de cités-États. Même un grand homme natif, disons, d'Athènes, ne serait pas capable d'unir le pays. Sparte le craindrait et l'envierait, et il en irait de même de Thèbes. Car elles ne verraient pas en lui un Grec, mais un Athénien. Nos haines sont trop profondes pour disparaître, du moins de mon vivant. Et que voit-on autour de nous ? La Perse domine le monde, et elle y parvient grâce aux mercenaires grecs qu'elle emploie, alors que nous, nous vivons dans un pays dont les montagnes sont splendides mais le sol peu fertile. Tout ce dont nous avons besoin, nous l'importons d'Égypte ou d'Asie, et il nous faut payer grassement les Perses à chaque transaction.

— Mais que se passerait-il si un homme venait à prendre la tête d'une armée unifiée pour envahir la Perse ?

— Il faudrait que ce soit un colosse, un demi-dieu de la carrure d'Héraclès. Mais surtout, il devrait être grec, c'est-à-dire originaire d'aucune de nos cités. Et un tel homme n'existe pas, Parménion. J'espérais que Sparte pourrait diriger le pays, mais Agésilas est incapable d'enterrer la haine qu'il éprouve pour Thèbes. Quant aux Athéniens, ils apprennent à haïr les Spartiates alors qu'ils tètent encore leur mère, tandis que

Thébains et Corinthiens n'ont que mépris pour Athènes. Où veux-tu que la Grèce se trouve un chef ?

— Que feriez-vous pour remédier à cette situation ?

— Si j'étais un dieu, je soulèverais le pays dans les cieux et je le secouerais jusqu'à ce que toutes les cités ne soient plus que ruines. Alors, je rassemblerais tous les survivants et je leur dirais de ne construire qu'une seule et immense cité et de l'appeler Grèce. »

Parménion avait eu un petit rire.

« Et alors, les survivants athéniens se rassembleraient dans le quartier nord de la cité, qu'ils appelleraient Athènes, tandis que les Spartiates se regrouperaient au sud. Et chacun penserait bien sûr que le quartier voisin est plus beau que le sien.

— J'ai bien peur que tu aies raison, mon ami, mais mon désespoir ne doit pas nous faire perdre de vue que cette situation a également un bon côté.

— Qui est ?

— La Grèce aura toujours besoin de bons généraux. »

Parménion sourit en se remémorant la conversation. Il descendit du toit pour trouver Mothac qui l'attendait avec un gobelet de sylphium. Il le but d'une traite. Il n'avait plus ressenti la moindre douleur depuis que Dérae était venue à lui par miracle, et ses muscles avaient retrouvé toute leur force.

« Il faut que je coure », dit-il à son ami.

Mais la piste était occupée par des soldats qui s'entraînaient à manier l'épée et le bouclier. Pélopidas hurlait ses ordres et quelques officiers passaient parmi les hommes pour les encourager ou les conseiller. Parménion observa la manœuvre pendant plusieurs minutes, puis Pélopidas l'aperçut et courut le rejoindre.

« Ils se débrouillent bien, dit-il en arrivant. Ce sont des hommes bons et valeureux.

— Pour peu qu'on t'en laisse le temps, tu finiras par en faire de bons soldats, répondit Parménion en choisissant ses mots avec soin pour ne pas offenser le Thébain. Mais quelle part accordes-tu à l'entraînement au combat en formation serrée ?

— Nous finissons toujours par une course en formation. Mais les hommes préfèrent se battre de manière isolée ; cela réveille leur instinct de compétition.

— En effet, mon ami, et j'approuve ton choix. Mais, comme tu ne l'ignores pas, le combat contre les Spartiates se fera en formation serrée. Si tes hommes sont éparpillés de la sorte, ils se feront tailler en pièces.

— Veux-tu m'aider à les entraîner ? demanda Pélopidas.

— Ce serait un honneur », répondit le Spartiate.

Aussitôt, le soldat lui prit le coude et le conduisit sur le terrain d'entraînement.

« Splendide assaut », commenta Parménion en voyant un homme parer une attaque et renverser son adversaire d'un coup d'épaule.

Entendant l'hommage qui lui était fait, le vainqueur du combat sourit et salua le nouveau venu de sa lame en bois.

« Quel est le nom de cet homme ? demanda Parménion alors que les deux amis poursuivaient leur chemin.

— Je l'ignore. Souhaites-tu que je me renseigne ?

— Non. »

Pélopidas rassembla rapidement ses troupes et leur demanda de se disposer en demi-cercle devant Parménion.

« Je vous présente l'homme qui a planifié la reconquête de la Cadmée, leur annonça-t-il, le *strategos* qui a escaladé les murailles de la citadelle pour aller secourir Épaminondas. »

Une immense clameur s'éleva et Parménion rougit. Son cœur se mit à battre plus fort dans sa poitrine et, sans pouvoir se l'expliquer, il sentit la crainte naître en lui. Pélopidas n'éprouvait aucune difficulté à s'adresser à ses hommes, et il était manifeste qu'il était admiré de tous, mais Parménion, lui, n'avait jamais pris la parole devant un tel auditoire. Ses nerfs étaient en piteux état.

« Il va vous apprendre à combattre en formation serrée, afin que nous puissions nous refermer sur l'armée spartiate et la broyer comme dans un poing, poursuivit Pélopidas avant de se tourner vers lui. Tu veux leur dire quelques mots ?

— Oui », répondit Parménion.

Plusieurs centaines d'hommes étaient assis devant lui et ne le quittaient pas des yeux. Soudain, il eut l'impression que ses jambes n'arrivaient plus à le porter.

« Le combat en formation serrée..., commença-t-il.

— On n'entend rien », protesta l'un des hommes situés au fond.

Le Spartiate inspira profondément.

« Le combat en formation serrée repose sur les liens qui unissent les soldats de l'unité, reprit-il à voix haute. Il n'est possible que lorsque l'on connaît ses compagnons et lorsqu'on les aime. Il consiste à mettre le bien de tous avant celui de chacun.

— Mais qu'est-ce qu'il raconte ? » interrompit un soldat du premier rang alors qu'il reprenait son souffle.

Les autres se mirent à rire, et la colère enfla en Parménion.

« Debout ! s'écria-t-il d'un ton si autoritaire que personne ne chercha à protester. Et maintenant, suivez-moi et asseyez-vous en cercle autour de moi. »

Ce disant, il se dirigea au centre du terrain d'entraînement. Les soldats lui emboîtèrent le pas et se disposèrent comme il l'avait demandé.

« Quel est le meilleur d'entre vous à l'épée ? leur demanda-t-il une fois le cercle constitué.

— Pélopidas ! répondirent-ils en chœur.

— Et le plus mauvais ? »

Il y eut quelques instants de silence, jusqu'à ce qu'un jeune homme lève timidement la main. Il était très maigre, presque émacié.

« Je ne suis pas encore très doué, avoua-t-il, mais je fais des progrès. »

Sa tirade déclencha l'hilarité de ses camarades.

« Venez au centre du cercle, tous les deux. »

Pélopidas se leva et vint se placer au côté du Spartiate en compagnie de l'autre homme.

« Je peux dire un mot ? demanda-t-il à Parménion, qui opina du chef. Certains d'entre vous se sont moqués de notre ami et frère Callinès lorsqu'il a reconnu qu'il n'était pas très doué dans le maniement de l'épée. Mais il lui a fallu du courage pour oser l'admettre. Et un homme suffisamment brave pour reconnaître ses défauts ne manquera pas de s'améliorer. La cause de Thèbes est sacrée pour moi, et il en va de même de tout homme qui apporte son aide à la cité. Nous ne sommes pas là pour jouer à la guerre. Nous sommes un bataillon sacré, lié à la vie, à la mort. Alors, finies les railleries. »

Ce disant, il posa sur ses hommes un dernier regard noir de colère puis fit un pas en arrière et se tourna vers Parménion.

« Pardon de t'avoir interrompu, *strategos*, s'excusa-t-il. Continue, je te prie. »

Le Spartiate laissa enfler le silence. La tirade de Pélopidas l'avait surpris, mais il était d'accord avec les sentiments exprimés.

« Vous venez d'entendre un discours que vous devriez graver au plus profond de votre cœur, dit-il enfin. Quand vous serez vieux, que vos cheveux seront devenus gris et que vos petits-enfants joueront à vos pieds, on dira de vous : *Regardez-le, il faisait partie du Bataillon Sacré.* Et vous verrez que les jeunes gens vous regarderont avec admiration. »

Il s'autorisa une longue pause pour être sûr que ses paroles fassent leur chemin.

« Et maintenant, il me faut deux autres hommes, qui doivent être vifs et habiles à l'épée. »

Une fois les quatre soldats regroupés au centre du cercle, Parménion se planta devant Pélopidas :

« Ton épée, général. »

Interloqué, Pélopidas tendit son arme en bois au Spartiate, qui se tourna aussitôt vers le soldat qui avait avoué son incompétence.

« Ton bouclier », lui demanda-t-il.

L'homme ne se fit pas prier pour lui confier son bouclier. Parménion alla se débarrasser de son fardeau au bord du cercle et répéta la manœuvre avec les deux autres soldats, à la surprise manifeste des hommes rassemblés.

« Voici un exemple de combat en formation rapprochée, expliqua-t-il enfin. Nous avons là quatre hommes, avec seulement deux épées et deux boucliers. Le porteur du bouclier doit protéger l'homme à l'épée mais n'a pas d'arme pour attaquer. Quant à son ami, lui aussi doit défendre son compagnon, mais sans avoir de bouclier pour parer les coups. Tous deux sont complémentaires et doivent se faire mutuellement confiance. Et maintenant, messieurs, si vous voulez bien vous battre. »

Pélopidas et Callinès approchèrent côte à côte. L'escrimeur du camp opposé lança une attaque soudaine. Pélopidas para le coup de son bouclier et Callinès se fendit, mais son épée vint s'échouer contre le bouclier adverse. Les deux paires se mirent à tourner l'une autour de l'autre, sans trouver la moindre ouverture. Au bout de quelques minutes, les deux hommes que Parménion ne connaissait pas reculèrent pour s'entretenir à voix basse. Cela fait, ils avancèrent de nouveau et l'escrimeur fit un écart sur la droite pour prendre Pélopidas à revers. Mais ce dernier l'ignora et se jeta sur le porte-bouclier adverse. Il y eut un choc terrible et l'homme fut renversé à terre. Aussitôt, Callinès, qui avait suivi le mouvement, lui toucha la gorge de la pointe de l'épée. Pélopidas se retourna au moment où l'ennemi restant arrivait sur lui, et il ne para son attaque que du rebord de son bouclier. Callinès vint l'aider sans perdre une seconde. Pélopidas bloqua un autre assaut et écarta l'arme adverse d'un grand coup de bouclier. Callinès bondit et son épée frappa l'homme au bas-ventre ; celui-ci s'effondra en gémissant.

Parménion reprit sa place au centre du cercle et aida le blessé à se relever.

« Vous venez juste de voir le plus médiocre attaquant d'entre vous tuer deux adversaires, dit-il aux soldats assemblés. Voici quel est le secret de la phalange. Bien entraînés, des hommes ordinaires peuvent combattre comme des démons, mais les bons soldats, eux, deviennent invincibles. Vous, vous serez invincibles ! »

Parménion les fit travailler deux heures durant, jusqu'à ce que Pélopidas mette un terme à la séance. Prenant le bras du Spartiate, il le conduisit à proximité de la tombe d'Hector, où ils s'assirent à l'ombre.

« Tu as eu un effet positif sur eux, mon ami, très positif, même, fit le général. Tu nous as donné un nom inspiré. À partir d'aujourd'hui, nous sommes le Bataillon Sacré.

— Le nom est de toi, lui rappela Parménion. Tu l'as trouvé alors que tu défendais le jeune Callinès. Mais c'est vrai qu'il ne manque pas d'à-propos, et il est toujours souhaitable que des soldats se sentent proches de leurs camarades. Tu es un bon chef.

— Assez de compliments, ils me mettent mal à l'aise. Et maintenant, si tu me disais pourquoi tu m'as demandé le nom du premier homme que nous avons croisé ? »

Parménion sourit.

« Ce n'est pas à moi de savoir comment il s'appelle, mais à toi. Le général est un artisan qui connaît le nom et la fonction de tous les outils dont il dispose. Tes hommes t'admirent pour ton courage et ta force.

En tant que général, tu ne peux te permettre d'être leur ami à tous, car cela pourrait nuire à la discipline. Mais apprends leur nom et ils n'en combattront que mieux pour toi... et pour Thèbes.

— Cela suffira-t-il pour vaincre Sparte ?

— Si quelqu'un en est capable, c'est bien toi. »

*

Dérae ouvrit les yeux mais les ténèbres ne se dissipèrent pas pour autant. Sentant la chaleur du soleil sur sa joue droite, elle comprit qu'il était levé et pleura la perte de sa vue.

La cécité. La peur ultime de l'humanité depuis l'aube des temps : le fait de se retrouver sans défense contre les forces de la nature et les bêtes sauvages.

La dernière chose qu'elle avait vue était Tamis, penchée au-dessus d'elle, une fiole de cuivre fumant à la main. Puis ses yeux ouverts s'étaient mis à brûler et elle avait hurlé en ressentant le baiser de l'acide.

Elle entendit la porte s'ouvrir et sentit la paillasse bouger ; la vieille prêtresse venait de s'asseoir à son côté.

« Ne dis rien et écoute-moi, lui dit Tamis. Garde ton corps immobile et pense à un ciel bleu traversé par un long trait d'or. En es-tu capable ?

— Oui, répondit Dérae d'un ton las.

— Maintenant, fais grossir l'extrémité de ton trait d'or et tords-le jusqu'à ce qu'il soit troué comme le chas d'une immense aiguille. Tu le vois toujours ?

— Oui. L'or sur fond bleu.

— Ensuite, juste sous le chas, deux traits horizontaux quittent l'aiguille telle la garde d'une épée perse.

Concentre-toi bien sur les couleurs. Qu'est-ce que tu ressens ?

— J'ai l'impression qu'un vent chaud souffle dans ma tête.

— Bien, alors, envole-toi », ordonna Tamis.

Dérae sentit son poids disparaître soudainement, comme si les chaînes de plomb qui la retenaient au sol venaient de la relâcher. Elle se mit à flotter et ouvrit les yeux. Le plafond était tout près d'elle et elle se retourna pour contempler son corps gisant sur la paillasse. Assise tout près, Tamis regardait sa forme astrale.

« Maintenant tu peux de nouveau voir, lui dit la vieille femme, et tu as découvert l'un des secrets de la Source. Chaque don que tu lui fais t'est toujours rendu au centuple. Tu es libre, Dérae. Libre de voler et d'apprendre. Va ! File comme le vent et vois tout ce que tu désires. Mais ne te tourne pas vers l'avenir, mon enfant, car tu n'y es pas encore préparée. »

L'âme de Dérae quitta le temple. Savourant la chaleur du soleil, elle monta jusqu'au niveau des nuages et traversa la mer. Loin en dessous d'elle, elle vit les côtes de la Grèce, ses hautes montagnes et ses plaines arides. De minuscules trirèmes étaient ancrées dans la rade d'Athènes et les bateaux de pêche étaient ballottés au gré de la houle tout autour d'elles. Prenant au sud-ouest, la jeune femme partit en direction de Sparte. Une fois arrivée, elle s'immobilisa au-dessus de son ancienne demeure et vit sa mère et sa sœur dans la cour.

Une grande tristesse s'empara d'elle. Elle ne voulait pas les voir telles qu'elles étaient aujourd'hui. Ce qui l'intéressait, c'était le temps jadis. La scène qu'elle avait devant les yeux se brouilla et, quand l'image redevint nette, elle se vit quittant la maison en courant pour se rendre au pré où les adolescentes faisaient du sport. Sur une colline toute proche, couché sur le ventre, un jeune homme, Parménion, attendait de la voir passer.

Ces scènes lui faisaient mal, mais elle ne put s'empêcher de les revivre... Ainsi que son sauvetage, le début de leur passion à la maison d'été de Xénophon. Incapable d'assister à sa propre mort, elle resta avec Parménion et le vit, horrifiée, tuer Nestus.

Puis elle le suivit jusqu'à Thèbes et fut témoin de ses brèves rencontres dénuées de passion avec Thétis, la catin. Comment avait-il pu ?

Mais, malgré sa colère, elle ne put s'empêcher d'éprouver de la fierté en le voyant planifier puis exécuter la prise de la Cadmée. Puis il s'effondra et fut transporté jusqu'à son lit. Elle vit l'inquiétude de Mothac, l'accès de colère dont il fut pris à l'égard du médecin, et enfin le désespoir qui le poussa à aller implorer l'aide de la prostituée. Mais, cette fois, elle assista à l'intégralité de la scène et entendit Parménion murmurer son nom dans son sommeil.

Dans son délire, c'était à elle qu'il pensait !

Une joie immense envahit Dérae. Elle faillit tendre la main pour le toucher, lui dire qu'elle était vivante et qu'elle l'aimait, elle aussi. Mais la réalité lui fit l'effet d'une douche froide. *Je suis morte*, se rappela-t-elle, *et il ne sera plus jamais mien.*

Elle accéléra le cours du temps et vint flotter à côté de Parménion alors qu'il courait sur la piste du terrain d'entraînement. Elle essaya de caresser ses cheveux noirs, mais sa main passa au travers du crâne de son amant et entra en contact avec son esprit. Aussitôt, toutes les pensées de l'homme s'engouffrèrent dans l'âme de la jeune femme.

Alors qu'il courait, il repensait aux jours heureux qu'ils avaient passés dans les montagnes avant que leur secret ne soit révélé au grand jour. C'était le temps où ils faisaient l'amour dans les bois et où ils se tenaient par la main à l'ombre des arbres...

Elle coupa le contact car l'amertume qu'il ressentait la brûlait autant que l'acide qui avait rongé ses yeux. La joie de Dérae se dissipa aussitôt ; elle retourna vers le temple et un monde de ténèbres. Tamis l'aida à s'habiller.

« Qu'as-tu appris ? lui demanda la vieille femme.

— Que l'amour est synonyme de souffrance, répondit-elle d'une voix monocorde. Qu'allez-vous m'enseigner, aujourd'hui ?

— Je vais t'apprendre à *voir*. Les yeux de l'esprit sont bien plus puissants que ceux de la chair. Concentre-toi. Tu as réussi à libérer ton âme de ses chaînes, et tu flottes maintenant à l'intérieur de ton enveloppe charnelle. À tout moment, tu peux l'écarter comme un voile. Essaye. Et n'oublie pas : l'or et le bleu. »

Dérae visualisa de nouveau l'immense aiguille dorée ; aussitôt, elle recommença à s'élever.

« Ne va pas trop loin, l'arrêta Tamis. Tu dois garder le contrôle de tes gestes. Reviens. »

La jeune femme reprit possession de son corps et se mit debout.

« Tu auras besoin d'entraînement avant d'y arriver, poursuivit Tamis. Tu dois seulement bouger ta tête astrale vers l'avant en maintenant ton corps immobile. »

Dérae essaya de nouveau. L'espace d'un instant, elle crut qu'elle avait réussi : elle y voyait tout en ayant conscience de son corps. Puis un soudain vertige s'empara d'elle et elle se serait effondrée si la vieille prêtresse n'avait pas été là pour la retenir.

« Cela viendra, la rassura Tamis. Chaque petit pas est une victoire. Nous devons travailler, et tu apprendras. Il nous faut découvrir toutes tes faiblesses.

— Pourquoi ?

— Tu as décidé de prendre part à la guerre éternelle, Dérae, et tu t'es fait un ennemi juré. Le Dieu Noir cherchera bientôt à te tester, à te détruire.

— Cela me fait peur, admit la jeune femme.

— Il vaut mieux. Car quand le moment crucial arrivera, je serai morte et tu te retrouveras toute seule. »

*

Parménion s'arrêta au sommet de la colline pour contempler les tentes de l'armée spartiate. Elles étaient disposées en un long rectangle occupant le fond de la vallée proche de Thespies. Il les compta rapidement : cinq lignes de cinquante, chaque tente pouvant accueillir dix hommes. Deux mille cinq cents soldats, plus ceux qui étaient postés à l'intérieur des murs de la cité.

Il flatta le cou de son hongre noir et l'incita à repartir à petits coups de talons. Devant l'imminence du combat, Parménion éprouvait autant d'excitation que de peur. Il ne se sentait jamais aussi vivant que lorsque l'exaltation et la crainte se mêlaient en lui pour mieux affûter son esprit et ses sens. Les dernières années passées à Thèbes lui semblèrent dénuées de couleurs. Il leva les yeux vers le ciel et les nuages changeants, inspirant profondément pour mieux profiter de l'air des montagnes.

C'était cela, la vie.

En bas, Hécate l'attendait. La déesse de la mort avait dégainé sa dague noire pour guetter l'erreur qui lui serait fatale.

Parménion gloussa et resserra la sangle de son casque de cuir en sifflotant une vieille chanson qu'il avait apprise de sa mère. Les oreilles du cheval frémirent et il donna un grand coup de tête. C'était une excellente monture. Selon Pélopidas, le messager avait failli distancer ses poursuivants, mais une flèche l'avait touché à la base du crâne. Il s'était effondré et le cheval avait aussitôt exécuté un demi-tour pour donner des coups de tête au cavalier terrassé.

L'armure de l'homme allait assez bien à Parménion, sauf la cuirasse, un peu trop grande pour lui. Par contre, les jambières et le ptérux renforcé de bronze auraient pu être faits sur mesure. La cape de laine rouge était fixée par une broche en or que le jeune homme remplaça par une autre en bronze. Un tel bijou pouvait être reconnu et ne manquerait pas d'éveiller les soupçons.

Les papiers transportés par le soldat avaient été ramenés à Thèbes, où Épaminondas les avait lus. Le message indiquait qu'il fallait isoler la cité, et s'achevait par une mise en garde au sujet d'Athènes. Épaminondas avait tendu le papier à un homme d'âge mûr aux cheveux blancs comme neige.

« Peux-tu reproduire cette écriture ? avait-il demandé.

— Sans le moindre problème, avait répondu l'homme.

— Combien de lignes est-il possible d'ajouter au-dessus de la signature du roi ? avait voulu savoir Parménion.

— Pas plus de deux. »

Parménion avait pris le message pour le lire à plusieurs reprises. Il s'achevait par : *Ce traître de Calépios est parti engager des mercenaires à Athènes. Sois vigilant.* Il y avait ensuite un espace conséquent, puis la signature : *Cléomène.*

Parménion avait dicté la suite, que le scribe avait scrupuleusement notée. Épaminondas n'avait pu s'empêcher de sourire en lisant le nouveau message : *Sois vigilant et avance en direction du Pirée. Détruis toute unité hostile.*

« Si ton plan aboutit, ce sera la guerre entre Athènes et Sparte, Parménion.

— Au grand bénéfice de Thèbes.

— Mais tu prends de gros risques, avait ajouté Épaminondas. Il suffit que tu sois reconnu, que l'on s'aperçoive que le message est un faux, ou même qu'il y ait un mot de passe pour que...

— Dans ce cas, je suis mort. Mais cela doit être tenté. »

La crainte de Parménion augmenta alors qu'il descendait vers les tentes. Trois sentinelles lui barraient la route. Ce n'étaient pas des Spartiates, mais des natifs des collines de Sciritis. Ils l'accueillirent en frappant du poing sur leur armure de cuir. Il rendit le salut et tira sur les rênes.

« Je cherche le général Sphodrias, leur dit-il.

— Il est en ville ; il réside chez l'éphore Anaximénès. Entre par la porte principale et dirige-toi vers le temple de Zeus. Non loin, tu verras une haute maison dont le portail est encadré par deux arbres élancés.

— Merci. »

Plus petite que Thèbes, Thespies n'accueillait que douze mille habitants. C'était une cité de marchands spécialisés dans la construction de chariots et l'élevage de chevaux. À l'entrée, Parménion vit de nombreux petits prés dans lesquels broutaient des bêtes de qualité. Arrivé à la maison aux deux arbres, il mit pied à terre et guida son cheval par la bride. Un serviteur vint s'occuper de l'animal tandis qu'une jeune fille tout de blanc vêtue s'inclinait devant lui et le priait de la suivre.

Il fut conduit jusqu'à un vaste *andron* dans lequel plusieurs officiers spartiates discutaient en buvant. La servante lui indiqua un homme de forte carrure à la barbe rousse. Ce dernier se leva en voyant son visiteur approcher et l'observa de la tête aux pieds. Parménion s'inclina.

« Qui es-tu ? lui demanda Sphodrias d'un ton cassant.

— Andiclès, monsieur. Je vous amène un message du roi.

— Jamais entendu parler de toi. Où est Cléophon ?

— Il est tombé de cheval et s'est démis l'épaule, monsieur. Mais il compte bien pouvoir chevaucher au côté du roi ce soir même, pour ne rien manquer de la bataille.

— La bataille ? Quelle bataille ? Que me racontes-tu là ?

— Toutes mes excuses, monsieur », fit Parménion en tendant un cylindre de cuir au général.

Sphodrias sortit le parchemin de son étui et le lut. Parménion en profita pour observer les autres officiers et eut un haut-le-cœur en reconnaissant un jeune homme qui jouait aux osselets à une table toute proche. Léonidas !

« Il n'y a pas la moindre indication valable, là-dedans, bougonna Sphodrias. Combien sont les ennemis ? Où sont-ils campés ? Je ne peux tout de même pas avancer en territoire athénien et tailler en pièces tout homme que je verrai en armure.

— On dit qu'ils sont cinq mille, précisa Parménion en se reprenant. Trois mille hoplites, le reste étant constitué de la cavalerie. Selon la rumeur, ils auraient été payés grâce à de l'or perse. »

Le général hocha la tête.

« On peut toujours s'attendre à une traîtrise de la part des Athéniens. Mais il nous faudra marcher toute la nuit durant si nous voulons les surprendre. Nul doute qu'ils ont posté des éclaireurs un peu partout. Reste à mon côté pendant que je transmets les ordres à mes officiers ; peut-être auront-ils des questions à te poser. »

Parménion dut prendre sur lui pour répondre d'une voix calme.

« Avec tout le respect que je vous dois, monsieur, le roi m'a ordonné de retourner le voir dès que vous m'aurez communiqué votre plan, cela afin qu'il puisse effectuer la jonction avec vous sur la plaine de Thrace.

— Très bien. Je vais dire à mon scribe de rédiger ma réponse.

— Ce ne sera pas nécessaire, monsieur. Si vous comptez marcher de nuit, je conseillerai au roi de vous rejoindre entre Éleusis et Athènes. »

Sphodrias opina une nouvelle fois du chef et reporta toute son attention sur le parchemin.

« Quel étrange message, dit-il d'un ton songeur. Il commence par parler d'approvisionnement et s'achève par l'invasion d'Athènes. Mais qui suis-je pour discuter les ordres, hein ?

— En effet, monsieur », répondit Parménion en saluant.

Léonidas avait fini sa partie et l'observait attentivement. Parménion s'inclina et quitta l'*andron*. Une fois arrivé dans la cour, il se précipita jusqu'à l'écurie. Son cheval avait été brossé, et la peau de lion qu'il utilisait pour le monter posée sur une main courante. Il la jeta sur le dos de l'animal, l'étala rapidement et monta en s'agrippant à la crinière du cheval.

Entendant un bruit de course tout proche, il piqua des deux et partit au galop juste devant Léonidas.

« Attends ! » hurla celui-ci.

Le hongre déboula dans l'avenue et Parménion ralentit l'allure jusqu'à atteindre les portes de la cité. Une fois ces dernières franchies, il repartit au galop en direction des montagnes.

Lorsqu'il se retourna, il vit que deux cavaliers le poursuivaient. Sa monture avait du mal à respirer et Parménion n'eut d'autre choix que de se montrer plus clément avec elle alors qu'il négociait une petite butte. Puis il la poussa à s'engager sur des sentiers étroits et traîtres, dans l'espoir que les autres ne l'y suivraient pas.

Il se trompait. Alors qu'il s'apprêtait à passer la nuit dans une grotte située sur un surplomb rocheux, il entendit des chevaux arriver au pas. Il avait allumé un feu et il était trop tard pour masquer sa présence.

« Entrez, les flammes sont chaudes », offrit-il d'un ton aussi enjoué que possible.

Quelques instants plus tard, il vit apparaître deux hommes équipés d'une cuirasse et d'une épée. Le premier était grand et barbu, le second mince mais musclé.

« Léonidas souhaitait te parler, fit le barbu. Quel est ton nom, l'ami ?

— Andiclès, et toi ? demanda Parménion en se levant.

— De quelle famille es-tu ? Où habites-tu ?

— De quel droit me poses-tu des questions, Sciritaï ? s'emporta Parménion. Depuis quand les esclaves se permettent-ils d'importuner leurs maîtres ? »

L'homme devint rouge de honte.

« Je suis un homme libre et un soldat. Je n'accepte les insultes de personne, pas même d'un Spartiate !

— Alors ne te montre pas insultant toi-même ! répliqua Parménion. Je suis un messager du roi et je n'ai de comptes à rendre à personne. Qui est ce Léonidas, pour se permettre de vous envoyer m'interroger ? »

L'autre se rapprocha de lui.

« Par tous les dieux, Léonidas avait raison ! s'exclama-t-il. C'est bien toi, Parménion ! »

Le jeune homme plissa les yeux en reconnaissant son vis-à-vis : ce dernier n'était autre qu'Asiron, l'un des garçons qui l'avaient raillé dans la caserne de Lycurgue quelque dix années auparavant.

« Il doit s'agir d'une méprise, hasarda-t-il en souriant.

— Non, j'en mettrais ma main à couper.

— Tant pis pour toi », répondit Parménion en dégainant son épée.

Dans le même mouvement, il frappa Asiron à la gorge. Celui-ci se jeta en arrière pour éviter le coup, mais il ne fut pas assez vif et la lame entailla profondément ses chairs.

Le Sciritaï bondit sur sa gauche et tira sa propre épée avec un sourire carnassier.

« Je n'ai encore jamais tué de Spartiate, siffla-t-il, mais j'en rêve depuis toujours. »

Il attaqua avec une rapidité stupéfiante. Parménion para l'assaut et fit un bond en arrière. Son avant-bras picotait et un simple coup d'œil lui permit de constater qu'il avait une estafilade peu profonde.

« Je crois que je vais te découper en tranches, poursuivit le Sciritaï. À moins que tu ne préfères implorer ma pitié sans attendre.

— Tu es doué », concéda Parménion en commençant à tourner autour de son adversaire.

Le Sciritaï lui répondit d'un sourire. Il attaqua de nouveau par une feinte au ventre, mais sa véritable cible était la gorge de Parménion. La lame effleura le visage du jeune homme et lui entailla légèrement la joue.

« En tranches fines », précisa le Sciritaï.

Parménion fit quelques pas sur sa gauche pour mettre le feu de camp entre son adversaire et lui. Puis, d'un coup de pied, il projeta quelques brandons dans le visage du Sciritaï. La barbe de l'homme s'enflamma et il tituba. Poussant son avantage, Parménion lui planta son épée dans le bas-ventre. Le Sciritaï tenta de contre-attaquer, mais Parménion se baissa pour éviter le coup. Dans le même temps, il retira brutalement sa lame et le sang se mit à jaillir à gros bouillons ; une artère avait été sectionnée. Parménion recula et attendit que son adversaire s'effondre mais, contre toute attente, celui-ci chargea. Le jeune homme para l'assaut, mais un terrible coup de poing le jeta à terre. Il roula aussitôt sur lui-même et la lame du Sciritaï ricocha contre la pierre dans une pluie d'étincelles. Puis l'homme se mit à tanguer dangereusement ; il baignait dans son sang.

« Par les dieux, je crois bien que tu m'as tué, mon garçon », marmonna-t-il d'une voix pâteuse.

Il tomba à genoux et lâcha son arme.

Parménion rengaina son épée et rattrapa le soldat qui allait s'effondrer. Il l'allongea sur le sol et resta à son côté alors que son visage devenait de plus en plus pâle.

« J'aurai... jamais... tué un... Spar... »

L'homme ferma les yeux et cessa de respirer. Parménion se leva et alla voir dans quel état se trouvait Asiron. Sa tête avait heurté la paroi de la grotte lorsqu'il s'était jeté en arrière pour éviter l'attaque adverse. L'entaille dont il souffrait à la gorge n'était guère profonde et le sang était en train de coaguler. Après lui avoir ôté son ceinturon, Parménion lui lia les mains dans le dos et remit du bois dans le feu. Il s'était légèrement brûlé en donnant un coup de pied dans les braises et il délaça ses sandales, qu'il jeta à l'autre bout de la caverne. Asiron mit plus d'une heure à se réveiller. Son premier réflexe fut de lutter contre ses entraves, puis il se calma et toisa méchamment l'homme qui l'avait capturé.

« Espèce de traître ! hurla-t-il.

— Oui, oui, fit Parménion d'un ton las. Commençons par les insultes, après quoi nous pourrons discuter.

— Je n'ai rien à te dire, répondit Asiron, qui écarquilla les yeux en voyant le cadavre du Sciritaï. Dieux, je n'aurais jamais cru qu'il soit possible de le battre à l'épée.

— Tout le monde peut être battu. Que t'a donc dit Léonidas ?

— Il pensait t'avoir reconnu mais n'en était pas certain. C'est pour cette raison qu'il nous a chargés de t'intercepter, Damasias et moi. »

Parménion hocha la tête.

« Il n'en était pas sûr, hein ? Voilà qui est bon. En ce moment même, l'armée spartiate marche donc sur son ennemi juré. Crois-tu que les chants de guerre résonnent alors que nous parlons, Asiron ?

— Je pense que tu es un ignoble bâtard.

— Est-ce là une façon de parler à un vieil ami qui a décidé de t'épargner ?

— Ne t'attends pas à ce que je te remercie. »

Parménion eut un petit rire.

« Te souviens-tu lorsque vous m'avez attaqué la veille de la finale des jeux, Léarchus, Gryllas et toi ? J'ai passé la nuit sur l'acropole, à rêver du jour où je pourrais me venger de vous. Oh, il est vrai que tous les enfants font ce genre de plans mais, tel que tu me vois, j'ai envoyé Sparte combattre Athènes, et je suis fou de joie.

— Tu me rends malade. Où sont ta loyauté et ton sens de l'honneur ?

— L'honneur ? La loyauté ? Ils ont disparu sous les coups répétés de nobles Spartiates tels que toi, désireux de me faire comprendre que je n'étais qu'un misérable Macédonien. À qui voudrais-tu que je montre ma loyauté ? À ceux qui ont tué la femme que j'aimais, à la cité qui a tout fait pour m'exclure ? Non, Asiron. Je ne t'ai laissé vivre que pour une seule et unique raison. Je veux que tu dises à Léonidas que c'est moi qui ai organisé la prise de la Cadmée et déclenché la guerre entre Sparte et Athènes. Et il y a plus, mon excellent ami. C'est également moi qui raserai Sparte et qui veillerai à ce que sa puissance ne soit plus qu'un souvenir.

— Non mais, pour qui te prends-tu ? » demanda Asiron avec un rire forcé.

Mais son interlocuteur était on ne peut plus sérieux.

« Je vais te dire qui je suis, répondit-il alors que les paroles de Tamis lui revenaient en mémoire. Je suis Parménion, la Mort des Nations. »

*

Peu après le lever du jour, il libéra Asiron et partit pour Thèbes. Les coupures qu'il devait à Damasias étaient déjà presque guéries, mais des cloques s'étaient formées sur son pied droit, et c'est de mauvaise humeur qu'il arriva à proximité de la cité. Une flèche siffla à ses oreilles, puis une autre. Faisant volte-face, il s'enfuit au galop jusqu'à se trouver hors de portée. Plusieurs cavaliers se précipitèrent sur lui, l'épée brandie. Il arracha son casque spartiate et les attendit.

« C'est moi, Parménion ! » s'époumona-t-il.

Les hommes l'encerclèrent, et il reconnut deux d'entre eux, qui faisaient partie du Bataillon Sacré.

Ils lui posèrent de nombreuses questions, mais il refusa d'y répondre et alla directement faire son rapport à Épaminondas.

Quatre jours plus tard, il fut réveillé à minuit par des cris dans la rue. D'une humeur massacrante, il se leva, se couvrit d'une cape et descendit, croisant Mothac en arrivant dans la cour.

« Qui que ce soit, je vais lui fendre le crâne », bougonna le Thébain alors que l'importun se mettait à tambouriner contre le portail.

Mothac ouvrit et Pélopidas entra en courant, suivi d'Épaminondas. Le soldat aviné ceintura Parménion et le souleva du sol pour le faire tournoyer autour de lui.

« Tu as réussi ! hurla-t-il. Je n'arrive pas à y croire, tu as réussi !

— Repose-moi, gros balourd ! Tu me brises les côtes. »

Pélopidas le relâcha et se tourna vers Mothac.

« Ne reste pas là à bayer aux corneilles, tu veux ? Va nous chercher du vin, et que la fête commence. »

Mothac ne bougea pas d'un pouce.

« Faut-il que je lui brise la mâchoire ? » demanda ce dernier à son maître.

Le Spartiate éclata de rire.

« Je ne pense pas que ce soit une bonne idée. Apporte-nous plutôt un peu de vin, décida-t-il avant de reporter son attention sur Épaminondas. Si tu me disais ce qui se passe...

— Il y a une heure, un homme est arrivé d'Athènes, porteur d'un message de Calépios. Sphodrias et son armée sont apparus au nord de la cité à l'aube, il y a trois jours de cela. Après avoir dévasté quelques villages, ils ont avancé en direction du Pirée. Une unité athénienne est sortie à leur rencontre, emmenant avec elle l'ambassadeur de Sparte, et Sphodrias a été obligé de se replier. Par les dieux, j'aurais bien voulu voir cela.

— Et après, que s'est-il passé ? voulut savoir Parménion.

— Laisse-moi le lui dire », intervint Pélopidas.

Il souriait de toutes ses dents et semblait gai comme un enfant. Épaminondas s'inclina devant lui.

« Poursuis, ô noble Pélopidas, le pria-t-il.

— Les Athéniens n'ont pas apprécié du tout, ça non ! Leur conseil s'est rassemblé et ils ont décidé... oh, doux Zeus, j'adore ce passage... ils ont décidé d'envoyer cinq mille hoplites et six cents cavaliers à l'aide de Thèbes. Cinq mille !

— C'est une nouvelle inespérée », insista Épaminondas en acceptant le gobelet de vin tendu par Mothac.

Pélopidas entra en titubant dans l'*andron* et se laissa tomber sur un divan.

« Ce n'est pas une fin en soi, mais c'est un bon début, reconnut Parménion. Qu'est-il advenu de Sphodrias ?

— Il a été rappelé à Sparte, de même que son armée. La Béotie est libre, si l'on excepte les quelques garnisons restantes.

— Ainsi donc, Sparte et Athènes sont désormais en guerre, murmura Parménion. Nous devrions être en sécurité, du moins jusqu'au printemps prochain. »

Épaminondas hocha la tête.

« Et les autres cités de Béotie vont également essayer de se débarrasser de leur garnison spartiate.

Dès demain, Pélopidas partira avec son Bataillon Sacré pour aller prêter main-forte aux rebelles de Tanagra. Je pense que nous pouvons l'emporter, Parménion. Je le pense vraiment.

— Ne tentez pas les dieux », l'avertit Mothac.

Épaminondas éclata de rire.

« Il y a bien longtemps, on m'a apprit que je mourrais lors de la bataille de Mantinée, expliqua-t-il. Cela m'a fait grand peur, car la prophétesse qui me l'a annoncé n'était autre que Tamis, que l'on disait favorite des dieux. Tu peux donc imaginer dans quel état j'étais lorsque je me suis retrouvé à combattre les Arcadiens à Mantinée, en compagnie de Pélopidas. Nous étions encerclés et Pélopidas s'est effondré, blessé de toutes parts. J'ai tenu bon, prêt à vendre chèrement ma peau. Mais je ne suis pas mort, et sais-tu pourquoi ? Parce que les dieux n'existent pas, et que toute prophétie peut être déformée pour délivrer le message que l'on souhaite entendre. Si je tente les dieux, Mothac ? Je les défie, oui. Car même s'ils existent, ils sont bien trop occupés à se métamorphoser et à s'accoupler avec tout ce qui bouge pour s'inquiéter de ce qu'un humble mortel peut penser d'eux. Et maintenant, je crois qu'il est temps pour moi de récupérer Pélopidas et de rentrer à la maison. »

Son sourire disparut brusquement lorsqu'il se saisit du bras de Parménion.

« Une fois encore, tu nous as sauvés, mon ami. Je ne puis te dire à quel point je te suis redevable. Mais, un jour, je trouverai bien le moyen de te rendre la pareille. »

Pélopidas s'était endormi sur le divan. Épaminondas le secoua et l'aida à se lever. Aussitôt, le général entama un chant militaire à tue-tête et les deux hommes disparurent dans la nuit.

*

Au cours des mois qui suivirent, Parménion passa son temps à lire, à courir et à former les hoplites de Thèbes. De temps en temps, il se rendait aux fêtes données par Épaminondas ou Calépios, qui avait fait un retour triomphal d'Athènes. Mais il préférait rester seul. Quand il en avait l'occasion, il partait explorer à cheval les collines et vallées des environs.

Au printemps de l'année suivante, la menace spartiate semblait définitivement écartée, et l'espoir était grand à Thèbes de voir se reformer l'ancienne Ligue de Béotie. Pélopidas et le Bataillon Sacré avaient grandement aidé les rebelles de Tanagra et de Platées à se débarrasser du joug de Sparte, et l'on disait que le roi de Perse pourrait même accorder l'autonomie à Thèbes par rapport à Sparte, répondant ainsi par l'affirmative à la requête des Thébains.

Puis des nouvelles plus inquiétantes arrivèrent. Agésilas avait rassemblé une armée de onze mille hoplites et deux mille cavaliers avec laquelle il comptait bien mater la rébellion. Le lendemain soir, un Mothac d'humeur maussade revint du cimetière après s'être occupé des fleurs qu'il avait plantées sur la tombe d'Éléa. Alors qu'il s'engageait dans la petite ruelle sur laquelle donnait la maison de Parménion, il vit une silhouette sortir de l'ombre et escalader le mur d'enceinte. Le temps de cligner les yeux et de s'assurer qu'il n'avait pas été victime d'une hallucination, la forme noire avait disparu. Mais une seconde silhouette suivit aussitôt la première.

Mothac sentit le sang se glacer dans ses veines. Il courut jusqu'au portail et l'ouvrit en grand.

« Parménion ! » hurla-t-il.

Alors qu'il traversait la cour, un inconnu tout de noir vêtu jaillit de l'ombre et se jeta sur lui. Le poignard qu'il tenait à la main luit à la clarté de la lune. La lame siffla à un ou deux pouces du visage de Mothac, qui roula sur lui-même et se remit aussitôt debout. Bloquant l'attaque suivante, il riposta d'un coup de poing au visage. L'assassin tituba et le Thébain se jeta sur lui, tentant de saisir son poignet droit. Mais il échoua et le poignard plongea dans son épaule gauche. Il frappa l'homme au bas-ventre d'un coup de genou et ses mains se refermèrent sur sa gorge. Se jetant en avant de tout le poids de son corps, il cogna le crâne de son agresseur contre le mur. Il y eut un craquement et l'homme cessa de se débattre, mais Mothac lui frappa encore trois fois la tête contre la paroi avant de le laisser glisser jusqu'au sol. Ses mains étaient pleines de sang et de cervelle.

« Parménion ! » cria-t-il de nouveau.

*

Gléamus jura à mi-voix en entendant les beuglements du serviteur, puis monta en courant l'escalier menant à la chambre du traître. Il s'arrêta un instant devant la porte, mais il n'y avait aucun bruit de l'autre côté. Se pouvait-il que le Spartiate n'ait pas entendu les cris ?

Peut-être, mais Gléamus avait perfectionné son art pendant près de vingt ans, en Égypte, en Perse, à Athènes et en Illyrie. Il avait survécu en faisant toujours appel à son intellect et en ne laissant jamais rien au hasard.

Il avait observé la maison plusieurs jours durant, notant les déplacements de sa cible et évaluant le risque qu'il présentait. L'homme était manifestement un soldat ; il se mouvait avec fluidité et ses yeux étaient perpétuellement en alerte. Mais sa demeure était également sa grande faiblesse. La chambre n'offrait qu'une seule issue, à moins que le Spartiate ne veuille risquer de se rompre le cou en sautant par la fenêtre.

L'affaire ne se passait pas du tout comme prévu, mais Gléamus avait encore le temps de mériter la récompense offerte par Agésilas. Il réfléchit à la meilleure façon de procéder. L'homme qui se trouvait de l'autre côté de la porte était peut-être éveillé. Dans ce cas, où avait-il pu se poster ? La veille, alors que la maison était vide, l'assassin l'avait inspectée de fond en comble, s'attachant tout particulièrement à mémoriser le moindre recoin de la chambre à coucher. Aucune cachette possible ; la pièce était si petite qu'elle n'offrait qu'un nombre d'options extrêmement limité. Si le Spartiate était réveillé, il ne pouvait logiquement que se tenir à côté de la porte, soit à droite, soit à gauche. Aris et Sturma seraient bientôt là, mais Gléamus n'avait nul besoin d'eux. C'était un contrat qu'il pouvait aisément remplir seul. Cela leur montrerait qu'il était toujours le meilleur.

Soulevant le loquet, il ouvrit la porte à la volée ; le battant heurta violemment le mur de gauche. Dans la même fraction de seconde, Gléamus vit que le lit était vide. Avec un cri terrible, il bondit en avant et frappa sur sa droite, où il savait que le traître se tenait. La lame ricocha contre le mur.

Interloqué, l'assassin fit une nouvelle fois le tour de la chambre des yeux. Le traître avait disparu, mais c'était impossible ! Il l'avait personnellement vu entrer. Il n'avait pas pu ressortir.

Une ombre bougea au-dessus de lui. Il se retourna et leva son poignard, mais trop tard. L'épée du Spartiate lui brisa la clavicule et plongea dans son poumon. Gléamus poussa un grognement et fit un pas en arrière tandis que sa dague lui échappait. Alors même qu'il se vidait de son sang, il ne put qu'admirer la ruse de son adversaire. L'homme était monté sur le linteau de la porte.

C'était si simple, songea-t-il.

Le bois du parquet était froid contre sa joue, et il revit la maison de son père en Crète, ses frères qui jouaient sur la colline, sa mère qui les berçait de ses chants...

Son sang remonta dans sa gorge et sa dernière pensée fut pour le Spartiate. *Malin, celui-là, très mal...*

*

Parménion retira son épée du corps de l'assassin et s'écarta de la porte. À cet instant, un poignard apparut devant lui. Il para instinctivement l'assaut et son poing gauche vint cueillir son nouvel assaillant au menton. Projeté en arrière, l'homme alla buter contre le comparse qui le suivait. Parménion se jeta sur lui les pieds en avant. Les deux hommes basculèrent à la renverse et dévalèrent l'escalier. Parménion sauta par-dessus la rambarde et atterrit dans l'*andron*. Ses agresseurs se remirent debout et avancèrent vers lui.

« Tu vas mourir, sang-mêlé », lui promit l'un d'entre eux.

Les assassins s'écartèrent pour l'attaquer sur deux fronts différents. Parménion se fendit en direction de celui de droite, puis rompit et se retourna pour trancher la gorge de celui de gauche, qui l'avait imprudemment suivi. L'homme s'effondra, maculant de son sang le tapis perse du plancher. Le survivant avança plus prudemment, le front perlé de sueur.

« Je ne suis pas facile à tuer », commenta Parménion sur un ton égal.

L'assassin recula lentement en direction de la porte, mais Mothac apparut derrière lui et lui planta sa dague dans le dos.

Il tomba comme une masse.

Mothac tituba jusqu'à la table du jardin et se laissa choir sur le banc. Un poignard était planté jusqu'à la garde dans son épaule. Parménion alluma deux lanternes et inspecta la blessure.

« Enlève-moi ce maudit truc, le supplia Mothac.

— Non, il vaut mieux qu'il reste où il est pour le moment. Il limitera tes pertes de sang le temps que j'aille chercher un médecin. (Il lui servit un verre de vin.) Ne bouge pas. Je reviens avec Argonas. »

Mothac lui saisit le bras.

« J'apprécie que tu sois pressé d'aller chercher de l'aide, mais il vaudrait peut-être mieux que tu commences par t'habiller », fit-il avec un rictus.

Parménion lui rendit son sourire.

« Tu m'as sauvé la vie, Mothac, et tu as failli perdre la tienne. Je ne l'oublierai pas.

— Ce n'est rien. Mais tu pourrais au moins dire que tu en aurais fait autant pour moi. »

Deux heures plus tard, le couteau avait été retiré et la blessure pansée. Mothac dormait et Parménion était assis à côté d'Argonas, qu'il regardait engloutir un jambon entier, quatre gobelets de vin et six gâteaux au miel. Le médecin rota bruyamment et s'appuya contre le dossier du banc, qui grinça sous son poids.

« Tu mènes une vie passionnante, jeune homme. Tu te fais passer pour un Spartiate, tu reçois la visite d'assassins en pleine nuit... mais est-il sage de vivre dans ton entourage ? Je me le demande...

— Mothac retrouvera-t-il l'usage de son bras ?

— La lame a frappé la partie charnue de l'épaule et il est très musclé. Comme la plaie n'est pas ronde, elle se refermera plus rapidement. J'y ai appliqué de la sève de figuier, qui accélère la coagulation du sang. Son épaule lui fera mal pendant quelques semaines, mais les muscles finiront par se reconstituer et il devrait être en pleine forme pour l'été.

— Je te serai éternellement reconnaissant. Mothac est très important pour moi.

— C'est vrai que les bons serviteurs se font de plus en plus rares, fit Argonas en caressant sa barbe huilée. J'ai moi-même eu un domestique thrace qui était capable d'anticiper le moindre de mes besoins. Je n'ai jamais retrouvé son égal.

— Que lui est-il arrivé ?

— Il est mort, répondit tristement le médecin. Il souffrait d'une tumeur au cerveau semblable à la tienne, mais c'était un homme qui ne se plaignait jamais et, quand il s'est effondré, il était trop tard pour le sauver. N'oublie jamais de prendre ton infusion de sylphium, mon ami. Une telle mort est particulièrement désagréable, surtout lorsque l'on est le premier concerné. Je dois dire que ton serviteur a trouvé un moyen original de te soigner. Je l'utiliserais bien, moi aussi, mais j'ai déjà tellement d'ennuis avec mes pairs...

— Je croyais que c'était le sylphium qui m'avait guéri.

— En effet, mais il fallait d'abord te faire reprendre connaissance pour que tu puisses l'avaler. Ce Mothac est un homme dévoué et plein de ressources. Si jamais il venait à quitter ton service, je me ferais une joie de l'engager.

— Oui, oui, mais qu'a-t-il fait au juste ?

— Tu ne t'en souviens pas ?

— Au nom du ciel, Argonas ! Si je me le rappelais, te le demanderais-je ?

— Il est allé chercher ta catin favorite et l'a conduite à ton lit. Apparemment, un homme dont le désir sexuel est éveillé est nettement plus motivé pour survivre.

— Non, chuchota Parménion. Ce n'est pas ainsi que cela s'est produit. C'est Dérae qui est venue à moi. »

Argonas se redressa, manifestement embarrassé.

« Je suis désolé, Parménion. J'aurais mieux fait de me taire. Mets cela sur le compte du manque de sommeil et d'un excès de vin. Et peut-être étaient-elles là toutes les deux : Dérae par l'esprit et la prêtresse par la chair. »

Mais Parménion ne l'entendit pas. Il revoyait la prêtresse à l'entrée de sa chambre, son sourire, l'odeur de son parfum, puis sa colère et sa tristesse, la porte claquée à la volée...

« As-tu réfléchi à ce qui aurait pu motiver la venue des assassins ? lui demanda Argonas.

— Pardon ? Non, j'ignore pourquoi ils étaient là. Peut-être s'agissait-il seulement de cambrioleurs.

— Sans poches ni sacs ? Cela m'étonnerait. Il faut que j'y aille. Je reviendrai demain pour voir dans quel état se trouve Mothac et me faire payer.

— Oui, merci.

— Et fais attention, mon ami, car quiconque a payé ces hommes peut toujours en payer d'autres. »

*

Deux jours plus tard, Parménion reçut la visite du responsable de la milice. Âgé de près de soixante-dix ans, Ménidis était soldat depuis plus d'un demi-siècle. Cela faisait dix ans qu'il se trouvait à la tête de la petite milice opérant à l'intérieur des limites de la cité. Ses hommes étaient chargés de garder les portes de la ville et de patrouiller les rues à la nuit tombée.

« Tous étaient des étrangers, expliqua-t-il en fixant Parménion de ses yeux gris. Ils sont arrivés chez nous il y a quatre jours de cela, par la Porte de Proicie. Ils prétendaient venir de Corinthe et vouloir acheter des chariots thébains, mais je pense, moi, qu'il étaient originaires de Sparte. »

Le vieux renard souhaitait visiblement voir quel effet ces nouvelles auraient sur Parménion, mais ce dernier resta impassible.

« Tout le monde est au courant du rôle que tu as joué dans la libération de Thèbes, poursuivit-il. M'est avis qu'ils ont été envoyés pour te tuer. »

Le Spartiate haussa les épaules.

« Ils ont échoué, dit-il simplement.

— Cette fois-ci, oui, petit. Mais partons du principe qu'ils ont été payés par un riche noble. De tels hommes sont faciles à trouver. Et toi aussi, hélas.

— Vous me suggérez de quitter Thèbes ? »

Le vieil homme sourit.

« C'est à toi de décider ce que tu dois faire. Je pourrais dépêcher des hommes pour t'accompagner partout où tu vas et pour garder ton sommeil. Le seigneur Épaminondas a exigé que nous placions au moins une sentinelle devant ta porte. Mais, malgré cela, il arrivera bien un moment où tu te retrouveras au beau milieu de la foule ou seul devant l'échoppe d'un marchand. Un tueur décidé pourra toujours te trouver.

— C'est vrai, mais je n'ai pas envie de m'enfuir. Je suis chez moi, ici. Et je ne veux pas de vos gardes, même si j'apprécie votre offre. Si je dois mourir assassiné, qu'il en soit ainsi. Mais je n'ai pas l'intention d'être une cible facile.

— Sans ton serviteur thébain, tu aurais été une victime sans défense, lui fit remarquer Ménidis. Un homme endormi n'a que peu de répondant. Mais le choix t'appartient. »

Le vieux soldat se leva et remit son casque en bronze, dont il noua la sangle sous son menton.

« Dites-moi, j'ai l'impression que mon sort ne vous intéresse guère. Pourquoi donc ?

— Tu es perspicace et je déteste l'hypocrisie, aussi vais-je te répondre. Tu as choisi de trahir ta cité pour aider Thèbes, et en cela tu as droit à ma gratitude. Mais tu restes un Spartiate et je les hais tous. Bonne journée. »

Parménion secoua la tête en regardant le milicien s'en aller. Sans qu'il puisse s'expliquer pourquoi, les paroles de Ménidis l'inquiétaient davantage que l'agression dont il avait fait l'objet. Il se rendit à la chambre de Mothac, lequel jurait copieusement en essayant d'enfiler un chiton.

« Attends, je vais t'aider, lui proposa Parménion. Mais Argonas a insisté pour que tu restes au lit pendant une semaine.

— Ces deux jours m'ont déjà bien suffi.

— Te sens-tu capable de marcher ?

— Évidemment ! Ai-je l'air d'un éclopé ? »

La colère de Mothac était plus qu'évidente. Ses joues avaient presque pris la couleur de sa barbe et il avait le souffle court.

« Tu es têtu, mais soit : allons marcher. »

Parménion prit une épée et une dague, après quoi les deux hommes se rendirent lentement jusqu'aux jardins qui ornaient le flanc ouest de la colline surplombée par la Cadmée. Plusieurs fontaines y avaient été installées et les fleurs y poussaient toute l'année. Ils s'assirent au bord d'un ruisseau, sous un saule aux feuilles jaunes, et Parménion narra à Mothac la discussion qu'il avait eue avec Ménidis. Le serviteur gloussa lorsqu'il fut arrivé au terme de son récit.

« Il ne s'adoucit pas avec l'âge, n'est-ce pas ? plaisanta Mothac. Il y a deux ans, il a arrêté deux Spartiates, à qui il a fendu le crâne. Selon lui, ils s'en étaient pris à une Thébaine noble, ce qui était totalement ridicule, bien sûr, vu que les citoyennes n'ont pas le droit de sortir dans les rues.

— Voilà au moins un point sur lequel Thèbes est en retard sur Sparte, lui fit remarquer Parménion. Là-bas, les femmes se promènent aussi librement que les hommes, sans aucune restriction.

— Quelle honte ! Et comment faites-vous pour les différencier des catins ?

— Il n'y a pas de prostituées à Sparte.

— Pas de catins ? Incroyable ! Pas étonnant que les Spartiates cherchent toujours à conquérir les autres cités.

— À propos des prêtresses, si tu me parlais de la nuit où tu en as conduit une jusqu'à mon lit ?

— Comment l'as-tu appris ?

— C'est sans importance. Pourquoi ne pas me l'avoir dit ? »

Mothac haussa les épaules et grimaça sous la douleur. Il frotta sa blessure, mais cela ne fit rien pour arranger les choses.

« Tu étais convaincu qu'il s'agissait d'un miracle, expliqua-t-il. Je voulais te le dire, mais... je ne l'ai pas fait. Je n'ai aucune excuse. Pardon ; c'est la seule idée qui me soit venue à l'esprit. Mais elle a marché, pas vrai ?

— Oui, concéda Parménion.

— Tu m'en veux ?

— Non, je suis juste un peu triste. J'aimais croire que Dérae en personne était venue à moi, ne serait-ce qu'en rêve. Peut-être Épaminondas a-t-il raison de dire qu'il n'y a pas de dieux, mais j'espère qu'il se trompe. Chaque fois que je regarde le ciel, la mer ou un beau cheval, j'ai tendance à croire en eux. J'aime à penser que notre existence a un sens. »

Mothac hocha la tête.

« Je vois ce que tu veux dire. Moi, je crois. Il le faut. Quelqu'un m'attend dans l'au-delà. Si je n'en étais pas persuadé, je me serais déjà tranché la gorge depuis longtemps.

— Elle est morte le jour où tu es entré à mon service. Elle s'appelait Éléa.

— Comment l'as-tu su ?

— Je t'ai suivi, ce jour-là. J'ai assisté à la procession funéraire. Quand tu es parti... pour aller tuer Clétus, mais je ne l'ai appris que plus tard... je me suis recueilli sur sa tombe.

— C'était une femme merveilleuse. Elle ne s'est jamais plainte. Et je vois toujours son visage, chaque fois que je ferme les yeux.

— Au moins, vous aurez eu plus de cinq jours, chuchota Parménion en se levant. Rentrons ; j'ai l'impression que tu es plus fatigué que tu ne le crois. »

Soudain, un homme jaillit de l'ombre derrière eux. Parménion dégaina son épée à la vitesse de l'éclair et le nouvel arrivant recula, bouche bée, en levant les mains bien haut.

« Je n'ai pas d'arme, pas d'arme ! » s'écria-t-il.

Son fils, qui devait avoir dans les sept ans, se tenait juste derrière lui, accroché à sa cape.

« Pardon, s'excusa Parménion. Vous m'avez fait peur. »

Il rangea son arme et adressa un sourire à l'enfant, mais celui-ci se mit à pleurer.

« Tu es plus inquiet que tu ne veux le laisser paraître, constata Mothac alors qu'ils rentraient chez eux.

— Oui. Je suis terrorisé à l'idée qu'une flèche ou un coup de poignard puisse venir de n'importe où. Mais si je quitte Thèbes, je redeviendrai ce que j'étais à mon arrivée : un miséreux. J'ai investi dans plusieurs entreprises commerciales, mais je n'ai pas encore remboursé la maison à Épaminondas.

— Mieux vaut être pauvre et vivant que riche et mort, philosopha Mothac.

— Mais il vaut encore mieux être riche et vivant, lui fit remarquer Parménion.

— Tu pourrais t'engager dans le Bataillon Sacré. Pélopidas serait fou de joie de t'avoir à ses côtés, et même le plus motivé des assassins aurait du mal à parvenir jusqu'à toi.

— C'est vrai, mais je ne serai le subordonné de personne, sauf, peut-être, d'Épaminondas. Nous pensons pareil, lui et moi. Pélopidas est trop téméraire, et ce n'est pas une qualité lorsque l'on doit affronter Sparte.

— Tu penses toujours que nous ne sommes pas de taille ?

— Il ne s'agit pas de ce que je crois ou non, Mothac ; je le sais. Non, nous devons gagner du temps et refuser toute bataille rangée. L'heure viendra, mais il nous faut être patients. »

*

Leucion avait mal dormi et ses rêves l'avaient laissé dans un état de grande anxiété et d'incompréhensible frustration. Il se réveilla tôt et de fort mauvaise humeur. Les neuf autres dormaient encore autour de lui.

Maudite soit cette catin ! songea-t-il en remuant les cendres du feu. Trouvant une braise rougeoyante, il la recouvrit de feuilles sèches et de brindilles pour faire repartir les flammes. Elle lui avait susurré des mots d'amour mais, quand il s'était trouvé à court d'argent, elle l'avait chassé de chez elle en le huant. *Maudite catin perse !* Les batailles terminées, les mercenaires avaient été renvoyés. *Des foules nous ont accueillis avec des pluies de pétales de fleurs, mais quand ils n'ont plus eu besoin de nous, ils nous ont chassés de nuit en nous lançant quelques piécettes, et sans le moindre mot de remerciement.*

Tous les Perses nous prennent de haut, poursuivit-il. *Mais que feraient-ils si nous n'étions pas là et s'ils devaient livrer eux-mêmes leurs propres combats ? Ce sont tous des barbares, jusqu'au dernier.* Il ouvrit sa bourse et en tira son unique pièce restante. Elle était en or, chaude et lourde dans sa paume. D'un côté, elle s'ornait du profil du plus grand roi du pays, de l'autre d'un archer agenouillé, arc bandé. Les Perses nommaient ces pièces des dariques, en l'honneur de Darius le Grand. Les mercenaires grecs, eux, les appelaient *archers*. Elles constituaient l'unique raison pour laquelle tant de Grecs prenaient part aux guerres perses.

« Aucun Grec ne peut résister aux archers perses », avait plaisanté Artabazarnès un jour où les deux hommes avaient trop bu.

Le Perse avait éclaté de rire, et Leucion avait eu envie de le frapper jusqu'à ce que l'air moqueur de son interlocuteur ait disparu.

Le soldat s'assit à côté du feu. La colère qu'il éprouvait brûlait plus encore que les flammes. Pendar s'éveilla et vint le rejoindre.

« Tu as l'air troublé, fit-il.

— C'est ce maudit pays, répondit Leucion.

— Tu étais pourtant jovial, hier.

— Aujourd'hui il en va tout autrement. Réveille les hommes et partons. Il faut encore dix jours pour atteindre la cité.

— Tu crains que les Perses s'en prennent à nous ?

— Fais ce que je te dis ! »

Pendar s'en alla réveiller leurs compagnons. Leucion passa ses doigts dans sa courte barbe noire, dont les poils étaient totalement emmêlés. Il avait grand besoin d'une fiole d'huile parfumée... et d'un bain. Enfilant sa cuirasse, il vérifia que les épaulières étaient bien positionnées et se dirigea vers son cheval.

Une fois prêts, les hommes partirent en direction des collines verdoyantes. Leur armure étincelait sous le soleil matinal. Arrivés au sommet d'une butte, ils purent observer plusieurs petits villages et un lointain temple aux colonnes blanches, au-delà duquel s'étendait la mer scintillante.

Leucion dirigea sa monture vers le plus proche hameau. Il souffrait d'une terrible migraine et ferma les yeux de toutes ses forces pour chasser la douleur.

Sois maudite, catin, et puissent les vers t'attendre de l'autre côté !

Alors qu'ils approchaient du village, il s'intéressa de nouveau au temple. De la position dominante qui était la leur, il voyait le jardin qui se trouvait derrière les murs blancs. Une jeune femme menue s'y promenait ; le soleil parait ses cheveux blonds de reflets roux et l'arrondi de ses seins était clairement visible sous la robe diaphane qu'elle portait.

Leucion se la représenta gémissant sous lui, le suppliant d'arrêter, tandis qu'il la menaçait de son couteau... la lame qui s'enfonçait dans la gorge blanche, le sang qui jaillissait...

Piquant des deux, il partit au galop vers la roseraie.

Alors même qu'il se rapprochait d'elle, il réalisa que ses compagnons ne supporteraient jamais qu'il la tue avant qu'eux aussi aient pris leur plaisir avec elle. Il lui faudrait donc être patient. Il se surprenait à penser de la sorte, car il n'avait encore jamais imaginé qu'assassiner quelqu'un puisse lui procurer tant de joie. Combattre, si, et faire la guerre aussi, forcément, mais tuer de sang-froid... *Comme c'est étrange*, se dit-il. Tirant sur les rênes, il sauta à terre et franchit le portail du temple en courant. Assise à côté d'un buisson de roses, la fille leva la tête en l'entendant approcher.

Elle était aveugle. Sans qu'il puisse s'expliquer pourquoi, Leucion se sentit plus excité encore à l'idée que sa proie soit sans défense contre lui.

Il s'arrêta en remarquant que ses camarades mettaient également pied à terre. La jeune femme était d'une grande beauté. Ses traits étaient davantage ceux d'une Grecque que d'une Perse mais, en cet instant, Leucion se moquait bien de sa nationalité.

« Qui êtes-vous ? » lui demanda-t-elle d'une voix douce mais plus grave qu'il ne l'aurait cru.

Son accent trahissait ses origines doriques ; sans doute venait-elle de Sparte ou de Corinthe. *Tant mieux*, songea Leucion. Violer une Athénienne ne lui aurait pas procuré autant de plaisir.

« Pourquoi ne dites-vous rien ? » persista-t-elle.

Elle n'était pas encore inquiète, mais il savait que

cela viendrait. Il tira lentement son poignard et avança vers elle.

« Qu'est-ce que tu fais ? » s'écria Pendar.

Ignorant l'interruption, Leucion s'approcha de la jeune aveugle. La senteur de ses cheveux lui parvenait nettement, malgré le parfum des roses. Il saisit sa robe au niveau de l'épaule et la déchira brusquement. Elle recula, nue, et il vit qu'elle commençait à avoir peur.

« Arrête ! »

Pendar attrapa le bras de Leucion. Sans réfléchir, ce dernier se retourna et planta sa lame dans la poitrine de son ami.

« Pourquoi ? » gémit Pendar avant de glisser jusqu'au sol, maculant de son sang la cuirasse de Leucion.

L'espace d'un instant, son meurtrier hésita. Puis il secoua la tête pour chasser la confusion qui l'habitait et se tourna vers les autres.

« Vous la voulez, vous aussi ? leur demanda-t-il.

— Pourquoi pas ? répondit un Thrace du nom de Boras. Une petite chose tendre comme ça... »

Les hommes s'avancèrent à la suite de Leucion, qui n'avait pas lâché son couteau ensanglanté. Mais la prêtresse refusa de fuir. Elle leva la main, et Leucion sentit son poignard se trémousser dans sa main. Baissant les yeux, il se mit à hurler. Il tenait désormais une vipère qui s'apprêtait à le mordre. Il la jeta de toutes ses forces contre le mur de pierre.

« Hé ! Qu'est-ce qui te prend ? s'étonna Boras.

— Tu n'as pas vu ? Le serpent...

— Tu es fou ou quoi ? Et dépêche-toi un peu de la prendre, tu veux ? Je n'ai pas l'intention d'attendre. »

Un grognement se fit entendre dans leur dos.

Un monstre se dressait au milieu d'eux. Il avait une tête de lion, un corps d'ours, d'énormes épaules et des pattes griffues. Les soldats dégainèrent leurs armes et frappèrent la créature, qui ne fit aucun geste pour se défendre. Elle s'effondra, blessée en maints endroits, et prit les traits de leur camarade Métrodoras.

« C'est une sorcière ! s'écria Boras en s'écartant de la jeune femme.

— Oui, confirma-t-elle d'une voix sifflante. Et maintenant, vous allez tous mourir.

— Non ! »

Une vieille femme arriva en courant. Sans se préoccuper des hommes en armes, elle s'agenouilla à côté du corps de Métrodoras, posa les mains sur ses blessures et commença à prier. Les nuages se mirent à se déplacer à grande vitesse, puis s'immobilisèrent. Le vent hurla l'espace d'une seconde avant de retomber soudainement, et un étrange silence s'installa. Leucion leva les yeux et vit qu'un aigle planait, immobile, loin au-dessus de sa tête. La vieille femme n'avait pas cessé de prier et, sous le regard éberlué des autres soldats, les plaies de Métrodoras se refermèrent. Il inspira avec difficulté et poussa un long gémissement.

« Occupe-toi de l'autre, fit la prêtresse à l'intention de la jeune aveugle.

— Ce sont des tueurs, ils méritent de mourir ! »

Mais son aînée resta sans réaction et, finalement, la fille nue se pencha sur Pendar et toucha sa poitrine. Stupéfait, Leucion vit la blessure se refermer. Pendar se réveilla et se tourna vers la jeune aveugle.

« Vous ont-ils fait du mal ? » voulut-il savoir.

Elle secoua la tête.

« Suis-je mourant ?

— Non, vous allez bien. »

La plus complète confusion régnait dans l'esprit de Leucion. Le vent se remit à souffler et l'aigle reprit son vol. Le soldat s'approcha de Tamis d'une démarche mal assurée.

« Je ne sais pas ce qui... je n'ai jamais... », tenta-t-il de se justifier, mais les mots ne parvenaient pas à sortir.

Pendar se leva et saisit le bras de son ami.

« Tu vas bien, maintenant, Leucion ? »

Le chef des mercenaires se mit à pleurer.

« Tu me connais, Pendar, gémit-il. Je ne ferais jamais... une chose pareille. »

Tamis se tourna vers Dérae. Sans que son aînée ait besoin de lui dire quoi que ce soit, la jeune prêtresse prit Leucion par la main.

« Va à Tyr, lui dit-elle d'une voix dénuée d'émotion. C'est là que tu trouveras ce que tu cherches.

— Je suis désolé.

— Il ne s'est rien produit de grave », l'assura-t-elle.

Pendar ramassa la robe de Dérae et l'en drapa, nouant les pans déchirés afin qu'ils ne tombent pas.

« Quant à toi, Pendar, tu devrais retourner à Athènes, car ta famille a grand besoin de toi.

— Je n'y manquerai pas, madame. »

*

Une fois les hommes repartis, Tamis alla jusqu'au bassin pour s'asperger le visage d'eau fraîche. Dérae s'assit à son côté.

« Pourquoi m'avez-vous arrêtée ? demanda-t-elle.

— Tu as touché l'âme de Leucion. Tu sais pourquoi il est venu : l'Esprit du Chaos était en lui.

— Mais j'aurais pu le tuer.

— Et qui aurait gagné, Dérae ? Qui en serait sorti victorieux ? Le Dieu Noir se moque bien de Leucion. Il savait que cet homme ne pouvait te tuer ; c'était toi qu'il cherchait à tester à travers lui. Nous ne pouvons pas nous permettre d'utiliser ses armes, car chaque victoire remportée de cette façon, si minime soit-elle, ne peut que conduire à la défaite. Je le sais, car j'ai déjà tué. Leucion trouvera l'amour et le bonheur à Tyr. Il aura plusieurs fils, dont il fera des hommes bons et fiers. Mais il n'oubliera jamais ce qui s'est passé aujourd'hui.

— Moi non plus », répondit Dérae avec un petit sourire.

Tamis sentait clairement le plaisir éprouvé par sa cadette et, l'espace d'un instant, elle fusionna avec elle, frôlant son âme. La jeune Spartiate revivait avec une satisfaction évidente le moment où les mercenaires s'étaient jetés sur leur camarade. C'était le souvenir du pouvoir qu'elle avait utilisé qui lui procurait une telle joie.

La vieille prêtresse se leva avec difficulté et regagna sa chambre. Fatiguée, elle ne vit pas l'ombre noire qui se constituait derrière elle alors qu'elle s'asseyait sur son lit. De longues griffes incurvées se formèrent et se détachèrent du mur. Tamis se versa de l'eau dans un gobelet et en but une petite gorgée. Le liquide toucha une dent cariée et elle se redressa en poussant un petit grognement de douleur. À cet instant, le soleil apparut entre deux nuages et un long rai de lumière pénétra par la fenêtre, projetant l'ombre des griffes sur le lit. Tamis se retourna au moment où son agresseur surnaturel tentait de lui déchiqueter le visage. Elle leva le bras et la lueur jaillie de ses doigts se transforma en bouclier d'or éclatant. Les griffes ricochèrent dessus mais, au même instant, le mur se mit à onduler et une énorme tête passa au travers, comme si la pierre n'était pas plus solide que de la fumée. La peau du démon était couverte d'écailles, ses crocs pointus. Il entra lentement dans la pièce, tendant les bras vers la prêtresse.

« Va-t'en ! » ordonna celle-ci d'une voix forte.

Elle tendit le doigt vers le monstre, mais la lueur qu'elle avait fait apparaître perdait rapidement de son éclat, et elle sut qu'elle s'était trop dépensée pour ramener le mercenaire mort à la vie.

Le démon frappa le bouclier, qui se fendit en deux et disparut aussitôt. Ses griffes se prirent dans la robe de Tamis, et il la tira en direction du trou béant qui s'ouvrait désormais dans le mur.

La porte s'ouvrit.

Un rai de lumière éblouissante transperça la poitrine du monstre. Il poussa un cri terrifiant alors que sa blessure laissait échapper flammes et fumée. Lâchant Tamis, il se tourna vers Dérae.

La jeune femme attendit que la créature soit sur elle pour tendre les bras en avant. Des éclairs jaillirent de ses doigts et le démon fut projeté en arrière. Il tenta de se relever, mais des entraves de lumière bleutée immobilisèrent ses bras et ses jambes.

Dérae avança jusqu'au monstre.

« Disparais ! » tonna-t-elle.

Aussitôt, une rafale de vent aspira le démon dans le trou, qui ondula de nouveau pour laisser la place au mur de pierre.

Tamis se remit debout en s'appuyant sur le lit.

« Je suis... fière... de toi, dit-elle à la jeune femme.

— Quelle était... cette chose ?

— Un traqueur nocturne. Nos ennemis sont parvenus à vaincre le sort de protection que j'avais tissé autour du temple. Il faut que tu m'aides à le renouveler.

— Savez-vous qui sont nos adversaires ?

— Bien sûr. Leur chef est une femme du nom d'Aïda.

— Ne pouvons-nous pas les attaquer ?

— Tu ne m'as pas écoutée, Dérae. Il nous est impossible d'utiliser leurs armes.

— Je ne suis pas convaincue. Comment pouvons-nous les combattre si toutes les armes sont de leur côté ?

— Fais-moi confiance, mon enfant. Je ne puis te donner de réponse satisfaisante, mais je te demande d'avoir confiance en moi. »

Tamis s'assit sur le lit et ferma les yeux. Elle ne se sentait pas la force de continuer à regarder la jeune Spartiate. Deux fois aujourd'hui, Dérae avait goûté à l'exaltation du pouvoir...

Et Tamis eut l'impression d'entendre rire le Dieu Noir alors qu'elle sombrait dans le sommeil.

*

Thétis rentra chez elle par un enchaînement de petites ruelles ; elle venait d'achever sa saison au temple d'Aphrodite. Une fois arrivée, elle se démaquilla et se débarrassa de sa robe chatoyante et de son châle diaphane. Enfilant une robe de coton blanc, elle s'allongea sur un divan et observa les vêtements de couleur. Elle les brûlerait dès demain ; plus jamais elle ne se rendrait au temple d'Aphrodite. Contrairement à la majorité des autres prêtresses, elle avait géré ses gains avec sagesse, investissant dans le commerce de trois marchands d'épices et d'un autre, de Thespies, spécialisé dans l'élevage des chevaux de guerre.

Elle ne risquait plus rien sur le plan financier. La maison lui avait coûté neuf cent quatre-vingts drachmes et elle avait loué les services d'une domestique, une jeune Thessalienne de quinze ans qui dormait dans une petite alcôve située dans le fond de la cuisine.

À partir de maintenant, son existence se poursuivrait sans le contact de ces mains moites, sans les grognements des vénérateurs à son oreille...

Et sans Damon, songea-t-elle. Elle ferma les yeux et serra un coussin brodé contre son ventre.

Sans Damon...

Comment un homme si jeune et si sportif avait-il pu mourir après une simple course d'entraînement ? Le chirurgien lui avait dit que Damon avait le cœur fragile. Et pourtant, il était fort, sans la moindre once de graisse et avec des muscles aussi finement dessinés que ceux d'Héraclès. Thétis savait que le cœur de son aimé n'était pas en cause. Il avait été frappé par des dieux jaloux de sa beauté, et la jeune femme avait ainsi perdu le seul homme qu'elle aimerait jamais.

Elle resta quelques instants dans un état de demi-sommeil puis se leva et alla dans la cuisine manger un peu de pain et de fromage, agrémentés d'eau fraîche. Cléo, la servante, ronflait doucement dans son lit, et Thétis prit garde de ne pas la réveiller.

Une fois rassasiée, elle retourna au divan. Son regard fut attiré par les vêtements roulés en boule, et elle s'aperçut qu'elle ne pouvait attendre le lendemain pour les détruire. Sortant le petit couteau à lame courte qu'elle portait toujours sur elle en cas d'agression, elle les lacéra lentement, jusqu'à ce que le plancher semble parsemé de pétales de fleurs.

Elle avait passé six années de sa vie à porter cette tenue, six longues années au cours desquelles s'étaient succédé un nombre incalculable d'hommes sans nom et sans visage. Barbus ou imberbes, gros ou maigres, jeunes ou vieux, ils désiraient tous le même service.

Elle secoua la tête pour conjurer ces souvenirs, et le visage de Parménion lui revint en mémoire. Elle avait souvent pensé à lui dans les mois qui avaient suivi le moment où elle l'avait ramené à la vie, sans doute à cause du contraste entre l'animal en rut qu'il était avec elle et l'amant prévenant qu'il avait été alors qu'il rêvait de... comment s'appelait-elle, déjà ? Dérae ?

Physiquement, il était tellement différent de Damon... et pourtant il savait se montrer aussi tendre, aussi attentif aux désirs de Thétis. *Non, pas des miens*, se rappela-t-elle. *De ceux de Dérae.*

Reprenant son coussin, elle le serra de nouveau contre elle et s'endormit jusqu'à l'aube. Cléo lui avait préparé un bain et Thétis entra voluptueusement dans l'eau chaude. Elle lava ses cheveux roux, courts et bouclés et, quand elle eut fini, Cléo l'enroula dans une serviette et la sécha. Cela fait, la servante oignit le corps de sa maîtresse d'huile parfumée avant de faire disparaître les impuretés de sa peau à l'aide d'un couteau en os à la lame arrondie.

Thétis enfila un chiton de lin bleu qui lui arrivait à la cheville et sortit dans la cour. Celle-ci était longue et étroite, mais orientée de manière à être éclairée par le soleil du matin. De l'autre côté du portail, elle entendait le bruit des passants et les tintements répétés venus de la forge de Norac. Elle s'assit au soleil pendant une heure puis rentra pour reprendre une broderie qu'elle avait abandonnée trois ans plus tôt. L'ouvrage se présentait sous la forme d'une série de carrés et de cercles imbriqués, de couleur verte, jaune ou brune. La minutie exigée par le maniement de l'aiguille la calma.

Au bout de quelque temps, Cléo vint la trouver.

« Un homme demande à vous voir, maîtresse.

— Un homme ? Je n'en connais aucun. »

C'était vrai. Elle s'était accouplée avec des centaines, peut-être des milliers d'hommes, et elle ne connaissait pas un seul d'entre eux.

« Il désire vous parler.

— Quel est son nom ? »

La jeune fille devint rouge comme une pivoine et partit en courant ; elle revint quelques secondes plus tard.

« Parménion, maîtresse. »

Thétis inspira profondément pour se calmer.

« Fais-le entrer et laisse-nous, dit-elle.

— Que je vous laisse, maîtresse ? »

Thétis lui sourit.

« Si j'ai besoin de toi, je t'appellerai. »

Elle finissait de ranger sa broderie lorsque Parménion arriva à la suite de la jeune fille. Elle lui lança un regard sévère.

« Asseyez-vous, je vous prie, lui offrit-elle. Cléo, va chercher de l'eau pour notre invité.

— Ce ne sera pas nécessaire », répondit Parménion en s'installant sur le second divan.

Tous deux restèrent silencieux jusqu'à ce que la servante soit partie en fermant la porte derrière elle.

« Je ne reçois personne sans invitation, fit alors Thétis. J'apprécierais donc que vous m'appreniez sans détour la raison de votre présence ici.

— Je suis venu m'excuser.

— De quoi ? »

Il eut un sourire penaud qui lui donna l'air d'un adolescent et fit disparaître la sévérité de ses traits.

« Je ne saurais le dire exactement, mais je sais que c'est nécessaire. Vous comprenez, j'ignorais que c'était vous qui m'aviez ramené à la vie.

— J'étais payée pour, lâcha-t-elle en luttant contre une colère dont elle ignorait la source.

— Je le sais, répondit-il d'une voix douce. Mais je sens bien que... que je vous ai fait mal. Et je ne le souhaitais pas.

— Vous voudriez que nous soyons amis ?

— Oui, beaucoup.

— Mon amitié coûtait autrefois quarante oboles, fit-elle en se levant et en jetant sa broderie. Mais c'est fini, désormais. Partez, je vous prie. Vous pourrez trouver d'autres amies au temple, et leur prix sera le même que le mien.

— Ce n'est pas ce que je voulais dire, l'assura-t-il alors qu'il se mettait à son tour debout. Mais il en sera comme vous l'avez décidé. » Il alla jusqu'à la porte et se retourna une dernière fois. « J'accorde un très grand prix à l'amitié, sans doute parce que je n'ai jamais eu beaucoup d'amis. Même si vous avez été payée pour le faire, vous m'avez sauvé la vie, et c'est là une dette dont je saurai m'acquitter. Si jamais vous avez besoin de moi, je serai là, sans vous poser la moindre question. Que vous le vouliez ou non, je suis votre ami.

— Je n'ai pas besoin d'amis, Parménion, mais si j'ai un jour besoin de quarante oboles, je penserai à vous. »

Une fois qu'il fut reparti, elle se laissa tomber sur le divan et reprit son ouvrage. Cléo vint s'agenouiller à ses pieds.

« Vous avez les mains qui tremblent, maîtresse.

— Il ne doit plus jamais entrer ici. La prochaine fois qu'il viendra, interdis-lui de franchir le portail. C'est bien compris ?

— Le portail. Oui, madame. »

Mais les jours passèrent et Parménion ne revint pas. Sans que Thétis sache pourquoi, cela ne fit qu'attiser la colère qu'elle éprouvait à son égard.

Alors que le printemps avançait, la jeune femme trouva son existence de plus en plus oppressante. Lorsqu'elle était prêtresse, elle pouvait se promener dans les rues de Thèbes, de jour comme de nuit, mais une dame de qualité n'avait pas le droit de sortir seule, sauf pour aller au marché, et cette maison à laquelle elle avait tant rêvé se transforma rapidement en prison dorée. Cléo lui apportait chaque jour des nouvelles du monde extérieur, mais ses conversations avaient souvent trait à la mode vestimentaire, aux bijoux et aux dernières huiles parfumées. La jeune fille n'eut même pas conscience que l'armée spartiate avait pénétré en Béotie. Tout ce que Thétis put apprendre, c'est qu'Agésilas s'était frayé un passage par les cols du mont Cithère et qu'il dévastait actuellement la région. Apparemment, Épaminondas avait fait fortifier une crête au sud de la cité, confiant la défense du site à cinq mille hoplites athéniens et trois mille Thébains.

La victoire d'un camp ou de l'autre n'avait que peu d'importance pour Thétis. De toute manière, quelle que soit leur cité d'origine, les grognements des hommes étaient tous les mêmes.

Mais ses investissements souffraient de la situation actuelle, les Spartiates ayant confisqué le dernier chargement d'opium alors que les chariots traversaient Platées. Elle avait perdu près de six cents drachmes dans l'opération et avait désormais absolument besoin que les épices asiatiques transitant par la Macédoine arrivent à bon port.

L'état de ses finances lui fit penser au temple, et elle se promit que rien ne pourrait l'obliger à reprendre cette vie.

Puis le visage de Parménion lui apparut.

Maudit soit-il, songea-t-elle. *Pourquoi ne vient-il pas ?*

*

Agésilas refusant de prendre d'assaut la crête défendue par les Athéniens et les Thébains, et Épaminondas n'étant pas suicidaire au point d'accepter le combat en terrain dégagé, le conflit se retrouva en quelque sorte neutralisé : maîtres de la Béotie, les Spartiates renforçaient leurs garnisons et mettaient à sac villes et villages, mais Thèbes n'était pas directement menacée.

Puis, fatigué de cette guerre d'usure, Agésilas décida de marcher sur la cité. Il avait l'intention de pénétrer en force par la Porte de Proicie et de raser tous les bâtiments de Thèbes. Les moins courageux des citoyens s'enfuirent, entassant leurs possessions dans des charrettes ou des chariots.

L'un de ces véhicules transportait Horas le médecin, sa femme et ses trois enfants. Son fils aîné, Symion, se plaignit d'un terrible mal au crâne alors que le chariot partait, de nuit, en direction de Thespies. À l'aube, le garçon était fiévreux et de gros bubons avaient poussé au niveau de sa gorge et de ses aisselles. Des plaques rouges apparurent sur son épiderme, et il mourut avant midi. Quelques heures plus tard, Horas lui-même sentit les premiers effets de la fièvre et du délire.

Le véhicule fut découvert par un groupe d'éclaireurs spartiates. L'officier jeta un œil à l'intérieur du chariot et recula aussitôt.

« La peste, chuchota-t-il à son second.

— À l'aide, gémit Horas en tentant de descendre de son siège. Ma femme et mes enfants sont malades.

— Reste où tu es, ordonna l'officier en faisant signe à un archer de prendre l'homme pour cible. D'où venez-vous ?

— De Thèbes. Mais nous ne sommes pas des traîtres, monsieur. Nous sommes malades. Aidez-nous, je vous en prie. »

Sur un second geste de l'officier, l'éclaireur décocha une flèche qui frappa Horas en plein cœur. Le médecin tomba à la renverse dans son chariot.

« Brûlez-moi tout ça, décida l'officier.

— Mais il a dit qu'il y avait une femme et des enfants à l'intérieur, protesta le second.

— Va les achever toi-même, si ça te chante ! » trancha son supérieur.

Les soldats rassemblèrent des buissons tout autour du chariot. Les brindilles s'enflammèrent de suite et, alors que les premiers cris de terreur commençaient à jaillir du chariot, les éclaireurs partirent faire leur rapport à Agésilas.

*

La peste se déclara dans le quartier pauvre, mais il ne lui fallut guère de temps pour s'étendre. Craignant que l'armée ne soit touchée, les conseillers ordonnèrent la fermeture des portes de la cité. Plus personne n'eut le droit d'entrer ou de sortir. La foule s'en prit aux gardes de la Porte d'Électre, avant d'être repoussée par des archers postés sur les remparts par Ménidis.

En moins d'une semaine, plus d'un cinquième des trente mille habitants de Thèbes présentaient les symptômes de la maladie : bubons et inflammation cutanée au niveau du visage et des bras. Beaucoup moururent et, chaque nuit, des dizaines de charrettes faisaient le tour de la cité pour ramasser les cadavres déposés devant les portes.

Mothac fut infecté le neuvième jour et Parménion le conduisit à son lit avant de courir chez Argonas. Le médecin n'était pas là, mais ses serviteurs apprirent au Spartiate qu'il était parti s'occuper des malades du nord de la cité. Parménion lui laissa un message et rentra chez lui. Thèbes connaissait une grande pénurie de nourriture, mais il acheta tout de même un peu de viande séchée et de pain rassis, vendus quatre fois plus cher que leur prix normal, qu'il utilisa pour préparer un bouillon pour Mothac.

Argonas arriva au crépuscule. Il avait les joues pendantes et ses yeux étaient cerclés de noir. Il examina le Thébain puis prit Parménion à l'écart.

« La fièvre va être particulièrement forte pendant deux jours. Il est important de maintenir son épiderme aussi frais que possible. Baigne-le d'heure en heure dans de l'eau chaude, mais ne le sèche pas ; laisse la chaleur qu'il dégage faire évaporer l'eau, cela le rafraîchira. Il aura alors très froid, et il faudra l'enrouler dans plusieurs couvertures jusqu'à ce que la fièvre reparte de plus belle. Répète la procédure. Assure-toi qu'il boit beaucoup d'eau, et ajoutes-y un peu de sel, mais pas trop, sans quoi il vomirait. Si les bubons apparaissent, attends qu'ils suppurent d'eux-mêmes et appliques-y du miel.

— Est-ce là tout ce qu'il est possible de faire ?

— Oui. Je n'ai plus d'herbe depuis quatre jours.

— Assieds-toi et prends un peu de vin, lui proposa Parménion en indiquant une cruche posée sur une étagère de la cuisine.

— Je n'ai pas le temps », refusa Argonas en se levant.

Le Spartiate le prit par les épaules : « Écoute-moi un peu. Si tu continues de la sorte, tu finiras par t'effondrer et tu ne seras plus bon à rien. Assieds-toi. »

Argonas se laissa tomber sur sa chaise.

« La plupart des médecins ont reconnu les symptômes très tôt et se sont enfuis avant la fermeture des portes de la cité. Nous ne sommes plus assez nombreux.

— Pourquoi n'as-tu pas imité ceux qui sont partis ? »

Le chirurgien eut un petit sourire.

« C'est ce à quoi tout le monde s'attendait sans doute : le gros Argonas, qui ne vit que pour l'argent. Regardez-le courir, le pleutre ! C'est vrai que j'aime l'argent, Parménion. J'apprécie énormément la bonne chère et les autres plaisirs de l'existence. Je suis né pauvre, dans un autre pays, et je me suis juré très jeune que je vivrais plus tard dans le luxe. Mais cela ne m'empêche pas d'être d'abord et avant tout médecin. Tu comprends ?

— Bois ce vin, mon ami, et apprécie à sa juste valeur cet humble bouillon de viande.

— Pas si humble que cela, à la vitesse où les prix grimpent.

— Quelle est la virulence de l'épidémie ? demanda Parménion en servant un bol à son invité.

— Elle n'est pas aussi terrible que celle qui a frappé Athènes. Près de huit mille personnes présentent les premiers symptômes mais, curieusement, la maladie ne se développe pas chez la plupart d'entre elles. Elle est mortelle pour les enfants et les personnes âgées, mais ceux qui sont suffisamment résistants arrivent parfois à la vaincre. Tout dépend des bubons. S'ils se cantonnent aux aisselles, il y a une chance. Mais qu'ils apparaissent au niveau du bas-ventre et la mort est proche. (Argonas but rapidement son bouillon et se leva.) Il faut que j'y aille. Je viendrai voir Mothac demain soir. »

Parménion l'accompagna jusqu'au portail et le regarda disparaître au bout de l'allée, enjambant les morts disposés les uns à côté des autres.

Mothac transpirait abondamment lorsque Parménion revint à son côté, mais ses lèvres étaient sèches et craquelées. Soulevant la nuque de son ami, le Spartiate le força à boire de l'eau fraîche, puis il le baigna en suivant les recommandations d'Argonas. Pendant deux jours, Mothac ne bougea presque pas. Dans son délire, il ne cessait de pleurer et d'appeler Éléa. Le troisième jour, de gros bubons apparurent sous ses aisselles et il tomba dans le coma. Bien qu'épuisé, Parménion ne quittait pas son chevet. Le gonflement qui s'était déclaré sous le bras gauche devint violet et, comme Argonas l'avait annoncé, il se craquela et un pus fluide en sortit. Parménion appliqua du miel sur la plaie et enroula Mothac dans des couvertures.

Le lendemain matin, alors qu'il s'était endormi sur sa chaise, il entendit que l'on frappait au portail. Il se frotta les yeux et traversa la cour d'une démarche incertaine pour ouvrir à Cléo, la servante de Thétis.

« C'est ma maîtresse, lui annonça la jeune fille. Elle se meurt. »

Parménion la conduisit jusqu'à Mothac et lui dit de rester à son chevet et de le laver en respectant les ordres du médecin. Puis il noua sa cape autour de son cou, prit son épée et sa dague, et partit prudemment chez Thétis. Les rues étaient pleines de cadavres et la place du marché était déserte.

La jeune femme gisait sur son lit, aux prises avec un sommeil enfiévré. Parménion rejeta le drap et inspecta le corps de la malade. Les bubons s'étaient formés sous ses aisselles et au bas-ventre. Il l'enroula dans une couverture, la prit dans ses bras et la ramena chez lui.

En chemin, il croisa deux hommes qui tiraient une charrette pleine de corps et qui lui proposèrent de le débarrasser de son fardeau, mais il refusa de la tête. Tous ses muscles lui faisaient mal lorsqu'il arriva enfin à l'*andron*, où il déposa Thétis sur un divan. Aidé de Cléo, il descendit son lit par l'escalier et l'installa dans la chambre de Mothac.

« Il nous sera plus aisé de nous occuper d'eux s'ils se trouvent dans la même pièce, expliqua-t-il à la jeune servante. Maintenant, retourne à la maison et ramène-moi tout le bois que tu y trouveras. »

Une fois Cléo partie, Parménion baigna Thétis et appliqua du miel sur le bubon de son aisselle droite, qui avait commencé à suppurer. Il lui prit le pouls, qui était faible et irrégulier, puis s'assit près d'elle en lui prenant la main. Elle entrouvrit les yeux au bout de quelques minutes.

« Damon ? murmura-t-elle avec difficulté.

— Non, c'est Parménion.

— Pourquoi m'as-tu quittée, Damon ? Pourquoi es-tu mort ?

— Mon heure était venue, répondit-il d'une voix douce en lui pressant la main. Repose-toi, maintenant. Reprends des forces et vis. »

La question suivante, lorsqu'elle arriva, lui fit l'effet d'un coup de poignard.

« Pourquoi ?

— Parce que je te le demande, répondit-il. Parce que... je veux que tu sois heureuse. Je veux t'entendre rire à nouveau. »

Elle s'était endormie. Très vite, elle se mit à trembler de tous ses membres et il l'enroula dans une couverture avant de la serrer contre lui. Il lui frotta les bras et les épaules pour la réchauffer.

« Je t'aime, Damon », annonça-t-elle d'une voix soudain claire.

Parménion aurait voulu pouvoir lui mentir, comme elle l'avait fait pour lui. Mais il en était incapable.

« Si tu m'aimes, alors vis, tu m'entends ? Vis ! »

*

Le temps passa rapidement pour Dérae. Elle en apprenait chaque jour davantage en soignant les malades des villages avoisinants que l'on amenait jusqu'au temple sur des civières. Elle avait ainsi ressoudé la jambe cassée d'un fermier, fait disparaître d'une caresse une tumeur qui s'était déclarée au cou d'un enfant, et rendu la vue à une adolescente aveugle que son père avait amenée de Tyr. Bien vite, les cités grecques d'Asie apprirent qu'une nouvelle guérisseuse était arrivée au temple, et la file d'attente se fit chaque jour plus longue.

Tamis était partie depuis plusieurs mois. Quand elle revint, tard dans la soirée, elle trouva Dérae assise dans le jardin pour profiter de la fraîcheur nocturne. Plusieurs individus dormaient déjà dans les champs à proximité du temple, pour être sûrs de voir la prêtresse le lendemain matin.

« Bonsoir, fit cette dernière.

— Ils finiront par t'épuiser, lui dit son aînée en indiquant les suppliants endormis. Ils viendront des quatre coins de l'empire, de Babylone et d'Inde, d'Égypte et de Cappadoce. Tu ne parviendras jamais à tous les soigner.

— Une jeune aveugle m'a demandé pourquoi je ne me soignais pas moi-même.

— Et que lui as-tu répondu ?

— Que je n'en avais pas besoin. Mes propres paroles m'ont surprise, mais c'est vrai. Tu as l'air fatiguée, Tamis.

— Je me fais vieille. C'est normal, à mon âge. Mais il y a quelque chose que je dois faire avant de repartir. As-tu vu Parménion en mon absence ? »

Dérae rougit.

« J'aime le regarder, répondit-elle. Est-ce mal ?

— Pas le moins du monde. Mais tu n'as pas encore vu l'avenir, et l'heure est venue d'emprunter ses innombrables voies. Prends ma main. »

L'âme des deux femmes fusionna et elles partirent en direction de Thèbes et de la demeure de Parménion. La maison était prise dans une gangue de ténèbres et d'incessants gémissements provenaient des alentours.

« Que se passe-t-il ? voulut savoir Dérae.

— La peste s'est abattue sur la cité. Et maintenant, regarde. »

Leur univers s'immobilisa et l'air se mit à onduler. Lorsque le temps reprit son cours, Dérae vit Parménion titubant dans la cour. Sa gorge était gonflée, sa peau couverte de plaques rouges. Il s'effondra et elle tenta d'aller vers lui, mais Tamis la retint.

« Tu ne peux interférer, car nous nous trouvons dans l'avenir, lui expliqua-t-elle. Ce que tu vois là ne s'est pas encore produit, et il nous est impossible de le changer, de même que le passé. Regarde encore. »

Les images s'enchaînèrent, montrèrent Parménion mourant dans son lit, dans la rue, chez Calépios, au sommet d'une colline... enfin, Tamis les ramena toutes deux au temple. Elle poussa un petit gémissement de douleur en réintégrant son corps ; sa nuque raide lui faisait mal.

« Que pouvons-nous faire ? demanda Dérae.

— Moi, je suis incapable de faire quoi que ce soit pour le moment. Je suis trop fatiguée. Et toi, te sens-tu assez forte pour utiliser tes pouvoirs à cette distance ?

— Oui.

— Bien. Mais réponds tout d'abord à cette question : comment réagirais-tu si Parménion se mariait ?

— S'il se mariait ? Je... je ne sais pas. Le simple fait d'y penser me fait mal, mais pourquoi se l'interdirait-il ? Il me croit morte, et je le suis en effet. Pourquoi me poses-tu cette question ?

— C'est sans importance. Va à lui et sauve-le si tu peux. Si tu ne parviens pas à terrasser la peste, reviens me chercher. Je vais me reposer pour recouvrer mes forces. »

Dérae s'allongea et échappa aux chaînes de la matière.

Thèbes la scintillante s'étalait sous ses pieds. Elle se rendit à la demeure de Parménion, mais il n'était pas là. Toujours malade, Mothac était allongé et une jeune fille lui essuyait le front à l'aide d'un chiffon mouillé. Dérae s'éleva au-dessus de la maison, fouillant les rues désertes. Elle le trouva, titubant sous le poids de la femme qu'il transportait.

Elle reconnut Thétis, la prostituée, et regarda Parménion la conduire chez lui et s'occuper d'elle. Elle entendit la malade parler d'amour dans son délire, ce qui l'incita à s'approcher de Parménion et à lui toucher la tête pour percevoir ses pensées. Il souhaitait que la femme vive. Dérae se détendit et fusionna avec Parménion, dont elle laissa le sang l'emporter dans le moindre recoin de son organisme.

La peste était en lui. Même si elle ne s'était pas encore déclarée, elle avait déjà commencé à croître. Faisant appel à toute sa concentration, Dérae détruisit tous les points infectés puis, satisfaite de son œuvre, elle s'écarta de lui. Thétis était proche de la mort, comme l'attestaient les énormes bubons qui s'étaient développés sous sa mâchoire, sous ses aisselles et à l'entrejambe.

Mais Parménion était sauvé. Folle de joie, Dérae s'éleva dans le ciel nocturne mais s'immobilisa soudain, l'esprit empli de confusion. Il voulait que la femme vive. L'aimait-il ? Non, il sentait seulement qu'il avait une dette envers elle. Mais si Dérae la sauvait, il finirait peut-être par l'aimer, et elle le perdrait alors une seconde fois.

Ce n'est pas comme si je la tuais moi-même, raisonna-t-elle. *Elle est mourante. Ce n'est pas de ma faute.* Elle voulait repartir au temple mais en fut incapable. Au lieu de cela, elle redescendit jusqu'à la chambre et fusionna avec Thétis.

La traque aux points infectés fut infiniment plus dure, cette fois-ci. La peste avait atteint le stade terminal et se manifestait dans tout l'organisme. Trois fois, le cœur de Thétis manqua s'arrêter. Dérae revitalisa les glandes épuisées, donnant son énergie à la mourante. Cela fait, elle affronta la maladie. Longtemps, elle eut le dessous, car l'infection se propageait plus vite qu'elle ne pouvait la faire régresser. Elle revint au cœur, purifiant le sang qui le traversait et le rendant plus fort. La zone la plus sensible était le bas-ventre, car les bubons avaient éclaté et libéraient sans cesse leur pus, qui empoisonnait l'organisme. Elle accéléra la régénération des tissus. Plusieurs heures s'écoulèrent, et Dérae était à la limite de l'épuisement lorsqu'elle quitta enfin le corps de Thétis.

Elle repartit en direction du temple, mais les efforts déployés l'empêchaient de se concentrer et elle se retrouva à flotter au-dessus d'un palais inconnu dans lequel une femme hurlait. Elle tenta de savoir où elle se trouvait.

« Il est né ! » entendit-elle soudain, et une immense clameur s'éleva de l'armée rassemblée autour du palais.

Un nuage noir s'approcha d'elle, s'ouvrant telle une bouche colossale. L'ouverture béante était garnie de crocs grands comme un homme et d'une langue crochue, violette et boursouflée. Elle n'avait plus la force de résister.

Une lance de lumière s'enfonça dans la gueule ouverte alors que celle-ci allait se refermer sur elle.

« Prends ma main ! » l'enjoignit Tamis.

Dérae perdit connaissance.

Elle se réveilla dans sa chambre et perçut aussitôt que la vieille prêtresse se trouvait à son côté.

« Qu'est-ce que c'était ? demanda-t-elle.

— Tu étais perdue dans l'avenir. Tu as assisté à la naissance du Dieu Noir.

— Je suis fatiguée, Tamis... si fatiguée...

— Alors, dors, mon enfant. Je suis capable de te protéger pendant quelque temps encore. »

*

Cléo revint avec suffisamment de provisions pour trois jours, pour peu qu'ils se rationnent. Conjugué avec ce que Parménion avait mis de côté, cela leur permettrait de tenir une semaine.

Les journées n'en finissaient pas. Argonas cessa ses visites, et Parménion apprit d'un ramasseur de cadavres que le gros homme avait succombé à la peste, comme des milliers de Thébains avant lui. Mothac reprit des forces ; ses plaques rouges avaient disparu et ses bubons rapetissé, mais il était encore très faible et devait dormir presque en permanence. Cléo était infatigable : elle lavait sa maîtresse, changeait les draps, faisait la cuisine et le ménage. Quant à Parménion, il parcourait Thèbes de long en large pour trouver de quoi manger, mais même les chevaux et les chiens avaient depuis longtemps été abattus.

Puis, tel un ouragan perdant d'un seul coup de sa virulence, la peste se mit à régresser. On trouvait de moins en moins de corps dans les rues et les portes de la cité furent ouvertes pour laisser entrer un convoi de nourriture. Parménion se fraya un chemin dans la foule qui entourait les chariots et repartit avec une cuisse de bœuf et un sac de céréales.

Cléo fit cuire une partie de la viande et nourrit sa maîtresse à la cuillère. Thétis était désormais plus lucide. Les deux hommes transportèrent son lit à l'étage afin qu'elle ait un peu d'intimité, Cléo dormant sur l'un des divans de l'*andron*.

Au terme de l'été, la vie avait presque repris son cours normal à l'intérieur de la cité. Plus de quatre mille personnes avaient succombé à la peste mais, comme Calépios le fit remarquer à tous, les victimes auraient été bien plus nombreuses si les Spartiates avaient dévasté Thèbes. Craignant la peste, ils avaient quitté la Béotie sans combattre, ce qui avait permis aux troupes alliées de reprendre les cols du mont Cithère, où de nombreux soldats montaient désormais la garde. On apprit également qu'à Tégyre, Pélopidas et le Bataillon Sacré avaient mis en déroute une division spartiate deux fois plus nombreuse, tuant au passage Phœbidas, l'homme qui s'était rendu responsable de la prise de la Cadmée quatre ans plus tôt. Les soldats vaincus n'étaient pas des Spartiates mais des mercenaires originaires d'Orchomène ; cela n'empêcha pas le gouvernement thébain de décréter une journée de festivités, et les rires et chants de la foule en liesse parvinrent jusqu'à Thétis. Elle était encore très faible et son cœur ne battait qu'irrégulièrement, mais ces bruits de bonheur l'emplirent de joie.

Parménion lui apporta à boire et à manger. Il posa le plateau par terre et s'assit à côté d'elle.

« Tu as repris des couleurs, aujourd'hui, lui dit-il. Mothac a réussi à trouver des gâteaux au miel, et un vieil ami m'a juré qu'il n'y avait pas mieux pour recouvrer ses forces. »

Elle le regarda longuement de ses grands yeux verts mais ne répondit pas. Au bout d'un moment, elle lui prit la main et se mit à pleurer.

« Qu'est-ce qui ne va pas ? voulut-il savoir.

— Rien.

— Dans ce cas, pourquoi pleures-tu ?

— Pourquoi as-tu fait cela pour moi ? Pourquoi ne m'as-tu pas laissée mourir ?

— Il arrive parfois que les questions que nous nous posons restent sans réponse, lui dit-il en lui embrassant la paume de la main. Tu n'es pas Dérae et je ne suis pas Damon. Mais nos vies se sont croisées et nos destinées sont désormais jointes. Je n'ai plus vraiment foi en ces dieux distants, mais je crois aux Parques. Je pense que le destin a voulu que nous soyons ensemble.

— Je ne t'aime pas, avoua-t-elle dans un murmure.

— Moi non plus, mais j'éprouve de l'affection pour toi. Je pense constamment à toi depuis que j'ai appris la vérité sur la nuit où tu m'as ramené à la vie. Reste avec moi, Thétis. Je ne peux te promettre de te rendre heureuse, mais j'essaierai.

— Je ne t'épouserai pas, Parménion, mais j'accepte. Si nous sommes heureux, qu'il en soit ainsi, nous resterons ensemble. Mais sache ceci : un jour, peut-être, tu t'apercevras que j'ai disparu. Si cela se produit, promets-moi que tu ne chercheras pas à me retrouver.

— Tu as ma parole. Et maintenant. mange et recouvre tes forces. »

C'était la nuit, et l'homme se tenait devant le portail de la demeure de Parménion. Vérifiant qu'il n'y avait personne à proximité, il glissa son couteau entre les deux battants et souleva la barre. Le portail s'ouvrit et, avant que l'extrémité libérée de la barre n'ait le temps de retomber par terre, l'inconnu planta son poignard dedans et la déposa doucement sur le sol. Rangeant son arme, il se dirigea vers l'*andron*.

Quelque chose de froid et de pointu lui toucha la gorge tandis qu'une main se posait sur son épaule.

« Si j'étais toi, je ne bougerais plus, entendit-il murmurer à son oreille.

— J'apporte un message pour Parménion, répondit-il à mi-voix.

— Ma dague est très bien aiguisée. Mets les mains dans le dos. »

L'homme obéit et se laissa ligoter les poignets. Il fut ensuite sommé d'entrer dans l'*andron*, où il regarda l'individu à barbe rousse qui l'avait capturé allumer trois lanternes.

« J'imagine que j'ai affaire à Mothac ? essaya-t-il.

— Ce n'est pas impossible. Assis, fit le Thébain en appuyant sur les épaules de l'inconnu. Parménion ! »

Quelques instants plus tard, un homme apparut. Grand et mince, il avait des yeux perçants et des traits aquilins. Il tenait une épée luisante à la main.

« Cléarque ! » s'exclama-t-il en prenant conscience de l'identité de son visiteur nocturne.

Il rangea son arme et accueillit le serviteur de Xénophon d'un large sourire.

« En personne, railla le prisonnier.

— Détache-le. »

Mothac trancha la lanière de cuir immobilisant les bras du vieil homme et ce dernier se frotta les poignets. Ses cheveux étaient plus blancs et moins nombreux que la dernière fois que Parménion l'avait vu, et ses rides plus profondes, comme des coups de couteau dans du vieux cuir.

« Mon maître m'a demandé d'être très discret », expliqua-t-il pour justifier son arrivée tardive.

Ce disant, il sortit un parchemin de sous son épaisse tunique en laine et le tendit à Parménion. Celui-ci le prit, le mit de côté sans le dérouler et s'assit en face du vieux Spartiate.

« Comment va le général ? » voulut-il savoir.

Cléarque haussa les épaules.

« Il est en proie à la mélancolie, répondit-il. Il tue le temps en écrivant sur de nombreux sujets : l'équitation, la tactique militaire, la Grèce. Il passe plusieurs heures par jour avec ses scribes. Je serais bien incapable de dire quand il est monté à cheval ou parti chasser pour la dernière fois. Et il est devenu gros. »

Le vieil homme cracha presque le dernier mot, comme si le simple fait de le prononcer lui était insupportable.

Parménion allait prendre le parchemin lorsqu'il remarqua que Mothac n'avait pas bougé et qu'il tenait toujours son couteau à la main.

« Tout va bien, mon ami, le rassura-t-il. Je te présente Cléarque, un compagnon du général Xénophon. Il est digne de confiance.

— C'est un Spartiate, lui fit remarquer Mothac.

— Fais attention à toi, petit, si tu ne veux pas que je te défonce le crâne, rétorqua un Cléarque vexé.

— Tu rêves, l'ancêtre. Il y a quelques siècles, je ne dis pas, mais aujourd'hui... »

Le vieux serviteur bondit sur ses pieds.

« Arrêtez, tous les deux, intervint Parménion. Nous sommes entre amis, si d'aventure vous l'avez oublié. Depuis quand es-tu à Thèbes, Cléarque ?

— Je suis arrivé dans le courant de la soirée, fit l'homme avec un regard assassin en direction de Mothac. J'ai rendu visite à des amis corinthiens, puis j'ai acheté un cheval et je suis venu ici en passant par Mégare et Platées.

— Je suis content de te voir. Veux-tu quelque chose à boire ou à manger ? »

Cléarque secoua la tête.

« Je repartirai dès que je connaîtrai la réponse qu'il me faut porter à mon maître. »

Souhaitant bonne nuit à Parménion, Mothac laissa les deux Spartiates seuls et alla s'isoler dans sa chambre. Parménion déroula le parchemin et s'assit à côté d'une lanterne.

Salutation, mon ami. Les années passent, les saisons s'enchaînent et le monde et ses tracas s'éloignent chaque jour un peu plus de moi. Et pourtant, je comprends les choses bien plus clairement qu'autrefois, à mon grand chagrin.

Il y a bien longtemps, à Sparte, un jeune homme en a tué un autre à cause d'une femme. Le père du mort pleure toujours son fils, et il a loué les services d'assassins pour tuer le vainqueur du duel, qui ne réside plus à Sparte. J'ai entendu dire que quatre assassins avaient été tués par le garçon, qui est désormais un homme. Mais d'autres pourraient suivre.

J'espère que tu vas bien et que tu mènes une existence plus heureuse que ce jeune Spartiate qui vit désormais bien loin de chez lui. Je pense souvent à lui, à son courage et à sa solitude.

Au pis, puissent les dieux te sourire ; au mieux, puissent-ils t'ignorer.

Le message n'était pas signé.

« Tu as pris de gros risques pour me faire parvenir cette missive, Cléarque, fit Parménion. Je t'en remercie.

— Ce n'est pas nécessaire. Je l'ai fait uniquement pour le général. Je t'aimais bien, mon garçon, mais c'était il y a bien longtemps, avant que tu ne deviennes un traître. J'espère que les assassins te tueront avant que tu ne puisses concevoir de nouvelles fourberies.

— Aucun d'entre vous ne comprendra donc jamais, répondit Parménion d'une voix dénuée d'émotion. Vous autres Spartiates, vous vous prenez pour des demi-dieux. Vous tourmentez un jeune garçon durant toute son enfance en lui répétant qu'il n'est pas des vôtres, et vous l'accusez de traîtrise lorsqu'il vous prend au mot. Eh bien, je vais te dire quelque chose, Cléarque : après avoir dupé Sphodrias, j'ai été rattrapé par un Sciritaï. Il s'était battu pour vous des années durant, et il avait d'ailleurs été élevé dans ce seul but. Mais alors que nous avons commencé à combattre, il m'a avoué qu'il avait toujours rêvé de tuer un Spartiate. Vous êtes haïs non seulement par Thèbes et Athènes, mais aussi par ceux qui luttent à vos côtés. »

Cléarque ouvrit la bouche, mais Parménion leva la main sans lui laisser le temps de répondre.

« Silence, domestique ! trancha-t-il. Ton message a été délivré. Disparais, maintenant ! »

Le vieil homme le foudroya du regard, puis tourna les talons et disparut dans la nuit. Aussitôt, Mothac revint, toujours armé de son couteau.

« Ne le prends pas trop à cœur », conseilla-t-il à son ami.

Parménion partit d'un rire sans joie.

« Et comment voudrais-tu que je fasse ? Après la venue des assassins, Ménidis m'a dit qu'il se moquait que je vive ou que je meure. C'est ainsi que les Thébains me considèrent, Mothac, comme un traître à Sparte. Et cela me fend le cœur.

— Je crois que nous devrions nous saouler.

— Ce n'est pas vraiment la réponse que j'espérais.

— Je n'en ai pas de meilleure à te proposer.

— Dans ce cas, je saurai m'en contenter. Va chercher la cruche. »

LIVRE I

LIVRE II

DU MÊME AUTEUR

Aux Éditions Mnémos

RENÉGATS

LE LION DE MACÉDOINE

LE LION DE MACÉDOINE

LE PRINCE NOIR

L'ESPRIT DU CHAOS

Ce cycle a été repris en quatre volumes dans la collection Folio Science-Fiction sous les titres :

L'ENFANT MAUDIT (Folio Science-Fiction n° 112)

LA MORT DES NATIONS (Folio Science-Fiction n° 113)

LE PRINCE NOIR (Folio Science-Fiction n° 118)

L'ESPRIT DU CHAOS (Folio Science-Fiction n° 119)

Aux Éditions Bragelonne

LÉGENDE

LE ROI SUR LE SEUIL

WAYLANDER

L'HOMME DE JÉRUSALEM

DARK MOON

Dans la même collection

69. Christopher Priest — *La Machine à explorer l'Espace*
70. Robert Silverberg — *Le nez de Cléopâtre*
71. John Varley — *Sorcière (La trilogie de Gaïa II)*
72. Howard Waldrop — *Histoire d'os*
73. Herbert George Wells — *La Machine à explorer le Temps*
74. Roger Zelazny — *Le signe du Chaos*
75. Isaac Asimov — *Les vents du changement*
76. Norman Spinrad — *Les Solariens*
77. John Varley — *Démon (La trilogie de Gaïa III)*
78. Roger Zelazny — *Chevalier des ombres*
79. Fredric Brown — *Fantômes et farfafouilles*
80. Robert Charles Wilson — *Bios*
81. Walter Jon Williams — *Sept jours pour expier*
82. Roger Zelazny — *Prince du Chaos*
83. Isaac Asimov — *Chrono-minets*
84. H. P. Lovecraft — *Je suis d'ailleurs*
85. Walter M. Miller Jr. — *Un cantique pour Leibowitz*
86. Michael Bishop — *Requiem pour Philip K. Dick*
87. Philip K. Dick — *La fille aux cheveux noirs*
88. Lawrence Sutin — *Invasions divines*
89. Isaac Asimov — *La fin de l'Éternité*
90. Mircea Cărtărescu — *Orbitor*
91. Christopher Priest — *Le monde inverti*
92. Stanislas Lem — *Solaris*
93. William Burroughs — *Le festin nu*
94. William Hjortsberg — *Angel Heart* (Le sabbat dans Central Park)
95. Chuck Palahniuk — *Fight Club*

96. Steven Brust — *Agyar*
97. Patrick Marcel — *Atlas des brumes et des ombres*
98. Edgar Allan Poe — *Le masque de la Mort Rouge*
99. Dan Simmons — *Le Styx coule à l'envers*
100. Joe Haldeman — *Le vieil homme et son double*
101. Bruce Sterling — *Schismatrice +*
102. Roger Zelazny et Fred Saberhagen — *Engrenages*
103. Serge Brussolo — *Boulevard des banquises*
104. Arthur C. Clarke — *La cité et les astres*
105. Stefan Wul — *Noô*
106. Andrew Weiner — *En approchant de la fin*
107. H. P. Lovecraft — *Par-delà le mur du sommeil*
108. Fredric Brown — *L'Univers en folie*
109. Philip K. Dick — *Minority Report*
110. Bruce Sterling — *Les mailles du réseau*
111. Norman Spinrad — *Les années fléaux*
112. David Gemmell — *L'enfant maudit* (Le Lion de Macédoine, I)
113. David Gemmell — *La mort des Nations* (Le Lion de Macédoine, II)
114. Michael Moorcock — *Le Chaland d'or*
115. Thomas Day — *La Voie du Sabre*
116. Ellen Kushner — *Thomas le rimeur*
117. Peter S. Beagle — *Le rhinocéros qui citait Nietzsche*
118. David Gemmell — *Le Prince Noir* (Le Lion de Macédoine, III)
119. David Gemmell — *L'Esprit du Chaos* (Le Lion de Macédoine, IV)
120. Isaac Asimov — *Les dieux eux-mêmes*
121. Alan Brennert — *L'échange*

122. Isaac Asimov — *Histoires mystérieuses*
123. Philip K. Dick — *L'œil de la Sibylle*
124. Douglas Adams — *Un cheval dans la salle de bain*
125. Douglas Adams — *Beau comme un aéroport*
126. Sylvie Denis — *Jardins virtuels*
127. Roger Zelazny — *Le Maître des Ombres*
128. Christopher Priest — *La fontaine pétrifiante*
129. Donald Kingsbury — *Parade nuptiale*
130. Philip Pullman — *Les royaumes du Nord* (À la croisée des mondes, I)
131. Terry Bisson — *Échecs et maths*
132. Andrew Weiner — *Envahisseurs !*
133. M. John Harrison — *La mécanique du Centaure*
134. Charles Harness — *L'anneau de Ritornel*
135. Edmond Hamilton — *Les Loups des étoiles*
136. Jack Vance — *Space Opera*
137. Mike Resnick — *Santiago*
138. Serge Brussolo — *La Planète des Ouragans*
139. Philip Pullman — *La Tour des Anges* (À la croisée des mondes, II)
140. Jack Vance — *Le jardin de Suldrun* (Le cycle de Lyonesse, I)
141. Orson Scott Card — *Le compagnon*
142. Tommaso Pincio — *Le Silence de l'Espace*
143. Philip K. Dick — *Souvenir*
144. Serge Brussolo — *Ce qui mordait le ciel*
145. Jack Vance — *La perle verte*
146. Philip Pullman — *Le Miroir d'Ambre*
147. M. John Harrison — *La Cité Pastel* (Le cycle de Viriconium, I)
148. Jack Vance — *Madouc*
149. Johan Héliot — *La lune seul le sait*
150. Midori Snyder — *Les Innamorati*
151. R. C. Wilson — *Darwinia*
152. C. Q. Yarbro — *Ariosto Furioso*

153. M. John Harrison	*Le Signe des Locustes*
154. Walter Tewis	*L'homme tombé du ciel*
155. Roger Zelazny et Jane Lindskold	*Lord Démon*
156. M. John Harrison	*Les Dieux incertains*
157. Kim Stanley Robinson	*Les menhirs de glace*
158. Harlan Ellison	*Dérapages*
159. Isaac Asimov	*Moi, Asimov*
160. Philip K. Dick	*Le voyage gelé*
161. Federico Andahazi	*La Villa des mystères*
162. Jean-Pierre Andrevon	*Le travail du Furet*
163. Isaac Asimov	*Flûte, flûte et flûtes !*
164. Philip K. Dick	*Paycheck*
165. Cordwainer Smith	*Les Sondeurs vivent en vain* (Les Seigneurs de l'Instrumentalité, I)
166. Cordwainer Smith	*La Planète Shayol* (Les Seigneurs de l'Instrumentalité, II)
167. Cordwainer Smith	*Nostrilia* (Les Seigneurs de l'Instrumentalité, III)
168. Cordwainer Smith	*Légendes et glossaire du futur* (Les Seigneurs de l'Instrumentalité, IV)
169. Douglas Adams	*Fonds de tiroir*
170. Poul Anderson	*Les croisés du Cosmos*
171. Neil Gaiman	*Pas de panique !*
172. S. P. Somtow	*Mallworld*
173. Matt Ruff	*Un requin sous la lune*
174. Michael Moorcock	*Une chaleur venue d'ailleurs* (Les Danseurs de la Fin des Temps, I)
175. Thierry di Rollo	*La lumière des morts*
176. John Gregory Betancourt	*Les Neuf Princes du Chaos*

177.	Donald Kingsbury	*Psychohistoire en péril*, I
178.	Donald Kingsbury	*Psychohistoire en péril*, II
179.	Michael Moorcock	*Les Terres creuses* (Les Danseurs de la Fin des Temps, II)
180.	Joe Haldeman	*Pontesprit*
181.	Michael Moorcock	*La fin de tous les chants* (Les Danseurs de la Fin des Temps, III)
182.	John Varley	*Le Canal Ophite*
183.	Serge Brussolo	*Mange-Monde*
184.	Michael Moorcock	*Légendes de la Fin des Temps* (Les Danseurs de la Fin des Temps, IV)
185.	Robert Holdstock	*La forêt des Mythagos*
186.	Robert Holdstock	*Lavondyss* (La forêt des Mythagos, II)
187.	Christopher Priest	*Les Extrêmes*
188.	Thomas Day	*L'Instinct de l'équarrisseur*
189.	Maurice G. Dantec	*Villa Vortex*
190.	Franck M. Robinson	*Le Pouvoir*
191.	Robert Holdstock	*Le Passe-broussaille* (La forêt des Mythagos, III)
192.	Robert Holdstock	*La Porte d'ivoire* (La forêt des Mythagos, IV)
193.	Stanislas Lem	*La Cybériade*
194.	Paul J. Mc Auley	*Les conjurés de Florence*
195.	Roger Zelazny	*Toi l'immortel*
196.	Isaac Asimov	*Au prix du papyrus*
197.	Philip K. Dick	*Immunité*
198.	Stephen R. Donaldson	*Le miroir de ses rêves* (L'appel de Mordant, I)
199.	Robert Charles Wilson	*Les fils du vent*
200.	Greg Bear	*La musique du sang*
201.	Dan Simmons	*Le chant de Kali*

202. Thierry Di Rollo	*La profondeur des tombes*
203. Stephen R. Donaldson	*Un cavalier passe* (L'appel de Mordant, II)
204. Thomas Burnett Swann	*La trilogie du Minotaure*
205. Jack Vance	*Croisades*
206. Thomas Day	*L'homme qui voulait tuer l'Empereur*
207. Robert Heinlein	*L'homme qui vendit la lune* (Histoire du futur, I)
208. Robert Heinlein	*Les vertes collines de la Terre* (Histoire du futur, II)
209. Robert Heinlein	*Révolte en 2100* (Histoire du futur, III)
210. Robert Heinlein	*Les enfants de Mathusalem* (Histoire du futur, IV)
211. Stephen R. Donaldson	*Le feu de ses passions* (L'appel de Mordant, III)
212. Roger Zelazny	*L'enfant de nulle part*
213. Philip K. Dick	*Un vaisseau fabuleux*
214. John Gregory Betancourt	*Ambre et Chaos*
215. Ugo Bellagamba	*La Cité du Soleil*
216. Walter Tevis	*L'oiseau d'Amérique*
217. Isaac Asimov	*Dangereuse Callisto*
218. Ray Bradbury	*L'homme illustré*
219. Douglas Adams	*Le Guide du voyageur galactique*
220. Philip K. Dick	*Dans le jardin*
221. Johan Héliot	*Faerie Hackers*
222. Ian R. MacLeod	*Les Îles du Soleil*
223. Robert Heinlein	*Marionnettes humaines*
224. Bernard Simonay	*Phénix* (La trilogie de Phénix, I)
225. Francis Berthelot	*Bibliothèque de l'Entre-Mondes*

226.	Christopher Priest	*Futur intérieur*
227.	Karl Schroeder	*Ventus*
228.	Jack Vance	*La Planète Géante*
229.	Jack Vance	*Les baladins de la Planète Géante*
230.	Michael Bishop	*Visages volés*
231.	James Blish	*Un cas de conscience*
232.	Serge Brussolo	*L'homme aux yeux de napalm*
233.	Arthur C. Clarke	*Les fontaines du Paradis*
234.	John Gregory Betancourt	*La naissance d'Ambre*
235.	Philippe Curval	*La forteresse de coton*
236.	Bernard Simonay	*Graal*
237.	Philip K. Dick	*Radio Libre Albemuth*
238.	Poul Anderson	*La saga de Hrolf Kraki*
239.	Norman Spinrad	*Rêve de fer*
240.	Robert Charles Wilson	*Le vaisseau des Voyageurs*

À paraître :

241.	Philip K. Dick	*SIVA* (La trilogie divine, I)
242.	Bernard Simonay	*La malédiction de la Licorne*
243.	Roger Zelazny	*Le maître des rêves*
244.	Joe Haldeman	*En mémoire de mes péchés*

Composition I.G.S.-Charente Photogravure.
Impression Société Nouvelle Firmin-Didot
à Mesnil-sur-l'Estrée, le 2 février 2006.
Dépôt légal : février 2006.
1er dépôt légal : octobre 2002.
Numéro d'imprimeur : 77975.

ISBN 2-07-042122-8/Imprimé en France.

142858